Frank-Peter Hansen

Solitüdegrab

Originalausgabe – Erstdruck

Für Anja

Frank-Peter Hansen

Solitüdegrab

Flensburg-Krimi

Schardt Verlag Oldenburg

Bibliographische Information der Deutschen Bibliothek:

Die Deutsche Bibliothek verzeichnet diese Publikation in *Der Deutschen Nationalbibliografie*; detaillierte bibliographische Daten sind im Internet über *www.d-nb.de* abrufbar.

Titelbild: jo

1. Auflage 2012

Schardt Verlag
Uhlhornsweg 99 A
26129 Oldenburg
Tel.: 0441-21 77 92 87
Fax: 0441-21 77 92 86
E-Mail: kontakt@schardtverlag.de
www.schardtverlag.de
Herstellung: AALEXX Buchproduktion GmbH, Großburgwedel

ISBN 978-3-89841-633-7

1957

1

„Ich kann den Kopf sehen! – Mein Gott, Martha, ich kann den Kopf sehen!“

Die Hebamme, die gerade noch damit beschäftigt gewesen war, der kreißenden Frau die entsprechenden verbalen Hilfestellungen zu geben, richtete ihren Blick auf den werdenden Vater und begann mit einer kaum merklichen Verzögerung zu schmunzeln. Der ihrer Meinung nach ungefähr zwanzigjährige Mann, der, was sie nicht ahnen konnte, in Wirklichkeit siebenundzwanzig Jahre alt war, hatte sich während der letzten Minuten in eine extreme Gemütslage verloren, die natürlich, und wenn man es aus der Warte eines Außenstehenden und Unerfahrenen betrachtete, auf jeden Fall der Situation angemessen war. Darüber hinaus aber hatte es sogar etwas Rührendes, wenn man nämlich bedachte, dass es in diesem Nachkriegsjahrzehnt so gut wie nie vorkam, dass Ehemänner ihre hochschwangeren Frauen, bei denen die Wehen eingesetzt hatten, bis in den Kreißsaal hinein begleiteten und ihnen, wie unbeholfen auch immer, in diesen Stunden äußerster Not und grausamsten Schmerzes beizustehen versuchten. Wenn es hoch kam, verabschiedete der männliche Anhang die Angebetete bereits vor dem Krankenhaus und überließ sie für die nächsten Stunden ihrem Schicksal und der Kunst der Ärzteschaft, um sich danach, in gebotenem Maße und in aller Bescheidenheit stolz auf sich und den nach Möglichkeit männlichen Nachwuchs, mit einem unansehnlichen Strauß

Blumen, der am Kiosk vor dem Krankenhaus in aller Eile erstanden worden war, am Bett der Niedergekommenen einzufinden, wo er in der Regel mit dem winzig kleinen Menschenkind nicht wirklich etwas anzufangen wusste. Der frischgebackene Vater stand verloren und einsam irgendwo in der Mitte des Raumes, hüstelte verlegen und bemühte sich auf eine verzweifelt lässige Weise darum, von den übrigen Anwesenden für rundherum glücklich gehalten zu werden. Aber normalerweise verhielt es sich ohnehin so, dass irgendeine Freundin oder die Mutter derjenigen, die im Begriff war, es zu werden, ihre schwer gezeichnete Tochter bei ihrem schweren Weg ins Krankenhaus begleitete, um ihr eventuell, und wenn es das Nervenkostüm erlaubte, ein wenig die schweißnassen Hände während ihres Leidenswegs zu halten und beruhigend auf sie einzureden.

Schwester Gabi legte beschwichtigend ihre Hand auf den Unterarm des Mannes, der in den letzten Sekunden vor Aufregung zu zittern begonnen hatte. Ohne erkennbaren Erfolg. Denn das dunkelblonde Milchgesicht mit dem unscheinbaren Bartflaum auf der Oberlippe hatte die Welt um sich herum total vergessen und starrte gebannt in die Richtung des passenderweise Mutterschoß genannten Körperteils seiner über alles geliebten Frau, die sich keine sechs Stunden zuvor in der an der Knuthstraße gelegenen Diakonissenanstalt um ziemlich genau ein Uhr in der Nacht in der Begleitung ihres Gemahls eingefunden hatte.

Es war einer derjenigen Tage, an denen es, wie die Erfahrung zeigte, die noch ungeborenen Kleinen förmlich in die Kälte der Welt hinausdrängte, ob sie nun wollten oder nicht. Denn es hatte den ganzen Tag über, genau einen Monat nach Heiligabend, wie verrückt geschneit, und dabei hatte, und das war das Entscheidende daran, ein ungeheurer Sturm von Nordosten her über die Flensburger Innenförde geweht und extrem aufgewühlte Wellen ans westliche Ufer gepeitscht. Sturm und Kindersegen, das passte, wie Schwester Gabi aufgrund jahrelanger Berufserfahrung wusste, wie nichts anderes zusammen, was man, wenn man wollte, sich auch so auf eine halbwegs plausible Art erklären konnte, dass der äußeren Unruhe die innere der werdenden Mütter entsprach. Aber wie auch immer es sich damit verhalten mochte und von wie auch immer gelagerten möglichen Beziehungen einmal abgesehen, fest stand, dass diese Nacht auch deswegen in die Annalen der

Diako eingehen würde, weil ein junger, noch in der Ausbildung befindlicher Kriminalbeamter darauf bestanden hatte, seine blutjunge und noch nicht einmal zwanzig Jahre alte Liebe auf keinen Fall allein zu lassen.

Dabei hatte das junge Paar noch unverschämtes Glück gehabt, denn unter dem rein verkehrstechnischen Gesichtspunkt wäre es in dieser Nacht überaus fatal gewesen, nicht in der Stadt, sondern womöglich in irgendeinem der umliegenden kleinen Angeliter Runddörfer zu wohnen. Denn dann hätten die sich türmenden Schneebarrieren den Weg in die Stadt zumindest zu einem unkalkulierbaren Risiko werden lassen, sofern sie ihn nicht ohnehin ganz abgeschnitten hätten. Dieses frischvermählte Glück allerdings hatte eine Wohnung gleich um die Ecke in der Burgstraße gefunden, wo Herr Iwersen zusammen mit seiner Frau Martha, geborene Christiansen, seit ungefähr einem Jahr ihrer Liebe sozusagen ein Heim gegeben hatte. Und weil dem so war, hatten sie die paar Meter zu Fuß zurückgelegt, nachdem kurz nach Mitternacht die Wehen eingesetzt hatten. Und jetzt war es erst kurz vor sechs Uhr, so dass zu erwarten war, dass diese junge Frau, ganz entgegen dem normalen Lauf der Dinge, und wo es sich doch um eine Erstgeburt handelte – doch was war in diesen zugespitzten Situationen schon normal? –, innerhalb nur weniger Stunden ihr Kind zur Welt bringen würde. Und das, obwohl der Muttermund vor ungefähr einer halben Stunde erst circa sechs Zentimeter geöffnet gewesen war. Jetzt stand er, salopp gesagt, sperrangelweit offen, und der kahle, blutverschmierte Schädel des neuen Erdenbürgers war kurz davor, endgültig durchzubrechen. Der Rest würde dann nur noch ein Klacks sein.

Plötzlich jedoch und ganz unverhofft geriet die Sache ins Stocken. Die Presswehen zeigten nicht länger die gewünschten Ergebnisse, so dass das Schreien, Stöhnen und schmerzvolle Sich-Winden seiner geliebten Martha, das Ole Iwersen während der letzten Stunden ein ums andere Mal in Mark und Bein gefahren war, für einen Moment Maß und Ziel verloren zu haben schien. Es war einfach kein Fortkommen mehr festzustellen. Schlimmer allerdings wog, dass die Frequenz des Herzschlags des kleinen Menschen in besorgniserregender Weise während der letzten Sekunden zurückgegangen war und sich, wie Ole jetzt wie durch eine Nebelwand vernahm, bis auf unter fünfzig zu irgendwas reduziert hatte.

„Wenn das so weitergeht, müssen wir per Kaiserschnitt intervenieren."

Die Stimme des herbeigeeilten Arztes klang besorgt, und Ole spürte, wie eine erneute Panikwelle in ihm hochschwappte. Unwillkürlich hatte er damit begonnen, die Keuchgeräusche seiner Frau nachzuahmen, wobei er mit seiner rechten Hand die wie leblos daliegende linke der maßlos Leidenden massierte.

Doch dann, ein letztes Aufbäumen der Kraftlosen gab den Weg für das Neugeborene frei, das keine zwei Minuten später mucksmäuschenstill in den Armen der erschöpften Mutter lag, nachdem zuvor die Nabelschnur gekappt worden war.

„Gratuliere, ein Mädchen", hatten die Worte der Hebamme gelautet, gleich nachdem mit einem schmatzenden Geräusch der Körper des Säuglings in die Welt geglitten war.

„Zeitpunkt der Geburt: Der 24. Januar 1957, sechs Uhr in der Früh. Wie soll sie denn heißen? Ich meine, haben Sie sich schon einen Namen überlegt", wandte sie sich nun an den Vater, dem, gleich nach der Erlösung, Tränen der Erleichterung und des Glücks über seine aschfahlen Wangen zu laufen begonnen hatten. Ole Iwersen, der sich zu seiner Tochter und der Liebe seines Lebens hinabgebeugt hatte, um sie in seine Arme zu schließen, flüsterte: „Sie soll Mathilde heißen, Mathilde Anna Iwersen ..."

2

Bernd Friedrichsen war auf der Suche nach einem Unterschlupf für die Nacht. Es war bitterkalt, und der steife Nordostwind tat ein Übriges, die gefühlte Temperatur von der wirklichen extrem abweichen zu lassen. Und dann der viele Schnee, der während der letzten Tage unablässig aus tiefhängenden Wolken, die eilig über die Innenförde gezogen waren, gefallen war. Der machte das Überleben auch nicht gerade einfacher, vor allem in den Nächten, in denen der Kältetod über ihm schwebte wie ... ja, genau genommen wie die Erlösung.

Denn das war doch kein Leben mehr zu nennen, was er seit nunmehr annähernd fünfzehn Jahren zu führen gezwungen war. Mit dem verdammten Krieg hatte alles angefangen, damals, als ihm das, worauf es ankommt, genommen worden war: seine Familie, seine Arbeit und seine rechte Hand. Er war 1941 zwangsrekrutiert worden, auch wenn er dieses Wort tunlichst vermieden hatte. Denn wäre seine spezielle und damals weiß Gott nicht weit verbreitete Sicht auf dieses Faktum publik geworden, hätte er sich auch gleich selbst die Kugel geben können. Wer so dachte und seine abweichenden Gedanken auch noch in Worte fasste, war nichts anderes als ein Verräter an Volk, Führer und Vaterland und hatte mit dem entsprechenden Bescheid zu rechnen. Es gehörte sich ganz einfach nicht, auf Distanz zu etwas so Selbstverständlichem und vor allem Gerechten zu gehen wie dem großen vaterländischen Krieg, und sei es auch bloß, weil man Probleme damit hatte, vor der Zeit den Löffel abzugeben oder anderen, die unter dem Ehrentitel Feinde des Vaterlandes firmierten, das Licht auszublasen.

Also war Rekrut Friedrichsen zusammen mit seinen blutjungen Kameraden, die, wenn er sich recht erinnerte, ausnahmslos an den Endsieg und ihren Führer geglaubt und folgerichtig keine Probleme damit gehabt hatten, eventuell und möglicherweise auf dem Feld der Ehre zu bleiben, an die Ostfront in die Nähe Königsbergs bestellt worden. Jedenfalls in der Theorie waren diese Pimpfe heldenmütig, verwegen und zu allem entschlossen gewesen. Denn als es konkret wurde und also das große Sterben im Kugelhagel begann, als die Jünglinge im Dreck der Schützengräben zu Gott zu beten anfingen, er möge sie überleben lassen und sonst nichts weiter, als also die Not und das blutige Elend flächendeckend und zu ihrem vierundzwanzigstündigen Begleiter Tag für Tag geworden waren, da begann es manch einem zu dämmern, was es mit der Abstraktheit des alles gleichmachenden Todes auf sich hatte. Doch für derlei erhellende Einsichten war es für die meisten von ihnen ohnehin zu spät gewesen, und er, Bernd Friedrichsen, hatte noch von Glück sagen können, dass ihm lediglich eine Granate seine rechte Hand in Fetzen gerissen hatte.

Die Phantomschmerzen, die sich von Zeit zu Zeit bei extremen Witterungsbedingungen einstellten, wären ja noch zu verkraften gewesen. Und auch mit seiner Verstümmelung hatte er sich längst arrangiert. Dass aber am Ende des Krieges seine Familie, also seine Frau Gertrud und ihr fünfjähriger Sohn Peter an Typhus gestorben waren, hatte ihm den Rest gegeben. Seitdem war er nichts weiter als ein erbarmungswürdiger Kriegsversehrter, der als Obdachloser in den Tag hineinlebte und von der Mildtätigkeit irgendwelcher Passanten oder eines kirchlich gestützten Caritasverbandes abhängig war.

Das Leben des Tippelbruders Bernd Friedrichsen, der vor dem Krieg ein zu allen Hoffnungen Anlass gebender Elektroingenieur gewesen war, stand seit längerem auf der Kippe, und in der letzten Nacht hatte er so etwas wie den Hauch des Todes zu spüren gemeint. Er hatte der Kälte wegen und ausnahmsweise sein Nachtlager im Bundesbahnhof am Mühlendamm aufschlagen wollen, genauer, in dem zugigen, unter den Gleisen sich hinziehenden Verbindungsgang. Kaum jedoch, dass er es sich unter dem aus Papierkörben zusammengeklaubten Zeitungspapier bequem gemacht hatte, hatte auch schon die Bahnhofspolizei in Gestalt eines Zweimeterhünen vor ihm gestanden und ihn in strengem Tonfall aufgefordert, doch bitte sofort und jetzt gleich das Gelände zu räumen, weil er sonst Zwangsmaßnahmen einleiten müsse. Warum, so hatte Bernd bei sich gedacht, müssen diese Kerle immer so geschwollen und geschraubt daherreden, gerade so, als ob es sich bei ihnen um Abgesandte aus moralischen Anstalten handelte, die dem Normalsterblichen nicht lediglich mitzuteilen hatten, wo es unter dem rein rechtlichen Gesichtspunkt lang ging, sondern denen auch und vor allem daran gelegen war, ein schlechtes Gewissen bei denen zu erzeugen, denen jeweils gerade, aus welchem Grund auch immer, ihre werte Aufmerksamkeit galt. Es war zum Kotzen, wo das Leben doch schon schwer genug war!

Am besten wäre es ohnehin gewesen, er hätte sich von dem Schnösel in die angedrohte Sicherheitsverwahrung nehmen lassen, dann wäre ihm, jedenfalls für diese eine Nacht, die Grenzerfahrung erspart geblieben, die er dann in dem kleinen Park gleich vor dem Bahnhofsgelände auf einer Parkbank hatte machen dürfen. An Schlaf war ohnehin nicht zu denken gewesen bei all dem Geschlottere. Es war ein trübsinniges Dösen und verzweifeltes Warten auf das Dämmern des nächsten Tages gewesen. Das quietschende Kreischen der direkt am Park vorbeifahrenden Straßenbahn hatte ihn in aller Herrgottsfrühe zurück in die Realität des Endjanuars 1957 geholt. Dass dieser Tag sein letzter auf diesem unwirtlichen Planeten sein sollte, hatte der Obdachlose freilich zu diesem Zeitpunkt noch nicht gewusst. Und selbst wenn: Es wäre ihm vermutlich egal gewesen. Endlich, so wird es ihm wohl vorgekommen sein, als es dann so weit war, hat diese verdammte Quälerei ein Ende!

Ein VW-Käfer näherte sich auf dem abschüssigen Solitüder Weg, der sich durch den tiefverschneiten Wald schlängelte. Bernd hielt inne, drehte sich um und sah in gut hundert Metern Entfernung einen Lichtkegel, der die scharfe Rechts- oder Linkskurve, je nachdem, dort vorne mehr und mehr auszuleuchten begann. Eben noch war es stockduster gewesen auf dem schmalen Höhenweg, der mehr oder weniger parallel zur nach Glücksburg führenden Fördestraße angelegt worden war. In den Sommermonaten parkten hier die fahrbaren Untersätze der Sommerfrischler, die sich dort unten am Strand die Sonne auf die Bäuche scheinen ließen oder sich auf andere Art vergnügten, beispielsweise indem sie von dem Anleger ins Wasser hüpften, um das schweißtreibende Geliege gegen ein wenig kurzfristige Abkühlung einzutauschen. Jetzt allerdings lag der Strand verwaist unter ihm, und Bernd war, bis eben noch, allein mit sich gewesen.

Nach dem gestrigen Desaster mit dem Ordnungshüter hatte er sich für diese Nacht eine wirkliche Alternative ausgedacht, die womöglich so etwas wie eine ernstzunehmende Perspektive für den Restwinter sein konnte. Denn dort, wohin er sich vor gut einer Stunde von der Stadt aus auf den Weg gemacht hatte, gab es normalerweise keine Bullen. Was hätte es auch, unter dem rein ordnungstechnischen Gesichtspunkt, für einen Sinn gemacht, in einem Waldstück nach dem Rechten zu sehen? Nachts gar? Eben. Allenfalls ein Förster konnte ihm einen Strich durch die Rechnung machen. Doch warum sollten diese Naturfreunde, die ihre Neigung zu ihrem Beruf gemacht hatten, nachts durchs Unterholz streifen? Das machte auch keinen Sinn, so dass es umgekehrt der Einfall überhaupt und schlechthin war, sich ein Domizil eben dort zu suchen, wo es außer Wildschweinen und Rehen sonst nichts Lebendiges von Belang gab: Im Süderholz des Glücksburger Waldes oder womöglich in der Nähe des ganz und gar abgelegenen Roikier Sees. Dort, in der absoluten Abgeschiedenheit des Winterwaldes, könnte er sogar ein kleines Feuer entfachen, so dass es nicht so erbärmlich kalt sein würde und vermutlich sogar wärmer als es in dem zugigen Gang des Bahnhofs gewesen war.

Als ihm dieser Einfall auf der Höhe der Schiffbrücke bei einsetzender Dämmerung gekommen war, war der Obdachlose geradezu euphorisch gestimmt gewesen. In der Einsamkeit der Wälder zu sich selbst und, endlich!, nach so langer Zeit wieder einmal Frieden zu finden. Das hörte sich gut an, und das sollte es jetzt sein. Also hatte sich der siebenunddreißigjährige Stadtstreicher sofort und für seine Verhältnisse frohgemut auf den Weg gemacht, indem er am östlichen Ufer zunächst den Hafendamm und dann die Ballastbrücke passiert hatte. Über Kielseng und die Ziegeleistraße hatte er dann irgendwann den Twedter Plack erreicht, von wo aus ihn sein Weg über die Fördestraße in den scharf links abbiegenden Solitüder Weg geführte hatte. Und da stand er nun und sah, wie ein dunkler Käfer – doch was erschien in dieser Stockfinsternis nicht dunkel? – um die Ecke bog und jetzt genau auf ihn zuhielt.

Bernd besann sich nicht lange und drückte sich ins Unterholz der rechterhand gelegenen Fichtenschonung der Solitüder Waldhöhe. Nachher sind es wieder die Bullen, dachte er noch, und dann kann ich meinen schönen Plan gleich wieder begraben. Also machte er sich klein, hielt den Atem an und harrte der Dinge, die da kommen würden.

Der Wagen blieb keine zehn Meter von ihm entfernt am Straßenrand stehen. Das Motorengeräusch erstarb, und es war von einem Moment zum nächsten so finster wie zu dem Zeitpunkt, als er vor etwa zehn Minuten der Zivilisation fürs Erste endgültig an der Kreuzung Fördestraße, Solitüder Weg den Rücken zugekehrt hatte. Und dann passierte zunächst einmal gar nichts mehr. Nichts rührte sich. Um ihn herum war es mucksmäuschenstill. Womöglich handelte es sich bloß um ein Liebespaar, das an dem abgelegenen Ort seinen ganz speziellen Interessen nachging?

Doch nein! Bernd sah es jetzt ganz genau, weil sich nämlich die Beifahrertür des Autos öffnete. Im Lichtschein der Innenbeleuchtung erkannte er zwei Männer, die sich über etwas zu streiten schienen. Denn nun drangen auch aufgebracht klingende Wortfetzen an sein Ohr. Er versuchte, sich auf das Gehörte zu konzentrieren, aber die Entfernung war doch zu groß. Dass es sich um einen Streit handeln musste, war dennoch ganz unzweideutig auch daran zu erkennen, dass die Gesichter der Aufgebrachten zu Grimassen verzogen waren. Und dazu fuchtelten sie wie wild mit den Händen. Nein, die Lage war auf jeden Fall ernst, daran gab es überhaupt keinen Zweifel!

Er ließ sich langsam nach hinten in den Schnee sinken, weil seine Beine, vor allem das linke mit der Hüftgelenksarthrose, aufgrund der zunächst eingenommenen Hockposition zu schmerzen begonnen hatten. So wie es aussah, würde sich die Szene dort vorne noch ein wenig hinziehen. Und eins war ihm während der letzten Sekunden klargeworden: Die Situation war grenzwertig und konnte ein böses Ende nehmen. Also war es auch unter diesem Gesichtspunkt angebracht, sich ruhig und unauffällig zu verhalten, was einem, der sich seit wer weiß wie lange schon auf Trebe befand, nicht sonderlich schwerfiel. Bloß nicht auffallen war das Motto der letzten Jahre gewesen, weil allein schon die Präsenz eines Penners und Obdachlosen die Leute in der Regel nervös oder verärgert reagieren ließ.

Und dann ging alles ganz schnell. Einer der beiden Insassen, es war der Fahrer des Wagens, hatte aus dem Fond der Kiste einen Gegenstand hervorgezogen, der aus der Entfernung wie ein Wagenheber oder etwas Ähnliches aussah. Der andere machte Anstalten, ihm das Gestänge zu entwinden, allerdings ohne erkennbaren Erfolg. Also besann er sich anders, riss die Beifahrertür vollends auf und wollte das Gefährt verlassen. Doch auch das misslang. Denn in diesem Moment traf das metallene Mitbringsel den Flüchtigen am Hinterkopf mit solch einer Wucht, dass er in sich zusammensackte und, weil sein Schwerpunkt sich bereits außerhalb des Wagens befunden hatte, auf der Straße mit einem dumpfen Geräusch aufschlug.

Unwillkürlich hatte Bernd in den letzten Sekunden damit begonnen, sich so gut es ging noch tiefer im Unterholz zu verkriechen.

„Verdammt noch mal“, entfuhr es ihm, „was für eine Scheiße läuft denn hier ab?“

Das hätte er besser unterlassen, denn just in diesem Augenblick hatte der mit dem Gestänge sich aus dem Auto geschält, um sich zu vergewissern, ob der eine Schlag ausgereicht hatte, um dem anderen den finalen Stoß zu versetzen. Abrupt wandte er sich um. Mit einem gierigen Blick versuchte er aus dem Geräusch, das aus der Dunkelheit an sein Ohr gedrungen war, visuell etwas für sich zu machen. Da dies zunächst offenbar misslang, langte er mit einer schnellen Bewegung auf die Rückbank des Käfers, um sich, wie sich gleich darauf herausstellte, mithilfe einer Taschenlampe Gewissheit zu verschaffen. Der Lichtkegel irrlichterte für einen Moment ziellos umher. Doch dann traf er auf den zusammengekauerten Mann im Dickicht des Nadelwaldes. Der fühlte sich wie in einem Moment der Zeitlosigkeit gefangen, in dem es kein Vor und Zurück mehr gab. Seit Sekunden schon, die ihm wie eine Ewigkeit erschienen waren, hatte er das Atmen eingestellt.

Der Fremde kam langsam auf ihn zu, den blutgetränkten Wagenheber immer noch in seiner Rechten.

3

„Gratuliere zu dem glücklichen Ereignis, werter Kollege. Die Flensburger Polizei muss also nicht befürchten, in absehbarer Zeit mangels Personal den Laden dichtmachen zu müssen, haha! Wo sie doch in Gestalt Ihrer Wenigkeit und natürlich Ihrer liebreizenden Gemahlin, beziehungsweise dem, ich will mal so sagen, handfesten Produkt Ihrer trauten Zweisamkeit, für zukünftige Aufgaben gewappnet ist, nicht wahr?! Ich sehe bereits den kommenden Ermittler in Gestalt eines zweiten Iwersen, wenn man so will, den Hauptkommissar Iwersen junior in spe, leibhaftig vor mir. Denn wie sagt man hier oben? Wat mutt, dat mutt!“

Der Olle legte sich mal wieder, wie es seine Art war, mächtig ins Zeug und ließ den jungen Vater, dem er mit den letzten Worten einen Blumenstrauß in die Hand gedrückt hatte, der verdammte Ähnlichkeit mit dem Grünzeug von vis-à-vis der Diako hatte, nicht zu Wort kommen. Schwadronierte daher von irgendeinem Hauptkommissar mit seinem, Oles, Nachnamen, wo er sich doch selbst erst auf der untersten Stufe der Ausbildung zu einem Beamten der Kripo befand und folglich nicht wirklich der Rede wert war. So gesehen war es tatsächlich eine Auszeichnung, von dem Kallweit derart jovial und augenzwinkernd zugetextet zu werden, auch wenn diese Laudatio nicht so sehr ihm, sondern dem Nachwuchs der Familie Iwersen galt, der selbstredend nichts anderes als ein ordentlicher Junge sein konnte. Das war mal wieder typisch und entsprach dem präpotenten Gehabe dieses Vorzeigebeamten, wie Ole fand. Irgendwie kränkte ihn diese betont lässige Kumpanei seines Vorgesetzten, und er verspürte das dringende Bedürfnis, hier mal schleunigst etwas richtigzustellen.

„Nun sagen Sie doch auch mal was! Mensch Iwersen, Sie sind doch sonst nicht so auf den Mund gefallen. Oder hat Ihnen der Stolz auf Ihren Erstgeborenen die Sprache verschlagen? Ach ja, und apropos, wie geht es übrigens Ihrer Frau? Alles wohlauf und im grünen Bereich?“

Hauptkommissar Gustav Kallweit gab seinem Untergebenen einen freundschaftlichen Klaps auf dessen Schulter und fixierte ihn derart intensiv mit seinen in hellem Blau verschwimmenden Augen, dass es so aussah, als würde er gleich in Tränen ausbrechen. Ole konnte sich ein Schmunzeln nicht verkneifen, weil nämlich der Hauptkommissar seiner bescheidenen Meinung nach in diesem Augenblick allen Ernstes wie der Schauspieler Hans Albers aussah. Hätte bloß noch gefehlt, dass er zur Feier des Tages *Auf der Reeperbahn nachts um halb eins* angestimmt hätte. Und das hätte ja auch zu der Situation gepasst. Obwohl *La Paloma ohe* auch nicht von der Hand zu weisen gewesen wäre, weil es die sehnsuchtsvolle oder visionäre Stimmung, in die sich sein Chef durch den Nachwuchs eines ihm Untergebenen unversehens versetzt gefunden oder hineingesteigert hatte, besser wiedergegeben hätte. – Apropos Nachwuchs: Es war an der Zeit, hier ein für alle Mal etwas richtigzustellen!

„Es tut mir schrecklich leid, Ihre hoffnungsvollen Pläne durchkreuzen zu müssen, Chef, aber mein Kind ... nun ja, es ist ein Mädchen, und sie heißt Mathilde, genauer: Mathilde Anna, falls es Sie interessiert. Und ja, danke der Nachfrage, der Mutter und meiner Frau geht es den Umständen entsprechend gut. Und vielen Dank auch für das Gestr..., ich meine für die wunderschönen Blumen. Wo haben Sie die nur her, wo es doch seit zwei Tagen ununterbrochen schneit? Importiert?“

Sein Vorgesetzter, der eben noch so aufgeräumt getan hatte, fixierte den Azubi Iwersen mit einem irritierten Blick, der wohl Strenge ausdrücken sollte, aber viel eher Ratlosigkeit zu erkennen gab. Derart unmanierliche und irgendwie anmaßend klingende Ausfälle war er von dem kleinen Iwersen gar nicht gewohnt, wo er doch eher ein stiller, pflegeleichter Mitarbeiter war. Was war nur in ihn gefahren, dass er sich derart weit aus dem Fenster lehnte und hier Sachen sagte, die man seinem Vorgesetzten gegenüber lieber nicht sagte? Jedenfalls nicht so.

„Ach, ein Mädchen. Aha. Soso. Na ja, dennoch mein Lieber: Glückwunsch und weiter so. Und, ehe ich's vergesse, grüßen Sie mir die werte Gemahlin."

Doktor Gustav Kallweit hatte sich nach kurzem Bedenken für die Deeskalationsvariante entschieden, wollte er doch dem stolzen Vater nicht durch einen Rüffel die gehobene Stimmung verhageln. Dessen unvermutete Dreistigkeit resultierte ja vermutlich ohnehin nur aus dem Hochgefühl, das sich seiner aus gegebenem Anlass bemächtigt hatte. Aber auch das würde, das zeigte die Erfahrung, vorübergehen, spätestens dann, wenn ihn erst der familiäre Alltag mit seinen Sorgen und Kümmernissen eingeholt haben würde. Doktor Kallweit mit seinen einundvierzig Lenzen und einem gerüttelt Maß Erfahrung in diesen Dingen seufzte kaum hörbar auf, weil er nämlich in diesem Augenblick daran denken musste, dass sein fünfzehnjähriger missratener Filius Herbert Anton ihm erst unlängst wieder nichts als Scherereien bereitet hatte, als er nämlich in der Schule dadurch aufgefallen, oder genauer gesagt, dabei ertappt worden war, wie er nach dem Sportunterricht die, man denke!, unbekleideten Mädchen beim Duschen beobachtet hatte. Ein Voyeur und Spanner in der Familie der Kallweits, das hatte es bisher noch nie gegeben, und dessen hätte sich der grundanständige Vater mit seinem Faible für Sitte und Anstand nie versehen. Es war unglaublich und einfach nur skandalös! Und die gegensteuernden Erziehungsmaßnahmen waren entsprechend drastisch ausgefallen. Das verstand sich ja wohl von selbst ... – Doch das stand auf einem anderen Blatt und gehörte nicht hierher. Und auch die Zurechtweisung seines kurzfristig aufmüpfigen Untergebenen konnte warten, die würde er sich für eine andere Gelegenheit aufbewahren, die vielleicht schneller kommen würde, als das Milchgesicht es sich träumen ließ.

„Was ich noch sagen wollte, Iwersen: Vorhin hat eine besorgte Mutter, im Übrigen eine entfernte Bekannte meiner Frau, ihren Sohn als vermisst gemeldet. Fällt ja eigentlich, wie Sie wissen, nicht in unser Ressort. Wäre trotzdem nett, wenn Sie sich der Sache annehmen könnten. Die Gute war extrem durch den Wind, obwohl ihr Axel vermutlich bloß bei seiner Freundin übernachtet hat. Dass er allerdings, und das gibt immerhin zu denken, heute früh nicht in der Schule erschienen ist, ist natürlich trotz alledem auffällig und nicht in Ordnung, finden Sie nicht auch? Also, kümmern Sie sich, kontaktieren Sie die Dame, deren Adresse ich bereits, in weiser Voraussicht, auf Ihrem Schreibtisch habe deponieren lassen. Und dann das volle Programm. Sie wissen ja, wie so was läuft, nicht wahr? Also, an die Arbeit mein Guter. Es wird schon. Mit dem Nachwuchs und auch sonst."

Mit diesen Worten wandte sich der Hauptkommissar von seinem Untergebenen ab, der, das Gestrüpp in den Händen, seltsam verloren wirkte, weil er nämlich nicht wirklich wusste, wie in so einer Situation vorzugehen war. Er würde sein weiteres Vorgehen mit dem anderen Azubi Dirk Woltersen abstimmen müssen. Gemeinsam würde es ihnen womöglich gelingen, eine plausible Reihenfolge in ihre Recherche zu bringen, die, so wie die Dinge lagen, sich vermutlich sehr schnell als überflüssig herausstellen würde. Denn der kurzfristig verlorengegangene Nachwuchs, der, wie der Notiz zu entnehmen war, auf den Namen Axel Asmussen hörte und achtzehn Jahre alt war, hatte, das sah Ole ganz genauso wie der Alte, vermutlich bloß in der letzten Nacht die ersten mehr oder weniger harmlosen sexuellen Erfahrungen zusammen mit seiner Freundin gemacht und darüber die Zeit völlig vergessen. Und das konnte der frischgebackene Vater nur zu gut verstehen. Daran war wirklich nichts auszusetzen, nein, beim besten Willen nicht!

„Ja, nee, is klar Chef!" rief er mit einer extremen zeitlichen Verzögerung Doktor Kallweit hinterher, der sich längst Gott weiß wo aufhielt. Vermutlich hatte er es sich mit einer von seiner persönlichen Sekretärin bereitgestellten Tasse Kaffee an seinem geräumigen Schreibtisch bequem gemacht und las, wie jeden Morgen, das Flensburger Tageblatt. Man musste ja schließlich auf dem Laufenden sein und wissen, was sich innerhalb der letzten Stunden in dieser malerischen Grenzstadt und ihrem hügeligen Umland ereignet hatte.

4

„Also noch mal. Wie war das nun genau, Frau Asmussen?“ Iwersen fixierte die ungefähr vierzigjährige, aufgedonnerte Blondine mit unverkennbarer Skepsis in seinem Blick. Jedenfalls bemühte er sich darum, souverän dreinzuschauen, so schwer es ihm nach dem Vorspiel von eben auch fiel. Die auf eine gekünstelte Art besorgt wirkende Mutter, so wollte es ihm scheinen, hatte ihm und seinem Kollegen Woltersen etwas vorenthalten und auf jeden Fall nicht die ganze Wahrheit gesagt. Es war schlechterdings nicht glaubwürdig, dass ein achtzehnjähriger junger Mann seinen Eltern derart zu Willen sein und sich allenthalben genau so verhalten sollte, wie man es von ihm von der Seite der Erziehungsberechtigten meinte erwarten zu dürfen. Dieses irgendwie steril freundliche und penetrant optimistische Jahrzehnt, in dem alle stets auf gute Laune und amerikanische Unbeschwertheit gemäß dem Motto: „Yes, we can!“ machten, mochte ja, wie Ole fand, für Muttersöhnchen oder ihr weibliches Pendant in Gestalt einer treusorgenden Hausfrau wie geschaffen sein. Aber dass schlichtweg alles so rund und glatt zwischen ihr und ihrem Filius gelaufen sein sollte, wie sie es den Beamten gerade weiszumachen versucht hatte, klang trotzdem oder genau deswegen unglaubwürdig. Sollte das nämlich stimmen, was die gute Frau eben alles wort- und gestenreich zum Besten gegeben hatte, dann war ihr Axel in dem Sinne gar keine Persönlichkeit mehr, sondern nichts weiter als ein blasses und verschwommenes Abziehbild seiner auf absolute Harmonie getrimmten Eltern. Vielleicht sah er, zu allem Überfluss, auch noch genau so aus wie sein Erzeuger oder, schlimmer noch, wie die exaltierte Blondine auf der anderen Seite des Nierentischs. Und apropos Aussehen: Er musste die überspannte Mutter unbedingt noch um ein Bild ihres angebeteten Nachwuchses bitten, falls es sich dann doch wider Erwarten als notwendig herausstellen sollte, den verlorenen Sohn zur Fahndung auszuschreiben.

„Hören Sie, Herr ... Wie war noch mal Ihr Name? Iwersen, so, so. Also, Herr Iwersen, wie oft soll ich es Ihnen denn noch sagen, mein Axel ist noch nie in seinem Leben abends länger ausgeblieben als bis zehn Uhr, ob Sie das nun glauben oder nicht. Und ja, ich bin mir ganz sicher, dass er sich gestern Abend mit ein paar Freunden getroffen hat, um gemeinsam für die in ein paar Tagen auf dem schulischen Programm stehende Mathematikarbeit zu lernen beziehungsweise den anderen, die das offenbar bitter nötig haben, dabei ein wenig auf die Sprünge zu helfen. Mein Junge ist einfach zu gutmütig und kann nicht Nein sagen."

Das kam jetzt doch überraschend ...

„Und ja, bitte unterbrechen Sie mich nicht schon wieder", was eine pure Unterstellung war, denn die beiden Azubis hatten den atemlosen Ausführungen der Guten zuvor so gut es ging und ohne auch nur eine Zwischenfrage zu stellen zu folgen gesucht, und Kollege Woltersen hatte sich sogar ein paar Notizen gemacht. Man wusste ja nie.

„Also, was wollte ich noch einmal? Sie machen mich ganz huschelig, meine Herren. Und überhaupt: Warum hat Herr Doktor Kallweit, der im Übrigen ein guter Freund meines lieben Mannes ist, falls Sie das noch nicht wissen sollten", blitzte sie die beiden Jünglinge feindselig an, „ausgerechnet zwei, wie soll ich sagen, ja, Grünschnäbel mit der Lösung dieses Falls beauftragt, der doch weiß Gott etwas mehr Berufserfahrung erfordert, nicht wahr?"

Die Erboste schien auf diese Frage allen Ernstes eine Antwort zu erwarten, denn mit einem strengen und auffordernden Blick, den sie auf die beiden Jungermittler gerichtet hielt, ließ sie einige Sekunden verstreichen, bevor sie wieder das Wort ergriff oder ergreifen wollte. Ole war kurz davor, die überkandidelte Alte danach zu fragen, von welchem Fall sie eigentlich genau rede, verkniff sich diese Bemerkung dann aber lieber doch, obwohl ihm sehr danach war, seinem Ärger Luft zu machen. Die hysterische Zicke tickte ja wohl nicht ganz sauber, ihre sonstige, vermutlich längst habituell gewordene Art der extrem herablassenden Behandlung von Menschen auch auf die beiden Beamten in Anwendung zu bringen. Das war skandalös, und das musste man sich nun wirklich nicht gefallen lassen! Wenn es da nicht die extra herausgehobene Freundschaft zwischen ihrem Gatten und dem Ollen gegeben hätte, die ihr Vorgesetzter ja auch ein paar Stunden zuvor eher nebenbei erwähnt hatte. Augen zu und durch, dachte er noch, und wie um den Gedanken real werden zu lassen, schloss er für einen Moment die

Lider und massierte mit den Spitzen seiner Zeige- und Mittelfinger seine Schläfen, um womöglich so sein in arge Schieflage geratenes Gleichgewicht wiederzuerlangen.

„Haben Sie eigentlich schon Kontakt zu den Freunden Ihres Sohnes“, wollte Azubi Woltersen sich und seinen Kollegen aus der reichlich verfahrenen Situation mit Hilfe dieser allerdings bloß halb gestellten Frage hinausmanövrieren.

„Ja, hören Sie mir denn überhaupt nicht zu?! Das ist ... Mir fehlen die Worte ... Unglaublich ist das, und wenn das hier so weitergeht, wird sich mein lieber Mann persönlich mit Ihrem Vorgesetzten, Herrn Doktor Kallweit, in Verbindung setzen und die entsprechenden Schritte gegen Sie einleiten, das verspreche ich Ihnen!“

Spätestens jetzt war der Wurm endgültig in diesem Interview drin, das Gefahr lief, voll und ganz aus dem Ruder zu laufen. Was war zu tun? Fragen zu stellen verbot sich. Keine zu stellen war auch nicht gut. Wie mochte es den beiden Begleitern, dem jungen und dem alten, dieser Giftspritze im Laufe der letzten Jahre ergangen sein, ging es den beiden Abgestraften gleichzeitig durch den Kopf. Wer permanent diesem Wahnwitz ausgesetzt ist, der trägt doch hundertprozentig einen Schaden davon. Denn sowas ist doch ganz einfach nicht gesund, verdammt noch mal! Selbstmord wäre noch das Wenigste und wäre tatsächlich die Erlösung. Ja genau! Vielleicht hatte der Filius die finale Variante gewählt und sich an irgendeinem Baum in der Marienhölzung stranguliert und auf diese robuste Art endlich seinen Frieden gefunden. Wer hätte es ihm verdenken wollen? Ole und Dirk ganz sicher nicht. Oder er war, die unblutige Alternative, nach Dänemark ausgewandert und stellte sich bloß tot. Die beiden Ermittler schauten sich an, nickten stumm und senkten dann wieder den Blick. Hier lag ein glasklarer Fall von Gedankenübertragung vor. Die Alte hatte es dahin gebracht, dass man sich in seiner Not auch mental zusammentat, um in dieser geistigen Wahlverwandtschaft etwas Trost zu finden. Möglicherweise wäre es ohnehin das Beste, die Brocken hinzuwerfen, auch auf die Gefahr, sich von dem Alten einen Rüffel einzufangen. Sollte der sich doch um diesen Müll hier kümmern, wo es ja schließlich auch seine Freunde waren. Freunde? Lachhaft!

„Selbst-ver-ständ-lich habe ich heute in aller Herrgottsfrühe Familie Losau kontaktiert, wo mein lieber Sohn sich, wie gesagt, nicht wahr!, zu Übungs- und Vorbereitungszwecken und quasi als Nachhilfelehrer ganz sine pecunia gestern Abend mit ein paar Freunden zusammengefunden hat“, ergriff der Besen wieder die Initiative, so dass die bedrückende Stille von eben wieder durch die nicht weniger für schlechte Laune sorgenden Ergüsse der Schnepfe ersetzt worden war. „Und was soll ich Ihnen sagen? Nun?“

Das war ja hier wie in der Schule. Hätte bloß noch gefehlt, dass Zensuren verteilt wurden – Sechs, Herr Iwersen, setzen! So wird das nichts mit Ihnen, und das Abitur können Sie sich endgültig abschminken, das verspreche ich Ihnen. Punktum.

„Da war er wohl nicht mehr ...“, tastete sich Kollege Woltersen vor.

„Bit-te?“

„Ich meine ... Also ich wollte sagen, dass Ihr werter Sohn das Haus der Losaus vermutlich so gegen ... Wo sagten Sie noch einmal, dass die Familie Losau ihr Domizil hat? Warten Sie, ich hab’s. Genau, in der Marienstraße. Exakt. Und von dort bis hierher, also bis in Ihre in der Moltkestraße gelegene, wunderschöne Villa und das traute Heim Ihres Gemahls und Ihres Sohnes Axel sind es zu Fuß, sagen wir mal, zehn Minuten, nicht wahr? Oder äußerstenfalls fünfzehn, wenn man es nicht sonderlich eilig hat, weil zu Hause ... Aber das tut nichts zur Sache“, lief Dirk nun Gefahr, sich mit seinem geschraubten Gerede endgültig zu verhaspeln.

Ole sah den Gestressten ungläubig an, wie er da verzweifelt versuchte, doch noch die Kurve zu kriegen. Es war unglaublich, was sich heute Nachmittag in diesem Villenviertel auf der Westlichen Höhe ereignete. Vor allem aber war es an der Zeit, diesem hanebüchenen Treiben ein Ende zu setzen, auch auf die Gefahr hin, sich endgültig unbeliebt zu machen. Denn was hieß das schon? Also räusperte er sich, straffte seinen Rücken, fixierte den Drachen mit einem Blick, der keine Widerrede mehr zuließ, und stellte die Fragen, die noch zu stellen waren, wobei er selbst um eine Fotografie des Verschollenen zu bitten nicht unterließ.

Und so erfuhren die beiden Jungspunde dann doch noch etwas mehr über Axels Freundeskreis und über seine, und das verstand sich ja wohl von selbst, überragenden schulischen Leistungen hier gleich um die Ecke im Alten Gymnasium, obwohl sie sich danach gar nicht erkundigt hatten. Sie hatten sich die fünf Adressen der Freunde notiert und sich dann schleunigst vom Acker gemacht, nicht ohne zuvor darum gebeten zu haben, im Falle der eventuell zu erwartenden Heimkehr des verlorenen Sohnes doch bitte umgehend davon in Kenntnis gesetzt zu werden. Um nämlich in diesem Casus, wie Ole es auszudrücken sich nicht verkneifen konnte, nicht unnötige Energien zu verplempern, nicht wahr? Mit dieser unpassenden Bemerkung, die schon zwischen Tür und Angel gefallen war, hatte er sich zum vorläufig letzten Mal einen bösen Blick der Seelenzerstörerin eingefangen, die auch noch angesetzt hatte, etwas Entsprechendes hinterherzuschieben. Aber diesem Gedöns hatten sich die beiden Beamten dadurch zu entziehen gewusst, dass sie zielstrebig den Weg zur am Ende des gepflegten Vorgartens gelegenen gusseisernen Gartenpforte angetreten hatten.

Auf der sich anschließenden Fahrt ins Präsidium hatten sie vielsagend geschwiegen, nachdem sie zuvor, zeitgleich und unmittelbar nachdem die Gartenpforte mit einem quietschenden Geräusch eingerastet war, ein unglaublich erleichtert klingendes „uff, geschafft!“ ausgestoßen hatten. Sie würden sich im Freundeskreis der armen Sau umhören müssen, um an ein paar objektive Informationen zu kommen. Denn mit dem gequirlten und tendenziösen Tünkram von eben war beim besten Willen nichts anzufangen. Und überhaupt: So wie die Dinge lagen, war oder musste Asmussen Junior ein Psychopath oder Schlimmeres, was immer das auch sein mochte, sein, und das galt es schleunigst zu klären. Womöglich stellte er eine Gefahr für sich und seine Umwelt dar. Oder, die andere Variante, er stellte sich irgendwann wieder zerknirscht und mit dem schlechten Gewissen eines Hänflings in der elterlichen Wohnung ein, was für einen halbwegs normalen Menschen nicht wirklich nachzuvollziehen gewesen wäre, es sei denn, es handelte sich bei diesem Mickerling tatsächlich um das Muttersöhnchen, als das ihn Frau Asmussen soeben präsentiert hatte.

5

„Hookie, hookie, hookie. Ja, wo ist es denn, das kleine Mäuschen? Guukie, guukie, guukie ...“

Sosehr Ole seine Eltern und die seiner Frau auch schätzte und mochte, irgendwie hatten Erwachsene in der Gegenwart von Kleinstkindern die Neigung zu verblöden. Er konnte sich nicht helfen. Dabei war es genau genommen ja wirklich rührend, wie sie sich, wie verabredet, bereits wenige Stunden nach der Geburt des Mädchens gemeinsam in dem Zweibettzimmer der glücklichen Mutter eingefunden hatten, um, ein versonnenes Lächeln auf ihren Gesichtern, den Neuankömmling auf diese spezifische Art willkommen zu heißen.

Sie hatten alle, als Ole den Raum seiner beiden Angebeteten kurz nach 13 Uhr betreten hatte, um das Bett ihrer Tochter beziehungsweise Schwiegertochter Position bezogen und ihre schwelgerischen Blicke auf das Würmchen dort unten in den Armen seiner erschöpft wirkenden Mutter gerichtet. Die hatte nur, ganz Glück und sonst gar nichts mehr, lächelnd auf ihre Mathilde hinab geschaut, das Baby ganz sacht in ihren Armen hin und her gewiegt. Und diejenige, der die Aufmerksamkeit aller Anwesenden galt, hatte mit diesem ganz eigentümlichen Blick der Neugeborenen, der sah, ohne etwas zu sehen, an den über sie gebeugten Gesichtern vorbeigeschaut. Hin und wieder hatte sich an ihrer Nasenwurzel ein niedliches Fältchen gebildet, das Missfallen und Irritation signalisierte, worüber auch immer. Und irgendwann war der dezente Missmut dann doch umgekippt, und der Wurm hatte auf diese unverwechselbar quäkende und atemlos-angestrengte Weise zu jammern begonnen, indem er seinen zahnlosen Mund aufsperrte und seine zitternden Ärmchen weit von sich streckte. Das war das Signal für die Mutter gewesen, ihre Brust zu entblößen und das Kleine anzulegen. Das erste Bedürfnis, das es auf dieser Welt äußerte, musste gestillt werden, und das duldete, womöglich aus Schicklichkeitsgründen, von denen es ja ohnehin nichts wusste oder verstand, keinen Aufschub. Die anwesenden Erwachsenen hatten sich in diesem bedrängten Moment dezent zurückgezogen und, am Fenster versammelt, zwecks Zeitüberbrückung über irgendwelche absolut belanglosen Themen zu reden begonnen. Lediglich der Vater hatte diese sich bietende Gelegenheit genutzt, sich zu seinen beiden Lieben auf die Bettkante zu setzen, um jetzt seinerseits auf eine gedankenverlorene Weise dem stillen Treiben zuzuschauen.

So war das am Tag Eins der neuen Zeitrechnung gewesen. Und das wiederholte sich auch so oder so ähnlich an den folgenden Tagen, wenn Ole sich für ein halbes Stündchen in der Mittagspause oder nach dem Dienst am späten Nachmittag oder Abend in der Entbindungsstation der Diako einfand, um nach dem Rechten zu schauen und sich zu vergewissern, dass es dem Nachwuchs und seiner Martha auch wirklich gutging. Kaum, dass er die Tür zu diesem Raum, der für knapp eine Woche das eigentliche Zentrum seines Lebens bildete, vorsichtig und möglichst lautlos geöffnet hatte, tönte ihm in der Regel ein „tutsi, tutsi, tutsi, wo ist er denn, der kleine Schatz?“ oder Ähnliches entgegen, das immerhin signalisierte, dass in den Stunden seiner Abwesenheit nichts Ordnungswidriges oder Schlimmeres passiert war. Aber am Schönsten war es eben doch, wenn sich außer seiner Frau und dem Kind in dem Zimmer lediglich noch die andere Mutter mit ihrem Neugeborenen, das auf den etwas eigentümlichen Namen Seveto hörte, aufhielt, weil er den beiden dann wirklich nahe sein konnte. Und das war ihm jedes Mal ein fast schmerzhaftes Bedürfnis.

Die Sonne lachte von einem von Wolken blankgeputzten Himmel, als Ole am Samstagnachmittag mit der Kleinen und seiner Frau Martha die Diako verließ. Schwester Gabi, die sich während der letzten Tage auch sonst gekümmert hatte, hatte den beiden jungen Eltern zum Abschied noch ein paar kleine Tipps mit auf den Weg gegeben und sich dann mit einem versonnenen Lächeln von dem unglaublich niedlichen Schneckchen verabschiedet.

„Das wird mal eine ganz sööte Deern“, hatten ihre Worte gelautet. „Ach, was rede ich? Das **ist** so eine Sööte, wie ich sie lange nicht gesehen habe. Fast beneide ich Sie beide um Ihr Glück, das können Sie mir glauben. Und hätte ich nicht selbst bereits zwei kleine Rabauken zu Hause, ich wäre die erste Anwärterin auf eine Adoption Ihrer Lütten“, schmunzelte sie. „Aber keine Bange“, fuhr sie nach kurzem Zögern fort, weil sie wahrgenommen hatte, dass die nervlich ein wenig überreizte junge Mutter ihr Kleines fast ängstlich an sich gezogen hatte, „die nimmt Ihnen keiner weg. Und sollte es jemand vor der Zeit versuchen, dann wenden Sie sich vertrauensvoll an Schwester Gabi. Ich werde die Stadt durchkämmen und nicht eher ruhen, als bis das Kind sich wieder in der Obhut seiner Eltern befindet. – Wie isses, Herr Iwersen", wandte sie sich an den männlichen Begleiter, „können Sie bei der Kripo eventuell noch einen fähigen weiblichen Ermittler gebrauchen? Ein Tapetenwechsel wäre nach zehn Jahren Krankenhausdienst das Dümmste nicht, und Ihr Job hat ja auch nicht zuletzt damit zu tun, Menschen zu helfen und sie vor Ungemach zu beschützen, nicht wahr?"

Ole hatte ihr mit einem Augenzwinkern versprochen, sich für sie bei seinem Vorgesetzten einzusetzen, und dann hatten er und Martha das Krankenhaus verlassen und waren, sich im Schieben des Kinderwagens abwechselnd, Arm in Arm in Richtung Christiansenpark geschlendert. Speziell die junge Mutter wollte sich nach Tagen der Bettlägerigkeit ein wenig die Beine vertreten. Ab und an blieben sie stehen, sahen sich an, schmiegten sich aneinander, um sich dann in einem Kuss zu verlieren.

Diese Frau war die Liebe seines Lebens! Daran gab es nichts zu deuteln. Als er sie vor gut zwei Jahren das erste Mal gesehen hatte, es war in einer Gastwirtschaft am Nordermarkt gewesen, in der er nach Dienstschluss hin und wieder einkehrte, war er, wie man so sagt, vom Donner gerührt gewesen. Und obwohl es sonst nicht seine Art war, Frauen, die ihm beispielsweise auf der Straße auffielen, penetrant zu fixieren oder ihnen gar wie ein Arbeiter auf dem Bau mit entblößtem, gebräuntem Oberkörper von erhöhtem Posten aus nachzupfeifen, weil er eben zu schüchtern war für ein derart aufdringliches Getue, war in diesem außergewöhnlichen Fall alles anders gewesen.

Nicht dass er, wie auch immer, zudringlich geworden wäre. Jedenfalls nicht so, wie man sich landläufigerweise Zudringlichkeit vorzustellen pflegt. Nein, Ole saß nur da und konnte nicht aufhören, diese blonde Frau mit den blauen Augen, die gerade in Begleitung einer anderen Frau die Lokalität betreten hatte, anzustarren. Und das Merkwürdige war gewesen, dass er sich dieses Starrens eigentlich gar nicht bewusst gewesen war. Es hatte etwas derart Selbstverständliches und überhaupt nichts Unschickliches, einen wildfremden Menschen sekundenlang zu fixieren. Doch was hieß sekundenlang? Der junge Iwersen war so gefangen von der Ausstrahlung dieses Wesens, dass er nicht zu sagen gewusst hätte, wie lange er sich schon verloren hatte im Schauen. Aber eins dämmerte ihm dann irgendwann doch: dass dieses Schauen nicht nur nicht unbeantwortet oder gar unbemerkt blieb, sondern dass die Erscheinung sein unverwandtes Starren mit einem Lächeln beantwortete, das alles oder auch nichts bedeuten konnte, um sich dann zusammen mit ihrer Begleiterin an einen Tisch schräg links von ihm zu setzen.

Ein anderer, nicht so befangener Vertreter des männlichen Geschlechts wäre vermutlich auf eine betont lockere Art sofort und ohne Zeit zu verlieren aktiv geworden, indem er beispielsweise die Bedienung angewiesen hätte, den Damen am Nachbartisch doch bitte ein Getränk ihrer Wahl zukommen zu lassen. Dann hätte der Zielsichere den beiden Holden charmant lächelnd zugeprostet, sich betont lässig erhoben, wäre an den Tisch der Schönen getreten und hätte sich gar nicht lange damit aufgehalten, um die Erlaubnis zu fragen, sich vielleicht zu den Damen setzen zu dürfen, sondern hätte, das Objekt seiner Begierde fest im Blick, umgehend damit begonnen, über die neuste Frühjahrsmode sein fachkundiges Urteil abzugeben, die sich an den beiden so überaus vorteilhaft ausnehme. Das war nämlich ganz wichtig, zunächst beiden Komplimente zu machen und seine Karten nicht zu früh auf den Tisch zu legen. Das zeugte von Souveränität und kam deswegen in der Regel gut an. – Zuvor hätte er sich natürlich, ganz der Mann von Welt, für den er sich gab und für den er gehalten werden wollte, mit einem leichten Bückling vorgestellt. Das gehörte sich ganz einfach so. Auf die Selbstsicherheit und den ersten blendenden Eindruck kam es eben an, und der Rest vom Schützenfest würde sich dann schon irgendwann von selbst ergeben. Kommt Zeit, kommt Rat ...

So hatte sich das Kennenlernen in diesem Fall aber nicht abgespielt. Oder auch wieder doch. Oder jedenfalls so ähnlich. Denn Ole, der seit geraumer Zeit nicht mehr wusste, wie ihm geschah, konnte nicht mehr aufhören mit dem Gucken. Es war wie ein Sog. Er hatte vollständig die Kontrolle über sich verloren. Und was das Beste war: Es war ihm, der rauschlose Rausch stand dagegen, in keiner Weise unangenehm und kostete ihn kein bisschen Überwindung. Es war so, wie es war, und alles andere war ihm schnurzpiepegal. Konventionen, Befangenheiten zählten in diesem außerordentlichen Moment nicht mehr, und zwar deswegen nicht, weil er das felsenfeste Gefühl hatte, dass diese Frau dort vorne zu ihm gehörte. Dass sie, wie man so sagt, füreinander bestimmt waren. Vertrautheit war ein zu mattes Wort für das, was er die ganze Zeit über schon empfand. Nähe traf es auch nicht. Liebe war ein nichtssagendes, neutrales Füllsel für Sprachlosigkeit. Nein, er würde verloren sein, wenn er sie verlöre, und sei es auch nur aus den Augen.

Also blieb er bei ihr, was nicht nur am Nachbartisch mittlerweile Aufsehen zu erregen begonnen hatte. Die Freundin der anderen, die für ihn keine andere war, begann hinter vorgehaltener Hand kleinmädchenhaft zu kichern, wobei das Kichern langsam dabei war, in ein Prusten überzugehen. Hätte nur noch gefehlt, dass sie ihr in die Seite gestoßen hätte, um ihr anschließend hinter vorgehaltener Hand und mit einem bedeutungsvollen Nicken in seine Richtung etwas Vertrauliches ins Ohr zu flüstern. Und auch an den anderen Tischen war man auf das Extraordinäre dieser Situation inzwischen aufmerksam geworden, was unschwer daran zu erkennen gewesen oder vielmehr zu hören war, dass ein allgemeines aufgeregtes Gemurmel den Raum erfüllte.

Eine hochnotpeinliche Situation im Grunde genommen. Aber diejenigen, die den Anlass für diesen Ausnahmezustand bildeten, scherten sich nicht um die Reaktion der Gaffer, sondern hielten ohne Wenn und Aber zueinander. Diejenigen? Ja, diejenigen. Denn auch Fräulein Christiansen hatte sich unversehens in dem anderen dort drüben verloren, und das hatte vor allem damit zu tun, dass sie sich nicht erinnern konnte, derart vorbehaltlos, selbstvergessen und ... voller Liebe von einem ihr vollkommen fremden Menschen jemals zuvor angesehen worden zu sein. Aber was hieß hier schon von einem Fremden? Erstens hatte noch nie irgendwer so in sie hineingeschaut, selbst ihre Eltern nicht und auch nicht ihr erster Freund, von dem sie sich unlängst getrennt hatte. Und zweitens: Wer sich so vergaß, der hatte offenbar in ihr etwas gefunden, was auch sie gesucht hatte, seit sich ihr Interesse vor ein paar Jahren dem anderen Geschlecht zugewandt hatte. Was das war, hätte sie nicht in Worte zu fassen gewusst. Aber das war ihr auch nicht wichtig gewesen in diesem Augenblick. Fest stand nur, dass man denjenigen, der einen so in seinen Bann schlug, nicht verlieren durfte. Und weil das über allen Zweifel erhaben war, erhob sie sich von ihrem Sitz, flüsterte ihrer Freundin noch etwas zu und stand dann gleich darauf vor ihm.

Der Bigotterie dieser absolut unerotischen Dekade zum Trotz und wie um ein Exempel zu statuieren: Ole und Martha hatten gleich im Anschluss zusammen Hand in Hand schweigend die Lokalität verlassen und sich keine fünf Minuten später in der in der Toosbüystraße gelegenen Bude des in der Ausbildung befindlichen Kriminalbeamten wiedergefunden. Genauer gesagt: Sie hatten sich gefunden und seither im übertragenen Sinne nicht mehr voneinander gelassen.

Die Heirat, die im engsten Kreis einige Monate später stattgefunden hatte, war nur eine dem stockbürgerlichen Selbstverständnis entsprechende und aus ihrer unkonventionellen Sicht absolut unerhebliche Zugabe gewesen. Und was den weiblichen Nachwuchs betraf, der nach gut einem Jahr der Ehe ihr Glück perfekt gemacht hatte, so sollte er, was so nicht geplant gewesen war, der einzige bleiben. Denn Martha Iwersen, geborene Christiansen, blieb danach, warum auch immer, viele Jahre hindurch unfruchtbar, und auch sonst stand es um ihr Gesamtbefinden nicht zum Besten. Doch das brauchte die beiden Glücklichen, die sich für ein paar Minuten auf eine Bank in den malerischen Park gesetzt hatten, für den Moment nicht zu stören. Denn die Grausamkeiten der Zukunft besaßen für sie jetzt und fürs Erste keine Realität. Real war nur das Kleine mit seinem gehäkelten Mützchen vor ihnen in seinem Kinderwagen, in dem es schlafend die unverwechselbare Ruhe ausstrahlte, die nur von Neugeborenen ausgeht. Ab und zu zuckten seine kleinen Fäustchen grad' so, als ob es träumte. Dabei entfuhr ihm ein Seufzer, oder, schwer in Worte zu fassen, ein zartes, zerbrechliches Quietschen, wobei sein Mündchen sich zu einer Schnute verformte, an der winzig kleine Bläschen perlten.

6

Axel Asmussen blieb verschwunden. Kein Lebenszeichen war während der letzten Tage von ihm zu vernehmen gewesen, so dass sich die beiden Jungermittler nun doch allen Ernstes daran gemacht hatten, über seinen Verbleib etwas in Erfahrung zu bringen. Dazu waren sie auch durch ihren Vorgesetzten Doktor Kallweit ermahnt worden, der sie keine zwei Tage nach dem so überaus anstrengenden Gespräch mit der überspannten Mutter zur Seite genommen und mit ernster Miene ermahnt hatte, diese Sache nicht auf die leichte Schulter zu nehmen. Frau Asmussen habe sich nämlich gerade erst mit ihm telefonisch in Verbindung gesetzt und es sich auf das Bestimmteste verbeten, dass man derart leichtfertig, wie die beiden es ganz zweifellos getan hatten, auf die Absenz ihres Sohnes meine reagieren zu können. Denn sie habe seit vorgestern weder etwas von ihrem Axel noch von den beiden „Grünschnäbeln" gehört. Und das sei ja wohl, vorsichtig gesagt, ein überaus starkes Stück und auf keinen Fall zu dulden.

„So geht das nicht, meine Herren. Die Lage ist ernst, oder könnte es jedenfalls sein. Also verhalten Sie sich entsprechend und kümmern Sie sich, das ist ja weiß Gott nicht zu viel verlangt. Und", hatte er nach einer kurzen Pause seine Strafpredigt beschlossen, „halten Sie mich bitte auf dem Laufenden, und nehmen Sie bitte in Zukunft etwas mehr Rücksicht auf das angekratzte Nervenkostüm der besorgten Mutter. Haben wir uns verstanden?"

Ole und Dirk hatten nur stumm genickt und sich gleich anschließend in einer stillen Ecke des Großraumbüros einen Fahrplan für ihr weiteres Vorgehen zurechtgelegt. Zunächst galt es das Mädchen zu kontaktieren, bei der, beziehungsweise bei deren Eltern der Nachhilfeabend stattgefunden hatte. Und so machten sie sich gleich anschließend auf den Weg in die Marienstraße.

Emilie Losau war ein überaus reizendes, rotblondes Geschöpf mit Sommersprossen auf ihrem Nasenrücken und den leicht geröteten Wangen. Was allerdings schwerer wog, jedenfalls aus der Sicht Oles, war die Tatsache, dass endlich einmal ein Nachname nicht auf -sen endete. Vor lauter Sens verlor man ja langsam den Überblick.

„Der Axel, müssen Sie wissen, der ist, ja, der ist etwas ganz Besonderes, und deswegen hat man es ..."

Die aparte junge Frau stockte und wusste für den Moment nicht weiter. Sie rang, das war unverkennbar, nicht nur nach den passenden Worten, sondern versuchte auch, ihre Gedanken in Ordnung zu bringen. Ole wollte es so scheinen, als ob an besagtem Abend irgendetwas vorgefallen war, was mitzuteilen oder preiszugeben sich die Kleine sichtlich schwer tat.

„Nur die Ruhe, Fräulein Losau, und lassen Sie sich Zeit. Niemand will Ihnen zu nahe treten, und mein Kollege und ich sind die Letzten, die Sie bedrängen oder gar unter Druck setzen wollen. Was uns einzig und allein interessiert, ist eine Antwort darauf, warum Herr Asmussen aus heiterem Himmel verschwunden ist, und dazu wäre es natürlich hilfreich, etwas über den Abgängigen in Erfahrung zu bringen."

„Aber das ist es ja gerade. Axel hatte, glaube ich, einen ganz bestimmten Grund, sich aus dem Staub zu machen ... Oder, genau genommen, sogar zwei ..."

„Wie meinen Sie das? Oder exakter gefragt: Glauben Sie etwa, dass er sich, wie soll ich sagen, abgesetzt hat? Dass ihm also, in dem Sinne, gar nichts passiert ist? Welchen Grund hätte er dafür haben sollen?"

Dirk Woltersen schien irritiert, und Ole ging es ganz genauso. Das Mädel deutete einfach zu vieles immer bloß an und wollte nicht mit der Sprache herausrücken und die Karten auf den Tisch legen. Aber wieso?

„Grund, Grund ..."

Emilies Stimmung, die eben noch ganz von Ratlosigkeit geprägt gewesen war, war auf dem besten Weg, in Gereiztheit umzuschlagen. Das war gar nicht gut und in jederlei Hinsicht kontraproduktiv.

„Das ist es doch gerade, was ich die ganze Zeit versuche, Ihnen begreiflich zu machen. Axel war ..." Sie stutzte und sah betreten zu Boden. „Also, Axel ist ein frühreifes Genie, ja, das ist er. Und deswegen ist der Umgang mit ihm immer schon problematisch gewesen."

„Inwiefern?" unterbrach Kollege Woltersen die Aufgebrachte, wofür er sich von Ole einen bösen Blick einfing. Endlich war so etwas wie ein roter Faden in dem Geflecht von Andeutungen zu erkennen gewesen, und dann unterbrach der Depp das Mädel. Das durfte doch nicht wahr sein!

„Sind Sie so blöd, oder stellen Sie sich nur so?" platzte es aus ihr heraus.

Die beiden Beamten schauten betreten zu Boden und fassten jeder für sich den Entschluss, sich vorerst rezeptiv zu verhalten.

„Ich habe mich an dem Abend, also im Anschluss an unsere Sitzung, von ihm getrennt. Weil ich es nicht mehr mit ihm ausgehalten habe. Alles war so schwierig mit ihm. Immer hat er an allem herumproblematisiert. Auch an meine Liebe zu ihm hat er eigentlich nie geglaubt. Lustig gemacht hat er sich, mich ausgelacht, wenn ich ihm beteuert habe, dass nur er ..."

Die Stimme des Mädchens brach. Ein Häuflein Elend verlor sich in haltlosem Schluchzen. Oles Beschützerinstinkte begannen sich wie auf Knopfdruck zu regen. Vorsichtig legte er seine Hand auf die Schulter der Verzagten und flüsterte kaum hörbar: „So beruhigen Sie sich doch. Es ist doch noch gar nichts passiert, und alles kann sich zum Guten wenden."

Das war ein Fehler gewesen, wie sich gleich darauf herausstellen sollte. Denn Fräulein Losau wurde jetzt panisch und erlitt so etwas wie einen hysterischen Anfall.

„NICHTS IST GUT! GAR NICHTS!" schrie sie, wobei sie sich dem zärtlichen Griff Oles mit einer heftigen Bewegung entwand. „Ich bin schuld, wenn er sich etwas angetan haben sollte. So ist das und kein bisschen anders! Ich hätte ihn nicht allein und im Stich lassen dürfen. Das hat er nicht verkraftet, bei aller gespielten Souveränität. Denn Axel, merken Sie sich das, ist hochgradig sensibel. – Und dann ist da", fuhr sie nach kurzem Innehalten fort, „zu allem Überfluss auch noch seine ewig stichelnde, hysterische Mutter, der man nichts, gar nichts recht machen kann. Immer nörgelt sie rum, hat an allem etwas auszusetzen, nur nicht an ihrem vergötterten Axel. Obwohl ... nein, das stimmt auch nicht. Auch ihn hat sie auf eine andere, subtilere Art eigentlich immer in die Zange genommen mit ihrem ‚Axelchen hier, Axelchen dort'. Und was meinen Sie, warum dieser Drachen nichts von unserer Beziehung gewusst hat? Nun?"

Die beiden Azubis zuckten hilflos mit den Schultern. Die Gefahr, wieder etwas Falsches zu sagen, war einfach zu groß. Und außerdem: So schlecht lief das alles hier gar nicht, auch wenn sie, für den Außenstehenden, ein ganz schlechtes Bild abgaben. Sie begriffen langsam die Zusammenhänge, und mehr hatten die beiden Jungpolizisten ja auch nicht gewollt.

„Weil sie sich und ihr Kind für etwas Besseres gehalten hat. Und mit so einer wie mir, mit der gibt man sich doch nur aus Mitleid ab, und weil sie zu blöd ist, alleine und ohne die Hilfe des Muttersöhnchens durch die Penne zu kommen. Begreifen Sie, für diese Frau sind Menschen wie wir, also meine Eltern und ich, nichts weiter als Abschaum, mit dem man sich allenfalls zur Not und wenn es nicht anders geht einlässt. Aus karitativen Gründen und also letztlich aus Mitleid ...“

Ole und sein Begleiter nickten unwillkürlich, denn die Deern hatte ausgesprochen und auf den Punkt gebracht, was beide bei dem Gespräch mit Frau Asmussen sofort empfunden hatten: dass hier eine in die Jahre gekommene Exzellente nichts anderes gelten ließ als Exzellenz. Und für die standen bei Licht betrachtet lediglich sie und ihr Gezücht. Doch, und hierin bestand der Haken der ganzen Angelegenheit, der von früh auf an die Kandare Genommene schien sich irgendwann aus der Umklammerung gelöst zu haben, um fortan seine eigenen, nämlich die luftigen Wege eines Hochbegabten zu wandeln, der sich um Richtlinien und Benimmregeln nur noch sehr bedingt kümmerte. Und das schien, so kam es Ole plötzlich vor, alles andere als unerheblich für die mögliche Wendung zu sein, die das alles hier vor ein paar Tagen genommen hatte. Das Fass war übergelaufen, weil eine Schmerzgrenze überschritten worden war. Und der Auslöser, ja, das konnte sein, war die Trennung gewesen.

Wer weiß, dachte er, möglicherweise hat sich der Schüler ja tatsächlich aus dem Staub gemacht, so oder so ... Man müsste mal, überlegte er weiter, seinen Klassenlehrer befragen, einen Menschen also, der nicht ganz so befangen an dieses Genie herangetreten war und folglich die Verhältnisse noch etwas mehr auseinanderdröseln konnte.

Sein Begleiter sah das im Übrigen ganz genauso, denn nachdem sie die Wohnung der Schülerin verlassen hatten, verständigten sie sich darauf, am nächsten Morgen dem Alten Gymnasium mal einen Besuch abzustatten, um dem Klassenlehrer des Verschwundenen gezielt ein paar Fragen zu stellen. Und sie kamen auch überein, dass, so wie das alles eben gelaufen war, glücklicherweise die Eltern der Deern außerhäusig gewesen waren, denn die hätten den emotionalen Radau im Zimmer ihrer Tochter doch bestimmt nicht unkommentiert gelassen, sondern die beiden Jungbullen zweifelsohne dazu aufgefordert, ihrer armen Emilie doch bitte nicht so auf die Pelle zu rücken, wo ihr Kind sich doch ohnehin schon seit Tagen mit Vorwürfen martere.

„Wollen Sie", war Oles Stimme in der Stille des Raumes zu hören, „damit andeuten, dass Axel sich, wie soll ich sagen, aus dem Staub gemacht hat? Weil er das nämlich alles nicht mehr ausgehalten hat?"

Das rotblonde Mädchen sah ihn aus verweinten Augen hilflos an, wobei sie mit einer leichten Verzögerung zu nicken begonnen hatte.

„Aber wohin, ich meine", versuchte Dirk die richtigen Worte zu finden, „hat er Freunde, bei denen er kurzfristig untertauchen kann? Oder Verwandte, die sich mit seiner Mutter nicht so gut verstehen, und die deswegen Verständnis dafür hätten, wenn ihr Neffe für ein paar Tage bei ihnen Luft holt und sich von dem ganzen Stress ausruht?"

Emilie, das sah man, hatte damit begonnen, diese Alternative durchzuspielen, allerdings ohne jedes brauchbare Ergebnis. Denn ihr Nicken ging jetzt in ein Kopfschütteln über.

„Axel ist ein Einzelgänger, durch und durch. Dass er mich, wie eingeschränkt und vorbehaltlich auch immer, an sich herangelassen hat, grenzt ja bereits an ein Wunder. Aber auch sonst ... Nein, er hat keine Freunde, auf jeden Fall nicht im landläufigen Sinne. Und Verwandte? Nein, nicht dass ich wüsste. Aber was heißt das schon? Da müssten Sie noch mal bei seinen Eltern vorstellig werden."

„Was meinten Sie eben mit nicht im landläufigen Sinne?" hakte Ole nach.

„Na ja, wir sind ein Freundeskreis von fünf Jugendlichen. Und zu denen gehört Axel auch irgendwie. Sozusagen das sechste Rad am Wagen, das sich in unregelmäßigen Abständen hin und wieder auch mal einfindet und so tut, als ob es zu dem Wagen gehörte. Ein Ersatzreifen, wenn man so will. Obwohl ... nein, das ist ein unpassendes Bild. Es müsste vielmehr umgekehrt heißen, dass wir die Ersatzreifen sind. Der wirkliche Reifen, also der, auf den alles ankommt, der liegt im Kofferraum."

Ole und Dirk mussten unwillkürlich schmunzeln. Und die Lütte tat es ihnen auf eine allerdings etwas verquälte Art gleich.

„Sagen Sie, Fräulein Losau", ergriff Ole wieder die Initiative, „schreiben Sie eigentlich? Ich meine, vieles von dem, was Sie sagen, klingt so ... außergewöhnlich und ... gewählt. In unserem Beruf, da herrscht normalerweise ein anderer Ton. Da geht es robuster und nicht so ... vornehm zu. Ich weiß nicht, wie ich das anders sagen soll."

Das gedämpfte Schmunzeln des hübschen Mädchens war von einer Sekunde zur nächsten in ein strahlendes Lächeln übergegangen.

„Ach nein, Herr ... Herr Iwersen, danke schön. Ich lese zwar unglaublich viel und gerne, aber zum Schreiben, also zum wirklichen Schreiben, reicht es bei mir nicht. Aber der Axel, ja, der konnte, ich meine, der kann schreiben wie niemand sonst."

Ihr Gesichtsausdruck hatte in diesem Moment etwas Schwärmerisches und geradezu Entrücktes.

„Das ist es ja gerade, was ich Ihnen vorhin begreiflich machen wollte. Axel kann Sachen, die kann nicht einmal der Durchschnittslehrer, geschweige denn der Durchschnittsmensch. Leute wie Sie und ich. Axel ist eben etwas ganz Besonderes. Und nicht zuletzt deswegen habe ich ihn gemocht und immer auch ein ganz klein wenig gefürchtet. Oder nein, das ist nicht das richtige Wort. Ich habe mir um sein Seelenheil Sorgen gemacht. Das ist es. Ich hatte eigentlich immer die Befürchtung, es könnte ihm etwas Schlimmes zustoßen, verstehen Sie?"

Ole und Dirk verstanden zwar nicht wirklich. Trotzdem nickten sie. Die beiden Ermittler hatten ohnehin das Gefühl, dass fürs Erste alles gesagt worden war. Deswegen beschlossen sie, das Feld zu räumen, nicht ohne zuvor nach dem Namen des Klassenlehrers gefragt zu haben.

Auffällig aber, darauf kamen sie gleich nach dem Verlassen des kleinen, an der extrem abschüssigen, engen Straße gelegenen Hauses zu sprechen, war immerhin schon gewesen, dass die Deern immer wieder unwillkürlich in die Vergangenheitsform gefallen war, wenn sie sich über ihren Ex Gedanken machte. Hatte das etwas zu bedeuten? Und wenn ja, was? Denn genau genommen konnte das heißen, dass sie mit ihrer Liebe von ehedem abgeschlossen hatte. Obwohl dazu die emotionalen Ausbrüche nicht so recht passten. Es konnte aber auch heißen, und das hatte sie zum Schluss ja auch von sich aus betont, dass sie das Schlimmste befürchtete ... Es bestand nach wie vor und nun erst recht Klärungsbedarf, zumal der Verschollene einfach nicht wieder auftauchen wollte, weder so noch so.

7

„Was ist mit dir? Was fehlt dir?“

Martha sah ihren Mann forschend von der Seite an. Irgendetwas stimmte nicht mit ihm. Er war so verschlossen seit heute Morgen, und das, obwohl sie doch nun zu dritt und so die glücklichsten Menschen der Welt waren.

„Ole, ich rede mit dir. Hallo ...“

Sie stupste ihn in die Seite.

„Was hast du gesagt? Ich war gerade in Gedanken. Entschuldige bitte.“

„Ach ja? Komisch, hättest du mich nicht darauf aufmerksam gemacht, ich wäre von selbst nie darauf gekommen.“

„Du meinst?“

Ole war sichtlich ratlos, das sah man. Er war bei den letzten Worten unwillkürlich stehen geblieben und musterte seine Frau mit einem forschenden Blick.

„Es war doch nur ein Scherz, du Lieber. Komm, spuck’s schon aus, was bedrückt dich?“

Sie hatten beschlossen, nachdem er um 16 Uhr nach Hause gekommen war, noch ein wenig durch die tief verschneiten Flensburger Straßen zu wandern. Das Wetter war einfach zu verlockend. Aus den Schloten der Häuser stieg der Qualm fast senkrecht in den wolkenlosen, spätnachmittäglichen Himmel. Der Schnee, es lagen circa dreißig Zentimeter, hatte sich noch nicht in den sonst üblichen grauen und unansehnlichen Matsch verwandelt. Nicht bloß im Stadtpark, an dem sie vor einer Viertelstunde vorbeigeschlendert waren, war alles so unberührt und friedlich-still. Nein, auch an den steilen Hängen der Westlichen Höhe, die sie auf ihrem Weg zum Hafen durch den Nordergraben passiert hatten, lag eine geschlossene Pulverschneeschicht, die Büsche teilweise wie kleine, geduckte Männchen oder Kobolde aussehen ließ. Und erst am Hafen, da hatte der strenge Frost der letzten zwei Wochen zu Eisgang geführt. Schollen schoben sich übereinander, türmten sich an einigen Stellen regelrecht zu mannshohen Barrieren auf, und nicht zugefrorenes Wasser gab es eigentlich bloß noch an den

Kieler Anlagen, weil dort nämlich die Flensau in das Hafenbecken mündete. Ihre sachte Strömung hatte dafür gesorgt, dass sich eine im Durchmesser etwa zehn Meter breite Fahrrinne oder vielmehr ein Halbkreis gebildet hatte, auf dem sich unzählige Schwäne, Enten und Blesshühner versammelt hatten, in der Hoffnung, hier ein paar Brotkrumen von vorbeischlendernden Fußgängern zu erhaschen.

An dieser Stelle mit ihrer wunderschönen Aussicht auf den wie erstarrt daliegenden Hafen hatte Martha sich soeben mit ihren beiden besorgten Fragen an ihren Mann gewandt.

„Du hast recht. Wir, also der Dirk und ich, haben seit ein paar Tagen einen Fall an der Backe, der in dem Sinne noch gar kein Fall ist. Und weil es sich so verhält, kann ich mit dir auch darüber reden."

Seine Stimme klang fast ein wenig trotzig.

„Wie meinst du das, dass euer Fall irgendwie dann doch keiner ist? Das verstehe ich nicht."

„Nun ja, Martha, es handelt sich um einen Jungen, der seit ein paar Tagen vermisst wird. Er ist spurlos verschwunden, einfach so." Während seiner letzten Worte hatte er, wie zur Untermalung, mit den Fingern seiner rechten Hand geschnipst. „Futschikato und perdu."

„Ja?" Martha spürte instinktiv, dass das noch nicht alles war.

„Das Dumme ist eben, dass man in so einem Fall gar nicht wirklich aktiv werden kann. Man kann seine Familie befragen, was auch bereits geschehen ist. Es war die Hölle, kann ich dir sagen."

Weil seine Frau ihn fragend ansah, ging er ein wenig auf die Details des Gesprächs mit der dünkelhaften Giftspritze ein. Martha musste sich, das sah man, sehr zusammenreißen, um nicht loszulachen. Ihr so überaus ansprechendes Gesicht überzog ein schelmisches Lächeln.

„Du hast gut lachen", beschwerte sich der junge Iwersen. „Du musstest dir schließlich auch nicht dieses anmaßende Geseire dieser überkandidelten Schickse anhören. Bei dem Besen gibt es sowieso nur eine Alternative: Nichts wie weg! Also doch keine Alternative ... Das Dumme ist nur: Ihr Filius ist bislang noch nicht wieder aufgetaucht. Weder scheint er bei Freunden untergetaucht zu sein noch bei irgendwelchen Verwandten, so dass man tatsächlich fast davon ausgehen muss, dass ein Gewaltverbrechen verübt worden ist. Aber wo ist die Leiche, bitte schön? Und gibt es überhaupt eine? Oder ist der Knabe tatsächlich nach Dänemark oder wohin auch immer ausgewandert? Und es macht ja auch keinen Sinn, sich nach irgendwelchen Alibis zu erkundigen. Wofür denn und für welche Uhrzeit? Du siehst, Fragen über Fragen und nicht eine gescheite Antwort. Und unser Chef, also der Kallweit, der sitzt uns mittlerweile auch schon im Nacken. Denn das Beste ist", er formte mit seiner Rechten Anführungszeichen, „dass der Olle mit der Familie des Fahnenflüchtigen befreundet ist. Das ist mal wieder typisch. Und wir, also der Dirk und ich, dürfen die Suppe auslöffeln. Doch welche Suppe eigentlich? Wir haben schlechterdings nichts zu beißen. Verstehst du jetzt, in was für einer Zwickmühle ich mich befinde? Ich weiß einfach nicht mehr weiter."

Ole hatte sich in Fahrt geredet, was sonst nicht seine Art war. Normalerweise war er ein eher ruhiger, zurückhaltender Mensch.

Sie setzten sich wieder in Bewegung und schlenderten jetzt an der westlichen Seite des Hafens in Richtung Fördebrücke, wo die Alexandra am Ufer vertäut lag.

„Wie wollt ihr, ich meine, was wollt ihr in dieser Sache, die offenbar keine Anhaltspunkte bietet, weiter unternehmen?"

„Freunde befragen, den Klassenlehrer, irgendwas von der Art. Und dann gibt es ja auch noch die Möglichkeit, die Zeitung oder den Rundfunk einzuschalten, von wegen Vermisstenanzeige und so. Dirk und ich werden morgen Vormittag mal dem Alten Gymnasium einen Besuch abstatten, um das Umfeld dieses ... dieses Was eigentlich abzuklopfen."

Martha hatte bei den letzten Worten zu lachen angefangen. Sie konnte sich nicht mehr zurückhalten. „Das klang eben", versuchte sie sich immer noch prustend zu entschuldigen, „zu komisch, Ole. Ein Was abklopfen! Das ist", sie begann vor Atemnot sogar zu keuchen, „köstlich, hihi!"

Ole, der zunächst so etwas wie Empörung und Unmut über diese unverhoffte, heitere Ausgelassenheit seiner Frau verspürt hatte, stutzte kurz, stimmte dann aber in das Lachen ein. Sie hatte ja recht. Das Ganze war, aus der richtigen Perspektive betrachtet, tatsächlich brüllend komisch. Dass er und sein Kollege einem Phantom nachjagen mussten, bloß weil der Kallweit per Du mit diesen neureichen Schnöseln war. Lachhaft und absurd!

Und so konnte man an diesem späten Nachmittag ein sich immer wieder die Seiten vor Lachen haltendes, glückliches Pärchen die Hafenspitze passieren sehen, das, Arm in Arm, einen Kinderwagen vor sich her schob. Auf der Höhe der Fördebrücke überquerten sie Norderhofenden und schlugen den Verbindungsweg in Richtung des Nordermarktes mit seinem Neptunbrunnen ein. Als sie, ein wenig außer Atem, da sie die Toosbüystraße hatten erklimmen müssen, ihre Wohnung in der Burgstraße erreichten, erwachte, nicht zu früh und nicht zu spät, die kleine Mathilde, rieb sich die Äuglein, gähnte ihr zerknittertes Gähnen, wobei sie ihre zitternden Ärmchen von sich streckte, und sah ihre Eltern aus großen, dunklen Augen seltsam ratlos und fragend an. Wie eine Fremde unter Fremden.

8

„Meine Herren, stellen Sie Ihre Fragen. Ich werde versuchen, sie zu beantworten, so gut ich es vermag."

Der Lehrkörper forderte die beiden Beamten mit einer einladenden Geste auf, Platz zu nehmen. Man war unter sich, denn als Ole und Dirk vor ungefähr einer Viertelstunde das auf der Westlichen Höhe gelegene, altehrwürdige und bereits 1566 gegründete Alte Gymnasium, die eigentliche Eliteschule der Betuchten Flensburgs, betreten hatten, hatte die dritte Stunde gerade begonnen. Der seit 1955 amtierende Direktor Albert Harmsen hatte die beiden Azubis persönlich unter seine Fittiche genommen und sie zu der Klasse des Klassenlehrers des Vermissten geleitet. Dort hatte der sympathisch wirkende Mann dem zunächst etwas verdutzt dreinschauenden Kollegen mit kurzen Worten die Zusammenhänge auseinanderklamüsert und ihm dann mit einem jovialen Klaps auf die Schulter bedeutet, er möge doch mit den beiden Kriminalisten die Einsamkeit des Lehrerzimmers aufsuchen, um dort gemeinsam den Versuch zu unternehmen, Licht in das Dunkel des verschwundenen Schülers Asmussen zu bringen. Denn dass ein Eleve dieser Lehranstalt so mir nichts dir nichts verschütt ging, das sei schlechterdings inakzeptabel, und dem müsse man schleunigst entgegentreten. Nachher mache so etwas noch Schule, „haha". Der geschätzte Kollege brauche sich um den Fortgang der Stunde wirklich keine Sorgen zu machen. Denn ein echter Kerl schrecke vor überhaupt nichts zurück und sei, keine Frage, auch dem Verklärungsmotiv im Sterben der *Jungfrau von Orleans* gewachsen, was ja wohl, wie er mit einem kurzen Blick auf den grauen Schiefer der Tafel für sich in Erfahrung gebracht hatte, der Gegenstand der heutigen Unterrichtseinheit sei. Wozu sei man schließlich von allem frühneuzeitlichen, reformatorischen Anfang an ein Gymnasium mit humanistischem Fundament? Und da verstehe es sich wohl von selbst, und für den Leiter dieses Etablissements, also seine Wenigkeit, zumal, dass er aus dem Stegreif diesem in der Tat außergewöhnlichen und auf seine Art äußerst heiklen und vielschichtigen Thema von hoher pädagogischer Relevanz gewachsen sei.

„Denn wie lauten des Dichters in Stein gemeißelte Worte? ‚Seht ihr den Regenbogen in der Luft? / Der Himmel öffnet seine goldnen Tore, / Im Chor der Engel steht sie glänzend da, / Sie hält den ew'gen Sohn an ihrer Brust, / Die Arme streckt sie lächelnd mir entgegen. / Wie wird mir – Leichte Wolken heben mich – / Der schwere Panzer wird zum Flügelkleide. / Hinauf – hinauf – Die Erde flieht zurück – / Kurz ist der Schmerz und ewig ist die Freude!‘ Der Weimarer Dioskuren einer ... Und nun geschwind, mein Bester! Tragen Sie zur Klärung des Seltsamen bei, das sich mit unserem geschätzten Vorzeigeschüler Asmussen zugetragen hat.“

Ole hatte nach dem Verlassen des Klassenraums schwer an sich halten müssen, um nicht wiederum wie am Vorabend in haltloses Gelächter auszubrechen. Denn wie der Sprachgewaltige sich da eben ins Zeug gelegt hatte, das war ja zirkusreif oder ein Fall für den Rundfunk gewesen. Der Entertainer war dem Mann mit der Brille wie es schien auf den Leib geschneidert, auch wenn er auf den ersten Blick überhaupt nicht so wirkte. Man hätte ihn viel eher für einen einigermaßen biederen Mathematiklehrer gehalten. Aber wie auch immer, Ole war froh, dass seine aufgrund des Krieges ohnehin ziemlich löchrige Schulzeit der Vergangenheit angehörte. Zumal er es über die Mittlere Reife nicht hinausgebracht hatte.

„Ja also, Herr ...“

„Herr Doktor Heinrichsen“, half der Deutsch- und Geschichtslehrer dem Nachwuchskriminalen aus seiner intellektuellen Sackgasse.

„Vielen Dank. Also es geht mir und meinem Kollegen darum, etwas über den Menschen Asmussen in Erfahrung zu bringen, also über seinen Charakter, seine Vorlieben und, nicht zu vergessen, seine Freunde, so er denn welche hatte.“

Ole gab sich sichtlich Mühe, den Ton des Vorgesetzten dieses Doktors einigermaßen zu halten. Denn die Vorkommnisse der letzten paar Minuten hatten ihn wahrhaftig eingeschüchtert, und er hatte Angst, sich einen Lapsus zu leisten, der auf seine Intelligenz ein eher fragwürdiges Licht hätte werfen können. Und Dirk ging es ganz genauso, was ein außenstehender Beobachter daran hätte erkennen können, dass er sich fürs Erste rezeptiv verhielt und seinen Kollegen machen ließ.

„Sie sehen mich ein wenig ratlos, meine Herren. Denn, wie Ihnen vielleicht schon zu Ohren gekommen sein dürfte, war dieser Schüler, entschuldigen Sie, es muss natürlich heißen: ist dieser Schüler, nicht wahr, etwas ganz Besonderes, ja, ich möchte sagen, Außerordentliches. Der hat uns doch alle locker in die Tasche gesteckt. Ein felix futurorum omen, wenn Sie verstehen, was ich meine.“

Stummes Nicken.

„Also dieser zu allen Hoffnungen Anlass gebende junge Mann befand sich, nein, befindet sich auf einem Niveau, das der Normalsterbliche, also Menschen wie Sie und irgendwo ja auch ich, nie erreichen werden, Sie mögen es anstellen, wie Sie wollen. Keine Chance! Er ist der Übermensch, und wir sind, mit Verlaub, die Neandertaler. Das Gefälle ist von einer derart abnormen und geradezu monströsen Intensität, dass es einen schwindelt.“

Donnerwetter, hier legte sich aber einer schwer ins Zeug!

Bei den letzten dann doch irgendwie exaltiert und überspannt klingenden Ausführungen, Ole konnte sich bei aller Liebe und bei allem Respekt vor wahrhafter Größe nicht helfen, hatte der Lehrkörper tief durchgeatmet, vernehmlich geseufzt und war mit seiner Rechten bedächtig über seine hohe Stirn gefahren, obwohl dieser mittelgroße und dabei schmächtig wirkende Mann doch allenfalls Mitte dreißig sein mochte.

„Und deswegen", fuhr er nach einer kurzen Pause fort, „war Axel eine hochgradig gefährdete Existenz."

„Wie meinen Sie das? Gefährdet inwiefern?" hakte Ole nach. „Und wieso war? Was wollen Sie damit andeuten?"

„Das ist schwer zu erklären", konzentrierte sich der Befragte in der Folge auf den ersten Teil der an ihn gerichteten Frage, „und da müsste ich ein wenig ausholen", setzte der Deutschlehrer auf eine angestrengt wirkende Art an. „Darüber hinaus bin ich mir nicht sicher, entschuldigen Sie, wenn ich kein Blatt vor den Mund nehme und so deutlich werde, ob Sie dem, was hier zu sagen wäre, intellektuell gewachsen sind, und ob Sie genügend sensibilisiert sind für diesen extrem sensiblen Gegenstand."

Der Akademiker sah erst den einen und dann den anderen herausfordernd an, senkte dann den Blick und versank in stilles Brüten. Vermutlich legte er sich eine geistige Marschroute zurecht, die auf die intellektuell zu kurz Gekommenen, so gut es ging, Rücksicht nahm.

Ole und Dirk schauten sich unterdes ratlos an, wobei beide wie auf Kommando kaum sichtbar ihre Köpfe hin und her zu bewegen begonnen hatten. Das konnte so interpretiert werden, dass sie irgendetwas bezweifelten, womöglich den Geisteszustand nicht allein ihres Gesprächspartners.

„Das lassen Sie mal unsere Sorge sein", entfuhr es Azubi Woltersen.

Und Azubi Iwersen legte noch eine Schippe drauf. „Ja, Herr Heinrichsen, wir hören ... Bitte seien Sie doch so gut und erleuchten Sie uns im Rahmen Ihrer bescheidenen Möglichkeiten. Wir sind da ganz liberal und nehmen es nicht so genau."

Ole konnte einfach nicht anders, selbst auf die Gefahr hin, dass dieses Interview aus dem Ruder laufen sollte.

„Doktor Heinrichsen!"

„Bitte?"

„Ich bin es gewohnt, dass man mich mit meinem Titel anspricht, und so viel Zeit muss sein, nicht wahr?"

Da hatte er den Salat.

„Was ist Größe, meine Herren?"

Diese Frage, die an die beiden Ermittler nach einer kurzen Pause von berufener Seite gestellt wurde, kam nun doch überraschend. Ratlosigkeit stand ihnen ins Gesicht geschrieben.

„Ich spreche jetzt nicht über das gleichnamige Etwas, das den Physiker oder den Mathematiker beschäftigt. Nein, ich spreche von menschlicher Größe. Sie schauen ratlos? Sind überfordert? Desorientiert? Nun, so lassen Sie es mich Ihnen zu erklären versuchen. Größe ist eine Tugend, die man, in Maßen, erlernen kann. Und um sie sich anzueignen, sind wir Pädagogen da, die aus dem Educandus das herausholen, was in ihm angelegt ist, so wenig es in der Regel auch sein mag. Hierbei handelt es sich, wie Sie unschwer erkennen können, um eine sozusagen vermittelte und partiell extern injizierte Form der Größe. Und insofern ist sie eben keine wirkliche Größe. Ich bitte das zu beachten. Denn wirkliche, wahrhaftige Größe kommt ausnahmslos von innen. Sie und das ihr anhängende Charisma sind ein Geschenk der Natur oder Gottes ... Mozart hatte sie, Beethoven, Goethe, Schiller oder, in Maßen, der Jude Einstein. Alles, mit einer Ausnahme, große Deutsche im weitesten Sinne. Und auch Asmussen hat sie. – Doch, ich bitte das unbedingt zu bedenken, und notieren Sie sich das, diese Auserwählten hatten sie nicht nur. Sie war ihnen nicht, wie auch immer, appliziert worden, sondern sie hatten sie sich ... erarbeitet. – Nein, das ist das falsche Wort, und jetzt wird es schwierig. Denn auch von verdient zu sprechen, trifft es nicht. Hier hat das sprichwörtliche je ne sais pas seine Stelle. Begreifen Sie die intellektuelle Not? Erarbeiten kann man sich doch alles Mögliche. Wissen beispielsweise oder sportliche Fähigkeiten oder was auch immer. Man kann sich auch zum Meister, zum Spitzenkönner und Spezialisten in den diversen Wissenschaften fortentwickeln, indem man fleißig übt und immer strebend sich bemüht. Kant sagt, dass sich, im Prinzip jedenfalls, jeder Mensch auf den Wissensstand eines Newton erheben kann, so selten das auch vorkommen mag. Aber künstlerisches Genie, das ist nicht erlernbar, sondern das hat man, oder man hat es nicht. Aber, bedenken Sie, etwas lediglich zu haben, heißt noch lange nicht, es zu besitzen, mit ihm eins zu sein. Und um diese Differenz geht es, denn sie ist eine ums Ganze. Denn in dem einen Fall kann es sich um ein verludertes, vagabundierendes Genie handeln, das nur allzu bald in die Tiefen der Gewöhnlichkeit hinabsinkt, während das andere sich selbst in die Höhen der unverdient verdienten Vorgabe hinaufläutert. Verstehen Sie?"

„Und was hat das alles, entschuldigen Sie, wenn ich Sie unterbreche, mit dem Schüler Axel Asmussen zu tun? Ich kann Ihnen da nicht recht folgen."

„Dacht ich's doch."

„Bitte?!" Ole hatte die Faxen dicke. Erst das geschraubte Gefasel dieser Mangelerscheinung mit seinem Hang zur Heldenverehrung. Und dann wurde dieser grenzwertige Wicht auch noch frech. Zu viel war zu viel, und seinem Begleiter schien es ähnlich zu gehen. Das Ganze musste zu einem Ende gebracht werden. Denn der Erkenntnisgewinn dieses hochgestochenen Gelabers tendierte ja, wie es schien, gegen Null. Die reinste Zeitverschwendung!

„Herr Doktor, wäre es Ihnen möglich, Ihre Ausführungen zu menschlicher Größe auf unseren speziellen Fall zu applizieren? Bitte seien Sie doch so gut."

Das klang auswendig gelernt, was Kollege Woltersen da zum Besten gab. Und dennoch, das hatte was und war die einzig senkrechte Replik auf dieses Gedöns. Ole schaute seinen Begleiter respektvoll von der Seite an. Der saß da und schien die Ruhe selbst zu sein. So sah Souveränität und Größe aus!

„Aber begreifen Sie denn nicht? Axel Asmussen besaß diese Größe wie sonst wohl niemand auf dieser Schule. Er war ein Erleuchteter und Gezeichneter. Und weil er dies war, hatte er keine Freunde. Denn wahre Größe ist einsam. Das ist ihr Schicksal und ihr Los. So ist das. Haben Sie das jetzt verstanden?"

„Und was war dann mit seiner Beziehung zu Fräulein Losau?"

Mit dieser Frage, die Ole an ihn gerichtet hatte, hatte der Deutschlehrer nicht gerechnet, das war unverkennbar. Er stutzte und wusste für den Moment nicht weiter.

„Haben Sie die Frage nicht verstanden, Herr Doktor? Sie war doch, im Grunde genommen, ganz einfach", legte Ole nach.

„Doch, doch. Selbstverständlich. – Nur, ich kann es beim besten Willen nicht glauben, dass Axel sich auf etwas so Profanes und Widriges wie die Beziehung zu einer Frau eingelassen hat. Das passt nicht zu ihm. Das ist inkommensurabel mit der Gesamtkonstellation. – Nein", fuhr er nach kurzem Bedenken fort, „Sie müssen sich täuschen meine Herren. Ganz unmöglich!“

„Papperlapapp“, entfuhr es Dirk. „Fakten lassen sich zwar leugnen, sind damit aber nicht aus der Welt. Verstehen Sie das? Kriegen Sie das in Ihrem Pädagogengehirn irgendwie unter?“

Doch dieser Anwurf kam bei dem Attackierten nicht mehr an. Der saß nämlich nur noch da, schüttelte den Kopf und verstand offenbar die Welt nicht mehr.

9

Wo sie schon mal da waren, hatten sie die Gelegenheit beim Schopfe gepackt und sich gleich die vier Freunde des vermissten Eliteschülers zur Brust genommen. Den Deutschlehrer, der, wie es schien, schwer angeschlagen war von der Beziehungskiste des verdienstvoll Erwählten, hatten sie gleich nach der Hiobsbotschaft und nachdem sie einen kurzen Blick auf ihre Notizen geworfen hatten aufgefordert, doch bitte die Schülerin Ina Fredesen zu ihnen zu schicken.

„Was wollen Sie denn von der?“ hatten des Pädagogen ratlos und abschätzig klingenden Worte gelautet, als diese Bitte an sein Ohr gedrungen war.

„Was soll die Ihnen in dieser Sache sagen, was Sie nicht bereits von mir vernommen haben?“

„Das lassen Sie mal schön unsere Sorge sein“, war des Doktors Frage von Ole beschieden worden. „Bitte seien Sie doch so gut und tun Sie das, worum wir Sie bitten. Und danke auch für Ihre ein wenig abstrus und, meiner bescheidenen Meinung nach, ein bisschen konservativ und verstaubt klingenden Belehrungen, Herr Heinrichsen.“

Ina Fredesen hatte einen Pagenschnitt, abstehende Ohren und war ziemlich klein für ihr Alter. Sie mochte knapp 1,60 Meter groß sein und machte auch sonst den Eindruck einer Zukurzgekommenen. Und sie war extrem nervös, wie sie da vor den beiden Ermittlern saß und unablässig hinter vorgehaltener Hand hüstelte oder sich die unter ihrem Stuhl verknoteten Beine kratzte. Irgendwie tat sie Ole von Anfang an leid, und er fragte sich, wie ein solches Mauerblümchen sich in die Gruppe um den Schüler Asmussen verirrt haben konnte. Denn sollte es mit dem, was ihnen der Heinrichsen und Fräulein Losau auseinandergesetzt hatten, auch nur halbwegs seine Richtigkeit haben, dann passte dieses Schattengewächs ganz einfach nicht ins Bild und wirkte wie ein Fremdkörper. Und ihre unmaßgebliche Meinung entsprach dem ersten Eindruck, wie sich gleich herausstellen sollte. Denn das Mädchen war dermaßen naiv und gutgläubig, dass man hätte lachen mögen, wenn es nicht so traurig gewesen wäre. Zumal die Informationen aus dem Munde der Schülerin Losau in eine etwas andere Richtung tendiert hatten. Und sie musste es schließlich wissen, wo sie doch Axels Freundin gewesen war.

„Axel ist ein grundguter Mensch, ja, das ist er“, nickte sie versonnen. „Es gibt schlechterdings nichts, vor dem er sich verschließt. Denn er hat ein großes Herz, ja, das hat er.“

„Könnten Sie das ein wenig präzisieren, Fräulein Fredesen? Ein Beispiel wirkt da, wie die Erfahrung zeigt, wahrhafte Wunder“, versuchte Ole dem Gesäusel ein wenig auf die Sprünge zu helfen. Vor allem aber: Er hatte die Lütte, wie er bei sich dachte, ja gar nicht nach den Charaktereigenschaften des Vermissten befragt, sondern danach, ob sie vielleicht eine Ahnung habe, wo er sich während der letzten Tage aufgehalten haben könnte.

„Beispiele? Worauf wollen Sie hinaus?“

Diese Frage kam nun doch ein wenig überraschend. Jedenfalls aus dem Mund einer Achtzehnjährigen. Darauf waren die beiden Azubis nicht gefasst gewesen.

„Sie meinen?“ tastete sich Dirk vorsichtig vor.

„Ich meine, dass es der Beispiele nicht bedarf“, konterte die Kleine überraschend trotzig. „Axel war aus-nahms-los ein guter Mensch, also immer“, schob sie überflüssigerweise nach. „Da können Sie fragen, wen Sie wollen. Und wer etwas anderes behauptet, der lügt!“

Das sieht mir doch sehr danach aus, dass diese Unscheinbare sich in den hehren Helden verliebt hat, sinnierte Ole. Und erfahrungsgemäß verhielt es sich so, dass Verliebte nicht gerade, wie man so sagt, eine objektive Sicht auf ihren oder ihre Liebste hatten. Zumal wenn der Angebetete, wie in diesem Fall, unerreichbar gewesen war. Also verständigte er sich mit einem kurzen Nicken mit seinem Kollegen, der sofort verstanden hatte, worauf er hinauswollte, und komplimentierte also die vermutlich ausgesprochen Unglückliche möglichst einfühlsam hinaus, nicht ohne sie darum gebeten zu haben, den Schüler Manfred Laritz ins Lehrerzimmer zu schicken.

Da allerdings in diesem Moment die Pausenglocke schrillte, musste die Befragung ausgesetzt werden, was den beiden Beamten auch ganz recht war. Ihnen war sehr danach, einen verspäteten Morgenkaffee zu sich zu nehmen, wo sich hier oben auf der Westlichen Höhe alles so zäh anließ.

Der Direx hatte auf seine joviale Art nach der Pause, in der es ihnen leider nicht gelungen war, einen Kaffee aufzutreiben, gestattet, weiterhin das Lehrerzimmer für ihre Befragungen zu nutzen.

„Alles, was und wie Sie es wünschen und wie es Ihnen genehm ist, meine Herren. Und vor allem: Wie nicht zuletzt meine Unerheblichkeit, haha!, es wünscht. Es müsste doch mit dem Teufel zugehen, wenn es uns nicht mit vereinten Kräften gelingen sollte, Licht in dieses Dunkel zu bringen. Menschen verschwinden doch nicht mir nichts, dir nichts. Wo gibt es denn so was? Allenfalls in der Quantenphysik mag das noch hingehen. Aber doch nicht in der Makrophysik. Und an meiner Schule erst recht nicht, darin weiß ich mich mit Ihnen einig."

Blablabla, dachte Ole. Den im Unterricht zu haben, musste die Hölle sein. Der Mann trieb einen in den Wahnsinn! Aber was hieß das schon, dieser Mann?!

Entgegengesetzter konnten zwei Menschen unmöglich sein. Vorhin die seelisch und körperlich verzwergte, vom Leben bereits in jungen Jahren gezeichnete Ina Fredesen. Jetzt der breitschultrige, offen, ehrlich und optimistisch in die Welt hinausschauende blonde Schönling Manfred Laritz, vom dem, so viel stand für Ole und Dirk bereits bei seinem forschen Eintreten fest, endlich einmal ein paar handfeste Informationen zu erwarten waren. Und sie sollten recht behalten. Schüler Laritz hatte den Überblick oder gab sich jedenfalls so und kam gleich auf den Punkt, der ihm wichtig war.

„Axel war mein Freund. Nee, nee, nee, meine Herren. Ganz egal, was die anderen sagen und was sie Ihnen auf die Nase gebunden haben. Der war nämlich genau so ein Einzelgänger wie ich. Und das verbindet, wie Sie sich denken können. Wir haben uns oft in der Einsamkeit der Marienhölzung getroffen, um gemeinsam zu lesen und über heikle Themen zu diskutieren. Nichts und niemand war vor uns sicher, denn ein rechter Mann schreckt vor überhaupt nichts zurück, Sie verstehen? Castor und Pollux. Ja, das sind wir. Und deswegen bitte ich Sie inständig, meinen Freund schleunigst ausfindig zu machen."

„Haben Sie eine Ahnung, wo er sich aufhalten könnte?"

Ole fixierte den von sich überzeugten Schönling.

„Fragen Sie doch mal Emilie Losau. Möglicherweise hat sie einen Einfall, wo mein Freund sich niedergelassen hat", zwinkerte dieser dem Ermittler zu.

„Sie meinen?"

Ole hatte soeben beschlossen, sich für den Moment dumm zu stellen. Das half immer wieder, so viel hatte er in den ersten zwei Jahren seiner Ausbildung immerhin schon gelernt.

„Ach, kommen Sie, Kommissar. Sie wissen doch ganz genau, dass die beiden, wie man so sagt, mindestens den Tisch miteinander teilten. Veräppeln Sie mich nicht." Schüler Laritz grinste anzüglich.

„Ach so, das meinen Sie. Natürlich, das ist uns auch bereits zu Ohren gekommen, keine Frage. Aber da ist er nicht."

„Nein?"

„Nein."

„Komisch."

„Wie meinen Sie das?"

Dirk schaltete sich erneut in das laufende Gespräch ein.

„Na ja, mein Freund Axel hat sich während der letzten Wochen doch eigentlich nur noch in der Marienstraße aufgehalten. Und wie auch nicht. Bei **den** familiären Verhältnissen in der Moltkestraße ist das ja weiß Gott kein Wunder. Seine Alte ist doch eine, entschuldigen Sie bitte, hochgradig neurotische Kuh, und Axel und sein alter Herr können einem doch nur leidtun, wenn Sie verstehen, was ich meine."

Die beiden Azubis verstanden und mussten unwillkürlich nicken. Der Knabe hatte ja sowas von recht. Aber auch dieser Schüler hatte ihnen, seines forschen Auftretens zum Trotz, nicht weiterhelfen können. Obwohl sie die Giftspritze von Mutter doch noch einmal darüber würden befragen müssen, wieso sie ihnen eigentlich die Tatsache vorenthalten hatte, dass ihr Filius seit Wochen bereits außerhäusig gewesen war, wo sie doch unlängst behauptet hatte, dass der Gute nie nach 22 Uhr zu Hause auf der Matte stehe. Also hatten sie ihre Hoffnung auf das nächste der vier Kleeblätter gesetzt und den Siegesgewissen darum gebeten, Günter Reusen zu ihnen zu schicken.

„Wird gemacht, meine Herren", hatte seine forsche Antwort gelautet. Dann war er aber, schon auf der Höhe der Tür, noch einmal stehen geblieben und hatte sich zu den beiden Polizisten umgedreht. „Ich möchte Sie darum bitten, alles, aber auch wirklich alles dafür zu tun, dass meinem Freund Axel kein Leid geschieht. Das ist mir ungemein wichtig! Denn sollte ihm etwas zugestoßen sein, das wäre eine Katastrophe, nicht nur für mich, sondern für die Menschheit." Sprach's, wandte sich ab und war gleich darauf aus dem Blickfeld der beiden Beamten verschwunden.

„Irgendwie ticken die hier alle nicht ganz sauber", wandte sich Ole an seinen Kollegen. „Immer diese Superlative und dieses hochgestochene Gelaber. Die nehmen sich extrem wichtig und halten sich für was Besseres. Und ganz oben steht das Superhirn Asmussen, an dem die Zukunft unseres Landes und folglich die von uns allen hängt. Oder wie siehst du das?"

„Meine Rede", replizierte der Angesprochene.

„Haben Sie es eigentlich schon mal mit der Logik probiert?"

„Bitte?"

„Na, mit konsequentem Denken. Sie benötigen dafür einen geeigneten Algorithmus. Dann läuft alles wie geschmiert. Können Sie mir ruhig glauben. Die Mathematik ist nämlich in Wahrheit alles andere als eine dröge Wissenschaft, ersonnen von, Verzeihung, altägyptischen Korinthenkackern, die keinem was nutzt. Das sind alles abscheuliche Vorurteile."

Nimmt das denn gar kein Ende, schoss es Ole durch den Kopf. Nervös konsultierte er seine Armbanduhr. Es war halb zwölf, und sie saßen noch immer hier fest und wurden von überkandidelten Halbwüchsigen und devoten Arschkriechern vollgetextet. Aber überrascht war er von diesem geschraubten Gefasel der Brillenschlange nicht wirklich. Denn als der vor ein paar Minuten den Raum betreten hatte, in dem sie sich seit über einer Stunde aufhielten, auch wenn es ihm wie eine halbe Ewigkeit vorkam, war ihm sofort klar gewesen, dass der Beleibte mit der Brille auf der Nase das personifizierte Klischee war. Wer so aussah, also eine solche Brille mit kleinen, kreisrunden und nicht eingefassten Gläsern trug, dazu seine irgendwie speckig und klebrig wirkenden Haare exakt gescheitelt hatte, der konnte nichts anderes sein als ein ausgefuchster Denker, der mit allen Wassern gewaschen war. Das konnte ja noch heiter werden!

„Na, dann helfen Sie uns mal mit Ihrem Algorithmus auf die Sprünge, Sie Neunmalkluger", schmunzelte Ole den Unförmigen an. Er hatte sich dazu durchgerungen, diesen Auftritt humorvoll zu nehmen.

„Aber das ist doch alles sonnenklar, meine Herren."

„Ach, ist es das?" Dirk schien nicht wirklich überzeugt.

„Klar ist das klar. Das Elternhaus von Axel ist eine Katastrophe. Die Mutter dominiert. Axel geht seine Autonomie über alles. Also musste er sich entscheiden. Radikale Abhängigkeit von dem Drachen oder die sanfte Variante bei unserer grundguten Emilie. Und, wofür hat er sich entschieden? Na?"

„Sagen Sie es uns." Dirks Stimme klang müde.

„Für seine Freundin natürlich! Das ist doch sonnenklar!" Der Kurzsichtige strahlte sie an wie ein Honigkuchenpferd.

„Die Sache hat bloß einen Haken, Sie Genie."

„Ach ja, und welchen?"

Die Intelligenzbestie schien unverwüstlich.

„Dass Fräulein Losau sich am Abend vor seinem Verschwinden von Herrn Asmussen getrennt hat."

„Wirklich?"

Das Froschgesicht schien mit seiner mathematisch gestützten Weisheit einen Grenzwert erreicht zu haben. Jetzt half nur noch Differenzieren.

„Und selbst wenn. Das kann zweierlei bedeuten. Entweder sie hat ihm, weil sie ein schlechtes Gewissen hat, dennoch geholfen und ihn irgendwo versteckt ...“

„Oder?“ Ole freute sich bereits auf die Alternative.

„Oder er hängt an irgendeinem Baum. Denn dass Ihm jemand den Laufpass gibt, das war auf der Agenda meines Freundes nicht vorgesehen. Klappern Sie mal die Marienhölzung ab. Möglicherweise werden Sie ja fündig.“

Ein Ende war in Sicht. Denn mittlerweile saß der letzte der vier Freunde vor ihnen und gab seinen Senf zum Besten. Herbert Felbi war drahtig und durchtrainiert. Der sportliche Typ und jemand, der vor lauter Abwägerei einfach nicht zu Potte kam. Für diesen Schüler war schlechterdings alles schwierig. Jedes Für hatte mindestens ein Wider. Alles wollte ausgewogen abgewogen sein. Nahm man das eine zur Kenntnis, durfte man auf gar keinen Fall das andere aus den Augen verlieren. Es war, so gesehen, ein Wunder, dass dieser Skrupulöse morgens überhaupt aus dem Bett und in die Füße kam. Und überhaupt: Gespräche mit ihm mussten etwas quälend Langatmiges und Zähes haben, weil sie nicht von der Stelle zu rücken schienen. Oder tat Felbi nur so und jagte die Ermittler ins Bockshorn?

Auf die Frage, ob Axel sein Freund gewesen sei, hatte er erst einmal in sich hinein gehorcht, tief durchgeatmet und dann zu antworten versucht.

„Ein Freund. Was ist das? – Ein Freund, so könnte man denken, ist jemand, der immer für einen da ist. Immer? Verhielte es sich so, dann wäre ein Freund ja jemand, der einem permanent schadete, weil er nämlich ...“

„Jaaa ...“ Ole war kurz davor, aufzuspringen und dem Würstchen den Hals umzudrehen. Das war hier ja wie im Tollhaus!

„... weil er nämlich in diesem Fall dafür verantwortlich wäre, dass man für immer unselbständig bliebe. Und das könnte zur Folge haben, dass man sich permanent in Abhängigkeiten befände, so dass man Gefahr liefe, handlungsunfähig zu werden, weil man ja die Verantwortung für sein Tun sozusagen aus Prinzip delegiert hätte. In diesem Sinne war Axel wohl eher nicht mein Freund. Obwohl er, bei Licht besehen und wenn man es genau nimmt, so etwas wie einen Hang dazu hatte, sich zwar nicht in Abhängigkeiten zu begeben, sondern viel eher, wie soll ich sagen, solche herzustellen. – Obwohl das auch wieder die Sache nicht wirklich träfe, weil nämlich, lassen Sie mich nachdenken, ja, weil nämlich dafür, dass Abhängigkeiten entstehen, normalerweise zwei Menschen vonnöten sind, die sich gegenseitig darin bestärken, ihre jeweilige Stärke in dem anderen, also nicht in sich selbst zu suchen. Und das hätte, wie Sie unschwer erkennen könnten, wenn Sie ...“

„Vielen Dank für Ihre Kooperationsbereitschaft“, würgte Ole den wild Gestikulierenden, der offenbar nichts und niemandem zu nahe treten wollte, ab. „Es hat mich sehr gefreut, Sie kennenzulernen, und Sie haben uns wirklich sehr geholfen.“ Sprach's, erhob sich, schüttelte die schweißnasse Hand des peinlich auf Genauigkeit Bedachten und bugsierte ihn hinaus.

Nachdem sie also diesen wandelnden Konjunktiv schleunigst entlassen und gleich anschließend selbst auf kürzestem Wege dieser Anstalt den Rücken zugekehrt hatten, stellte Ole vor dem imposanten roten Backsteingebäude seinem Begleiter die aus seiner Sicht alles entscheidende Frage.

„Ist dir eigentlich auch aufgefallen, dass so gut wie alle Befragten in der Vergangenheitsform über das Genie Axel Asmussen gesprochen haben? Das gibt doch zu denken, oder wie siehst du das?“

„Logo! Und das könnte heißen, dass alle, warum auch immer, davon ausgehen, dass dieser Wahnsinnsknabe vor seiner Zeit das Besteck abgegeben hat. Komisch ist das schon!“

10

„Da müssen Sie meine Frau missverstanden haben. Zwar ist es richtig, dass unser Sohn stets folgsam gewesen ist ...“

„Wie, gewesen ist? Willst du damit andeuten, dass er das heute nicht mehr ist? Oder womöglich, dass er ...“

Frau Asmussen war von einem Moment zum nächsten schreckensstarr, und eine aschfahle Blässe hatte ihr Gesicht überzogen. Auch sie schien sich auf ihre spezifische Art an der Vergangenheitsform zu stören, die ihr Mann soeben in Bezug auf die Existenz oder was auch immer ihres heißgeliebten Axel zu benutzen für nötig befunden hatte.

„Beruhige dich, Agathe. Ich meinte doch bloß“, versuchte der besorgte Gatte zurückzurudern, „dass Axel, nun ja, eben kein Kind mehr ist, sondern mit seinen achtzehn Lenzen im Grunde genommen eigentlich so etwas wie ein Mann, nicht wahr?“

Das war gut, wie Ole fand. Er hatte mit seinem dezenten Hinweis darauf, dass sich aufgrund weiterer Befragungen inzwischen ergeben habe, dass Axel zumindest während der letzten Wochen woanders genächtigt hatte, unverhofft eine Lawine losgetreten. Und dies bloß deshalb, weil diese Info im Widerspruch zu der Behauptung seiner Mutter stand, er habe bis auf den heutigen Tag beziehungsweise bis zu dem Tag seines spurlosen Verschwindens stets pünktlich um 22 Uhr auf der Matte gestanden. Die Gute duldete offenbar keinen Widerspruch, jedenfalls nicht den in der landläufigen Bedeutung des Wortes, was nicht wirklich überraschte. Aber wie auch immer, fest stand, dass das, was sie vor ein paar Tagen in die Welt gesetzt hatte, nicht stimmen konnte. Das hatten sich er und sein Kollege aus erster Hand bestätigen lassen, indem sie nämlich am gestrigen Nachmittag noch einmal Emilie Losau aufgesucht hatten. Die hatte auf die Frage, ob es damit seine Richtigkeit habe, dass ihr Ex vor der Trennung einige Zeit bei ihr genächtigt habe, nur still mit dem Kopf genickt. Und das hieß klipp und klar, dass die Giftspritze vorsätzlich die Unwahrheit gesagt hatte, wofür es ja schließlich einen wie auch immer plausiblen Grund geben musste. Und den wollten er und Dirk aus der Alten herauskitzeln. Vielleicht hatte sie ja etwas zu verbergen, das konnte immerhin sein, bei dieser psychischen Extremveranlagung. Sie schien ja geradezu Freude dabei zu empfinden, anderen das Leben zur Hölle zu machen. Und das war hier und jetzt im Begriff sich zu bewahrheiten.

„Ein Mann, ein Mann. Papperlapapp! Axel ist mein Sohn und wird es immer bleiben. Und folglich spielt sein Alter überhaupt keine Rolle.“

„Er ist ja wohl auch mein Sohn? Und glaube nicht, dass nicht auch ich mir Sorgen mache“, versuchte der männliche Teil der Familie sich einzubringen.

„Ja, Vater ... Dankeschön. Hast du dich je um ihn gekümmert? Na? An wem ist denn alles hängengeblieben, wenn nicht an mir? Kannst du mir das mal sagen? Du schweigst, Herbert? Das ist mal wieder so typisch!“

Ole war drauf und dran, die Furie auf den nächsten Widerspruch aufmerksam zu machen, der sich unwillkürlich in ihr aufgeregtes Gerede eingeschlichen hatte. Dass es nämlich nicht zusammenpasst, permanent und demonstrativ heraushängen zu lassen, wie sehr man einem Menschen zugetan ist und im selben Atemzug davon zu sprechen, dass alles, also eine offenbar als Last empfundene Aufgabe, an einem hängengeblieben sei. Oder eben doch, je nachdem. Aber egal wie, wenn man sich diese Konstellation genauer ansah, lief das alles ja ohnehin darauf hinaus, dass die Liebende in ihrem Söhnchen stets bloß sich selbst geliebt hatte. Jedenfalls war das die unmaßgebliche Meinung des jungen Iwersen. Genau genommen kristallisierte sich nicht zuletzt auch aufgrund dieser neuerlichen Befragung immer deutlicher heraus, dass der männliche Nachwuchs der noblen Familie Asmussen gleich mehrere Gründe gehabt hätte, sich ein für alle Mal aus dem Staub zu machen. Eventuell war er tatsächlich ausgewandert. Es musste ja nicht Dänemark sein.

Ole konnte sich diese Gedanken deswegen in aller Ruhe machen, weil sich der männliche und der weibliche Elternteil für den Augenblick in den Schmollwinkel zurückgezogen hatten und demonstrativ schwiegen.

„Also noch einmal“, ergriff Dirk die Initiative. „Können Sie mir und meinem Kollegen erklären, warum Sie unlängst kontrafaktisch behauptet haben, dass Ihr Sohn nie nach 22 Uhr nach Hause gekommen sei? Gibt es für diese offensichtliche Falschaussage einen Grund, Frau Asmussen? Haben Sie etwas zu verbergen?“

Das war nicht schlecht, wie Dirk seinen Angriff auf das Bollwerk von Arroganz und Ablehnung eingeleitet hatte. Ole war schwer beeindruckt. Sein Begleiter steckte voller Überraschungen. Wie würde die in die Zange genommene Frau Asmussen auf diese Attacke reagieren? Mit einer Gegenattacke?

„Im Prinzip stimmte alles, was ich Ihnen erzählt habe ...“

„Verzeihung. Im Prinzip? Wollen Sie damit andeuten, dass eine eindeutige Lüge im Prinzip die Wahrheit ist?“

Dirk verstand die Welt nicht mehr.

„Lassen Sie mich bitte ausreden! Was ich sagen wollte, ist das Folgende: Mein lieber Sohn Axel ist immer pünktlich heimgekehrt, allerdings mit der für mich ganz und gar unerklärlichen Einschränkung, dass das seit ein paar Tagen nicht mehr gegolten hat. Der Junge hat sich da ganz untypischerweise über eine stille Übereinkunft, die ich vor langer Zeit getroffen habe, hinweggesetzt. Sie sehen mich ratlos.“

Da war es schon wieder! Die Alte konnte einen wahnsinnig machen. Ole hätte schreiend weglaufen mögen. Kaum dass die Schachtel eine Fragwürdigkeit aus der Welt zu schaffen sich bemühte, produzierte sie zwei weitere. Eine stille Übereinkunft treffen ... Und dann noch mit sich selbst! Es war nicht zu fassen! Oder wiederum doch. Denn all dieses Gedöns brachte stets immer nur das Eine zum Ausdruck: dass an dem Willen dieser Frau schlechterdings nichts vorbei führte. Diese wie auch immer emporgekommene Schickse war ein purer Gewaltmensch und nichts weiter. So gesehen war nicht einmal auszuschließen, dass sie selbst ihren Zögling um die Ecke gebracht hatte, weil er ihr nämlich unverzeihlicherweise nicht mehr zu Willen war. Und so etwas konnte man beziehungsweise frau doch nun wirklich nicht durchgehen lassen. Wo kämen wir denn hin, wenn alle machten, was sie wollten? Nein! Bei aller Liebe.

Bei diesem Gedanken befiel Ole ein leichter Schwindel, so dass er dankbar dafür war, dass sich das familiäre Anhängsel, das ja auch noch da war, wieder in die laufende Konferenz einzubringen beabsichtigte.

„Meine Herren“, hob er mit männlich-fester Stimme an, „Sie verkennen, dass meine liebe Frau sich seit ein paar Tagen in einer Extremsituation befindet. Ihr Ein und Alles ist spurlos verschwunden, und da unterlaufen einem schon einmal Fehler und Fehleinschätzungen, die man sich unter normalen Umständen nicht zu Schulden kommen lässt ...“

„Ich habe mir hier gar nichts zu Schulden kommen lassen! Dass das mal klar ist. Und überhaupt: Wieso ergreifst du hier eigentlich die ganze Zeit gegen mich Partei und ergehst dich in abstrusen Andeutungen, Herbert? Ich finde das un-er-hört!“ keifte Frau Asmussen ihren

Gatten an, der dabei war, auf einen ausdehnungslosen Punkt zusammenzuschrumpfen.

Das brachte hier alles nichts. Ole beschloss, diesem unerquicklichen Treiben schleunigst ein Ende zu bereiten. Sie würden, der Entschluss stand für ihn fest, diesen Fall zu den Akten legen, mochte der Kallweit das nun gut finden oder nicht. Und außerdem war vor drei Tagen ohnehin eine Vermisstenanzeige mit Foto im Flensburger Tageblatt geschaltet und darüber hinaus im Rundfunk um die Mithilfe der Bevölkerung bei der Suche nach dem Schüler Asmussen gebeten worden. Mehr war in diesem Fall, der tatsächlich noch gar keiner war und vermutlich auch nie einer werden würde, nicht drin. Und das würde, ob er nun wollte oder nicht, auch ihr Chef einsehen müssen. Ohne eine Leiche gab es eben nichts zu ermitteln. Und so sah das auch Dirk, mit dem er sich nach dem Verlassen der Nobelvilla in der Moltkestraße darauf verständigte, diese Argumentationskette an den Ollen noch heute heranzutragen. Dann hätten sie diesen Müll endlich hinter sich und vom Hals.

„Vielleicht liegt ja eine Entführung vor. Haben Sie daran schon mal gedacht, meine Herren?"

Doktor Kallweit strahlte die beiden Azubis an.

„Wie, Chef? Wer soll hier wen entführt haben?"

Ole verstand die Welt nicht mehr.

„Das herauszufinden ist ja wohl Ihre Aufgabe. Ja, soll ich hier denn alles alleine machen? Wie stellen Sie sich das vor?"

Die Stimmung des Alten lief Gefahr, umzukippen. Und das konnten er und sein Kollege nun überhaupt nicht gebrauchen.

„Bei einer Entführung", meldete sich Dirk zu Wort, „ist es, soweit ich weiß, üblich, dass eine Lösegeldforderung gestellt wird. Oder sehe ich das falsch, Herr Doktor Kallweit?"

„Sie sind ja ein ganz Schlauer, Herr Woltersen. Hätte ich von Ihnen gar nicht gedacht. Respekt und weiter so."

„Ja, und ...", fasste Ole nach.

„Wie jetzt?"

Der Alte schien irritiert.

„... wenn es stimmt, dass Entführer eigentlich immer auf Geld und worauf auch sonst aus sind, dann bleibt zu fragen, warum sie sich noch nicht mit der Familie des Entführten in Verbindung gesetzt haben, um ihre Forderungen zu stellen. Das wäre doch logisch."

„Gemach, junger Freund, das kann alles noch kommen. Und vielleicht sollen die Asmussens ja auch weichgekocht werden", schmunzelte der Doktor seinen Untergebenen an.

„Nun gut. Ich halte das zwar für ziemlich unwahrscheinlich, weil ..."

„Weil ...?" unterbrach ihr Vorgesetzter Dirks Redefluss.

„Weil seit dem Verschwinden dieses Schülers bereits annähernd eine Woche verstrichen ist, darum. Weichkochen hin, weichkochen her. Und außerdem: Gesetzt den Fall, Sie haben recht, und es liegt Menschenraub vor. Was sollen wir Ihrer Meinung nach tun? Nach Entführern fahnden, von denen wir noch nicht einmal wissen, ob sie überhaupt existieren? Das hieße doch, verzeihen Sie, das Pferd vom Schwanz her aufzäumen. Seit wann wedelt denn der Schwanz mit der Katze?"

Ole, der den Part seines Kollegen übernommen hatte und für ihn eingesprungen war, blitzte den Hauptkommissar an. Der räsonierte kurz, wog die Fürs und Widers ab und tat dann seine Sicht der Dinge kund.

„Also gut, wir machen das jetzt wie folgt. Sollten sich im Laufe der nächsten, sagen wir mal, vierzehn Tage weder die Entführer gemel..."

„Die mutmaßlichen Entführer, Chef."

„Bitte? Nun werden Sie mal nicht pingelig und übergenau, Sie Genie. – Also, was wollte ich? Genau! Sollten sich während der nächsten Tage keine mutmaßlichen Entführer melden ... Was gibt's denn da zu kichern, Iwersen? Könnten Sie mir das mal auseinanderklamüsern?"

„Ein mutmaßlicher Entführer, Herr Doktor Kallweit, ist, wie soll ich sagen, in dem Sinne kein Entführer. Das wäre ja so, als würden wir einen Ladendieb dafür verhaften, dass er eventuell eine Zahnpastatube stehlen wird. Woher sollen wir das bitte schön wissen, obwohl es natürlich seinen Reiz hat, den Gedanken zu Ende zu denken. Denn das hieße, dass wir etwas verhindern könnten, was noch gar nicht geschehen ist ... Woher wüssten wir dann aber, dass es geschehen würde?"

Die Synapsen in Oles Gehirn waren kurz davor, durchzuschmoren. Und die seines Chefs schienen diese finale Zerstörung bereits hinter sich zu haben, so wie er aussah.

„SCHLUSS JETZT MIT DIESEM MURKS! ICH VERBITTE MIR DIESE INSUBORDINATION! Sind wir hier im Irrenhaus, oder was?" dämpfte er seine Stimme wieder ein wenig herab.

„Also ein letztes Mal und zum Mitschreiben: Sollte der Schüler Asmussen nicht im Laufe der nächsten vierzehn Tage auftauchen, und sollte auch keine Forderung finanzieller Art an die Eltern ergehen, dann schließen wir den Fall ab. Haben Sie das verstanden? – Darf man erfahren, warum Sie schon wieder so blöd grinsen? Nun?"

„Ach nichts, Chef", wagte sich zur Abwechslung der andere Azubi vor. „Es ist nur, was machen wir, wenn die möglichen Entführer sich nicht an Ihren Terminplan halten und nach fünfzehn oder zwanzig Tagen anrufen? Sollen wir uns dann kümmern oder nicht?"

„RAUS!" erdröhnte die Stimme des Hauptkommissars.

11

„Ich verliere noch den Verstand! Zuerst die hysterische Asmussen, dann die Schüler, die bis auf die eine Ausnahme, Emilie Losau, allesamt nicht ganz richtig ticken, nicht zu vergessen der überkandidelte Direktor der Eliteschule und der Heldenverehrer Doktor Heinrichsen. Und jetzt gibt zu allem Überfluss auch noch der Kallweit seinen Geist auf. Sofern es da etwas aufzugeben gibt. Ich fass es nicht! Habe ich jemanden vergessen? Nicht? Das macht es auch nicht besser! Überall Aberwitz und Tünkram, wo man hinschaut!" Ole schüttelt missmutig seinen Kopf. „Und was tust du? Du lachst mich die ganze Zeit aus. Findest du das etwa fair?"

Martha versuchte etwas zu sagen. Aber es ging nicht. Sie konnte einfach nicht aufhören zu lachen. Das Ganze war brüllkomisch. Die Tränen liefen an ihren Wangen hinunter, ihre Taille und ihr Rippenfell schmerzten. Nein, sie konnte sich nicht erinnern, jemals zuvor so gelacht zu haben. Das war ja der reinste Narrenkäfig, in den ihr Ole seit einer Woche eingesperrt war. Hoffentlich nahm er keinen Schaden. Sie beugte sich über ihn und sah ihn jetzt doch einigermaßen gefasst aus ihren hellblauen Augen liebevoll an. „Es tut mir leid, dass ich mich eben nicht zurückhalten konnte. Aber du musst zugeben, dass das, was du mir erzählt hast, für einen Außenstehenden wie mich wirklich nur zum Lachen ist."

„Du hast recht", antwortete der überforderte Azubi nach einem kurzen Zögern. „Es ist nur, weil sich die Ereignisse heute überstürzt haben, obwohl sich, genau genommen, überhaupt nichts tut in dieser Sache. Das macht mich rasend, dass ich mich seit Tagen mit etwas beschäftigen muss, was es in dem Sinne gar nicht gibt. Wie soll man mit etwas Imaginärem umgehen? Kannst du mir das bitte einmal verklickern?"

Als er vor einer halben Stunde, es war draußen schon dunkel, und ein unangenehmer Südwestwind wehte über die Stadt, woraus untrüglich zu schließen war, dass ein Wetterumschwung kurz bevorstand, zu Hause angekommen war, hatte er sich missmutig an den Küchentisch gesetzt, nachdem er sich eine Flasche Flensburger Pils aus dem Kühlschrank geangelt hatte. Er hatte, zunächst schweigend, seiner jungen Frau dabei zugesehen, wie sie das Abendbrot zubereitete. Doch dann war es aus ihm herausgeplatzt, und er hatte ihr haarklein von den Vorkommnissen des zurückliegenden Tages berichtet. Und sie hatte, je mehr er ins Detail gegangen war, desto mehr gelacht und irgendwann tatsächlich auf dem Boden gelegen. Seine Martha war außer Rand und Band gewesen und hatte sich gar nicht mehr einkriegen können. Es war ein Wunder gewesen, dass die in dem Nebenzimmer schlafende Mathilde von diesem Aufruhr nicht aufgewacht war.

Jetzt hatte die Liebe seines Lebens sich, gottlob, wieder beruhigt, und er spürte ihre Wärme. Die hatte er gebraucht und nicht diese unkontrollierte Ausgelassenheit, die ihn heute nicht angesteckt und mitgenommen hatte. Er schloss sie in seine Arme und küsste sie.

„Das einzig Reale an diesem Fall ist doch, dass ein Mensch verschwunden ist. Und solange er verschwunden bleibt, sind dir doch die Hände gebunden."

„Eben."

„Und da eure Recherchen ergeben haben, dass er sich nicht bei Freunden oder Verwandten aufhält oder versteckt hat, sich auch keine potentiellen Entführer“, sie schmunzelte, „gemeldet haben und der Arme auch nicht, wie es scheint, tot ist, kannst du dich drehen und wenden, wie du willst, oder es eben auch bleiben lassen. Egal, was der Kallweit dazu sagt und wie er das findet.“

„Genau.“

„Und weil das so ist, solltest du diese Scheinprobleme nicht nur für heute Abend zu den Akten legen, sondern dich auch sonst auf das Wesentliche konzentrieren.“ Sie lächelte ihn an.

„Und das wäre ...?“

„Da fragst du, und auf das nahestehendste kommst du nicht? Das ist mal wieder so typisch.“

„Du meinst?“

Sie sanken auf den Boden und schauten sich sekundenlang schweigend an.

„Na, ich zum Beispiel, du Dummerchen.“

Hätte Mathilde sich in diesem Moment nicht auf die ihrem Alter entsprechende Art zu Wort gemeldet, es wäre in der Küche der Iwersens an diesem Abend zum Äußersten gekommen. So aber wurde dieses Äußerste auf den späten Abend verschoben, als die jungen Eheleute in ihrem Bett bis weit nach Mitternacht wach lagen.

Das Seltsame aber war: Der Schüler Axel Asmussen war und blieb verschwunden.

1975

1

Hauptkommissar Ole Iwersen stand vor dem Grab und hatte Tränen in den Augen. Das Alleinsein fiel ihm von Jahr zu Jahr schwerer. Er konnte sich nach wie vor nicht damit abfinden, dass seine Martha so früh, kaum dreißigjährig, von ihm gegangen war und ihn und Mathilde allein auf dieser Welt zurückgelassen hatte. Und immer noch, nein, das war ganz falsch, vielmehr so: Je weiter der Zeitpunkt ihres Ablebens in die Vergangenheit rückte, desto schwerer wurde ihm ums Herz. Zeit heilt eben doch keine Wunden! Und wie sollte sie auch? Zeit vergeht, nicht mehr und nicht weniger. Aber auch das ist Unsinn, grübelte er. Wie soll, bitte schön, Zeit vergehen? In der Zeit vergeht etwas, was auch immer, und so ziemlich alles, was tagaus, tagein wo auch immer auf diesem Scheißplaneten und dem Universum passiert, aber ganz bestimmt nicht mein Schmerz. Der nimmt zu, und zwar von Monat zu Monat und von Jahr zu Jahr. So ist das, und keinen Deut anders. Martha, du fehlst mir so.

Jemand grüßte. Ole fuhr aus seinen missmutig-sehnsüchtigen Gedanken auf und sah sich um. Zwei Frauen, sie mochten um die fünfzig sein, schlenderten an ihm vorbei und unterhielten sich, wie es schien, ganz offenbar prächtig. Sie scherzten, lachten immer wieder aufgeräumt, grüßten hier, grüßten da und waren einfach nur gut drauf. Das hatte noch gefehlt. Dabei wollte er doch nur mit seiner Martha allein sein und für ein paar Minuten in Ruhe gelassen werden. War das denn zu viel verlangt, verdammt noch mal? Immer mussten ihm irgendwelche Exemplare dieser anstrengenden Gattung in die Suppe spucken –

meistens dann, wenn es ihm am wenigsten passte. Warum war er nur Polizist geworden? Und dann auch noch bei der Mordkommission, wo es besonders unappetitlich und rabiat zuging. – Das war auch wieder so ein Schmarren. Wo war er nur mit seinen Gedanken? Die Gewalt regierte auf der Straße. Auf dem Revier in Norderhofenden 1 regierte sein Vorgesetzter Doktor Gustav Kallweit, dieser geschwätzige, immer so leutselig daherkommende Menschenführer, und Ole wusste in diesem Augenblick wirklich nicht, was ihm mehr zusetzte. Warum ging er nicht dem beschaulichen Beruf des Bibliothekars nach? Oder dem des Fernfahrers? Oder welchem auch immer? Etwas war ganz entschieden faul im Staate Dänemark, und darüber konnte ihn auch nicht die Tatsache hinwegtrösten, dass er vor kurzem zum Hauptkommissar befördert worden war, nachdem er zusammen mit seinem neuen Kollegen Holgerson zu Beginn des Winters und eigentlich noch im Herbst den Serienkiller in letzter Sekunde gestellt hatte, als der dabei gewesen war, seiner geliebten ... Die Vorstellung allein war unerträglich! Nein, er musste sich auf etwas anderes konzentrieren. Aber wie sollte das gehen, wenn ihm hier irgendwelche gutgelaunten Schnepfen frecherweise auf die Pelle rückten?

Es war alles so schnell gegangen damals. Zunächst hatte seine Liebe hin und wieder über Schmerzen im Unterleib geklagt. Das hatte zwar zu denken gegeben, aber Anlass zu wirklicher Sorge hatte vorerst nicht bestanden. Beim ersten Mal hatte sie, wie sie ihm später gebeichtet hatte, sogar die Hoffnung gehabt, doch noch einmal schwanger geworden zu sein. Wo sie sich doch über alles ein zweites Kind gewünscht hatten. Denn keine zwei Jahre nach der Geburt Mathildes hatten sie es verschärft darauf angelegt, für den Wiederholungsfall zu sorgen, allerdings ohne jeden zählbaren Erfolg. Es wollte und wollte nicht klappen, keiner, auch die Ärzteschaft nicht, wusste zu sagen, warum. Also hatten sie sich irgendwann gezwungenermaßen abgefunden und sich nur und ausschließlich noch um ihrer selbst willen geliebt, ohne auf ein reales Resultat ihres Treibens zu schielen.

Die Schmerzen waren in unregelmäßigen Abständen wiedergekehrt und hatten an Intensität sogar noch zugenommen. Da hatte er sein Ein und Alles bedrängt, sich in fachmännische Obhut zu begeben. Mit dem Erfolg, dass sie nach der Untersuchung nicht wirklich schlauer gewesen waren, obwohl man ihnen beruhigenderweise zu verstehen gegeben hatte, dass, so wie es aussehe, kein Anlass zur Sorge bestehe. Denn ihr Hausarzt Doktor Emand hatte bei dem durchgeführten Generalcheck beim besten Willen nichts von Belang entdecken können. Er hatte ihr nur das Übliche verordnet, was Ärzte dann anempfehlen, wenn sie mit ihrer Kunst am Ende sind. Ruhe, ein wenig Bewegung, gesundes Essen und viel Schlaf.

Und dann war alles ganz schnell gegangen. Martha hatte an einem Abend des Spätherbstes 1967 vor Schmerzen nicht mehr ein noch aus gewusst. Sie hatte sich, Schweißperlen auf der Stirn, in ihrem Bett gewälzt und spitze Schreie ausgestoßen, die Ole in Mark und Bein gegangen waren. So wie vor zehn Jahren, als sich unter ganz anderen Umständen Mathilde durch den Geburtskanal gequält hatte. Damals allerdings war dem Kampf Ziel und Maß gesetzt gewesen. Doch worauf sollte das hier hinaus? Ole war in Panik geraten und hatte, so schnell es eben ging, zweierlei veranlasst. Er hatte zunächst den Notruf alarmiert und anschließend seine Eltern angerufen und sie mit tränenerstickter Stimme darum gebeten, sich schleunigst in der Burgstraße einzufinden. Denn er müsse Martha ins Krankenhaus begleiten und wisse nicht, wann er wieder würde zu Hause sein können. Er könne sich folglich nicht um Mathilde kümmern, und da es nicht auszuschließen sei, dass er über Nacht fortbleiben würde, sollten sie sich am besten gleich darauf einstellen, in seiner Wohnung zu nächtigen.

„Und bitte, Mama, beeilt euch! Der ärztliche Notdienst ist bereits verständigt und wird bald hier eintreffen. Die Zeit drängt!"

Von den beruhigenden Worten, die seine Mutter hatte sprechen wollen, hatte er deswegen nichts mehr mitbekommen, weil er, nachdem er seine Bitte losgeworden war, sofort den Hörer aufgelegt hatte, um sich wieder über seine Martha zu beugen und ihr, wie hilflos auch immer, beizustehen in ihrem Schmerz.

„Papa. Muss Mar sterben?"

Ole war abrupt herumgefahren. Auch das noch! war es ihm durch den Kopf geschossen. Dabei hatte er inständig gehofft, dass die Kleine nichts von dem Aufruhr in dem elterlichen Schlafzimmer mitbekommen und weiterschlafen würde. Jetzt stand sie neben ihm, schaute sorgenvoll auf ihre Mama hinab, die versuchte, sie mit einem gezwungenen und unglaublich müde wirkenden Lächeln zu beruhigen. Aber dann kam er wieder, der Schmerz, und führte die Geste von eben ad absurdum.

Ole hatte in diesem Augenblick äußerster Not nicht mehr weitergewusst. Zumal das Kind, wer wollte es ihm verdenken, damit begonnen hatte, seine Äuglein zu reiben und zu schluchzen.

„Mar – darf – nicht – sterben!“ jammerte die Zehnjährige, wobei sie versuchte, die wild um sich schlagende Hand ihrer Mutter zu ergreifen.

„Mar – darf – nicht – sterben!“

Ole zog das wimmernde Kind an sich und strich mit seiner linken Hand der sich Krümmenden und Windenden die schweißnassen Haare aus dem Gesicht. Dabei redete er ununterbrochen, ohne wirklich zu wissen, was er sprach oder an wen der beiden Leidenden sich seine Worte richteten. Vielleicht empfand er aber auch nur selbst ein bisschen Trost ob der Tatsache, dass jemand Trost zu spenden versuchte. Denn der, der dies tat, war eigentlich nicht mehr er selbst, sondern jemand anderer. Alles hatte inzwischen damit begonnen, sich zu verselbständigen und auf eine Art abzulaufen, über die er keine Kontrolle mehr hatte.

Er hatte sich irgendwann in später Nacht im Krankenhaus wiedergefunden, was vielerlei bedeuten konnte: dass seine Eltern, oder war es nur seine Mutter gewesen?, dann doch noch rechtzeitig eingetroffen waren, um sich zu kümmern. Dass der Notfalldienst, davor oder danach?, eingetroffen war und seine Martha behelfsmäßig medizinisch mit dem Nötigsten versorgt hatte. Dass er sie im Krankenwagen ins Krankenhaus begleitet hatte. Und dass die Ärzteschaft ihn hatte davon abhalten müssen, seiner Liebe, wohin auch immer, zu folgen.

Viel später dann, und es hatte bereits zu dämmern begonnen, hatte er dann das Unfassbare erfahren: dass der Gebärmutterhals seiner Frau von einem Karzinom befallen sei, das schleunigst habe entfernt werden müssen. Genauer gesagt: Man habe die ganze Gebärmutter herausschneiden müssen, da die bösartige Zellwucherung bereits auf das Organ übergegriffen habe. Und ob es nicht eventuell schon zu Metastasen gekommen sei, müssten weitere Untersuchungen zeigen. Aber aufgrund der Größe des Geschwürs bestünde wenig Hoffnung ...

Als Ole erwacht war, hatte er sich auf einem Krankenhausbett wiedergefunden. Man hatte ihm eine Beruhigungsspritze injiziert. Seine Verzweiflung, die im Begriff gewesen war, in einen handfesten Nervenzusammenbruch umzuschlagen, war zu groß gewesen. Da hatte man schleunigst handeln müssen.

Keine zwei Monate später war die Liebe seines Lebens gestorben. Nicht mehr unter Kontrolle zu bringende Tochtergeschwüre hatten ihren Körper peu à peu zerstört, und am Ende hatte Martha den ungleichen Kampf aufgegeben, und ihr Herz war einfach stehen geblieben. Er hatte vor ihr gekniet, als es so weit gewesen war, hatte ihr gerade noch etwas Tröstendes zuflüstern wollen und ihren Mund mit dem seinen gesucht ...

Er hatte es gespürt, warum auch immer. Der letzte Atemzug war getan. Ihr Brustkorb lag still, und ihre so unglaublich warm blickenden Augen sahen ihn nicht mehr.

Ole war seitdem gebrochen und quälte sich nur noch durchs Leben. So kam es ihm jedenfalls vor. Er tat Dienst nach Vorschrift, wurde seinen Kollegen und dem Rest der Welt gegenüber immer unausstehlicher, und wäre nicht seine Mathilde gewesen, er hätte sich vermutlich selbst auf den Weg gemacht. Aber seine Einzige hier in dieser Grenzstadt alleine zurücklassen? Das kam überhaupt nicht in die Tüte. Denn sie wäre tatsächlich eine Vollwaise auch in dem Sinne gewesen, dass für den Fall der Fälle nicht bloß ihre Eltern, sondern auch die Großeltern zu existieren mittlerweile aufgehört hatten. Sie hatten sich allesamt, einer nach dem anderen, aus dem Leben verabschiedet, teils weil der Körper den Anstrengungen des Lebens nicht mehr gewachsen gewesen war, teils weil der Schmerz über den Verlust der Tochter und Schwiegertochter seinen Teil dazu beigetragen hatte, den Verfall zu beschleunigen. Welchen, wer hätte das zu sagen gewusst?

Nur Ole und Mathilde waren übriggeblieben. Der eine ohne rechten Lebenswillen und vergnaddert, das Kind, das inzwischen zu einer jugendlichen Schönheit herangereift war, mit einem immer ein wenig umwölkt wirkenden Gemüt. Aber das war ja auch kein Wunder, wo es doch so früh in seinem Leben schon wiederholt mit dem Tod in Berührung gekommen war. Freund Hein war fast schon so etwas wie ein guter alter Bekannter für sie. Denn auch das memento mori kann Trost in dem Sinne spenden, dass nichts auf der Welt Bestand hat. Jedenfalls darauf war Verlass, dass man sich auf nichts und niemanden verlassen konnte.

Das Kind freilich hatte vor acht Jahren über Wochen in seiner Not nicht ein noch aus gewusst und sich verzweifelt an seinen Papi geklammert, und zwar, wie ihm bald zu seinem großen Schrecken klargeworden war, in der verzweifelten Hoffnung, dass der, wo er doch alles konnte, dafür Sorge tragen würde, dass ihre Mar, wie sie sie voller Liebe genannt hatte, wieder zurückkommen würde aus dem Himmel, weil klein Thilde sie doch so sehr vermisse.

„Mar kommt doch wieder, Papa, nicht wahr? Es ist doch nicht für immer, sondern nur für kurz? Kannst du sie nicht anrufen und ihr sagen, dass ihre Thilde sie so vermisst und dass sie ganz, ganz schnell wiederkommen soll? Kannst du das für mich tun, Papa? Oh bitte! Thilde will auch immer artig sein."

Es war ein Jammer gewesen, und – ja, und rührend, das war es auch. Ole musste heute noch weinen, wenn er sich an das hilflose Flehen seines überforderten Kindes erinnerte. Aber sie hatten es jeder auf seine Weise überstanden, und seine Einzige hatte seit ein paar Wochen ihren ersten festen Freund, so dass ihr Alter Herr, und das war das Gute daran, nicht mehr allein die Verantwortung trug. Aber was wäre, wenn er sie verlöre? Konnte das sein? Würde die Beziehung zu dem Schüler Sapara die ohnehin schon spürbare Entfremdung zwischen ihm und seinem Kind verstärken?

Nein, das Leben hatte es summa summarum während der letzten Jahre nicht gut gemeint mit dem zum Hauptkommissar Beförderten und seiner lieblichen Tochter. Man konnte es drehen und wenden wie man wollte. Und dass Weihnachten in Sicht war, machte die Sache auch nicht besser. Denn wenn es ganz dumm lief, würde er Heiligabend mutterseelenallein zu Hause hocken und den Inhalt einer Raviolidose lustlos in sich hineinschaufeln. Das konnte doch immerhin sein. Denn seine Kleine, und wer wollte ihr das verübeln, würde doch vermutlich viel lieber mit ihrem neuen Helden an diesem speziellen Tag allein sein. Das konnte ja noch heiter werden!

Der, der sich von dem Grab seiner am 8. Januar 1968 verstorbenen Frau Martha Iwersen, geborene Christiansen, abwandte und in sich gekehrt in Richtung des Ausgangs des tiefverschneit daliegenden Friedenshügels schlich, war im Lauf der letzten Jahre zum Misanthropen geworden und zu einem notorischen Einzelgänger mit allerhand Marotten, worunter sein neuer Kollege Holgerson einigermaßen zu leiden gehabt hatte. Auch wenn sich in ihrer Beziehung inzwischen einiges zum Besseren gewandelt hatte. Obwohl es dem Hauptkommissar, der Wahrheit die Ehre, viel lieber gewesen wäre, wenn Dirk Woltersen, der über die Jahre zu so etwas wie einem Freund von ihm geworden war, in Flensburg geblieben wäre. Aber er war im Juli ausgerechnet nach München versetzt worden, das ja nahezu um die Ecke lag. Die Telefonate, die zwischen der bayrischen Landeshauptstadt und der Stadt an der dänischen Grenze zunächst relativ regelmäßig geführt worden waren, waren auch spürbar weniger geworden und fanden im Grunde inzwischen überhaupt nicht mehr statt. Nein, Ole Iwersen war allein und fühlte sich auch so. Und er war das Alleinsein so satt! Aber was sollte er tun mit seinen sechsundvierzig Lenzen, vom Leben gezeichnet wie er war? Auf Brautschau gehen? Anzeigen schalten? Rendezvous arrangieren? Mit einer anderen Frau? Unmöglich! So wie er aussah und wie er sich fühlte. Und wo er doch seine Martha nicht vergessen konnte.

Er schlug den Kragen seines Mantels hoch, denn zu allem Überfluss hatte es während der letzten Minuten ganz sacht zu schneien angefangen, und der Wind hatte auch an Intensität zugelegt. Er beschleunigte seinen Schritt, öffnete kurz darauf die Tür des Dienstwagens und machte sich auf den Weg in seine Wohnung. Es war der 5. Dezember 1975, Sonntagmittag der zweite Advent, gut zweieinhalb Wochen vor Weihnachten.

2

„Harald aus! Bei Fuß! Willst du wohl deinem Herrchen gehorchen?! Ha-rald! Ausss!“

Der Labrador reagierte nicht, sondern buddelte ohne nach links oder rechts zu schauen weiter. Hatte er einen alten Knochen im Erdreich entdeckt? Sein Herrchen näherte sich seinem Gefährten, wobei er sich die letzten Meter ducken musste. Denn der Fund seines Hundes befand sich in der Fichtenschonung da vorne, die zu betreten für einen Zweibeiner alles andere als einfach war. Alles war zugewuchert und dazu noch reichlich duster. Er musste dem Treiben seines Lieblings ein Ende setzen. Denn vor allem und nicht zuletzt unter dem hygienischen Gesichtspunkt war das wüste Gehabe seines Harald nicht zu tolerieren. Also war es an dem vernünftigen Teil des Duos, einzuschreiten.

„Ha-rald! Ausss!“

Doch der Vierbeiner dachte gar nicht daran, auf die Stimme seines Herrn zu hören. Denn das roch einfach zu köstlich und verführerisch, was seine empfindliche Nase erschnuppert hatte, und musste auf jeden Fall und unverzüglich zu Tage befördert werden. Ein Meer von Knochen! Es würde ein Fest sein! Sonntag an einem Montagmorgen. Der Geifer schlapperte an seinen Lefzen hinunter, während die empfindliche Nase von klebrigem Dreck verunziert wurde. Die Vorderbeine scharrten wie mechanisch und stießen jetzt auf Widerstand. Etwas Bräunlich-Weißes schimmerte im Dunkel, und, noch ein paar Buddeleinheiten, schon war der Schädelknochen freigelegt. Stolz blickten die treuen Hundeaugen auf zum Herrchen, das jetzt gebückt neben ihm stand und seinen Augen nicht zu trauen schien. Ein unterdrückter Schrei löste sich von dessen Lippen. Und dann zerrte der schwer Geschockte an dem Halsband seines besten Freundes, um so schnell wie möglich diesem Ort des Grauens den Rücken zu kehren. Harald folgte ihm widerstrebend, so sehr sich sein Instinkt, das Tier im Hunde, auch dagegen wehrte. Was blieb ihm anderes übrig? Herrchen musste schleunigst telefonieren.

Die Spurensicherung war bereits da, als Ole Iwersen zusammen mit dem Kollegen Holgerson am Fundort der beiden menschlichen Skelette eintraf. In der Waldhöhe des Solitüder Wegs war ein reges Treiben. Und auch die obligatorischen sensationslüsternen Gaffer, die sich daran erbauen, dass es Menschen gibt, die es noch schlechter als sie selbst getroffen hat, wenngleich in diesem speziellen Fall von Menschen in **dem** Sinne nicht mehr die Rede sein konnte, hatten sich bereits eingefunden. Obwohl dieser Ort doch nun weiß Gott alles andere war als etwa der Holm oder die Große Straße, sondern nichts weiter als eine relativ einsam gelegene Sackgasse zur Winterszeit. Irgendwie schien dieser von Missgunst angetriebene Haufen ein Gespür und ein Sensorium für Extrem- und Notfälle zu haben, wie Fliegen für den Unrat. Anders konnte sich Iwersen deren Dauerpräsenz bei Leichenfunden oder Missgeschicken, die ihren Artgenossen ansonsten zustoßen mochten, einfach nicht erklären. Darüber hinaus waren natürlich auch die Heinis von der Presse schon vor Ort, deren Präsenz allerdings kein wirkliches Rätsel war. Sie hörten wahrscheinlich, Erlaubnis hin oder her, schließlich heiligt der Zweck die Mittel einer ausgewogenen Berichterstattung, den Polizeifunk ab.

„Das ist hier ein ganz falsches Signal“, vernahmen der Hauptkommissar und sein fülliger Begleiter die kräftige Stimme des Gerichtsmediziners, als sie sich an der Menschenansammlung vorbeischlängelten.

„Wie soll man denn unter solchen Bedingungen ordentlich arbeiten? Das ist ja hier wie auf dem Jahrmarkt. Nee, nee, nee, nun bringt mir mal das Gesocks auf Abstand, sonst läuft hier gar nichts mehr, und ihr könnt euch einen anderen Dummen suchen, der diese Schweinerei hier auseinanderklamüsert.“

Holmmeier war mal wieder schwer in Fahrt. Aber es half ja nichts. Der Gute hatte auf jeden Fall recht, und dieses Tohuwabohu war extrem kontraproduktiv.

Ole Iwersen nahm Blickkontakt mit dem Einsatzleiter der Polizeistaffel auf und forderte ihn mit einem vielsagenden Wink in die amorphe Menge auf, schleunigst für Ordnung zu sorgen. Der verstand offenbar sofort, worauf der Hauptkommissar hinauswollte, und wies umgehend den Rest der Truppe an, die Bannmeile etwas großzügiger zu gestalten. Aber auch das zog sich in die Länge, denn vor allem die Pressefritzen ließen sich nicht so mir nichts dir nichts ins Abseits drängen, weil sie nämlich, wie man hören konnte, nicht zuletzt deswegen auf diesem Höhenweg angetreten waren, um die Freiheit der Presse und die der Meinung gegen polizeiliche Übergriffe zu verteidigen.

„Nun, mein Bester, was haben wir hier?“

Ole stand gebückt vor dem Gerichtsmediziner, der seiner Drohung nun doch keine Taten hatte folgen lassen.

„Moin, moin, Herr Hauptkommissär. So früh schon auf den Beinen? Wie ist denn das werte Befinden? Was machen die Ernährung und die Verdauung? Probleme mit dem Gewicht?“ zwinkerte er ihm zu und ließ dabei, wie zufällig, seinen Blick in Richtung des Breiten wandern, der dicht neben seinem Vorgesetzten Position bezogen hatte.

An einer Antwort auf diese Frage war ihm nicht wirklich gelegen. Vielmehr ging es ihm um eine halbwegs schlagfertige Überleitung zur Übermittlung des ersten Zwischenbefunds, nach dem ihn Iwersen mit hundertprozentiger Sicherheit gleich fragen würde. Und wie um dem Ermittler zuvorzukommen, legte er nach.

„Um einen Leichenfund im landläufigen Sinne handelt es sich bei diesen beiden Hübschen denn doch nicht, das können Sie sich gleich abschminken. Und nehmen Sie dieses dezent würzige Aroma wahr? Darauf ist vermutlich unser Lassie dort hinten angesprungen. Hat ihn ganz wild gemacht. Ein olfaktorisches Abenteuer vom Feinsten! Jedenfalls für unsere vierbeinigen Freunde.“

„Entschuldigen Sie, Holmmeier, was meinten Sie mit ...?“

Iwersen schien verwirrt, jedenfalls guckte er so.

„Schon mal was vom Polizeifunk gehört?“ fuhr der Anatom ihm ins Wort. „Ermöglicht die interne Kommunikation, auch wenn man manchmal den Eindruck gewinnt“, ergänzte er seinen Hinweis mit einem missmutigen Blick in die Runde, „dass Externe sich viel öfter im Kurzwellenbereich tummeln.“

Iwersens Gesichtszüge ließen nach wie vor nicht auf Intelligenz schließen. Eher auf Ärger, denn ihm ging dieses Geschnacke zu früher Stunde langsam gehörig auf die Nerven. Warum musste Holmmeier allenthalben den jovialen Stänkerer heraushängen lassen? Hatte er das nötig? Es schien so, und sei es auch nur deshalb, weil er anders seinen Beruf nicht mehr ertragen konnte. Das war immerhin verständlich und entschuldigte so einiges. Trotzdem, es wäre schön gewesen, wenn der Leichenfledderer das Vorspiel etwas abgekürzt und ihm das gesagt hätte, was er wissen musste, um aktiv werden zu können. Sofern es hier etwas Derartiges mitzuteilen gab. Denn dass es sich bei dem Leichenfund um zwei Skelette handelte, die hier wer weiß wie lange schon vor sich hin moderten, das wusste Ole Iwersen auch so, und das musste man ihm nicht so von oben herab unter die Nase reiben. Wozu gab es schließlich den Polizeifunk?

„Er meint, dass ...“, wollte Holgerson die intellektuelle Vakanz ausfüllen.

„Ja, ja, ja. Ich weiß, was Kollege Holmmeier meint, Holgerson. Lassen Sie stecken. Das ist auch bis zu mir durchgedrungen, dass es sich hier um zwei menschliche Skelette handelt.“

„Exactement! Sie haben ja sowas von recht. Kompliment, Herr Kommissär, und warum nicht immer so?“

„Und?“

„Wie, und?“

Jetzt stellte sich der Heini, wie eigentlich immer in derartigen Situationen, dumm. Es war, als ob man in einer Zeitschleife oder einem temporären Fragment oder wie die Dinger hießen gefangen war. Die Wiederkehr des Immergleichen. Es war an der Zeit, seinem Leben eine neue Richtung zu geben, und sei es auch nur, um der Gefahr einer finalen Erstarrung zu entkommen, die viel eher zu den Verblichenen passte als zu denen, die das zweifelhafte Glück hatten, noch unter den Lebenden zu weilen und hier im Unterholz herumkrabbeln durften. Der Gefahr? Durften? Das hätte ja bedeutet, dass es noch einen Sicherheitsabstand gab, setzte der Ermittler seine Gedanken seltsam zusammenhangslos und in freier Assoziation fort. Wo sollte der, bitte schön, sein?

Iwersens Laune war auf dem Nullpunkt angekommen. 275 Grad. Absolute Bewegungslosigkeit. Zero Energie. Am liebsten hätte er auf den Hacken kehrtgemacht, wäre nach Hause gefahren, hätte sich in sein Bett gelegt, um nie wieder aufzustehen. Irgendwie sah das alles nach einer vorweihnachtlichen Depression aus.

„Mein Chef will vermutlich wissen, wie die beiden zu Tode gekommen sind“, sprang erneut Holgerson in die Bresche. „Denn sie werden sich ja vermutlich wohl eher nicht selbst verbuddelt haben. Also stellt sich die Frage, ob ein Gewaltverbrechen vorliegt, nicht wahr? Also ob wir von der Kripo aktiv werden müssen. Können Sie dazu schon etwas Sachdienliches mitteilen?“

„Donnerwetter, es spricht! Sie sehen mich ernsthaft überrascht. Noch dazu ganz vernünftige Sachen. Alle Achtung. Warum nicht immer so?“

„Nun?“

Iwersen mischte sich wieder in das Geplänkel ein, weil er es nämlich so satt hatte, sich in der Pampa und der Kälte seine Füße in den Bauch stehen und sich zu allem Überfluss Worte anhören zu müssen, die schlechterdings nichts sagten. Jedenfalls nichts, was zu sagen oder gar zu wissen der Mühe wert gewesen wäre.

„Verlieren Sie mal nicht gleich die Nerven, Herr Kommissar. Gut Ding will Weile haben, und Sie wissen ja, wie das bei uns läuft. Immer schön der Reihe nach. Die Wissenschaft der Anatomie ist schließlich kein Schnellfeuerschießen. Ora et labora, oder per aspera ad astra, wie der Grieche sagt“, zwinkerte er demjenigen zu, der nur mühsam an sich halten konnte. Das sah man.

„Der Grieche? Ich weiß ...“

Holgerson versuchte, auf seine bemühte Art, Ordnung in die Gedankenführung des postmortalen Mediziners zu bringen. Doch damit wollte Ole jetzt keine Zeit verplempern.

„Wann?“

„Wie, wann? – Ich denke“, fuhr der Anatom, der sich inzwischen aufgerichtet hatte, sofern das zwischen den dicht an dicht stehenden Fichten überhaupt möglich war, fort, „so bummelig zwanzig Jährchen dürften es schon sein. Über den Daumen gepeilt.“

„Wir sollen also zwanzig Jährchen warten, bis Sie Verwertbares über die Todesart und das Geschlecht der Leichen mitteilen können? Ist das Ihr Ernst?“ Holgerson war fassungslos.

„Nur die Ruhe und keine Panikattacken. Denn Sie haben da etwas missverstanden, mein Bester. Ich wollte lediglich sagen, dass die beiden Knaben hier seit ungefähr zwanzig Jahren in trauter Eintracht nebeneinander schlummern. Nicht mehr und nicht weniger.“

„Knaben?“

Iwersen konzentrierte sich auf das Wesentliche.

„Ja, Knaben.“

„Und woher wissen Sie das so genau, wenn man fragen darf?“

„Natürlich dürfen Sie, und dafür bin ich ja schließlich da, um die Fragen der Unbedarften zu beantworten.“

„Ja ... Und?“

„Schon mal was vom dritten Querdurchmesser des mittleren Beckeneingangs gehört? Diameter transversa. Also, damit wir uns recht verstehen, besagter mittlerer Querdurchmesser ist bei den mehr oder weniger intelligenten männlichen Erdbewohnern in der Regel weniger geräumig als bei Frauen. Und bei unseren beiden Hübschen hier kann man von geräumig beim besten Willen nicht sprechen. Um es kurz zu machen: Die Breite des Beckens deutet eher auf zwei gebärunfähige Kadaver hin, haha! Woraus folgt? Bingo! – Und noch eins, ehe ich's vergesse: Dem einen der beiden Knaben, ich tippe mal, es ist der ältere, fehlt die rechte Hand. Das gibt zu denken, nicht wahr? Und der Rest vom Schützenfest", wiederholte er sich, oder kam es dem Hauptkommissar nur so vor?, „den gibt's irgendwann im Laufe des Dienstags, also Morgen, und bis dahin müssen sich die Herren noch ein wenig gedulden."

Lebte der Holmmeier eigentlich alleine? Hatte er Familie? Eine Lebensabschnittsgefährtin? Unwahrscheinlich. Darüber hinaus: Seinen Ausführungen zufolge müsste es, nach den Regeln der Logik, gebärfähige Kadaver geben ... Wer permanent einen derart anstrengenden Müll zum Besten gab, musste alleine und total vereinsamt sein. Kein vernünftiger Mensch konnte das länger als maximal zwei Sekunden ertragen. Oder verstellte er sich bloß? War er womöglich schizophren? Dieser Mann gab Iwersen immer wieder Rätsel auf, wo es doch seine Aufgabe war, erstes Licht in einen neuen Fall zu bringen. Ein wandelndes Paradoxon.

Bevor sich die beiden Ermittler auf den Weg zurück in die Zentrale machten, befragten sie noch kurz das Herrchen mit seinem Vierbeiner, der verloren und verfroren wirkte, wie er sich da neben einem der Polizeiwagen seit wer weiß wie lange schon die Beine in den Bauch stand.

Nachdem auch das erledigt war und Holgerson die Personalien aufgenommen hatte, setzten sie sich in ihren Ford Taunus und zuckelten keine halbe Minute später den Solitüder Weg Richtung Fördestraße hoch.

„Komisch ist das schon, dass die beiden Toten erst nach so langer Zeit entdeckt worden sind", sinnierte Holgerson.

„Vielleicht hat der Labrador ja einen Geruchsverstärker eingebaut", ließ sich Iwersen mit einer kurzen zeitlichen Verzögerung vernehmen.

„Bitte?" Holgerson sah seinen Chef ungläubig an.

„Nichts weiter. Es ist nur ... Der Holmmeier geht mir manchmal dermaßen auf den Sack ... Ach, was soll's, er tut schließlich auch nur seinen Job."

„Genau wie wir", ergänzte der Füllige.

Sie würden die Ergebnisse der Untersuchung durch den wortreichen Spezialisten abwarten müssen, da half alles nichts.

3

„Mit anderen Worten: Die Polizei tappt mal wieder vollkommen im Dunkeln und stochert im Nebel herum."

Iwersen hätte dem Heini von der Presse am liebsten hier und jetzt verklickert, dass man nicht gleichzeitig im Dunkeln herumtappen und im Nebel herumstochern kann. Oder ging das etwa doch? Seine Stirn legte sich in Falten, und er geriet ins Grübeln, was seiner Aufmerksamkeit für das Wesentliche nicht eben förderlich war. Aber was war schon wesentlich an diesem doppelten Leichenfund am Rand der Solitüder Bucht? Das war, erstens, nicht leicht zu sagen, weil, zweitens, die entsprechenden Infos nicht beziehungsweise nur äußerst spärlich zur Hand waren. Aber das war, drittens, diesem Schnösel von der schreibenden Zunft ja sowieso so was von egal, weil er mal wieder, viertens, nur das landläufige Vorurteil loswerden und bedienen wollte, dass die Beamten von der Kripo alle total unterbelichtet und auf jeden Fall, fünftens, oder war er bereits bei sechstens angekommen?, völlig überfordert waren. Woraus sich, siebtens, wie von selbst ergab, dass der Löwenanteil bei der Lösung dieses kniffligen Falls aller Voraussicht nach wieder bei ihm und seinen Tintenkleckserń liegen würde.

Es war immer dasselbe mit diesen Pressekonferenzen. Sie hatten etwas von einem Ritual. War der Fall nach zwei Stunden noch nicht gelöst, waren die Bullen die Trottel vom Dienst. War er dann doch wider Erwarten und vielleicht sogar schneller aufgeklärt worden, als man sich das auf der anderen Seite des Tisches gedacht hatte, dann fanden die Geier ganz bestimmt ein Haar in der Suppe, über das sie sich genüsslich im Lokalteil ihres Blattes verbreiten konnten. Mit anderen Worten, trieb der Hauptkommissar diese irgendwie zwingend wirkende Schlusssequenz weiter voran, diesen Wichten ist deswegen nichts recht zu machen, weil Miesmachen einerseits zum Handwerk gehört und auf den Namen konstruktive Kritik hört und es andererseits ohnehin allenthalben nur auf die eine, monoton heruntergeleierte Botschaft ankommt: dass die wahren Spürnasen und Intelligenzbolzen, in aller Bescheidenheit versteht sich, in den Redaktionsstuben hocken und dass ohne sie in diesem unseren Lande schlechterdings gar nichts mehr wie gewünscht laufen würde. Das Flensburger Tageblatt: Der Nabel der Welt ... Lachhaft!

Iwersen wäre am liebsten aufgestanden und gegangen. Aber das ging selbstredend auch nicht. Das hätte ihm doppelten Ärger eingebracht, den eher privaten seitens seines Chefs unter vier Augen und den öffentlichen seitens der Vierten Gewalt. Also blieb er sitzen und sehnte das Ende der Séance herbei.

„Können Sie uns nicht eventuell doch etwas über die Identität der beiden Opfer mitteilen?"

Begriffsstutzig war die Nervensäge auch noch. Dabei hatte sein Vorgesetzter mindestens schon einmal betont, dass es, was auch dem Laien einleuchten sollte, eben alles andere als leicht sei, über die Personalien von derart intensiv Verblichenen etwas herauszufinden. Das sei genau und im Grunde genommen vollkommen unmöglich. Und wenn nicht unmöglich, dann auf jeden Fall verteufelt schwierig und vermutlich recht arbeitsintensiv.

„Nein. Das kann ich nicht. Aber das sagte ich bereits, nicht wahr?"

Auch Doktor Kallweit schien langsam die Geduld zu verlieren. Und das stimmte Ole Iwersen hoffnungsfroh. Denn das ließ darauf schließen, dass er diese nichtsnutzige Fragestunde in Bälde für beendet erklären würde. Obwohl er, nahm man es genau, eben nicht die ganze Wahrheit gesagt hatte. Denn da die Ermittler wussten, wann ungefähr der letale Übertritt stattgefunden haben musste, bestand die Möglichkeit, im Archiv nach Vermissten Ausschau zu halten, die vor rund zwanzig Jahren mir nichts, dir nichts von der Bildfläche verschwunden und nie wieder aufgetaucht waren.

War da nicht etwas gewesen? Die Ahnung einer Ahnung war im Begriff, sich in des Hauptkommissars Kopf zu bilden.

„Haben Sie eigentlich schon gecheckt, ob damals, warten Sie, ungefähr 1955, jemand ... genauer gesagt, zwei Menschen hier in der Gegend vermisst worden sind, Herr Doktor Kallweit?“

Donner noch eins! Iwersen war schwer beeindruckt. Die sööte Deern in der zweiten Reihe, die ihm merkwürdigerweise vollkommen unbekannt war, konnte offenbar nicht nur Gedanken lesen, sondern war auch sonst, wenn es sich denn bei diesem Gedankenblitz nicht um eine Eintagsfliege handelte, eine ganz plietsche. Ausnahmen bestätigten halt die Regel.

Auch der Alte schien in doppelter Hinsicht überrascht, weil er, anders als sein Untergebener, offenbar über diesen Aspekt noch gar nicht reflektiert hatte.

„Nein, haben wir nicht. Aber bedenken Sie, liebe Frau Wilhelmsen“, so, so, man kennt sich, ging es Ole durch den Kopf, „zweierlei: Erstens stehen wir mit unseren Ermittlungen noch ganz am Anfang, und zweitens ...“

Bei dem Alten war der Faden gerissen, denn es kam einfach nichts mehr nach. Verzweifelt sah er in die Richtung seines Tischnachbarn in der unverkennbaren Hoffnung, der möge ihm aus der intellektuellen Klemme, in die er unverhofft geraten war, heraushelfen. Warum operierte er auch immer mit seinem saudummen „einerseits ..., andererseits“, wenn er nur eins zu sagen hatte? Vermutlich, weil er den Intelligenzbolzen heraushängen lassen wollte, der über eine hochdifferenzierte Sicht- und Herangehensweise verfügte. Jetzt hatten sie den Salat. Denn Gedanken lesen konnte Iwersen nun doch nicht, zumal es da wahrscheinlich gar nichts zu lesen gab.

Folglich beschloss er, aus der punktuellen Not seines Vorgesetzten eine Tugend und tabula rasa zu machen und die Katze aus dem Sack zu lassen. Zumal es sich ohnehin bloß um ein klitzekleines Kätzchen und nicht um ein Staatsgeheimnis handelte. Und außerdem: Vielleicht konnte sich das noch als nützlich herausstellen, was er im Begriff war den Geiern vorzuwerfen. Denn Holmmeier hatte bei seinen Fummeleien doch so dieses und jenes herausgefunden, was allerdings noch geordnet und in die richtige Reihenfolge gebracht werden musste. Aber mit diesen Tüfteleien hatte er jetzt ohnehin nicht vor, den notorisch Neugierigen und auf Sensationen Erpichten auf die Pelle zu rücken.

Ein Extrakt dessen, was er heute Vormittag erfahren hatte, musste reichen.

Bei dem jüngeren der beiden Opfer, die Textur des Knochenmaterials hatte das dem Quasimediziner verraten und die Tatsache, dass der andere vermutlich an einer Hüftgelenksarthrose des linken Beines laboriert hatte, das wusste Ole beispielsweise nach der Unterredung mit dem Sabbelkopp, war zweimal zugelangt worden. Auf dem einen Scheitelbein des Schädels hatte er eine ungefähr pfennigstückgroße Delle entdeckt, doch die habe vermutlich bloß zu einer Gehirnerschütterung und einer kurzfristigen Ohnmacht geführt. Der Todesstoß sei dem Knaben durch einen zweiten Schlag versetzt worden, der zum Gehirnschädelbruch geführt habe. Und der habe dann ruckzuck das blutige Finale und den letalen Ausgang zur Folge gehabt.

„Bei dem anderen Opfer, mein Guter", hatten die Worte des Gerichtsmediziners gelautet, „war schon etwas Übung im Spiel. Ein einziger gezielter Schlag auf das Stirnbein, schräg von oben geführt, hat es perforiert, was für den davon Betroffenen vermutlich auch nicht besonders schön gewesen ist. Und was sagt uns das? Na? Kommen Sie drauf?"

Iwersen war natürlich, und wo ihm Prüfungssituationen ohnehin suspekt waren, nicht auf die Lösung der Preisfrage gekommen.

„Na, das ist doch sowas von sonnenklar, Sie Intelligenzbestie. Das heißt, dass sich die beiden Tötungsdelikte unter, wie soll ich sagen, verschiedenen Umständen ereignet haben müssen, und ich vermute mal, dass in dem einen Fall der Täter und sein Opfer sich zunächst auf einer Ebene getroffen haben. Ein Schlag von gleich zu gleich, haha! Aber diesem Kraftakt war noch nicht der erwünschte Erfolg beschieden gewesen. Also war dem Angreifer aus seiner Sicht nichts anderes übrig geblieben, als noch einmal aktiv zu werden, und diesmal wurde der Schlag eindeutig von oben nach unten geführt. Denn", und in diesem Augenblick hatte der Schlaumeier seinen Zeigefinger wie ein Ausrufungszeichen in die Höhe gereckt, „es ergibt ja wohl eher keinen Sinn, die umgekehrte Reihenfolge anzunehmen. Zunächst zertrümmert der Knabe den Schädel, und dann fügt er dem Verschiedenen noch eine vergleichsweise unerhebliche Beule zu."

„Und woher wissen Sie, dass es sich nicht andersherum abgespielt hat?“

„Bitte?“

Holmmeier war unverhofft aus dem Konzept gebracht worden.

„Na ja, es ist doch immerhin möglich, dass zunächst der mit dem Stirnbein attackiert worden ist, und anschließend der andere, was dann den Verdacht nahelegen würde, dass der Täter bei seiner ersten Attacke ertappt worden ist und danach dann den Zeugen entsorgt hat.“

„Das kann natürlich sein“, sinnierte der Fachmann. „Ja, auch das hat Hand und Fuß, obwohl ich eher der anderen, also meiner Variante den Zuschlag erteilen würde, warum auch immer. Wahrscheinlich, weil sie von mir ist, haha!“

Alles andere hatte plausibel geklungen. Jedenfalls auf den ersten Blick. Aber Iwersen waren dann doch noch zwei, drei Bedenken beigekommen. Da war zum einen die Unterstellung, dass es sich bei dem Täter um einen Mann handeln sollte. Obwohl, war es ihm durch den Kopf gegangen, das konnte schon sein, denn normalerweise und wie die Erfahrung lehrte, gingen weibliche Gewalttäter nicht so ... gewalttätig vor. Zum anderen: Woher hätte der Mörder wissen sollen, dass der erste Schlag noch nicht die erwünschte Wirkung gezeitigt hatte? Es konnte doch immerhin sein, dass er nur hatte sichergehen wollen, und da bekanntlich doppelt besser hält, hatte er noch einmal zugeschlagen. Und noch etwas bereitete dem Ermittler Kopfzerbrechen: dass sich der andere, wie es schien, bereits am Boden befunden hatte, als der Schlag geführt worden war. Was hatte das zu bedeuten? Dass er geflüchtet und auf der Flucht gestolpert und gestürzt war? Oder dass er die Tat beobachtet und sich anschließend nicht schnell genug in Sicherheit hatte bringen können? Womöglich wegen seiner Arthrose? – Nein, es gab da einfach noch zu viele offene Fragen, auch wenn der Quasimediziner das natürlich alles ganz anders gesehen hatte. Für ihn schien der Fall im Grunde genommen schon so gut wie gelöst zu sein. Über die Tatwaffe hatte er sich allerdings reichlich nebulös geäußert, irgendetwas von einem Wagenheber oder dergleichen daherschwadroniert, und wo dieses Problem ja nun wirklich auch das geringste sei. Denn es sei doch ohnehin nach so langer Zeit ausgeschlossen, das Corpus delicti noch ans Tageslicht zu befördern. Oder sehe der Herr Hauptkommissar das etwa anders? Jedenfalls habe er seinen unmaßgeblichen Teil zur Lösung dieses extrem seltsamen Falls beigetragen, und mehr sei beim besten Willen nicht drin.

Bis auf eine Kleinigkeit: der jüngere der beiden hatte sich irgendwann und vermutlich in seiner Jugend das Steißbein angebrochen, das war unverkennbar. Denn der spitz zulaufende Fortsatz der Wirbelsäule hatte an einer Stelle eine Delle, und das konnte nur heißen, dass der Tote mit seinem Allerwertesten mit ziemlicher Wucht gegen etwas gestoßen sein musste, wofür „zum Bleistift" eine Tischkante in Frage kam.

In diesem Augenblick hatte Iwersen einen Geistesblitz gehabt.

„Besteht eigentlich die Möglichkeit, über das Gebiss der Opfer deren Identität auf die Schliche zu kommen?" hatte seine Frage gelautet.

Der Leichenfledderer hatte ihn schmunzelnd angeschaut und bedächtig den Kopf zu wiegen begonnen, was auf nichts Gutes schließen ließ.

„Herr Kommissär, Sie sind ja ein ganz ein schlaues Kerlchen. Chapeau! Denn meine Wenigkeit ist natürlich auch schon auf diesen Einfall gekommen. Er hat allerdings, verzeihen Sie, dass ich Ihre Euphorie bremse, gleich mehrerlei Haken und dreht sich, genau genommen, im Kreis. Denn bedenken Sie beispielsweise das Folgende: Welcher Dentist hortet schon Krankenakten über Patienten, die ihn das letzte Mal vor zwanzig Jahren konsultiert haben? Und selbst wenn. Um den oder die hierfür zuständigen Zahnklempner ausfindig zu machen, müssten Sie die Identität des oder der ehemaligen Patienten bereits eruiert haben, nicht wahr? Und genau darin besteht – wir sind, wie Sie unschwer bemerkt haben dürften, wieder am Anfang – unser, oder genauer, Ihr Problem. Nein, nein, das schlagen Sie sich mal gleich wieder aus dem Kopf. Da wird nichts draus, das können Sie sich abschminken!"

„Also short and clear", war er nach einer kurzen Pause und wie um diesen genial einfachen Einfall wirken zu lassen, aber das Geniale war ja fast immer einfach, fortgefahren, „so kommen wir, beziehungsweise Sie nicht weiter. Das Geheimnis der Identität der Verblichenen müssen Sie anders lüften, wie auch immer, und meine Wenigkeit kann Ihnen da beim besten Willen nicht weiterhelfen. Denn auch wenn Sie es über den defekten Wurmfortsatz, oder, noch drastischer, die fehlende Hand versuchen ... Stets müssen Sie im Grunde bereits wissen, bei wem diese Defekte jeweils vorgelegen haben, um auf dieser Grundlage den nach Möglichkeit erfolgreichen Abgleich durchführen zu können, der sich dann allerdings ohnehin bereits erübrigt hätte. Es ist verflixt und auf eine verblüffend einfache Art seltsam. Aber was soll man machen? Wünsche viel Erfolg beim Entwirren. Es wird schon. Und nur nicht den Mut sinken lassen. Kopf hoch! Denn zur Not gibt's ja auch noch Ihren Kollegen, den fülligen ... wie heißt der Gute noch einmal? Ach, Holgerson, vielen Dank, der ja für seine Geistesblitze stadtbekannt ist."

Der Knilch hatte wieder einmal kein Ende finden können beim Produzieren von Sprechblasen, so dass Iwersen ihm dann bald schon entnervt den Rücken zugekehrt und, indem er ein flüchtiges „na dann tschüss auch" gemurmelt hatte, das Weite gesucht hatte.

Die Situation war vertrackt. Einerseits wusste man vor dem Hintergrund der extrem außergewöhnlichen und unheimlichen Umstände gar nicht wenig. Andererseits aber wieder auch so gut wie gar nichts. Und das teilte der Hauptkommissar der versammelten Öffentlichkeit an diesem späten Vormittag denn auch mit, ohne sich dabei selbstredend auf sämtliche Details des Puzzles einzulassen, weil er nämlich während seiner Ausführungen plötzlich einen Einfall gehabt hatte. Es konnte doch immerhin sein, dass sich jemand, der, warum auch immer, das Tageblatt las, bei der Polizei melden würde, weil es ihm oder ihr bei der Lektüre des Artikels plötzlich wie Schuppen von den Augen fallen würde, dass es sich bei einer der beiden Leichen oder, kaum auszudenken, bei beiden um zwei gute alte Freunde handelte, die vor knapp einem Vierteljahrhundert aus heiterem Himmel spurlos verschwunden waren.

„Deswegen", beschloss der Hauptkommissar seine dann doch wider Erwarten etwas detaillierter ausgefallenen Ausführungen, „möchte ich alle Anwesenden ganz herzlich darum bitten, die körperlichen Defekte beziehungsweise die Blessur an einem der Opfer zu erwähnen, damit wir eventuell mit Ihrer Hilfe der Identität der Ermordeten auf die Spur kommen. Ich danke Ihnen für Ihre Aufmerksamkeit."

Der Alte hatte seinem Untergebenen, nachdem die Schreiberlinge den Raum verlassen hatten, anerkennend die Hand geschüttelt und ihn mit einem Klaps auf die Schulter aufgefordert, in diesem Sinne weiterzumachen.

„Das lief ja gaaanz hervorragend, mein Lieber“, hatten seine leutseligen Worte gelautet. „Glückwunsch und weiter so. Und Herr Iwersen, ehe ich’s vergesse“, hatte er sich noch einmal umgewandt, „halten Sie mich doch bitte über die Fortschritte Ihrer Ermittlungsarbeit auf dem Laufenden, seien Sie so gut.“

4

Ole saß in seinem Büro und grübelte. Vorhin auf der Pressekonferenz war die Ahnung einer Erinnerung in ihm aufgestiegen. Vor Urzeiten war da mal etwas gewesen, da war er sich ganz sicher. Bloß was? Es war zum Aus-der-Haut-fahren! Je mehr er sich zu konzentrieren versuchte, desto weniger hatte er das Gefühl weiterzukommen. Und wie sollte er, was die Identitätsfindung betraf, vorgehen? Das Pferd von vorne, von der Seite oder von hinten aufzäumen? Stellte sich bloß die Frage, wo hier was war. Dann war da noch das delikate Problem, in welcher Reihenfolge die Schläge ausgeführt worden waren. Hatte Holmmeier recht mit seiner Mutmaßung, dass zunächst der mit der Delle traktiert worden war, anschließend das, warum auch immer, auf dem Boden befindliche andere Opfer, damit dann der finale Schlag gegen den zunächst bloß Markierten ausgeführt werden konnte? Oder sprach mehr für seine umgekehrte Variante, dass der Täter überrascht worden war, als er dem Hockenden eins übergebraten hatte, und deswegen dem unerwünschten Zeugen in der Aufregung des Gefechts gleich zweimal auf die Pelle gerückt war, in welcher Reihenfolge auch immer. – Aber: Was lag eigentlich daran, und inwiefern hätte ihm die richtige Antwort weitergeholfen?

Na klar! schoss es ihm durch den Kopf. Wüsste man, in welcher Reihenfolge der Killer sein Mütchen gekühlt hat, dann wüsste man auch, welcher Mord vorsätzlich geschehen ist. Bei dem anderen Tötungsdelikt würde es sich dann lediglich um so etwas wie einen Kollateralschaden handeln. Aber um diese Frage beantworten zu können, müsste man etwas über das Motiv wissen. Nach zwanzig Jahren? Unmöglich!

Er saß fest. Denn von wo aus auch immer man sich diesem seltsamen Fall zu nähern versuchte, kaum dass man auch nur einen Schritt getan hatte, verlor man sich im Wegelosen.

Vielleicht sollte er mal das Gespräch mit Holgerson suchen. Ein Gedankenaustausch wirkte manchmal Wunder und half einem aus der intellektuellen Klemme. Apropos Holgerson: Wo trieb der sich eigentlich den ganzen Tag über herum? Iwersen konnte sich nicht erinnern, ihn heute schon gesehen zu haben. Vorhin in der Anatomie war er nicht dabei gewesen. Und auf der Pressekonferenz ohnehin nicht. Ermittelte er etwa auf eigene Faust? Das hätte ihm gar nicht ähnlich gesehen. Oder war er krank geworden? Hatte der Fund der beiden Skelette das Sensibelchen aus dem seelischen Gleichgewicht gebracht? Obwohl, nein, auch das konnte es nicht sein, denn dann hätte er heute Morgen angerufen und sich, wie es sich gehörte und auch Vorschrift war, krank gemeldet. Hauptkommissar Iwersen kannte sich nicht mehr aus, was ihm ins Gesicht geschrieben stand. Totaler Blackout!

In diesem Moment einer restlosen geistigen Blockade wurde die Tür zu seinem Dienstzimmer aufgerissen, und gleich darauf stand seine in heller Aufregung befindliche Mathilde vor ihm. Ole war der Schreck in die Glieder gefahren, denn eins war sonnenklar: Irgendetwas Schlimmes musste passiert sein, und er war nur froh, dass sein Ein und Alles offenbar nur indirekt davon betroffen war.

„Paps“, stieß sein Kind atemlos hervor, „du musst jetzt sofort mit mir in die Diako kommen! Bitte, ich benötige deine Hilfe!“

Ole war aufgestanden, um seine Tochter in die Arme zu nehmen. Sie sah schrecklich aus. Verwildert innen und außen und vollkommen außer Rand und Band.

„Was fehlt dir, mein Kind? Setz dich doch erst mal und beruhige dich ein wenig. Du siehst schlimm aus. Und dann erzähle mir schön der Reihe nach.“

Doch auf diesen vernünftig klingenden Vorschlag wollte sich die junge, hübsche Frau partout nicht einlassen. Denn sie strebte bereits wieder dem Ausgang zu und versuchte, ihren Vater hinter sich herzuziehen. Doch da war Ole davor. Er musste zunächst und vor allem wissen, worin das Schreckliche bestand, das zweifelsohne vorgefallen war.

Also insistierte er, indem er sein Kind mit sanfter Gewalt nötigte, sich auf den Stuhl vor seinem Schreibtisch zu setzen, was Mathilde, wenn auch widerwillig, tat.

Und da saß sie nun, ein Häuflein Elend, und berichtete in atemloser Hast, dass ihr liebster Nicolai von der Bullerei auf einer Demo hopsgenommen worden sei. Widerstand gegen die Staatsgewalt werde ihm zur Last gelegt. Einfach nur lachhaft, wo er und sie und all die anderen doch nur Flagge gezeigt und ihren Unmut darüber auf die Straße getragen hatten, dass die „Scheißfaschisten“, wie sie sich ausdrückte, im Deutschen Haus eine Propagandaveranstaltung abgehalten hatten. Das ginge ja wohl nicht an, dass dieses braune Pack sich schon wieder breitmache. Und da gebe es keine zwei Meinungen. „Oder wie siehst du das?“ blitzte sie ihn an. „Jetzt sag bloß nichts Falsches, und vergiss bitte für einen Moment, dass auch du ein Sch...“

Sie hielt inne, vielleicht weil sie, aller Aufregung zum Trotz, bemerkt hatte, dass das, was zu sagen sie im Begriff gewesen war, nun doch eine ziemliche Ungerechtigkeit gewesen wäre. Denn ihr Paps mochte ja alles Mögliche sein, auf gar keinen Fall war er ein Sympathisant der rechten Szene, die sich nicht erst seit heute in diesem Land wieder zu regen begann. Er war, in ihren Augen, so etwas wie ein sensibler Antifaschist, und das wies immerhin schon mal in die richtige Richtung. Fest stand aber auch, dass man etwas tun musste, wenn die Faschos sich wieder auf den Weg machten.

Mathilde fingerte nervös in der Innentasche ihres Parkas herum und beförderte eine Prince Denmark ans Tageslicht, die sie mit zittrigen Fingern entzündete. Ihr Vater schob ihr einen Aschenbecher über den Tisch und nutzte die Unterbrechung ihres Redeflusses, um beruhigend auf sein Kind einzuwirken. Denn der Glimmstängel, der, kaum dass er entzündet worden war auch schon heißgeraucht war, schien seine Wirkung zu verfehlen. Man wurde atemlos vom bloßen Zusehen. Asche fiel zu Boden, aber das kümmerte die jetzt entrückt Wirkende wenig. Sie saß bloß mit wippenden Knien vor ihm und starrte blicklos wie eine Somnambule vor sich hin.

„Also gut. Oder vielmehr schlecht“, ruderte Ole zurück, weil er in dieser zugespitzten Situation auf keinen Fall etwas Falsches sagen durfte. „Meine Kollegen haben deinen Nicolai also kurzfristig festgesetzt. Das ist zwar nicht wirklich gut, aber auch kein Weltuntergang. Und ich kann mir beim besten Willen nicht vorstellen, dass ihm der Prozess wegen ... also beispielsweise wegen Landfriedensbruchs gemacht wird. Nein, das halte ich für ausgeschlossen. Widerstand gegen die Staats...“ Weiter kam er nicht.

„Spinnst du? Wie kommst du denn jetzt darauf?“ Mathilde war wieder in die Gegenwart zurückgekehrt.

„Ich meinte ja bloß ...“

„Ich meinte ja bloß, ich meinte ja bloß“, äffte sie ihn nach.

Das war ungerecht, und es tat ihm weh, von seinem Liebling derart herablassend behandelt zu werden. Das hatte er nicht verdient, und das schien seine Tochter mittlerweile auch so zu sehen, denn sie hatte damit begonnen, sich für den Fauxpas zu entschuldigen.

„Ach Paps, tut mir leid, dass ich ... Aber es ist alles noch viel schlimmer!“

„Schlimmer?“ Iwersen war schlagartig mulmig zumute. Hatte der Schüler Sapara zu allem Überfluss einen Staatsdiener körperlich angegriffen? Ihn niedergestreckt? Ihn womöglich lebensgefährlich verletzt? Oder ...? Er mochte diesen Gedanken nicht zu Ende denken.

„Ja. Nicolai liegt in der Diako. Einer deiner sauberen Kollegen hat ihm das Nasenbein mit einem Schlagstock gebrochen.“

Iwersen atmete erleichtert auf. Glück gehabt, dachte er. Es hätte alles viel, viel schlimmer kommen können.

Das sah seine Tochter, befangen wie sie war, natürlich ganz anders. Sie drückte ihre zweite Zigarette aus und erhob sich mit der eindeutigen Absicht, jetzt und sofort diese Lokalität gegen die andere auf der Westlichen Höhe einzutauschen. Und ihr Paps sollte und musste sie begleiten, um ihren Liebsten aus der misslichen Lage herauszupauken, in die er, ohne jedes Verschulden, hineingeschliddert war. Denn, und ausschließlich darum sei ihres Erzeugers Präsenz vonnöten, die Beamten hatten angekündigt, dass der Unschuldige sie nach erfolgter Verarztung aufs Revier begleiten müsse, ob er nun wolle oder nicht. Und das müsse er in seiner Funktion als Hauptkommissar und folglich als ihr Vorgesetzter auf jeden Fall verhindern.

„Aber mein Kind", hatte Ole sich ihrem Griff zu entwinden versucht, „das ist nun einmal der normale Gang, wenn sich ein Bürger den Maßnahmen der Polizei widersetzt oder auf eine andere Art, die vom Gesetzgeber nicht vorgesehen ist, auffällig geworden ist. Daran kann selbst ich nichts ändern. Tut mir leid."

Aber diesen als unpassend empfundenen Einwand hatte die Aufgebrachte schlicht und ergreifend ignoriert, hatte ihrem Paps dabei geholfen, seinen Mantel anzuziehen und ihn dann vor sich her aus dem Zimmer gedrängt. Und irgendwann hatte Iwersen seinen anfänglichen Widerstand aufgegeben und sich vielleicht nicht überzeugen, sondern allenfalls und wenn es hoch kam bereden lassen, seine Tochter ins Krankenhaus zu begleiten. Vor Ort würde er sich ein genaueres Bild davon machen können, was von diesem Vorkommnis zu halten war. Und ein Gespräch mit den Kollegen könnte sich sogar als hilfreich herausstellen. Vielleicht waren sie ja kooperativ und zu einem gewissen Entgegenkommen bereit. Er würde sein Bestes versuchen, schon seiner Mathilde zu Gefallen, die sich auf der Fahrt in die Diako auch bereits ein wenig beruhigt zu haben schien. Die Gegenwart eines Vaters wirkte eben doch manchmal Wunder.

5

Etwas raschelte im Unterholz. Er hatte gerade sein Wasser abgeschlagen und war dabei, den Reißverschluss seiner breitgerippten Cordhose hochzuziehen. Er duckte unwillkürlich ab, schaute hektisch nach links und rechts und drehte sich, so schnell es eben gehen wollte, sicherheitshalber um seine eigene Achse. Dabei war seine rechte Hand, ein berufsbedingter Reflex, in Richtung des unter seiner Jacke verborgenen Holsters gefahren. – Nichts. Es war wohl nur ein Vogel, eine Feldmaus oder ein Eichhörnchen auf Nahrungssuche gewesen. Um ihn herum herrschte wieder absolute Stille.

Warum trieb er sich hier in diesem Dreck rum? Was zum Teufel hatte ihn geritten, durch diese Fichtenschonung zu tapern? Was hoffte er zu entdecken, was seinen Kollegen von der Spurensicherung entgangen war? Etwa das Tatwerkzeug? Lachhaft! Nach zwanzig Jahren war schon der Gedanke an die Eventualität eines Treffers nur noch abwegig.

Das also war es nicht, was den Kriminalbeamten Berthold Holgerson in den Wald am Rande der Solitüder Bucht getrieben hatte. Jedenfalls nicht vorrangig. Ihn hatte heute Morgen am Frühstückstisch etwas anderes zu beschäftigen begonnen, nämlich die bislang noch von niemandem gestellte Frage danach, ob es sich bei dem Fundort der beiden stark ramponierten Leichen auch um den Tatort gehandelt hatte. Dieses Problem hatte sich, er wusste selbst nicht warum, in seinem Gehirn während der anschließenden Morgentoilette wie eine fixe Idee festgesetzt. Und weil das so war, hatte er sich anschließend zum Fundort begeben, um ... ja, was eigentlich? Vielleicht, um die Atmosphäre auf sich wirken zu lassen. Oder hatte er auf einen Flashback gehofft? Obwohl er doch, soweit er wusste, nicht über hellseherische Fähigkeiten verfügte.

Was mochte sich an diesem Ort damals zugetragen haben? War es Tag oder Nacht gewesen, als das Schwerverbrechen begangen worden war? Schon diese Frage war falsch gestellt. Denn wer sagte denn, dass der Doppelmord und das anschließende Verscharren der Erschlagenen kurz nacheinander erfolgt waren? Eines allerdings schien klar zu sein: Die Buddelei musste in der Dunkelheit stattgefunden haben. Alles andere wäre unter dem Gesichtspunkt des Auf-frischer-Tat-ertappt-Werdens zu gefährlich gewesen, selbst wenn man in Rechnung stellte, dass diese Örtlichkeit vor zwanzig Jahren vermutlich noch abgelegener gewesen war als heutzutage. Nein, es war zweifelsfrei davon auszugehen, dass die Entsorgung der Gemeuchelten spät am Abend oder in der Nacht stattgefunden hatte. Half ihm das weiter?

Aber halt! schoss es dem beleibten Enddreißiger, dessen kahler Schädel nur noch von einer unscheinbaren blonden Tonsur umrahmt war, durch den Kopf. Wie war das noch einmal? Was hatte der Holmmeier ihm vorhin am Telefon verklickert? Obwohl der Laberheini zunächst nicht mit der Sprache hatte herausrücken wollen und ihm geraten hatte, sich entweder den schriftlichen Befund bei Gelegenheit mal durchzulesen oder seinen Vorgesetzten zu konsultieren, dem er das alles gerade eben erst auseinanderklamüsert habe.

„Und überhaupt“, hatte er gefragt, „wieso ist Wertester heute nicht zum Dienst erschienen? Befindet er sich unwohl? Kränkelt er? Muss man sich Sorgen machen?“

Iwersen hatte recht, der Kerl konnte einen mit seinem Geschnacke auf die Palme treiben! Und weil das so war, und weil die Nervensäge einfach nicht locker gelassen hatte mit seinem anspielungsreichen Gestichele, hatte es eine Zeitlang gedauert, bis es ihm gelungen war, dem extrem Verstockten am anderen Ende der Leitung klarzumachen, dass er in seinem Dienstwagen am Solitüder Weg sitze, um sich den Fundort noch einmal etwas genauer anzusehen. Und dass ihm bei der Visite eventuell ein paar Informationen zu Gute kommen könnten, weswegen er sich, „nicht wirklich vorschriftsmäßig, ja, ja, ich weiß“, mit dem Fachmann telefonisch in Verbindung gesetzt habe und so weiter und so fort.

Das Ende vom Lied war dann überraschenderweise doch gewesen, dass er das mit der pfenniggroßen Delle am Schädel des einen Opfers und dem einmaligen Treffer am Kopf des anderen mit der amputierten Hand und der Hüftgelenksarthrose erfahren hatte. Vor allem aber: Dieser Schlag war von oben nach unten geführt worden, und das könnte heißen ...

Holgerson machte auf den Hacken kehrt und bahnte sich seinen Weg an den dicht an dicht stehenden Stämmen vorbei in Richtung Straße. Um in das Waldstück zu kommen, hatte er vorhin einen etwa einen Meter hohen Wall überwinden müssen. Was, wenn dieser Wall damals einem der Opfer als Schutz gedient hatte, hinter dem es sich versteckt hatte? Weil es nämlich Augenzeuge eines Mordes geworden war. Um dann, zu seinem großen Pech, doch entdeckt zu werden. Und wegen der Arthrose habe es dann nicht schnell genug Reißaus nehmen können, weil von der Seite der Straße her der Täter vermutlich relativ zügig auf ihn zugekommen war und weil hinter ihm die absolute Dunkelheit des in der Nacht wie undurchdringlich daliegenden Waldes dem Fortkommen auch nicht eben förderlich gewesen war.

Blieb nur die Frage zu klären, was um aller Welt jemanden dazu gebracht hatte, sich in besagter Nacht in dieser Einöde, wo Fuchs und

Hase sich gute Nacht sagten, aufzuhalten? Oder war er gar nicht allein hier gewesen, sondern in Begleitung, womöglich in der seines späteren Mörders? Eine Liaison à trois?

Holgerson kauerte hinter der Erdaufwerfung und versuchte, sich in die Psyche eines Menschen zu versetzen, der gerade Zeuge eines Gewaltverbrechens wurde. Kein Zweifel, die Örtlichkeit war wie geschaffen für diese Szenerie. Und das konnte bedeuten, dass der Fundort auch der Tatort gewesen war. Zumal wenn man in Rechnung stellte, dass der Zeuge schreckensstarr gewesen sein musste, als vor ihm ein Mensch erschlagen worden war. Man brauchte bloß eins und eins zusammenzuzählen, sprich, dieses Faktum mit den beiden anderen der doppelt eingeschränkten Bewegungsfähigkeit zu addieren, und schon passte alles auf das Wunderbarste ...

„Was machen Sie da?!“

Holgerson schreckte auf und fuhr, so schnell dies aufgrund seiner Körperfülle gehen wollte, hoch. Dabei donnerte er mit seinem Schädel gegen den Ast einer Fichte. Der Schmerz stellte sich augenblicklich ein. Und ein mulmiges Gefühl, grad so, als ob die Erde unter ihm aus den Fugen geraten wäre. Alles schwankte. Oder wankte er selbst? Jetzt vernahm er ein Knurren zu seinen Füßen. Er senkte den Blick. Der Köter stand auf der anderen Seite der Barriere mit aufgestelltem Nackenfell, aggressiv entblößten Reißzähnen und stierte ihn auf eine Art an, die nichts Gutes verhieß. Ihm war, einmal mehr, sehr danach, seine Dienstwaffe aus dem Holster zu ziehen und dem bissigen Mistvieh direkt zwischen dessen blutrünstige Augen zu schießen. Ein Blattschuss, und dann hatte die liebe Seele Ruh. Stattdessen fingerte er seinen Dienstausweis hervor und streckte ihn in Richtung des Mannes auf der anderen Seite der Aufschüttung von sich.

„Polizei. Würden Sie, bit-te, Ihren Hund zurückrufen“, forderte er den Knickerbockerträger in strengem Tonfall auf. Der gehorchte aufs Wort, nachdem er des Ausweises ansichtig geworden war. Ein Vorzeigeuntertan mit Respekt vor der Obrigkeit und noch dazu einer, der, wo er ging und stand, ein Auge darauf hatte, dass auch ganz bestimmt nichts Sitten- und Rechtswidriges passierte. Denn wo kämen wir da hin, wenn sich alle Welt hinter irgendwelchen Erdhaufen verschanzte? Holgersons Laune war im Keller.

Diese Möchtegernpolizisten mit ihrem ausgeprägten Ordnungswahn gingen ihm sowas von gegen den Strich! Glücklicherweise, das hatte er inzwischen spitzbekommen, sah das sein Vorgesetzter, Hauptkommissar Iwersen, ebenso. Sonst wäre es womöglich wieder zu unschönen Szenen gekommen, wie vor gut einem halben Jahr, als er mit seinem Chef in Kiel wegen einer Lappalie derart aneinandergeraten war, dass keine Woche später seine Versetzung auf dem Tisch gelegen hatte. Einen Zusammenhang zwischen dem Wisch und dem Auftritt von vor ein paar Tagen hatte der Heuchler natürlich weit von sich gewiesen. Es sei, hatte er kalt lächelnd gemeint, mal Zeit für eine kleine Luftveränderung, und die habe schließlich noch nie jemandem geschadet. Bei Licht besehen beneide er seinen Exkollegen sogar, mal etwas Neues kennenzulernen, denn das erweitere den Horizont ungemein.

Nur deswegen auch war er seinem neuen Vorgesetzten hier oben zunächst so extrem zuvorkommend und geradezu kriecherisch begegnet, wofür er sich selbst abgrundtief verachtet hatte. Erbärmlich war das gewesen! Vor allem hatte es nichts gebracht, sondern eher im Gegenteil: Iwersen hatte ihn immer wieder zusammengefaltet und ihn spüren lassen, für was für einen jämmerlichen Versager er ihn hielt. Doch wer wollte es ihm verdenken? Er hätte sich in seiner Lage ganz genauso verhalten.

Aber was hätte er zu Beginn seiner Dienstzeit hier oben machen sollen? Ein gebranntes Kind scheut, wie das Sprichwort sagt, das Feuer. Auf eins jedenfalls hatte er fürs Erste gewiss keinen Bock gehabt: Sich wieder irgendwelchen Bullshit anhören zu müssen, bloß weil er ausnahmsweise mal anderer Meinung war als derjenige, der zufällig das Sagen hatte und seine Machtposition zielsicher ausnutzte, wenn man ihm quer kam.

Er hatte seinen schweren Körper mittlerweile über den Wall gewuchtet und stand jetzt vor dem kreuzbraven, mittelalten Herrn mit seinem Kläffer.

„Zeigen Sie mir doch bitte einmal Ihre Ausweispapiere, seien Sie so gut. Und darf ich fragen, was Sie hier machen?“ legte er nach.

Holgerson hatte beschlossen, sich schadlos zu halten und einen harmlosen Spaziergänger wie einen potentiellen Verbrecher zu behandeln. Der Knabe sollte mal sehen, wie es war, unter Verdacht zu geraten und entsprechend in die Mangel genommen zu werden. Obwohl das an seiner akkuraten Grundeinstellung selbstredend nichts ändern würde. Bei nächster Gelegenheit würde der Biedermann doch wieder offensiv seinen Saubermannstandpunkt vertreten. Daran bestand auch nicht der leiseste Zweifel. Trotzdem, es war dem Kriminalbeamten jetzt einfach ein Bedürfnis, es dem Heini mit gleicher Münze heimzuzahlen.

„Ach, den haben Sie nicht bei sich? Tz, tz, tz. Sie wissen, dass ich Sie und Ihren Hund jetzt eigentlich mit aufs Revier nehmen müsste, nicht wahr? Und wozu gibt es schließlich Gesetze? Oder glauben Sie im Ernst, dass Sie sich jenseits des Rechts befinden? Da haben Sie sich aber schwer geschnitten, und ein rechtsfreier Raum ist auch für einen wie Sie in diesem unserem Lande nicht vorgesehen“, war Holgerson dabei, sich in einen Wutanfall hineinzusteigern. Jedenfalls sollte der Trottel, der zusehends verzwergte, das denken. Lediglich sein Hund schien nicht nur unbeeindruckt zu sein von dem Zorn der Obrigkeit, sondern sich seinerseits zu ärgern über das, was der Fremde sich seinem Herrchen gegenüber herausnahm. Also begann der Freund des Menschen wieder zu knurren und Zähne zu zeigen.

„Hören Sie, Herr Müller, wenn Ihr Köter jetzt nicht sofort und auf der Stelle Ruhe gibt und Haltung annimmt“, konnte er sich hinterherzuschieben nicht enthalten, „dann gibt es richtig Ärger. Dann werde ich dafür sorgen, dass Ihr vierfüßiger Begleiter eingeschläfert wird, blutrünstig wie er zu sein scheint. Ich jedenfalls will mir nicht nachsagen lassen, ich hätte fahrlässig gehandelt, weil ich Ihre Bestie nicht entschärft habe, als die Möglichkeit noch gegeben war, sprich, bevor sie auf einem Spielplatz ein Kleinkind zerfetzt und in Stücke gerissen hat, bloß weil diesem Vieh dessen Nase nicht gepasst hat. – Und jetzt“, fuhr er nach einer kurzen Pause, die der Besinnung diente, fort, „gehen Sie mir aus den Augen. Ich habe weiß Gott Besseres zu tun, als meine Zeit hier mit Ihnen und Ihrem Pinscher zu verplempern. Und leinen Sie Ihren Vierbeiner bitte an. Haben wir uns verstanden?“

Der Beamte wandte sich schmunzelnd ab, steuerte auf sein Auto zu, öffnete die Fahrertür und schob sich mit einiger Mühe hinter das Lenkrad. Der verdatterte Spaziergänger und sein inzwischen zur Ruhe gerufener Begleiter schlichen, so kam es Berthold vor, wie getretene Hunde davon, nachdem das Herrchen seinem Befehl Folge geleistet und seinen Freund angeleint hatte. Als der Ordnungshüter an den beiden vorbeifuhr, sah er aus dem Augenwinkel, wie der Heini ihm hinterherwinkte.

Ein elender Kriecher und Schisser! Wusste ich's doch! ging es ihm durch den Kopf. Holgerson legte, nachdem er die scharfe Linkskurve passiert hatte, den zweiten Gang ein, um mit überhöhter Drehzahl der Steigung des Berges gewachsen zu sein.

Er würde dem Hauptkommissar die Ergebnisse seiner Recherche unverzüglich mitteilen, auch wenn der sie für belanglos halten sollte. Ihm selbst wollte es scheinen, als ob sie wichtig und der Kenntnisnahme unbedingt wert waren.

Auf der Höhe des Twedter Placks legte er eine kurze Pause ein, weil sich nämlich ein leichtes Hungergefühl eingestellt hatte. Und da es bereits stark auf den Nachmittag zuging, war es nur recht und billig, sich eine Currywurst mit einer doppelten Portion Pommes rotweiß zu gönnen. So viel Zeit musste sein. Vom Fleische fallen wollte er denn doch nicht.

Als er später dann, nachdem er angeklopft hatte, die Tür zum Zimmer seines Chefs öffnete, war der nicht zugegen, sondern, wie ihm dessen Sekretärin, die gerade vorbeilief, mitteilte, aus irgendeinem Grund zusammen mit seiner Tochter vor ein paar Minuten zur Diako aufgebrochen. Er hätte den beiden eigentlich begegnet sein müssen.

Zur Diako? dachte er noch. Merkwürdig! Sollte schon wieder etwas Unvorhergesehenes passiert sein?

6

Der Streifenpolizist Jan Peters saß auf einem Stuhl auf der Unfallstation der Diako und hielt Wache. Ihm war von dem Einsatzleiter befohlen worden, dem bei dem Einsatz vor dem Deutschen Haus in die Schusslinie geratenen Schüler Sapara nicht von der Seite zu rücken und darauf aufzupassen, dass der sich nicht bei Gelegenheit der Verarztung im Krankenhaus widerrechtlich verdünnisierte. Obwohl diese Gefahr, so sah das der Beamte, relativ gering war, bei dem Gesamtbefinden dieses renitenten Jugendlichen. Er hatte aus den Worten der ihn ungemein ansprechenden jungen Ärztin mit den dunkelblonden, schulterlangen Haaren, der schlanken Figur bei circa 1,70 Metern Körpergröße und den braunen Augen, wie er als Kenner der Materie den vorliegenden Sachverhalt bei sich zusammengefasst hatte, soviel aufgeschnappt, dass das Nasenbein gebrochen worden war, was er auch so gewusst hatte, im Übrigen ohne Medizin studiert zu haben. Denn das war doch sowas von sonnenklar! Wem das Blut so aus der Nase lief wie diesem Früchtchen, und wer darüber hinaus ein solches Veilchen hatte, eines, das sich über die gesamte rechte obere Gesichtshälfte hinzog, der konnte davon ausgehen, dass sein Riechorgan zu hundert Pro Schaden genommen hatte. Und da ein solches Weichei wie dieser Schüler ganz gewiss nicht den Mumm haben würde, das einfach wegzustecken und zur Tagesordnung, worin die auch immer bestehen mochte, überzugehen, war es so gut wie sicher, dass er alles andere plante, nur nicht seine Flucht. Viel eher war davon auszugehen, dass der Aufmüpfige inzwischen dabei war in Erwägung zu ziehen, ob er rechtliche Schritte gegen Unbekannt wegen Körperverletzung einleiten sollte. Der würde sich noch wundern! Denn das wüste Treiben vor dem Haus der Deutschen war ein Vergehen gewesen, auf das es nur eine Antwort geben konnte: ein bis zwei Jährchen Jugendhaft wegen schweren Landfriedensbruchs. Vom Tatbestand der Nötigung und dem des Widerstands gegen die Staatsgewalt mal ganz abgesehen. Da kam schon einiges zusammen. Jedenfalls war dies die unmaßgebliche Meinung des Streifenpolizisten Jan Peters, der sich langsam zu langweilen anfing. Wie lange sollte das hier eigentlich noch dauern? Immer fasste man die Gewalttäter mit Samthandschuhen an. Einen nahm man hops, und zwei ließ man laufen. Zum Verzweifeln! Und wie dankten die es einem? Gar nicht! Eben!

„Moin, moin, Kollege."

Streifenpolizist Peters fuhr aus seinen deprimierenden Gedanken auf. Vor ihm stand Hauptkommissar Iwersen zusammen mit einer ausnehmend hübschen Frau. Sie kam ihm irgendwie bekannt vor. Wo hatte er die Schönheit zuvor schon einmal gesehen?

Na klar! Vorhin auf der Demo hatte sie sich über den am Kopf verletzten Aufrührer gebeugt und ihm beizustehen versucht. Man hatte sie regelrecht wegzerren müssen von dem Lädierten, so dass es, aus seiner Sicht, sogar unbedingt angebracht gewesen wäre, sie gleich mit aufs Präsidium zu nehmen. Sympathisanten von Gewalttätern gehörte gleich im Vorfeld das Handwerk gelegt. Auf jeden Fall musste man ein Auge auf sie haben. Und kollaborieren durfte man mit diesem Gesindel nie und nimmer, weswegen er es auch nicht verstanden hatte, wieso sein Kumpel Paul der Kriminellenbraut auf deren aggressiv gestellte Frage, wohin sie den Verletzten bringen würden, geantwortet hatte. Sogar noch wahrheitsgemäß. Vielleicht hatte er ja noch ein schlechtes Gewissen wegen des Schwerverletzten damals, den sie sich genau hier an Ort und Stelle auf eine leidlich robuste Art zur Brust genommen hatten. Die Androhung des Alten, ihnen mit einer Dienstaufsichtsbeschwerde auf die Pelle zu rücken, war allerdings in den Startlöchern steckengeblieben. Und auch eine Suspendierung vom Dienst schien nicht mehr wirklich ins Haus zu stehen, wo das Ganze ja auch schon ein bisschen her war. Wäre da nicht die Anzeige wegen schwerer Körperverletzung gewesen, die das Weichei von damals gegen die beiden Ordnungshüter angestrengt hatte.

„Moin, Herr Hauptkommissar."

Die Verzögerung, mit der der Streifenpolizist auf den Gruß reagiert hatte, war beträchtlich gewesen. Es gab eben einiges zu bedenken, da ging es nun einmal nicht schneller, und die Höflichkeit hatte ins zweite Glied zu rücken.

Der Streifenpolizist hatte sich von seinem Stuhl erhoben und machte Anstalten, dem Höhergestellten die Hand zu reichen. Doch der ignorierte das Angebot und kam gleich zu dem aus seiner Sicht Wesentlichen.

„Meine Tochter hier hat mir gerade erzählt, dass ihr Freund mit einer Kopfverletzung in der Diako verarztet wird. Können Sie mir das bestätigen?"

Eine merkwürdige Frage, die der Olle ihm da gerade gestellt hatte. Woher sollte er wissen, dass es sich um einen Freund von wem auch immer handelte? Das fiel nicht in seinen Aufgabenbereich, und das interessierte ihn, ehrlich gesagt, auch nicht die Bohne. Viel interessanter war da schon die Tatsache, dass die Sööte die Tochter des Kommissars war. Wenn der wüsste, was das Mädel in seiner Freizeit treibt. Der würde sich die Augen reiben! Streifenpolizist Jan Peters musste unwillkürlich schmunzeln.

„Was gibt es denn da zu grinsen? Können Sie mir das mal sagen?" fuhr ihn der Hauptkommissar an.

„Bitte? Nichts weiter ... ein Missverständnis ... oder ein Versehen ... je nachdem." Was faselte er da bloß?

„Na dann is ja gut. Also, noch einmal und präziser gefragt: Ist hier ein junger Mann mit einer Kopfverletzung eingeliefert worden, auf den Sie ein Auge haben sollen? Verhält es sich so?"

Peters nickte. Es war besser, sich in der Gegenwart von Menschen, die etwas zu sagen hatten, nicht zu weit aus dem Fenster zu lehnen und dazu gehörte auch, lieber den Mund zu halten, weil man sonst womöglich zum falschen Zeitpunkt etwas Falsches sagte. Befehle entgegennehmen und ausführen, das war immer noch das Beste. Gehorsam wurde einem wie ihm noch am ehesten gedankt.

„Und wie ist der Stand der Dinge?"

Der Alte erwischte ihn erneut auf dem falschen Bein. Was sollte das nun wieder? Welchen Stand meinte er? Und vor allem in Bezug worauf? Peters wirkte so, wie er sich fühlte: total orientierungslos. Vor allem aber, er sah auch genauso aus. „Sie meinen ...?" versuchte er sich vorsichtig vorzutasten, ohne sich schon wieder eine Blöße zu geben.

„Herrgott! Stehen Sie eigentlich immer so auf dem Schlauch? Wie haben Sie es eigentlich geschafft, durch die Aufnahmeprüfung zu kommen? Sind Sie ein Verwandter des Polizeipräsidenten?"

Da hatte er den Salat. Auf den Dummen wurde immer noch mal extra rumgetrampelt. Und es half ihm jetzt auch nicht weiter, dass die Hübsche ihn in diesem Moment teilnahmsvoll anlächelte. Oder kam ihm das nur so vor? Hatte er da schon wieder etwas ganz falsch verstanden? Mitleidig war das Lächeln gewesen und anmaßend. Was bildete sich die Göre eigentlich ein?

„Also ein letztes Mal, zum Mitschreiben: Ist der Junge schon verarztet, und wie gedenken Sie weiter vorzugehen? Können Sie mir dazu etwas Sachdienliches sagen?"

„Also, ich nehme mal an, dass ..."

Weiter kam er nicht, was, aus seiner Sicht, immerhin den Vorteil hatte, dass er sich fürs Erste nicht mehr in der Schusslinie befand.

„Der junge Mann befindet sich leidlich wohl.“

Die Blicke der drei richteten sich auf den weiblichen Neuankömmling. Es war die ansprechende Ärztin von vorhin, die des Kommissars Frage beantwortet hatte.

„Also kann er das Krankenhaus verlassen?“ Mathilde stand die Freude über diese Neuigkeit ins Gesicht geschrieben.

„Es spricht, unter dem rein gesundheitlichen Gesichtspunkt, nichts dagegen. Wir haben das Nasenbein gerichtet, und da keine Gehirnerschütterung vorliegt, kann der Verletzte sich auch zu Hause auskurieren.“

„Das ist ja toll!“ Mathilde strahlte.

„Moment“, schaltete sich der Streifenpolizist in die laufenden Verhandlungen ein.

„Ich habe dafür Sorge zu tragen, dass der Randalierer aufs Präsidium gebracht wird. Da führt überhaupt kein Weg dran vorbei.“

„Ich halte das, ehrlich gesagt, nicht nur nicht für gut, sondern sogar für gefährlich. Ruhe ist jetzt die erste Bürgerpflicht“, zwinkerte die ausnehmend erfreuliche Erscheinung dem Kommissar zu.

„Sehen Sie, Kollege, ganz meine Rede“, fing der den ihm zugeworfenen Ball auf. „Seine Personalien haben Sie doch, wie ich glaube annehmen zu dürfen, ohnehin schon aufgenommen, nicht wahr? Darüber hinaus: Ein gebrochenes Nasenbein ist doch bereits Strafe genug, oder wie sehen Sie das? Nein, nein, nein, nun lassen Sie den Ersten unter Gleichen mal ausreden!“

Iwersen fühlte sich plötzlich so euphorisch gestimmt. Konnte das mit der Gegenwart dieser Ärztin zu tun haben? Wann war ihm das letzte Mal so ausgelassen zumute gewesen? Er konnte sich nicht erinnern.

„Ich finde, der Schüler Sapara hat was gut bei Ihnen, wo er doch bloß den Anfängen wehren wollte. Ich kann da beim besten Willen nichts Anstößiges und der Verfolgung Würdiges entdecken. Im Gegenteil. Ein klarer Fall von Zivilcourage, und wir müssen dem mutigen jungen Mann sogar noch dankbar sein, dass er sich nicht lange bitten lässt, sondern von sich aus ein Zeichen setzt. Hätte es damals in den dunklen Zeiten mehr von seiner Sorte gegeben, es wäre gar nicht so weit gekommen, wie es dann leider gekommen ist. Sehen Sie das nicht auch so, werter Kollege?“

Mathilde strahlte ihren Paps an. Und auch die junge Ärztin schien an den etwas überspannten Ausführungen des Mittvierzigers Gefallen zu finden. Sie schaute geradezu versonnen, und ein leichtes Lächeln hatte ihr Gesicht überzogen. Lediglich der andere Ordnungshüter schien nicht wirklich überzeugt zu sein. Das klang in seinen Ohren verdammt nach einem Plädoyer für mindestens zivilen Ungehorsam, und damit hatte damals, seiner bescheidenen Meinung nach, doch alles überhaupt erst angefangen. Nein, er konnte den wirklichkeitsfremden Ausführungen des Hauptkommissars beim besten Willen nicht folgen. Das sah man ihm an. Deshalb legte Iwersen nach.

„Nun lassen Sie mal fünfe gerade sein, und geben Sie Ihrer Beamtenseele einen Stoß. Ich erzähl’s auch nicht weiter“, zwinkerte Ole dem in die Enge Getriebenen zu.

„Also gut. Aber das geht auf Ihre Kappe, und ich wasche meine Hände in Unschuld. Wenn da was nachfolgt, dann legen Sie ein gutes Wörtchen für mich ein.“

„So wird’s gemacht, mein Bester. Ich wusste doch gleich, als ich Sie vorhin hier sitzen sah, dass unter Ihrer rauen Schale ein weicher Kern verborgen liegt. Von dem Potential an Intellekt ganz zu schweigen.“

Er musste aufpassen und durfte den Bogen nicht überspannen, jetzt, wo es ihm wider Erwarten und relativ zügig gelungen war, dem Deppen seinen Willen mittels sanfter Gewalt aufzuzwingen. Nachher fühlte der sich veräppelt und überlegte es sich noch einmal anders.

Keine fünf Minuten später, Jan Peters war bereits von der Bildfläche verschwunden, hatten sich Mathilde und ihr Liebster, dessen rechte Gesichtshälfte blutunterlaufen war, auf den Heimweg in die Burgstraße gemacht, wo der Vorzeigeschüler der AVS in letzter Zeit hin und wieder nächtigte. Zuvor allerdings hatte Mathilde noch ihren Vater umarmt, ihm einen Kuss auf die Wange gegeben und ihm zugeflüstert, dass er der beste Paps von der Welt sei. Und auch das verhinderte Genie Nicolai hatte ihm die Hand etwas länger als sonst gedrückt und sich für seine Hilfe bedankt.

Eigentlich hätte auch er sich wieder auf den Weg ins Polizeirevier machen können. Aber ihm war nicht danach. Er wollte ... Etwas hielt ihn an Ort und Stelle fest, und dieses Etwas hatte einen Namen: Maria Hellweg, wie er mit einem flüchtigen Blick auf das an ihrem Kittel befestigte Namensschild festgestellt hatte. Doktor Maria Hellweg.

„Ach ja, die Kinder“, tastete er sich vor. „Wo viel Freud ist, ist auch viel Leid“, komplettierte er den Gemeinplatz. Ihm fiel nichts Gescheiteres ein.

„Sie können übrigens ganz beruhigt sein“, ergriff die Hübsche jetzt gottlob die Initiative. „Folgeschäden wird die Attacke auf das Nasenbein dieses jungen Menschen aller Voraussicht nach nicht haben. Ihre im Übrigen bildhübsche Tochter wird sich noch längere Zeit an ihm erfreuen können. – Ich fand es, nebenbei gesagt, phantastisch, wie Sie Ihrem Kollegen den Weg bereitet haben, sich Ihrer Sicht der Dinge anzuschließen, obwohl ich, ehrlich gesagt, nicht glaube, dass Sie ihn wirklich überzeugt haben.“

„Nein, das habe ich vermutlich nicht. Aber was soll’s, weil es ja für einen guten Zweck war. Und meinem Töchterlein habe ich so auch noch eine vorweihnachtliche Freude bereitet.“

„Ja, das haben Sie auf jeden Fall getan, wo sie doch so verliebt ist. Ach ja, eine schöne Zeit, die Jugend ...“

„Aber auch in hohem Maße gefährdet, das können Sie mir glauben. Zumal die Mutter des Kindes vor einigen Jahren gestorben ist. Man hat es als alleinerziehender Vater, weiß Gott, nicht immer leicht ...“

„Das tut mir leid mit Ihrer Frau ...“

Beide schauten betreten zu Boden und schwiegen.

„Es hat mich gefreut, Ihre Bekanntschaft gemacht zu haben, Herr ...“

„Iwersen, Ole Iwersen.“

„Ja also, Herr Iwersen, ich muss mich jetzt wieder um meine Patienten kümmern.“

„Und ich muss Verbrechen aufklären, so schade ich es finde, dass wir unser Gespräch nicht fortsetzen können“, was nicht ganz der Wahrheit entsprach, denn dieses Geplänkel strengte ihn unendlich an. Er hatte keine Übung mehr darin, mit dem anderen Geschlecht Konversation zu betreiben, schon gleich dann nicht, wenn sein Reden den eindeutigen Zweck verfolgte, wie auch immer eine Fortsetzung des

Zusammenseins mit dieser Frau einzufädeln. Ole Iwersen war schlichtweg überfordert, und so sah er auch aus.

„Vielleicht ein anderes Mal? Bei einer Tasse Kaffee oder einem Glas Wein? Sie wissen ja, wo Sie mich finden.“

Das klang vielversprechend mit dem Wein! Denn das gab der Option Raum, sich außerhalb der Dienstzeit zu treffen. Und eventuell war es genau so gemeint gewesen. Vor allem aber: So sah Souveränität aus. Und so einfach ging das. Wenn man, anders als er, über einschlägige Erfahrungen verfügte.

Die einnehmende und ihn extrem ansprechende Ärztin schüttelte seine Hand, lächelte ihn noch einmal an und war, er schaute ihr, auch wenn es sich nicht gehörte, wie gebannt nach, keine zehn Sekunden später in den verschlungenen Gängen der Diako verschwunden.

Iwersen seinerseits traf eine Viertelstunde später im Präsidium ein, wo er an der Tür zu seinem Büro fast mit Holgerson zusammengestoßen wäre, der, eine Tasse Kaffee in der Hand, in dem Zimmer auf und ab gegangen war. Er schien nervös zu sein und ihm unbedingt etwas mitteilen zu wollen, das erkannte der Ermittler sofort.

„Mensch, Holgerson, wo treiben Sie sich eigentlich die ganze Zeit rum? Können Sie mir das mal sagen? Nahkampfübungen? Oder woher haben Sie sonst die Brusche?“

Der Gute hatte eine ansehnliche Beule knapp über der Stirn.

„Das wollte ich Sie gerade fragen. Ist wieder was passiert? Ich meine, wo Sie doch in der Diako gewesen sind, wie mir Ihre Sekretärin mitgeteilt hat.“

„Nein, nein. Alles nicht der Rede wert. Vor allem aber hat es nichts mit unserem ominösen Fall zu tun. Erzählen Sie, wo drückt der Schuh?“

Die beiden Beamten setzten sich, und Holgerson begann, seinem Vorgesetzten von seinen vormittäglichen Aktivitäten und seinen diesbezüglichen Gedanken Bericht zu erstatten.

„Gar nicht schlecht, werter Kollege, gar nicht schlecht. Ja, genau so könnte sich das alles abgespielt haben. Es spricht einiges dafür. Aber selbst wenn. Was nützt uns das? Wir müssen vor allem und zunächst einmal herausfinden, wer die beiden Toten zu Lebzeiten waren. Nur so kommen wir voran. Eventuell hilft uns ja der Artikel im Tageblatt weiter. Oder ... verflixt und zugenäht, ich hatte vorhin so eine Ahnung einer Ahnung. Wenn ich mich doch erinnern könnte ... Da war etwas, vor langer, langer Zeit ...“

7

„Mein armer, armer Schatz! Ich wusste schon damals, dass ihm etwas zugestoßen sein musste. Eine Mutter spürt so etwas!“

„Nun beruhigen Sie sich erst mal. Und wo ja noch gar nicht feststeht, dass es sich bei einem der Toten um Ihren Sohn handelt. Das mit dem angebrochenen Steißbein ist allenfalls ein erster Fingerzeig und auf keinen Fall mehr.“

Iwersen hätte vermutlich in einer ähnlichen Situation bei anderer personeller Zusammensetzung seinen Arm um die Verzweifelte gelegt. So sie denn wirklich verzweifelt gewesen wäre. Aber in diesem speziellen Fall? Nein, das bot sich nun auch so überhaupt nicht an, und wo die inzwischen ungefähr sechzigjährige Schickse mit ihrem exaltierten Gehabe doch ohnehin bloß auffallen und Pluspunkte sammeln wollte. Der war doch schon damals ihr Filius so was von egal gewesen, als es ihr ausschließlich um die Demonstration von Macht gegangen war. Iwersen erinnerte sich ganz genau. Und im Vergleich zu der Zeit vor fast zwanzig Jahren war die Hysterische womöglich noch anmaßender in ihrer Herrschsucht geworden. Das hatte vermutlich ihren Mann, der sie, wie sie auf Rückfrage erklärt hatte, von heute auf morgen und ohne jegliche Vorwarnung verlassen hatte, in die Flucht getrieben. Wer wollte es ihm verdenken? Ein Wunder, dass er es so lange bei dieser Extremfrau ausgehalten hatte, egal, wie viele Jahre das auch gewesen sein mochten. Denn jede Sekunde, so sahen es Iwersen und sein Begleiter, war bereits eine Sekunde zu viel.

„Erst lässt mich der eigene Sohn im Stich“, hatte sie die Tatsachen auf eine vollkommen aberwitzige Weise verdreht, „und dann begeht der zweite Verräter Fahnenflucht, und ich stehe alleine da. Eine verlorene und in ihrem namenlosen Leid missachtete Mutter und Gemahlin. Nein, nein, meine Herren, das Leben hat es nicht gut mit mir gemeint und mir schier Unglaubliches zugemutet, woran jeder andere zerbrochen wäre. Aber was bleibt einem denn auch anderes übrig? Man trägt sein Los und schweigt. Gottes Wege sind unergründlich ..."

Nein, Frau Asmussen war nach wie vor der Nabel der Welt oder führte sich jedenfalls so auf. Und weil es sich so verhielt, verspürte keiner der beiden Ermittler auch nur im Entferntesten das Bedürfnis, Trost zu spenden. Sie hatte es zu offensichtlich genau darauf abgesehen mit ihrem nicht enden wollenden Sermon.

Es war Mittwochmorgen gewesen, als das Telefon geklingelt hatte. Iwersen hatte gerade erst sein Büro betreten, und keine fünf Minuten später war auch Holgerson eingetroffen und hatte sich zu ihm gesellt. Seine Sekretärin hatte den Anruf entgegengenommen und ihn auf seinen Apparat weitergeleitet.

„Hauptkommissar Iwersen hier. Was kann ich für Sie tun?"

„Guten Morgen. Mein Name ist Asmussen, Agathe Asmussen. Ich habe gerade im Tageblatt den Artikel über die zwei Leichenfunde im Solitüder Wald gelesen. Das ist mein Sohn Axel. Ich weiß es ganz genau. Das kann nur mein Sohn sein. Oh Gott, nach so langer Zeit ist er endlich aufgetaucht. Bitte, helfen Sie mir! Ich weiß nicht mehr ein noch aus ..."

Die Stimme der Frau am anderen Ende der Leitung erstarb, und Iwersen vernahm lediglich noch ein Schluchzen.

Bereits als der Name gefallen war, hatte es ihm zu dämmern begonnen. Und dann hatte er es! Die Erinnerungen kehrten schlagartig zurück. Darauf war er gestern nicht gekommen, weil ihm der entscheidende Anstoß gefehlt hatte. Asmussen! Aber natürlich! Der Fall des verschwundenen Schülers von vor knapp zwanzig Jahren, der damals unaufgeklärt geblieben war. Sie, also Dirk Woltersen und er, hatten keinerlei Anhaltspunkte gehabt, und deswegen war der Casus dann zu den Akten gelegt worden.

„Bitte beruhigen Sie sich, Frau Asmussen. Noch ist doch gar nicht sichergestellt, dass es sich bei der einen der beiden Leichen um Ihren Sohn Axel handelt. Das mit dem angebrochenen Steißbein ist lediglich ein Indiz und ein erster Hinweis, dem nachzugehen sein wird."

Aber es hatte alles nichts genutzt. Auf der anderen Seite wurde weiter nur geschnieft und geschnäuzt, und an ein gesittetes Gespräch unter Erwachsenen war auch nicht im Entferntesten zu denken gewesen.

Deshalb hatte der Kommissar nach ein paar vergeblichen Anläufen beschlossen, die Taktik zu wechseln und die Verzweifelte sofort in ihrer Wohnung aufzusuchen, um den ins Stocken geratenen Wortwechsel unter vier, beziehungsweise sechs Augen fortzusetzen. Und vielleicht war die Gute ja tatsächlich des Beistands bedürftig, auch wenn Iwersen da so seine Zweifel hatte. Denn er hatte inzwischen wieder ziemlich präzise Erinnerungen daran, wie die Frau sich damals aufgeführt hatte: anmaßend und immer von oben herab. Und dass sich das im Alter geändert haben sollte, davon war nicht auszugehen. Nein, er konnte sich nicht helfen. Und er sollte recht behalten.

Auf dem Weg in die Moltkestraße, in der die Dame, die zu den oberen Zehntausend gehörte, nach wie vor lebte – sie hatte es ihm auf seine Nachfrage mit einem Seufzer bestätigt: „Oh ja, ich lebe noch, von allen verlassen, in diesem einsamen, großen Haus", wobei Iwersen Schwierigkeiten beim intellektuellen Einordnen eines einsamen Hauses gehabt hatte –, hatte der Hauptkommissar seinem Mitarbeiter die wenigen Details aus der Vergangenheit und auch eine kurze Charakteranalyse des mütterlichen Teils der Familie Asmussen zur Kenntnis gebracht, damit der vorbereitet war auf das, was sich wenig später in der Nobelvilla aller Voraussicht nach ereignen würde. Und seine schlimmsten Befürchtungen waren nicht schlimm genug gewesen. Die Realität war mal wieder unerträglicher als die Bilder der Imagination.

„Es war, als mein kleiner Axel gerade sieben geworden war. Gleich nach dem Krieg war das. Mein Gott, ist das lange her, und das Elend, Herr Kommissar, das Elend kannte keine Grenzen! Es war schier grenzenlos und kaum zu ertragen. Glücklicherweise hatte mein Heim, das ich von meinen lieben Eltern, Gott habe sie selig, geerbt habe, den Unbilden der Zeiten widerstanden und war während der Jahre des Krieges unbeschädigt geblieben. So hatten wir, also ich, mein Mann und mein Ein und Alles, doch wenigstens ein Dach über dem Kopf. Man ist ja schon für Kleinigkeiten dankbar ...", Kleinigkeiten, dachte Iwersen. Ja, ja, so, so, „selbst wenn mir sonst alles genommen worden ist. Aber Gottes ewiger Ratschluss ist unergründlich, und es steht uns Menschen nicht zu, an Seinen Taten herumzukritteln. Nein, das tut es nicht."

Agathe Asmussen hielt an dieser Stelle für einen kurzen Moment inne, vermutlich, um die anderen Anwesenden auf diese Weise dazu anzuhalten, dieser tiefreligiösen Fundamentaleinsicht, dass der Mensch nichts ist oder allenfalls ein Stäubchen, nachzusinnen. Überhaupt schien sich die Gute im Laufe der letzten zwanzig Jahre im trauten Austausch mit der Transzendenz ein wenig schadlos gehalten zu haben für die Maleschen, die das Diesseits für sie bereitgehalten hatte. Nur wohin sollte das alles führen? Oder genauer gefragt: Was führte die Bekehrte im Schilde? Wollte sie die beiden Ermittler dazu bewegen, ihr Leben zu überdenken und ihm eine andere, gottgefällige Richtung zu geben? Machte die Quasiwitwe etwa Werbung für eine religiöse Gemeinschaft, und würde sie gleich den *Wachtturm* oder eine andere mit reichlich verkitschtem Bildmaterial ausstaffierte Zeitschrift aus dem Hut zaubern, in der eine geistige Wende unaufdringlich angeregt wurde, bevor es dafür nämlich ein für alle Mal zu spät sei, so dass Gottes gerechter Zorn vor allem über die Ungerechten kommen würde, zu denen man nicht wirklich und ernsthaft zählen wollen könne?! So dass es, so gesehen und wie auch nicht, nur eine einleuchtende Direktive geben konnte: Du musst dein Leben verändern! Gehe in dich und werde einer von uns!

Es sah ganz danach aus, und weil es das tat, fasste Ole Iwersen in diesem Augenblick einen folgenschweren Entschluss. Er beendete die Zusammenkunft, die allenfalls einem der drei Beteiligten das verschaffte, was das, aus deren Sicht, überhaupt Wichtigste war: ein gerütteltes Maß an Aufmerksamkeit.

„Liebe Frau Asmussen. Sie haben uns mit Ihren Ausführungen wirklich sehr geholfen", obwohl, doch das schien sie bei ihrer langatmigen Stippvisite in religiöse Gefilde selbst längst vergessen zu haben, der Hergang der Verletzung des verlängerten Rückens ihres Zöglings dabei unter die Räder und nicht mehr zur Sprache gekommen war. Doch was lag daran? Er war vermutlich von einem Baum herunter und dabei direkt auf einen unglücklicherweise genau am Fuße desselben liegenden Stein gefallen. So etwas passierte in jungen Jahren und war deshalb auch nicht der Rede wert. Zumal es für die Ermittlungen absolut unerheblich war. Wie alles, was sie sich während der letzten halben

Stunde, die ihnen wesentlich länger vorgekommen war, hatten anhören müssen. Verplemperte Zeit das alles!

Bevor die beiden Beamten allerdings endgültig das Feld räumten, mussten sie der Geschlagenen im Namen Gott-Vaters, des Sohnes und des Heiligen Geistes versprechen, sie über die weiteren Ermittlungserfolge auf dem Laufenden zu halten. Und dass sie den Elenden, der ihren Axel vor der Zeit gewaltsam um sein junges Leben gebracht hatte, unbedingt stellen und seiner gerechten Strafe zuführen mussten, das würde sie, Agathe Asmussen, ganz einfach von ihnen erwarten, und das seien die Herren von der Kriminalpolizei ihr schuldig. Dann hatte sie wieder zu schluchzen begonnen, aber das hatten die längst auf dem Rückzug Befindlichen nicht mehr wirklich wahrgenommen, so dass dieses Lamento ungehört verhallt war.

8

Das kalte Wetter hielt an. Hin und wieder kam ein Schneeschauer von Nordosten her übers Land gezogen, sorgte für kurze Zeit dafür, dass die Konturen ins Ungewisse verschwammen und sich alles in einem schwermütigen Halbdunkel verlor. Wenn der Ausnahmezustand dann nach vielleicht zehn Minuten vorbei war, konnte man sich, wenn man seinen Blick Richtung Südwesten schweifen ließ, an dem undurchdringlichen Schwarz der sich unmerklich entfernenden Wolkenfront erbauen, sofern man ein Freund gestochen scharfer Konturen und messerscharf ausgeprägter Kontraste war, und bei dieser Gelegenheit so etwas wie Wehmut empfinden, weil im Leben immer alles so schnell vorüberging, selbst dann, wenn, häufiger als einem lieb war, die Zeit stillzustehen schien.

Emilie Losau hatte auf ihrem spätnachmittäglichen Spaziergang gerade das südliche Ende der Holnisser Steilküste erreicht, als das kurzfristige Unwetter über sie hereingebrochen war. Aber sie empfand diesen Aufruhr der Elemente keinesfalls als bedrohlich. Das Gegenteil war der Fall. Das Gestöber legte sich um sie wie ein schützender Mantel. Die siebenunddreißigjährige, rotblonde Frau fühlte sich geborgen. Sie blieb stehen, legte ihren Kopf in den Nacken und schloss für einen kurzen Moment ihre Augen. Sie spürte, wie die Schneekristalle auf ihre Lider fielen und sofort in den anderen Aggregatzustand übergingen. Sie war von dem Treiben überwältigt und stieß einen Laut aus, der wie das Jauchzen eines kleinen Kindes, das sich über irgendetwas unbändig freut, klang. Sie war ja allein. Keine Menschenseele weit und breit.

Genau das hatte sie gebraucht nach dem anstrengenden Tag in der Diako, wo sie seit nunmehr fünfzehn Jahren als Krankenschwester arbeitete. Seit der Winter Einzug gehalten hatte, hatten sich die winterspezifischen Unfälle gehäuft zu ereignen begonnen, und vor allem heute hatte das Röntgen, Schienen und Eingipsen kein Ende nehmen wollen. – Und dann war da noch diese Sache mit diesem Menschen aus ihrer Vergangenheit gewesen, die sie vollkommen unverhofft eingeholt hatte. Sie war ihm abends, als sie auf die Schnelle noch etwas bei Hertie hatte einkaufen wollen, fast in die Arme gelaufen. Sie hatte sich kurz für ihre Unaufmerksamkeit entschuldigt und war gedanklich bereits ein Stockwerk tiefer gewesen. Das kurzfristig aufgetauchte und von ihr versehentlich angerempelte Hindernis näher ins Auge zu fassen hatte sie keine Lust verspürt, wo sie diesen ungewollten Körperkontakt doch ohnehin bloß als lästig empfunden hatte. Doch dann war das Unvorhergesehene passiert. Sie war angesprochen worden von jemandem, der für sie zunächst nichts anderes als ein Fremder gewesen war. Aber dann hatte es bei ihr zu dämmern begonnen, und plötzlich hatte sie gewusst, wer da vor ihr stand und sie anstrahlte.

Wäre alles anders gekommen, wenn sie ihm nicht begegnet wäre? Wäre ihr dann das Bruchstück, das sie in ihrem Nachtschrank aus Pietät aufbewahrt hatte, nicht plötzlich so vielsagend erschienen und so verräterisch, so dass sie ihn wieder kontaktiert hatte, um ihn zur Rede zu stellen? Was wäre gewesen, wenn sie ihre Adressen nicht ausgetauscht hätten? Hätte sie sich dann überhaupt die Mühe gemacht, ihn ausfindig zu machen, um ihn mit dem Unfassbaren zu konfrontieren? Und wie hatte er reagiert? Er hatte sie bloß abschätzig angeschaut, kalt gelächelt und behauptet, dass das alles nichts weiter als ein einziges Missverständnis sei. Pah! Ein Missverständnis. Lachhaft! Der würde sich noch wundern!

Im Moment allerdings war ihr das alles egal. Sie wollte ihr Leben für ein Stündchen hinter sich lassen und im Vergessen ein wenig Trost finden. Und dabei half ihr das Gestöber, das inzwischen – leider! – bereits dabei war, in Richtung Flensburg abzuziehen. Es schneite nur noch ganz sacht. Aber was sich ihren Augen bot, war mehr als eine Entschädigung. Es war ein Schauspiel der ganz eigenen Sorte.

Das Schwarz der abziehenden Wolkenwand spiegelte sich im dadurch pechschwarzen Wasser. Es war, als ob der im Abziehen begriffene Starkschneefall eine weiße Gardine vor das Dunkel gezogen hätte. Und ganz hinten, am Horizont, stand, ein unglaublicher Kontrast, der rote Glutball der Sonne über dem Wasser und tauchte alles in ein rötliches Licht.

Emilie Losau hatte die Welt um sich herum vergessen, und war in diesen paar Minuten nichts weiter als ein Auge, das sah. Und dann war alles vorbei. Von einem Moment zum nächsten legte sich die Dunkelheit über die langgezogene Landzunge und die Förde, und wäre nicht das Weiß des Schnees gewesen, man hätte vermutlich die eigene Hand vor Augen nicht mehr gesehen. Obwohl, so ganz stimmte das nicht. Auf dem Wasser schimmerten Lichtreflexe der beleuchteten Häuser von jenseits der Förde auf dänischem Staatsgebiet.

Fräulein Losau setzte sich wieder in Bewegung. Bis zu ihrem am Leuchtturm von Schausende abgestellten dunkelblauen Opel Rekord hatte sie noch gut einen Kilometer zu laufen. Sie beschleunigte ihren Schritt. Es war alles andere als einfach, auf diesem schmalen Pfad, der sich über einen künstlich aufgeworfenen Deich schlängelte, nicht vom Weg abzukommen. Emilie musste sich höllisch konzentrieren, da der Untergrund der Schneeauflage wegen zudem noch ausgesprochen glitschig war. Ein-, zweimal hatte sie schon wild fuchtelnd mit den Armen gerudert, um das Gleichgewicht wiederherzustellen, weil sie sich sonst auf ihren Hosenboden gesetzt hätte. Und das wäre, erstens, nicht so gut gewesen, weil, zweitens, im Falle eines Falles und wenn sie sich beispielsweise bei dieser Gelegenheit ein Bein gebrochen hätte, niemand zur Stelle gewesen wäre, um ihr Hilfe zu leisten. Und zu ihrem fahrbaren Untersatz war es immer noch mindestens einen halben Kilometer weit. Krabbelnder- oder rücklings rutschenderweise hätte das womöglich Stunden gedauert, und das bei der Kälte, die dadurch noch unangenehmer wurde, dass der steife Nordost in der letzten halben Stunde eher noch zugenommen hatte.

Eine Gestalt zeichnete sich gegen die Dunkelheit des jetzt sternenklaren Himmels ab. Sie mochte noch etwa hundert Meter entfernt sein und kam bedächtig auf die abendliche Spaziergängerin zu.

Da war aber einer mutig, in die Dunkelheit hinein auszuschreiten, statt sich, wie es nahe lag, in den Schutz seiner vier Wände zu begeben. Vermutlich lag die Arbeitszeit des- oder derjenigen noch ungünstiger als diejenige der Krankenschwester. Welcher Beruf allerdings sollte so viel Flexibilität erfordern wie der ihre? Eventuell noch der eines Feuerwehrmannes, eines Polizisten oder eines Arztes. Man musste sich seine wenige Freizeit verteufelt gut einteilen, von der noch nicht einmal sicher war, wann genau man sie sich einteilen musste. Und weil es sich so verhielt, hatte Emilie auch nie eine wirklich feste, sich über einen längeren Zeitraum hinziehende Beziehung geführt. Dafür hatte sie einerseits zu wenig Zeit, und andererseits saß der Stachel immer noch tief wegen der Sache von vor fast zwanzig Jahren, als sie das Unglück ihrer einzigen großen Liebe zumindest mitverschuldet, wenn nicht überhaupt erst durch ihr fahrlässiges Treiben auf den Weg gebracht hatte. Nein, das Verschwinden von Axel Asmussen hatte sie bis heute nicht wirklich verarbeitet, und die Erinnerung an diesen so extrem besonderen Menschen tat immer noch weh. Wo war er nur geblieben? Was war aus ihm geworden? Sie wusste es nicht. Bei ihr jedenfalls hatte der im Stich Gelassene sich nie wieder gemeldet. Und ihr seitdem in Unordnung geratener Gefühlshaushalt hatte ihr danach einfach immer im Weg gestanden, wenn es gegolten hätte, einem der gar nicht wenigen Bewerber längerfristig eine Chance zu geben. Meistens war es ohnehin bei einem One-Night-Stand geblieben.

Ja, Axel war ihre große Liebe gewesen. Und dass sie unlängst einem von damals unverhofft wiederbegegnet war, einem, der, wie sie jetzt wusste, das Unverzeihliche getan hatte, versetzte ihrem Herzen erneut einen Stich. Wie sollte sie sich verhalten? Sollte sie es an die große Glocke hängen und damit den anderen vermutlich nicht allein bloßstellen, sondern endgültig vernichten? Sie wusste es nicht. Also hatte sie beschlossen, sich vor einer endgültigen Entscheidung noch einmal mit ihm zu treffen und ihn zur Rede zu stellen. Aber auch dieses unterkühlte Meeting hatte sie nicht wirklich weitergebracht. Emilie Losau war so klug wie davor.

Was war das? Der späte Spaziergänger war inzwischen ganz nahe. Etwas an ihm, denn es war unverkennbar ein Mann, erinnerte sie ... Natürlich! Konnte es sich um einen Zufall handeln? Gedankenübertragung? Der, der jetzt keine zehn Meter mehr entfernt war, war niemand anders als derjenige, der ihr eben durch den Kopf gegeistert war. Umso besser, so würde sie das, was zwischen ihnen stand, an Ort und Stelle aus der Welt schaffen. So oder so ... Emilie war stehen geblieben.

Er hielt, während er die letzten paar Meter überbrückte, seine Hände hinter dem Rücken verschränkt. Versteckte er irgendetwas? Was mochte das sein? Seine Gesichtszüge waren undurchdringlich. Kein Lächeln der freudigen Überraschung, sich hier in der Abgeschiedenheit der Landzunge zufällig über den Weg gelaufen zu sein. Kein freundliches „Hallo! Du hier? Wo man sich nicht alles begegnet!" Nein, nur dieser starre, wild entschlossene Blick, den er auf sie gerichtet hielt.

Unwillkürlich trat sie zwei Schritte zurück. Worauf sollte das hier hinaus? Sie rutschte aus, strauchelte und fiel. Eine Hand, die einen in der Dunkelheit glänzenden Gegenstand umklammert hielt, schwebte über ihr. Was war das? Dann sauste er auf sie nieder. Und dann war gar nichts mehr.

9

„Mord verjährt nicht, meine Herren. Aber das muss ich Ihnen ja nicht sagen. Das wissen Sie selbst am besten."

Der Leiter der Bezirkskriminalinspektion, Doktor Gustav Kallweit, hatte sich von seinem bequemen Ledersessel erhoben und seine beiden Mitarbeiter zur Tür geleitet. Es war eine Marotte von ihm, ausnahmslos jedem, der ihn, warum auch immer, im Präsidium aufsuchte, nach Beendigung der Sprechstunde die Tür seines Büros aufzuhalten. Das war ein Gebot der Höflichkeit, wie er fand.

„Ich kann mich also darauf verlassen, dass Sie in dieser verfluchten Angelegenheit ein wenig Dampf machen, Herr Iwersen, auch wenn, oder nein, das ist das falsche Wort, obwohl die Anhaltspunkte nicht gerade ins Kraut schießen. Sie sind sogar, für mein Empfinden, extrem mickrig. Aber wir können das jetzt nicht auf sich beruhen lassen und einfach zur Tagesordnung übergehen, bloß weil der Doppelmord bummelige zwanzig Jährchen her ist. Nein, das geht auf gar keinen Fall. Vollkommen ausgeschlossen! Allein schon der Presse wegen nicht, die, wie es ihre Art ist, keine Ruhe gibt und es für unverzeihlich hält, dass wir die Verbrechen, die in dieser Stadt passieren, nicht schon aufgeklärt haben, bevor sie geschehen sind. Also, halten Sie mich auf dem Laufenden. Und der erste Schritt ist ja bereits getan, jetzt wo wir wissen, wer der eine der beiden Toten in seinem wirklichen Leben gewesen ist. Nein, nein, nein, nun lassen Sie mich mal ausreden, mein Bester. Das ist ganz zweifelsfrei der vermisste Schüler von annodunnemals, das sagt mir mein kriminalistischer Instinkt. Der hat mich bisher nie im Stich gelassen."

Der Alte fasste sich bei den letzten Worten an die Nase und schmunzelte seinen beiden Untergebenen zu. Die wiegten ihre Köpfe, was man, mit etwas Wohlwollen, auch so auffassen konnte, dass sie sich nicht ganz so sicher waren in dieser Angelegenheit. Ein angeknackstes Steißbein war ja nun alles andere als ein Weltwunder und kam immer wieder mal vor. Nein, das reichte noch nicht, um in die von dem Ollen vorgegebene Richtung zu ermitteln. Das war einfach zu dünn, Druck von der Presse hin oder der gläubigen Hysterikerin her. Apropos Hysterikerin. Pflegte ihr Chef eigentlich noch den freundschaftlichen Verkehr mit der Nervensäge, jetzt wo ihre bessere Hälfte sich aus dem Staub gemacht hatte? Iwersen hätte ihn danach fragen können, denn es hätte im negativen Fall bedeutet, dass der Alte ihnen nicht auch noch in seiner Eigenschaft als Transmissionsriemen auf den Keks gehen würde. Und das wäre immerhin ein kleiner Teilerfolg gewesen.

„Und nun machen Sie sich an die Arbeit, meine Herren. Ich hab weiß Gott Besseres zu tun, als mir Ihren Kopf zu zerbrechen."

Das hatte er bislang zwar wirklich nicht getan und würde es, wie die Erfahrung zeigte, auch in Zukunft unterlassen. Und das war auch gut so. Lediglich zugehört hatte er ihnen, als Holgerson und er sich an diesem Donnerstagmorgen bei ihm eingefunden hatten, um hinsichtlich der Solitüder Leichenfunde zu rapportieren. Das war nicht zuletzt deswegen angezeigt gewesen, weil sich inzwischen herausgestellt hatte, dass das jüngere der beiden Skelette vor langer Zeit einmal dem Schüler Asmussen Halt gegeben haben konnte.

Als dieser Name gefallen war, hatte der inzwischen neunundfünfzigjährige Doktor Gustav Kallweit irritiert aufgeblickt und denjenigen, der gerade diese Neuigkeit zum Besten gegeben hatte, es war im Übrigen sein bestes Pferd im Stall gewesen, bedeutungsvoll angeblickt. Dann war er sich mit seiner gepflegten rechten Hand langsam übers Gesicht gefahren und hatte, hätte man genau hingehört, ein dezentes Seufzen von sich gegeben, das vielmehr ein etwas lauteres Ausatmen gewesen war. Das konnte alles Mögliche heißen, und weil es dies konnte, hatte man es auf sich beruhen lassen und war nicht mehr auf diesen nicht ganz überraschend geäußerten Gefühlsausbruch zurückgekommen, weder der, dem er begegnet war, noch diejenigen, die ihn vernommen hatten. Denn weder Iwersen noch sein fülliger Begleiter sahen einen Grund, warum sie den Alten bloßstellen sollten. Möglicherweise war ihm ja rückblickend der Kontakt zu diesen Elitebewohnern der Westlichen Höhe selbst ein wenig unangenehm? Wer wollte das wissen? Es konnte ja immerhin sein.

Das Telefon klingelte. Holgerson, der sich gerade zusammen mit seinem Chef einen spätmorgendlichen Kaffee gegönnt hatte, weil die beiden Ermittler sich nämlich von dem Gespräch mit dem Alten hatten ein wenig erholen müssen, griff zum Hörer. Keine zehn Sekunden, nachdem er gelangweilt seinen Namen in die Muschel genuschelt hatte, veränderte sich seine ganze Haltung, und in sein Gesicht stand gebannte Aufmerksamkeit geschrieben.

„Ja, ist gut. Wir sind gleich da, Kollege."

Dann legte er auf und strahlte die übliche Unruhe aus, die die Beamten immer dann befiel, wenn sie von einem Verbrechen in Kenntnis gesetzt wurden.

„Was ist denn los, Holgerson? Sie sehen ja schrecklich aus."

„Das war einer von der Spurensicherung. Eine weibliche Leiche ist vor einer knappen Stunde an der Förde bei Schausende entdeckt worden."

„Kommen Sie, unser Typ wird verlangt."

Eine halbe Stunde später knieten sie über der Toten, und Ole Iwersen hatte ein Déjà-vu-Erlebnis.

Zuerst war es lediglich eine Ahnung. Das Gesicht dieser rotblonden Frau mit den Sommersprossen, die etwa Mitte dreißig sein mochte, sagte ihm etwas, auch wenn sie durch das viele Blut, das ihr über die Stirn in die Augenhöhlen gesickert war und das auch sonst für einen verwischten Gesamteindruck sorgte, stark entstellt wirkte. Ihre weit aufgerissenen Augen, die nichts mehr sahen, und aus denen Panik sprach, machten das Wiedererkennen auch nicht einfacher. Iwersen konnte sich an den Anblick gewaltsam zu Tode Gekommener schlechterdings nicht gewöhnen. Es war ein Skandal, dass Menschen über Tod oder Leben von ihresgleichen meinten entscheiden zu dürfen, und kein Motiv der Welt konnte so plausibel sein, auch wenn es dem Täter so vorkommen mochte, um eine derart schwerwiegende finale Entscheidung zu treffen. Das hatte niemand verdient, da gab es kein Vertun!

„Der Name der Frau lautet im Übrigen Losau. Frau Emilie Losau. Ist ihrem Perso zu entnehmen, den die ehemals hübsche Dame bei sich getragen hat. Lebte in der Luisenstraße 13. Die Hausnummer hat der Deern kein Glück gebracht. Offenbar war sie nicht abergläubisch."

Holmmeier meldete sich zu Wort. Wer auch sonst? Er waltete wieder seines schrecklichen Amtes und war im Begriff, sich entsprechend zu benehmen, so viel stand fest. Iwersen hätte heulen mögen. Und zwar zum einen sowieso. Zum anderen aber auch deshalb, weil er jetzt wusste, wer da vor ihm im schmutzigen Schnee lag, dessen Leben vor der Zeit ausgehaucht worden war. Dieses Mädel war vor langer, langer Zeit die Freundin des Genies Axel Asmussen gewesen, und das konnte kein Zufall sein. Zufällig war allenfalls die Tatsache, dass das Skelett des Schülers kurz zuvor aufgetaucht war. So herum bestand kein kausaler Zusammenhang. Wie auch? Aber andersherum wurde daraus ein Schuh, da gab es keine zwei Meinungen. Der Tod der inzwischen Erwachsenen und der ihres Ex mussten irgendwie zusammenhängen. Die ersten beiden Morde hatten nach fast zwanzig Jahren zu einem dritten geführt. Und das war der Anhaltspunkt beziehungsweise Anknüpfungspunkt, den sie unbedingt benötigt hatten, um mit irgendeiner Aussicht auf Erfolg den Fall Asmussen wieder aufrollen zu können. So gesehen spielte ihnen dieser Mord hier in die Karten.

„Herr Kommissär ... Hört er mir überhaupt zu? Hallo, niemand zu Hause?“

„Mensch Holmmeier, nun lassen Sie doch mal dieses Gedöns. Das ist ja nicht zum Aushalten! Und pietätlos, das ist es vor allem auch. Die Toten haben etwas mehr Respekt verdient, Deibel noch mol! Reißen Sie sich mal am Riemen.“

Der Quasimediziner schaute ihn irritiert an. Derlei Ausbrüche war er nicht gewohnt, das sah man. Normalerweise begegnete man ihm mit dem Respekt, der ihm in aller Bescheidenheit zustand. Denn wo wäre die Flensburger Kripo ohne seine extrem komplizierte Vorarbeit? Käme sie überhaupt zu Potte? Eben. Was war nur in den sonst doch immer so pflegeleichten Hauptkommissar gefahren? Kannte er die Tote? Es sah ganz danach aus. Schon bei dem Fall des Serienkillers von vor ein paar Wochen hatte es sozusagen private Berührungspunkte gegeben. Und das entschuldigte so manches, auch wenn das eben entschieden zu weit gegangen war. So etwas gehörte sich nicht!

„Nur die Ruhe, mein Bester“, versuchte der Gerichtsmediziner etwas für die Entspannung der Atmosphäre zu tun. Mit mäßigem Erfolg. Denn Iwersen wollte das alles so schnell wie möglich hinter sich bringen, und auf das Gequatsche dieses unsensiblen Heinis hatte er nicht für fünf Pfennig Bock. Außerdem war er auf dessen fachmännische Ein- und Durchblicke ohnehin nicht angewiesen. Denn dass Fräulein Losau erschlagen worden war, das sah man auch so, ohne Medizin studiert zu haben.

„Womit?“

„Bitte?“

„Womit ist Frau Losau erschlagen worden?“

„Schwer zu sagen. Ver...“

„Wenn es leicht wäre, bräuchten wir Sie und Ihre Sachkenntnis ja nicht mehr, oder?“

Das saß und zeigte Wirkung.

„Nun kommen Sie mir mal nicht so. Was denken Sie, wen Sie hier vor sich haben? Ihren Sklaven? Einen Leibeigenen? Die Zeiten sind, gottlob, vorbei. Ich erwarte den Respekt, der mir zusteht, verstehen wir uns?“

Doch Iwersen ließ sich auf diesen Quatsch nicht ein. „Also, noch einmal. Womit?“

Keine Antwort war auch eine Antwort.

„Also gut. Ich will Ihren Bericht morgen früh auf meinem Schreibtisch haben, ist das klar?“

Eine Antwort wartete er nicht mehr ab. Er machte auf den Hacken kehrt und ging mit großen, festen Schritten in Richtung des Leuchtturms, an dem sie ihren Dienstwagen abgestellt hatten.

„Was war das denn eben? Ich meine, warum haben Sie den Guten derart zusammengefaltet? Er hat doch nur den üblichen Sermon von sich gegeben.“

Holgerson war ratlos. Sie hatten gerade die Ortseinfahrt von Glücksburg passiert, als er endlich das bedrückende Schweigen durchbrochen hatte. Er war seinem Chef nicht gleich gefolgt, sondern hatte sich bei einem der umstehenden Polizisten noch danach erkundigt, wer die Tote entdeckt hatte. Es war, wie meist in diesen Fällen, ein morgendlicher Spaziergänger gewesen, der sie am Fuße des Deiches hatte liegen sehen. Seine Personalien seien selbstredend aufgenommen worden, hatte ihm der Beamte versichert. So war jedenfalls das noch geklärt worden.

Iwersen schwieg noch immer, und Holgerson traute sich nicht, seine Frage zu wiederholen. Schon gleich nicht nach dem Auftritt von eben. Also schwieg auch er und richtete seinen Blick auf das rechterhand auftauchende Glücksburger Schloss mit seinen vier markanten weißen Türmen.

„Alles, was ich wissen muss, weiß ich bereits.“

Holgerson fuhr herum und sah den, der den Wagen lenkte, irritiert an. „Ach so?“

„Ja.“

„Und was wissen Sie, wenn ich fragen darf?“

„Ich weiß, wer die Tote ist. Das heißt“, fuhr er nach einer kurzen Pause fort, „ich weiß nicht nur ihren Namen, ich kenne auch ihre Identität.“

„Ihre Identität?“

Sein Vorgesetzter drückte sich heute so unklar aus. Holgerson verstand ihn beim besten Willen nicht.

„Herrgott, Holgerson, nun reißen Sie sich doch mal zusammen. So schwer ist das doch nicht, was ich Ihnen hier unterbreite. Ich will sagen, dass ich weiß, wer Emilie Losau gewesen ist, als sie noch unter uns weilte, nicht mehr und nicht weniger."

Und dann erklärte er ihm auf dem Rest der Fahrt zurück ins Präsidium die möglichen Zusammenhänge zwischen den Leichenfunden vor ein paar Tagen und diesem Gewaltverbrechen an der Küste von Holnis. Bald schon hatte es bei Holgerson zu dämmern begonnen, dass sie vermutlich den gemeinsamen Nenner gefunden hatten, also die Schnittstelle, die diesen Mord hier mit denjenigen vor knapp zwanzig Jahren verband. Sie mussten mit dem damaligen Freundeskreis Kontakt aufnehmen. Denn so viel schien klar zu sein: Das Motiv für dieses neuerliche Verbrechen konnte nur in der Vergangenheit liegen.

10

Das Alte Gymnasium hatte sich seit damals eigentlich überhaupt nicht verändert. Außen sowieso nicht. Aber auch im Innern des riesigen Gebäudes war alles mehr oder weniger unverändert. Jedenfalls konnte Ole Iwersen bei ihrem Weg ins Lehrerzimmer, den sie aufs Geratewohl eingeschlagen hatten und wo sie dann auch gleich darauf und rein zufällig dem Leiter der Lehranstalt gegenüberstehen sollten, keine gravierenden Veränderungen erkennen. Die Zeit schien an diesem Ort der Vermittlung von Wissen stehengeblieben zu sein. Was ihn aber bei weitem mehr beschäftigt oder beunruhigt hatte auf dem Weg in diese Schule der geistigen Elite Flensburgs, war die Frage gewesen, ob sie, wie damals er und Dirk, gleich mit Akademikern vom selben Schlag konfrontiert sein würden. Das wäre der Supergau gewesen, denn die Gespräche damals, sei's mit den Arrivierten der Zunft, sei's mit den auf dem Sprung in Führungspositionen befindlichen Eleven, hatten ihm, er erinnerte sich daran als sei es gestern gewesen, den letzten Nerv geraubt.

Der neue Direktor Doktor Wilfried Münster wirkte streng und auf eine respektheischende und einschüchternde Art verbindlich. Mit seinem ergrauten und nach hinten gekämmten vollen Haarschopf, der faltenzerfurchten, breiten Stirn, den großen braunen Augen, die, eine Paradoxie, bei aller gebannten Aufmerksamkeit, die aus ihnen sprach, so wirkten, als ob sie nichts sahen – jedenfalls machte das eine der beiden auf Iwersen einen irgendwie leblosen Eindruck, wie es durch die überdimensionalen Gläser einer Hornbrille starrte –, der großen, fleischigen Knollennase und dem streng verkniffenen, leicht schwulstlippigen Mund, machte diese graue Eminenz ganz den Eindruck eines Gelehrten der alten Schule. Und genauso sprach er auch: diszipliniert, exakt und biedermännisch-trocken, wobei seine Stimme die unschöne Neigung hatte, sich in den hohen Tonlagen falsettartig zu überschlagen. Irgendetwas an diesem Mann war merkwürdig, und Iwersen hatte den schweren Verdacht, dass sich hinter der gediegenen Fassade, die verschärft auf Kontrolle bei sich und bei anderen Wert legte, ein Choleriker verbarg, der auch ganz anders konnte, so es sich als nötig herausstellen sollte. All das sagte dem Hauptkommissar zwar nicht wirklich zu, aber auf jeden Fall schien es, sofern man es bei einem bloß flüchtigen Kontakt beließ, nicht annähernd so anstrengend zu sein wie das Gefasel eines verhinderten Poeten damals, als er ein verunsicherter Frischling gewesen war.

Nein, Herr Doktor Münster machte keine Fisimatenten, schwafelte nicht lange, sondern kam ohne Umschweife aufs Wesentliche zu sprechen, nachdem er den beiden Ermittlern, die sich, als sie den Raum betreten hatten, ausgewiesen hatten, kräftig und doch irgendwie sanft die Hand geschüttelt und ihnen zu verstehen gegeben hatte, wen sie vor sich hatten.

„Meine Herren, was kann ich für Sie tun? Sie sehen mich ehrlich überrascht, dass Ordnungshüter meiner Lehranstalt einen Besuch abstatten. Ich hoffe doch sehr, dass keiner meiner Schüler etwas ausgefressen hat."

Da konnten sie den ironisch Besorgten beruhigen und ihm versichern, dass etwas Derartiges sie nicht an diese Stätte des Wissens geführt habe. Es gehe vielmehr um Folgendes: Doktor Heinrichsen, der schon in den Fünfzigern hier unterrichtet habe, sei, wie sie in Erfahrung gebracht hätten, immer noch Lehrkörper an dieser Schule. Und mit ihm wünschten sie sich ein wenig unter vier Augen zu unterhalten.

„Ist es gestattet, zu fragen, was Sie von meinem geschätzten Kollegen wissen wollen?“

„Selbstverständlich ist es das“, beantwortete Holgerson die im Raum stehende Frage und ließ sie dort fürs Erste stehen.

Iwersen konnte sich ein Lächeln nicht verkneifen. Die Antwort des Korpulenten war zwar einerseits respektlos, entsprach aber andererseits den polizeilichen Gepflogenheiten, sich eben nicht von Außenstehenden in die Karten sehen zu lassen.

Der Knollennasige schien immer noch auf eine ihn zufriedenstellende Antwort zu warten. Jedenfalls machte er keine Anstalten, ihnen bei der Suche nach dem Deutsch- und Geschichtslehrer behilflich zu sein. Er stand bloß da, lächelte verbindlich und harrte aus. Der Mann war so schnell nicht aus der Ruhe zu bringen und wahrte Haltung, wie es sich für eine Führungspersönlichkeit gehörte.

„Es ist uns, wie Sie wissen werden, nicht gestattet, über laufende Ermittlungen mit dem Normalbürger zu sprechen. Sie verstehen? Wären Sie jetzt so gut, uns über den Aufenthaltsort von Herrn Doktor Heinrichsen in Kenntnis zu setzen?“

„Es gibt da allerdings“, hob der Grauhaarige schmunzelnd an, „ein kleines Problem, Herr Inspektor. Wie Sie unschwer bemerkt haben dürften, haben wir gerade Unterricht, und die nächste Pause ist erst in einer Viertelstunde“, stellte er mit einem flüchtigen Blick auf seine golden schimmernde Armbanduhr fest. „Sie müssen sich also, so leid es mir tut, noch ein ganz klein wenig gedulden, nicht wahr?“

So also sah die doppelte Rache des Direktors aus. Aber was sollte es? Die kurzfristige Degradierung konnte Iwersen locker verschmerzen, und auch das Viertelstündchen war ein überschaubarer Zeitraum, den sie irgendwie schon hinter sich bringen würden. Da allerdings der Oberpädagoge Anstalten machte, sich von ihnen zu verabschieden und das Lehrerzimmer zu verlassen, bestand jetzt doch Handlungsbedarf. Denn wo sich der Heinrichsen zurzeit aufhielt, hatte der alte Knabe ihnen immer noch nicht gesagt. Obwohl sie natürlich auch an Ort und Stelle auf ihn hätten warten können. Bloß, wer sagte ihnen, dass er sich nach getaner Arbeit auch umgehend hier einfinden würde? Nein, das war zu unsicher.

„Könnten Sie uns ..." Iwersen hielt inne. Nein, den Triumph wollte er dem Strengen dann doch nicht gönnen. Also stellte er seine Frage neu und präzise, heißt, ohne den alles unnötig verkomplizierenden Konjunktiv.

„Wo hält sich Herr Doktor Heinrichsen zurzeit auf? Wir werden dann vor dem entsprechenden Raum auf ihn warten."

„Tja, meine Herren", drehte sich das Schuloberhaupt zu ihnen um, „da müssen Sie schon meine Sekretärin konsultieren. Denn woher, bitte schön, soll ich wissen, wo sich meine Mitstreiter in Sachen Unterweisung der Jugend wann aufhalten? Haben Sie eine ungefähre Vorstellung davon, wie groß das Kollegium ist? Also bitte, folgen Sie mir und holen Sie sich bei meiner Schreibkraft Rat."

Sprach's, machte auf den Hacken kehrt und schlenderte betont lässig von dannen. Die beiden Ermittler, denen nichts anderes übrig blieb, folgten ihm stante pede, wobei sie sich für einen Moment kopfschüttelnd ansahen.

„Meine Herren, was verschafft mir die Ehre Ihres unverhofften Besuchs?"

Doktor Heinrichsen stutzte und nahm, nachdem er einen flüchtigen Blick auf die Dienstausweise geworfen hatte, Hauptkommissar Iwersen unter die Lupe. Ihm schien an dem Drahtigen etwas aufgefallen zu sein. Aber er kam nicht darauf, das sah man. Seinem Grübeln war kein Erfolg beschieden.

„Kennen wir uns nicht? Ich meine, sind wir uns nicht schon einmal begegnet? Ihre Physiognomie hat etwas, wie soll ich sagen, Spezifisches, das mich ... Nein, Sie sehen mich ratlos."

Irgendwie schienen hier alle denselben Ton anzuschlagen. War das der vorgeschriebene Jargon des Lehrerpersonals? Waren sie dazu verdonnert, in bestimmten Situationen alle das Gleiche zu tun und zu sagen? Oder war diese Art des unverbindlich-verbindlichen und auf Souveränität getrimmten Umgangs mit Menschen ihnen zur zweiten Natur geworden?

Auch der inzwischen fünfundfünfzigjährige Mann mit der Vollglatze, den Iwersen unter anderen Umständen und etwa auf der Straße ganz bestimmt nicht wiedererkannt hätte, schien sich insgesamt leidlich wohl zu befinden und der Situation, worin sie auch bestehen mochte, auf jeden Fall gewachsen zu sein. Obwohl er für den Moment nicht den Eindruck machte und sogar ein wenig hilflos wirkte bei seinem erfolglosen Grübeln. Das war ja auch, summa summarum, kein Wunder, wo er doch, wenn der Ermittler sich recht erinnerte, ganz dezidiert für Größe und ihre Aura eingenommen gewesen war. Daran hatte sich, wie sich gleich herausstellen sollte, nichts Entscheidendes geändert.

„Erinnern Sie sich an den Schüler Asmussen? Axel Asmussen“, ging Iwersen nicht auf die im Raum stehende Frage ein, die sich ohnehin gleich von selbst beantworten würde.

Er fixierte den alt gewordenen Lehrkörper, denn womöglich standen sie ja vor einem Täter, und da konnte es nicht schaden, sich auf dessen Reaktionen zu konzentrieren.

„Herr Iwersen ...“ Der Glatzkopf stutzte erneut. Und jetzt hatte er es. „Aber natürlich! Mein Gott, ist das lange her. Zehn, fünfzehn Jahre?“

„Es sind ziemlich genau achtzehn Jahre ins Land gegangen seit damals. Sie erinnern sich also?“

„Selbstredend. Als ob es gestern gewesen wäre. Wie die Zeit vergeht! Axel Asmussen. Der Erzgescheite. Und Sie sind einer der beiden Kriminalbeamten, die meine Wenigkeit und einige Schüler aus der Klasse des Erwählten damals befragt haben. Verhält es sich so?“

„Genau so.“

„Ja ... und?“ Der Pädagoge war sichtlich verunsichert. „Was ist aus dem Schüler Asmussen geworden? Ist er wieder aufgetaucht?“ tastete er sich nach einer kurzen Pause vor.

„Wie man’s nimmt“, mischte sich jetzt Holgerson in die Befragung ein.

„Bitte?“

„Ja, er ist, so wie es aussieht, und wie Sie beliebten sich auszudrücken, aufgetaucht. Allerdings ist es, wie soll ich sagen, mit seinem Gesamtbefinden nicht zum Besten bestellt.“

„Ach nein? Was fehlt ihm denn?“

„Das Leben.“

Langsam fing das Ganze an, Iwersen Spaß zu machen.

„Sie meinen?"

Der Lehrkörper war kurz davor, die Fassung zu verlieren, das sah man.

„Mein Kollege will sagen, dass Herr Asmussen aller Wahrscheinlichkeit nach tot aufgefunden worden ist. Und das wirft so manche Frage auf."

„Sie meinen", wandte sich der Lehrer an den anderen der beiden Ermittler, „dass Axel gestorben ist? Wie? Wo? Wann?"

„Er ist, so wie es aussieht, vor achtzehn Jahren ermordet worden. Erschlagen. Und dann hat man ihn verscharrt."

„Mein Gott, das ist ja schrecklich!"

Der Geisteswissenschaftler machte einen bestürzten Eindruck. Und seine Bestürzung schien nicht gestellt zu sein. Hier trauerte offenbar tatsächlich jemand um vergangene Größe.

„Aber warum? Ich meine, was für ein Motiv soll jemand haben, einen derart vielversprechenden jungen Menschen um sein außerordentliches Leben zu bringen?"

„Vielleicht ja gerade deswegen", ließ Iwersen einen Versuchsballon aufsteigen. „Möglicherweise hat ihn gerade das sein junges Leben gekostet, dass er so besonders war. Denn damit, kann ich mir jedenfalls vorstellen, macht man sich doch Feinde bei den nicht so Gesegneten. Das könnte doch immerhin sein, und gekränkte Eitelkeit ist als ein mögliches Mordmotiv durchaus in Betracht zu ziehen. Zumal an einem Ort wie diesem, wo unablässiger Leistungsvergleich an der Tagesordnung ist. Und wer möchte schon als der ewige Loser vor sich und anderen dastehen? Da könnte die Alternative schon lauten: Ich oder der andere."

„Das ist doch alles kompletter Unsinn! Verzeihen Sie, wenn ich so deutlich werde. Konkurrenz belebt das Geschäft, und wo wären wir, wenn nicht die mehr oder weniger angeborene Leistungsfähigkeit des Menschen per Vergleich und, ja, per Auslese des Tüchtigsten in ungeahnte Höhen getrieben würde? Sehen Sie! – Aber selbst wenn Sie mit Ihren aberwitzigen Andeutungen auch nur annähernd richtig liegen sollten, was hat dieses Hochtragische mit mir zu tun? Ich meine, inwiefern kann ich Ihnen bei Ihren Ermittlungen behilflich sein?"

„Na, das liegt ja wohl auf der flachen Hand. Da der Mord damals geschehen ist, liegt der Grund für das Verbrechen auch im Damals. Oder wie sehen Sie das? Haben Sie Einwände? Nicht? Na, sehen Sie“, äffte Holgerson den Sozialdarwinisten nach.

„Aber da ist noch etwas“, meldete sich Iwersen wieder zu Wort, der im Übrigen fand, dass sich das alles hier ausgesprochen positiv anließ, so stockend der Anfang gewesen war. Sie hatten den Pädagogen in die Zange genommen, indem sie ihn abwechselnd mit Fragen bombardierten und ihn nicht zur Ruhe kommen ließen. Sie mussten ihn ins Schwitzen bringen, weil er sich dann womöglich verraten würde, sofern es etwas gab, was er verraten konnte. Darüber hinaus: Holgerson schien geschaltet zu haben. Denn er selbst hatte wohlweislich das zweite Skelett von Solitüde unerwähnt gelassen, das sie irgendwann aus dem Hut zaubern würden oder auch nicht. Denn eins war klar: Von der Existenz des zweiten Toten konnte nur der Täter etwas wissen, und das hieß, wer von sich aus die Sprache auf den nach wie vor Unbekannten bringen würde, hatte sich damit im Grunde genommen schon verraten. Wenn da nicht die Nachricht im Tageblatt gewesen wäre, auf die der sich dann im Zweifelsfall berufen könnte. Es war einfach ärgerlich, dass der doppelte Leichenfund publik geworden war. Aber was hätten sie machen sollen? Nur so hatte eine halbwegs reelle Chance bestanden, der Identität der vor langer Zeit ins Jenseits Beförderten auf die Spur zu kommen. Man konnte schließlich nicht alles haben.

„Wie? Da ist noch was? Das verstehe ich nicht. Was meinen Sie damit?“

Die Frage war mit einer kurzen zeitlichen Verzögerung gestellt worden. Hatte das etwas zu bedeuten? Wusste der Glatzkopf mehr, als er zuzugeben bereit war?

„Mein Kollege meint, dass heute Morgen die Leiche einer Frau in der Nähe von Schausende entdeckt worden ist, und raten Sie mal, um wen es sich dabei handelt.“

Holgerson war wieder an der Reihe gewesen. Entsprechend wanderte der ratlose Blick des Lehrkörpers jetzt in seine Richtung.

„Woher soll denn ich das bitte schön wissen? Ein Hellseher bin ich dann doch nicht. Bei aller Liebe, meine Herren, das geht zu weit.“

Doktor Heinrichsen war empört, oder er tat jedenfalls so.

„Sagt Ihnen der Name Emilie Losau noch etwas?“

Die Stirn des Befragten legte sich in Falten. Er schien ernsthaft über die Frage nachzudenken, die Iwersen ihm gestellt hatte. Seine Ratlosigkeit wirkte echt. So sah jemand aus, der sich auf Teufel komm raus zu erinnern versuchte, es aber beim besten Willen nicht konnte. Nachdem circa zwanzig Sekunden verstrichen waren, winkte der Doktor ab, womit er den Herren offensichtlich zu verstehen geben wollte, dass er passen müsse.

„Nun gut, ich will Ihrem Gedächtnis auf die Sprünge helfen. Das ist die Schülerin gewesen, die damals mit Axel Asmussen vor seinem Verschwinden liiert ...“, weiter kam Hauptkommissar Iwersen nicht.

„Nein, nein, nein! Oder vielmehr: Natürlich, die Losau, ich erinnere mich. Aber dass diese, entschuldigen Sie, eher unscheinbare Deern mit dem Jahrhundertgenie Asmussen ein Verhältnis gehabt haben sollte ... Nein, Herr Iwersen, das habe ich Ihnen schon damals nicht abgenommen. Keine Chance! – Und die auf eine besondere Art dann doch durchaus hübsche Frau ist also tot? Tragisch“, komplettierte er den Gedankengang in merklich ruhigerem Tonfall. Es kam eben immer noch darauf an, wer sich aus dieser Welt verabschiedete, ein Kannengießer oder ein Spitzenprodukt der menschlichen Rasse.

„Ja, das ist sie. Und sie ist ebenfalls erschlagen worden. Das hat uns auf den Gedanken gebracht, dass der Mörder von damals erneut im wörtlichen und übertragenen Sinne zugeschlagen hat. Die Vergangenheit holt uns ein, Sie verstehen?“

„Sie mag ja Sie einholen, Herr ... Holgerson, vielen Dank. Mich ganz sicher nicht! Denn ich weiß beim besten Willen nicht, worauf das alles hier hinaus soll. Verdächtigen Sie mich etwa?“

Die Empörung von vorhin war wieder da.

„Wir verdächtigen noch niemanden. Aber Sie werden Verständnis dafür haben, dass wir das Untere zuoberst kehren müssen. Denn auf die Gefahr hin, dass wir uns wiederholen: Das Motiv für den Doppelmord liegt in der Vergangenheit, und in die müssen sich mein Kollege und ich, ob wir nun wollen oder nicht, hinab begeben. Und ob wir dort unten dann auf den Täter und den Grund für sein blutiges Treiben stoßen, das werden wir Ihnen so oder so früh genug mitteilen. – Und dass ich's nicht vergesse: Wir gehen davon aus, dass Sie nicht vorhaben, in nächster Zeit die Stadt zu verlassen, auch und gerade dann nicht, weil Weihnachten vor der Tür steht. Sie hören von uns, und schönen Tag noch."

Als sie die Lehranstalt verlassen hatten, schauten sich die beiden Ermittler, die auf der geschwungenen Freitreppe stehen geblieben waren, vielsagend an.

„Mein Respekt, lieber Kollege, dass Sie geschaltet haben. Den zweiten Kadaver bewahren wir uns für eine ganz spezielle Gelegenheit auf und halten ihn bis dahin unter Verschluss. Das ist das Ass, das wir im Ärmel haben, und das uns noch unschätzbare Dienste leisten kann."

Holgerson schmunzelte bei den letzten Worten seines Vorgesetzten, denn er sah das genauso. Aus dem Aas konnte, ehe man sich's versah, ein Ass werden. Auch wenn die Pressemitteilung sich in diesem Zusammenhang als eher kontraproduktiv herausstellen konnte. Das würde sich, wenn es so weit war, zeigen.

„Und jetzt kommen Sie, die Kantine hat nicht ewig geöffnet. Ich weiß ja nicht, wie es Ihnen geht, aber ich schiebe schon seit geraumer Zeit Kohldampf, und da muss schleunigst etwas geschehen."

11

Immer diese Pressekonferenzen. Dabei hatten sie wirklich Besseres zu tun, als sich die immer gleichen Fragen der sensationslüsternen und habituell neugierigen Meute von der schreibenden Zunft anzuhören und wie auch immer wahrheitsgemäß zu beantworten. Aber es half ja nichts, und dieses zeitaufwendige Geschnacke gehörte nun einmal dazu wie die Butter zum Brot. Der Holnisser Leichenfund hatte sich längst herumgesprochen, weil die Buschtrommeln wie immer perfekt funktioniert hatten. Und also würde man morgen in der Zeitung lesen können, dass es sich bei der gewaltsam zu Tode gekommenen siebenunddreißigjährigen Flensburgerin um die in der Diako als Krankenschwester arbeitende Emilie Losau gehandelt habe. Und dass die Polizei noch im Dunkeln tappe, das würde da selbstredend auch breitgetreten werden. Gegebenenfalls würde, wie stets bei solchen Gelegenheiten, die Sicherheitsfrage gestellt und hochgekocht werden. Und wenn es ganz dick kam, würde eine Gesetzesänderung beziehungsweise -verschärfung angeregt werden, damit man sich auf Deutschlands Straßen endlich wieder sicher fühlen konnte. Das Übliche eben.

Der Hauptkommissar und sein Mitarbeiter hatten sich, nachdem die lästige Pflichtübung erfüllt war, daran gemacht, die Adressen der damaligen Mitschüler, deren Namen sie sich aus den Akten von 1957 zusammengesucht hatten, herauszufinden. Jeder hatte sich ein Flensburger Telefonbuch geschnappt und dann damit begonnen, arbeitsteilig die entsprechenden Namen nachzuschlagen, von der Hoffnung beseelt, die inzwischen erwachsen Gewordenen möchten dieser malerischen Grenzstadt nach dem Abitur nicht den Rücken zugekehrt haben. Sie hätten zwar auch das Einwohnermeldeamt kontaktieren können, aber bis die da zu Potte gekommen wären, wäre vermutlich viel zu viel Zeit ins Land gegangen, und so hatten sie sich dazu entschlossen, selbst tätig zu werden. In dem Büro hatte es an diesem Donnerstagnachmittag bummelig eine Stunde entweder hörbar geraschelt, oder es war telefoniert worden, weil sie, wie nicht anders zu erwarten gewesen war, speziell im Fall von Frau Ina Fredesen auf Mehrfacheinträge gestoßen waren. Aber der Erfolg hatte ihnen schließlich recht gegeben. Denn tatsächlich, bis auf eine Ausnahme, um die sie sich später würden kümmern müssen, lebten noch alle ehemaligen Freunde des Getöteten in dieser Stadt und gingen einem, wie sich später herausstellen sollte, für sie jeweils charakteristischen Beruf nach. Von Frau Ina Fredesen hatten sie sogar am Telefon erfahren, dass sie in der Buchhandlung Rüffer arbeite, wo sie tagsüber zu erreichen sei. Die Gute war ausgesprochen neugierig gewesen und war in den Ermittler gedrungen, ihr doch bitte jetzt schon zu sagen, worum es gehe, weil sie sonst nicht schlafen könne. Aber Iwersen hatte die extrem verunsichert Wirkende auf den nächsten Tag vertröstet, weil polizeiliche Ermittlungen nur dann Aussicht auf Erfolg hatten, wenn man den wie auch immer Involvierten gegenübersaß. Die unmittelbaren Reaktionen waren entscheidend, denn Worte konnten unter Umständen täuschen und hinters Licht führen, Regungen und Gesten dagegen in der Regel nicht. Dass es sich so verhielt, dass die Ehemaligen Präsenz zeigten, erleichterte daher manches, weil die beiden Beamten ihre Ermittlungsarbeit fortan aller

Voraussicht nach auf dieses Fleckchen Erde würden konzentrieren können.

Bevor sie dann das Feld geräumt hatten, hatten sie eine Liste der Namen, der Adressen und der Telefonnummern erstellt und sie an die Pinnwand geheftet. So liefen sie nicht Gefahr, den Überblick zu verlieren. In den nächsten Tagen würden sie sich daran machen, sie abzuarbeiten. Was den Verbleib von Manfred Laritz betraf, eventuell wusste ja einer der Ehemaligen etwas über den Wohnsitz dieses Ex-Schülers des Alten Gymnasiums zu vermelden. Obwohl Iwersen so war, als ob er den Namen dieses Mannes erst vor kurzem irgendwo zu Gesicht bekommen oder gelesen hatte. Wo war das noch einmal gewesen?

Maria Hellweg ging ihm nicht aus dem Kopf. Wie sollte er es anstellen, sie wiederzusehen, ohne dass seine Absichten zu offen zu Tage traten? Hatte er überhaupt Absichten? Und wenn ja, welche? Darüber hinaus, was würde er tun und wie würde er sich anstellen, wenn seine Neigung wider Erwarten beantwortet werden sollte? Seit damals, als seine Martha gestorben war, hatte er keine Frau mehr berührt. Er wusste gar nicht mehr, wie sich das anfühlte, und was man in einer solchen Situation machte, das wusste er auch nicht mehr. Er würde sich, keine Frage, so oder so bis auf die Knochen blamieren.

Ole Iwersen hatte sich nach dem Verlassen des Präsidiums und nachdem er Holgerson mit irgendeiner Ausrede abgewimmelt hatte, weil der ihn nämlich gefragt hatte, ob er nicht noch Lust auf ein Bierchen hätte, mit seinem Dienstwagen zum Grab seiner Frau begeben. Er musste mit jemandem sprechen, der ihm zuhörte, und da gab es eigentlich nur die Liebe seines Lebens, die immer für ihn dagewesen war. Mathilde jedenfalls konnte er mit seinen halb sorgenschweren, halb hoffnungsvollen Gedanken nicht belästigen. Denn von allen anderen Bedenken einmal abgesehen, er war sich nicht sicher, ob sein Kind nicht mit Eifersucht reagieren würde, weil sie der Meinung war, dass auch acht Jahre nach dem Tod ihrer Mutter Treue über allem stehen müsse. Nein, sie hätte vermutlich seine Gefühlsanwandlung wie einen Verrat empfunden. Ob zu Recht, das eben musste er jetzt klären.

Er kniete in der Dunkelheit vor dem Grab seiner Frau und fühlte sich so unendlich einsam. Warum nur war sie von ihm gegangen?

Würde er je damit fertig werden? Eigentlich sprach alles dagegen. Denn er hatte sich inzwischen allenfalls an seine Einsamkeit gewöhnt, nicht aber daran, dass sie nicht mehr da war. Wie sollte das auch gehen? Er wollte es nicht. Punkt. Aus. – Aber das stimmte nicht, dass ihm das Alleinsein nichts mehr ausmachte. Das Gegenteil war der Fall. Es wurde zusehends bedrängender und schnürte ihm den Hals zu, dieses Gefühl, dass bald niemand mehr auf der Welt für ihn da sein würde und er für niemanden mehr. Denn Mathilde, so viel stand fest, würde vermutlich kommenden Herbst schon aus ihrer gemeinsamen Wohnung in der Burgstraße ausziehen und sich in eine andere Stadt begeben, um dort zu studieren. Dann war er wirklich allein, mehr oder weniger. Und das würde die Hölle sein! Wie sollte er damit umgehen? Was blieb dann noch, bis auf die zwei, drei Besuche seiner Kleinen aufs Jahr verteilt? Diese Perspektive war dermaßen trostlos, dass Ole Iwersen in diesem Moment zu weinen begann. Es war nicht zu unterdrücken. Die Tränen liefen an seinen Wangen hinunter und tropften in den Schnee. So ging das mehrere Minuten lang, und es dauerte einige Zeit, bis er sich wieder einigermaßen beruhigt hatte.

Ein gebeugter Mann bewegte sich eine halbe Stunde später langsam durch die Dunkelheit in Richtung des Ausgangs. Zu Hause angekommen, begrüßte er flüchtig seine Tochter und ihren Freund, die zusammen vor der Glotze saßen, um sich irgendeinen Krimi anzusehen. Ole aber entkleidete sich und begab sich zu Bett, nachdem er seine Zähne geputzt hatte. Kurz vor dem Hinüberdämmern meinte er noch die Stimme Mathildes gehört zu haben, die sich durch die Tür danach erkundigt hatte, ob ihm etwas fehle. Oder hatte er das nur geträumt?

12

Als Hauptkommissar Ole Iwersen am nächsten Morgen mit etwas Verspätung sein Büro in Norderhofenden 1 erreichte, er hatte nach einer unruhigen, traumschweren Nacht verschlafen, weil er nämlich am Abend vergessen hatte, den Wecker zu aktivieren, teilte ihm seine Sekretärin mit, dass eine gewisse Maria Hellweg in aller Herrgottsfrühe angerufen habe. Sie habe darauf bestanden, mit dem Kommissar und mit sonst niemandem zu sprechen. Es gehe um die Tote von Schausende, habe sie sich auf Rückfrage noch entlocken lassen. Und der Leiter der Ermittlungen solle sich, das habe sie mehrmals hervorgehoben, so schnell wie möglich mit ihr in der Diako in Verbindung setzen, wo sie den ganzen Tag über zu erreichen sei.

„Frau Hellweg klang extrem aufgeregt, Herr Kommissar. Sie war, möchte ich sagen, außer Rand und Band und vollkommen durch den Wind. Das Beste wird sein, Sie machen sich gleich auf den Weg, und ich werde Herrn Holgerson, wenn er sich dann irgendwann dazu herablässt, hier aufzukreuzen“, wobei sie einen missbilligenden Blick auf die an der Wand befestigte Uhr warf, „davon in Kenntnis setzen, dass Sie sich heute Vormittag in der Diako aufhalten, weil sich nämlich eine Zeugin oder was auch immer gemeldet hat.“

Helma Petersen mit ihrem ewigen Pünktlichkeitswahn und ihrem Faible für Zucht und Ordnung konnte einem schon gehörig auf die Nerven gehen. Einerseits. Andererseits war es natürlich hilfreich, jemanden an seiner Seite zu haben, der alles zusammenhielt und nie den Überblick verlor, zumal dann, wenn man selbst ein wenig in diese Richtung tendierte.

Dass Holgerson offenbar auch nicht aus den Federn gefunden hatte, war Ole Iwersen ganz recht, denn so konnte er sich mit der Frau, die ihn unlängst nicht wenig affiziert hatte, unter vier Augen unterhalten, auch wenn dieses Gespräch sich um Dinge drehen würde, die mit Gefühlen im herzerhebenden Sinne wohl eher nichts zu tun haben würden. Aber egal. Er freute sich auf ein Wiedersehen mit dieser ihn so ungemein ansprechenden jungen Frau, also ließ er sich von der Petersen nicht zweimal bitten, sondern machte auf den Hacken kehrt und begab sich auf den Weg zur Diako.

Dort angekommen, erkundigte er sich, nachdem er sich ausgewiesen hatte, bei der Auskunft nach dem momentanen Aufenthaltsort der Ärztin. Es wurde telefoniert, zunächst ohne erkennbaren Erfolg, so dass Iwersen langsam anfing sich Sorgen zu machen. Doch dann stellte sich heraus, dass Frau Doktor Hellweg gerade bei einer Operation assistierte, und dass sich also der Herr Hauptkommissar noch ein wenig gedulden müsse. Ihm wurde bedeutet, er möge doch bitte auf einer der Bänke Platz nehmen, die im Eingangsbereich aufgestellt waren. Frau Doktor würde sich dann nach der OP hier einfinden.

Die Zeit wurde ihm lang. Seit wann saß er eigentlich schon hier und drehte Däumchen? Eine Stunde? Länger? Kürzer wohl eher nicht, obwohl ihn ein Blick auf seine Armbanduhr darüber belehrte, dass kaum zwanzig Minuten seit seinem Eintreffen vergangen waren. Und dann diese Atmosphäre und dieser krankenhausspezifische Geruch nach Desinfektionsmitteln und Krankheit. Ja, man konnte Krankheit riechen, so komisch das auch klingen mochte. Das hatte er damals erfahren, als er Martha auf ihrem letzten Weg begleitet hatte. Da war dieser spezifische und doch undefinierbare Geruch sein ständiger Begleiter gewesen und hatte sich sowohl in seine Klamotten als auch in sein Kurzzeitgedächtnis gefressen und war weder abzuschütteln noch auszuwaschen gewesen. Zu dem wahrhaft Schrecklichen war zu allem Überfluss noch diese olfaktorische Marter getreten. Alles kam wieder hoch, und Iwersen fragte sich in diesem Moment allen Ernstes, ob es nicht besser gewesen wäre, unten auf Holgerson zu warten, um ihn dann zu bitten, das Gespräch mit der Ärztin zu führen. Aber das wäre auch nicht gegangen, da sie doch ausdrücklich darauf bestanden hatte, nur mit ihm zu sprechen. Warum eigentlich? Ein Kriminalbeamter war so gut wie ein anderer, jedenfalls dann, wenn es lediglich darum ging, Informationen einzusammeln. Nun ja. Es kam selbstredend schon ein wenig darauf an, die richtigen Fragen zum richtigen Zeitpunkt zu stellen, und insofern gab es tatsächlich immer wieder erhebliche Differenzen in der jeweiligen Qualität der Ermittlungsarbeit. Aber der Holgerson, der ihn anfänglich und bei dem Fall des Serienkillers immer wieder so unglaublich genervt hatte, der verstand etwas von seinem Beruf, das war ihm mittlerweile klargeworden. Darüber hinaus war er ein grundguter Kerl, auf den man sich verlassen konnte, und Ole Iwersen hatte in den letzten Wochen mehr als einmal in Erwägung gezogen, den Beleibten, der auch einsam zu sein schien in dieser für ihn neuen Umgebung, wobei er auffälligerweise und soweit Ole wusste bislang nie an die Stätte seines vormaligen Wirkens, also nach Kiel, für einen Tages- oder Wochenendausflug zurückgekehrt war, in seinen erweiterten Freundeskreis aufzunehmen. Aber was hieß das schon, erweiterter Freundeskreis? Es gab genau genommen und wenn man es recht betrachtete ja nicht einmal einen engeren. Bei Berthold Holgerson schien es sich ähnlich zu verhalten. War er allein? Hatte er eine Freundin? Familie? Kinder? Er würde ihn bei der nächsten sich bietenden Gelegenheit mal ein bisschen aushorchen. Eventuell konnten sie ihrer beider Einsamkeit ja zusammenschmeißen, gemäß dem Motto: Geteilte Einsamkeit ist halbe ...

„Guten Tag, Herr Iwersen. Es freut mich, dass Sie den Weg hierher so prompt gefunden haben und es einrichten konnten, mit mir zu sprechen."

Ole Iwersen schreckte hoch. Im ersten Moment wusste er wahrhaftig nicht, wo er sich befand und was er hier eigentlich zu suchen hatte. Und wer ...? Aber natürlich! Frau Hellweg und der Anruf von heute früh.

Er erhob sich und lächelte die Ärztin, die ihm ihre Hand reichte, verlegen an. Die wirkte besorgt, und es bestand dazu auch aller Anlass, wie sie fand. Denn der Mann, zu dem auch ihre Gedanken in den letzten Tagen unwillkürlich immer wieder gewandert waren, wirkte regelrecht ausgemergelt, zumal er der von Natur aus drahtige Typus war. Das sagte ihr, vom rein Äußerlichen her, ungemein zu. Maria Hellweg stand, wie man so sagt, auf Männer, die, ob sie dafür nun etwas taten oder nicht, durchtrainiert waren. Was sollte sie machen? Aber der Muskelprotz und Schönling durfte nicht auf die meistens mit seiner Gesamtkonstitution zwangsläufig gepaarte geistige Blässe und intellektuelle Zurückgebliebenheit festgelegt sein. Das missfiel ihr und schreckte sie ab, zumal dann, wenn des damit häufig verbundenen Draufgängertums wegen die Sensibilität ins Abseits geraten war. So gesehen waren die Ansprüche dieser hübschen Mittdreißigerin nicht ohne, und weil das so war, hatte sie, trotz der extrem günstigen Voraussetzungen, die ihr in die Wiege gelegt worden waren, bisher nicht allzu viele Verehrer gehabt, und die meisten von denjenigen, die sich um sie bemüht hatten, sang- und klanglos abblitzen lassen. Und der Traummann, an den sie nach wie vor fest glaubte, war ihr ohnehin noch nicht über den Weg gelaufen, obwohl der, der da jetzt verlegen lächelnd vor ihr stand und dabei wirklich keine gute Figur machte, schon irgendwie in ihr Beuteschema passte. Und wo sie im Moment auch wieder einmal solo war und insgesamt ungebunden. Denn Frau Maria Hellweg war kinderlos.

„Fehlt Ihnen ..."

„Sie wollten mich ..."

Wie es in solchen als peinlich empfundenen Situationen zu gehen pflegt, fingen beide gleichzeitig an zu sprechen. Ole Iwersen schämte sich für seine mangelnde Geistesgegenwart, die ihn während der letzten Sekunden hatte wie einen Tölpel schweigen und sich von einem aufs andere Bein bewegen lassen. Und die Ärztin hatte Probleme mit den peinlichen Inhalten ihrer Gedanken, die sie sich eben gemacht hatte, und die nicht wirklich zur Sache gehörten. Zumal es Wichtigeres zu besprechen gab und sie genau genommen ihr Herz erleichtern musste.

„Bitte, Sie zuerst", versuchte der Ermittler den Geboten des Benimm zu genügen.

„Nein, ich habe Sie unterbrochen. Das tut mir schrecklich leid", replizierte die unangenehm Berührte. „Und es tut mir auch leid, dass Sie so lange warten mussten. Aber in meinem Beruf", übernahm sie jetzt doch die Initiative, „ist es nun einmal leider so, dass man über seine Zeit eigentlich nie disponieren kann. Aber wem sage ich das, nicht wahr?"

Beide nickten und lächelten.

„Sie wollten mich sprechen, Frau Hellweg. Meine Sekretärin hat mir berichtet, dass Sie, wie soll ich sagen, extrem aufgeregt wirkten, als Sie heute früh angerufen haben. Es geht um die Tote von Holnis? Möchten Sie mir zu dem Leichenfund etwas mitteilen?"

Von einem Moment zum nächsten war die Stimmung umgeschlagen. An die Stelle der Bemüht- und Verkrampftheit, die zum normalen Smalltalk eigentlich immer dazugehört, war eine unverkennbare Aufgeregtheit getreten, jedenfalls bei dem weiblichen Teilnehmer dieses Treffens. Es sprudelte aus ihr heraus, so dass Iwersen sich nach ein paar hastig ausgestoßenen Sätzen bemüßigt fühlte, ihrer Rede Fluss zu unterbrechen und sie zu fragen, ob es in diesem Gebäude nicht vielleicht einen etwas ruhigeren Ort gebe, wo man sich ungestört unterhalten könne.

Er folgte ihr durch die verschlungenen Gänge der Diako. Sie bewegte sich sicher, souverän und mit einem geschmeidig wirkenden Gang, wobei sie hin und wieder nach links oder rechts grüßte, wenn ihnen ein weißgewandeter Kollege begegnete. Dann lotste sie ihn, er hatte die Orientierung inzwischen vollständig verloren, in einen leeren, nahezu quadratischen, weißgetünchten Raum, vor dessen einem Fenster ein weißes Rollo zur Hälfte hinabgelassen war. In der Mitte des Zimmers stand ein Tisch mit zwei Stühlen, und an den Wänden befanden sich weiße, hochmodern wirkende Schränke, durch deren Scheiben man medizinische Utensilien erkennen konnte. Sie setzten sich. Und dann begann die Ärztin erneut aufgeregt zu erzählen.

Ole Iwersen erfuhr an diesem späten Freitagvormittag, dass Emilie Losau als Krankenschwester in der Diako seit, wenn sie sich nicht täusche, ungefähr zehn Jahren gearbeitet habe. Und dass es für sie ein Schock gewesen sei, als sie beim Morgenkaffee im Tageblatt habe lesen müssen, dass ihre Kollegin, die für sie fast schon so etwas wie eine Freundin gewesen sei, tot aufgefunden wurde. Ermordet! Nein, das sei zu schrecklich, und sie könne es nicht fassen! Wer tue so etwas? Und warum? Es gebe weit und breit keinen plausiblen Grund, diesem extrem hilfsbereiten und entgegenkommenden Menschen etwas anzutun.

„Haben Sie vielleicht in der letzten Zeit eine Veränderung an Ihrer Freundin wahrgenommen? Hat sie Ihnen irgendetwas ... Außergewöhnliches erzählt? Ich meine ...“

„Nein, weder das eine noch das andere. – Oder warten Sie ... Doch. Es mag ja nicht wirklich wichtig sein, aber wenn ich’s mir genau überlege, ja, sie wirkte auf mich seit ein paar Tagen ein wenig bedrückt. Als ob sie etwas belastete.“

„Hat sie vielleicht eine Andeutung gemacht?“

Iwersen war während der letzten Sätze hellhörig geworden. So lief das immer, wenn es gut lief. Ein Bekannter oder eine Bekannte des Opfers war ins Vertrauen gezogen worden. Daraus ließ sich dann oft etwas machen, was dem gerade zur Klärung anstehenden Fall eine Wendung ins Positive gab.

„Eine Andeutung?“ wiederholte die Ärztin die an sie gerichtete Frage, wobei sich über ihrer Nase ein Fältchen gebildet hatte, ein auf

Ole irgendwie rührend wirkender Hinweis darauf, dass sie sich zu erinnern versuchte.

„Warten Sie ... Ja, da war etwas. Sie hat mir erzählt, dass sie vor ein paar Tagen einem Menschen aus ihrer Vergangenheit quasi in die Arme gelaufen ist. Und dieser Jemand hat, wie drückte sie sich noch einmal aus, etwas ins Rollen gebracht, was ihr ziemlich zusetze. Weil sie nämlich nicht wisse, wie sie damit umgehen solle."

„Was genau sie damit gemeint hat, können Sie mir wohl nicht sagen? Und einen Namen hat sie vermutlich auch nicht genannt?"

Jetzt kam es darauf an. Oder auch nicht. Denn es war ja noch überhaupt nicht gesagt, ob dieses zufällige Zusammentreffen irgendetwas mit ihrem gewaltsamen Ableben zu tun hatte. Aber ein anderer Gedanke hatte begonnen, sich in des Ermittlers Gehirn zu formen. Was, wenn dem Mörder wie auch immer zu Ohren gekommen war, dass sein Opfer ihrer Freundin gegenüber etwas erwähnt hatte? Etwas, was in seine Richtung deutete oder was über sein Motiv ein, und sei es auch noch so schwaches, Licht verbreitete. Das hätte bedeutet, dass auch Frau Hellweg in Gefahr war. Obwohl es äußerst unwahrscheinlich war, dass er davon etwas mitbekommen haben sollte. Trotzdem, man durfte so etwas nie gering achten, und in diesem speziellen Fall schon gleich gar nicht.

Maria Hellweg war während der letzten Sekunden in sich gegangen und schüttelte jetzt bedauernd ihren Kopf. Nein, mehr könne sie beim besten Willen dazu nicht sagen. Emilie sei eben ein eher verschlossener Mensch gewesen. Und deswegen auch einsam. Ja, man müsse es so sagen, und soweit sie wisse, gebe es weder einen Freund noch irgendwelche Familienangehörige. Denn ihre Eltern seien beide in kurzem Abstand vor ungefähr fünf Jahren verstorben. Allerdings sei da mal etwas in ihrer Vergangenheit gewesen, kurz vor dem Abitur, wo sie sich unsterblich verliebt und sich dann trotzdem getrennt hatte. Die Liebe ihres Lebens sei dann spurlos verschwunden und wohl nie wieder aufgetaucht. Sie habe das alles nie so recht verstanden ...

Alles in diesem Fall wies in die Vergangenheit. Das bestätigte sich einmal mehr. Er und Holgerson mussten schleunigst Kontakt mit den Exschülern des Alten Gyms aufnehmen. Zuerst am besten mit der Buchhändlerin, die ihnen das ja ohnehin ausdrücklich angeboten hatte.

Möglicherweise wusste jemand von denen, was Emilie Losau das Leben gekostet hatte. Und sei es, ohne es zu wissen. Auf jeden Fall mussten sie sich ins Zeug legen, wenn Schlimmeres verhindert werden sollte. Denn dass ein weiterer Mord geschehen konnte, das schien Iwersen nach diesem Gespräch mehr als wahrscheinlich zu sein. Es ging für den Täter ganz offensichtlich darum, Mitwisser aus dem Verkehr zu ziehen. Und wo es einen gab, da gab es, wie die Erfahrung zeigte, mindestens noch einen.

Das und einiges mehr unterbreitete er seinem Kollegen dann auch gleich auf dem Rückweg ins Präsidium. Denn als er zusammen mit der ansprechenden Ärztin, die ihn zum Ausgang begleitet hatte, im Eingangsbereich angekommen war, fiel sein Blick auf den breiten Mann, der von weitem so wirkte, als ob er ein Nickerchen hielt. Aber das beruhte wohl auf Täuschung, denn kaum dass er und die Ärztin an ihn herangetreten waren, war er die Geistesgegenwart in Person, indem er sich, für seine Verhältnisse, behände erhob und zunächst die weibliche Begleitung seines Chefs mit Handschlag begrüßte, um sich dann mit einem verlegenen Lächeln bei dem dafür zu entschuldigen, dass er heute zu spät zum Dienst erschienen sei. Er habe, wie er mit einem leicht geröteten Kopf mitteilte, gestern Abend vergessen, seinen Wecker zu aktivieren.

13

In der Buchhandlung Rüffer auf dem Holm war es rappelvoll. Weihnachtsgeschenke standen auf der Agenda der Bevölkerung – und Bücher oder Kalender, wie es schien, ganz obenan. Vorne in den Verkaufsräumen ein halbwegs gesittetes Gespräch zu führen war ausgeschlossen. Keine Chance. Deswegen hatte man sich in das Kabäuschen im hintersten Ende des Ladens zurückgezogen, das vor allem die bestellten Bücher beherbergte.

Als Iwersen dem Mauerblümchen den zwei- bis dreifachen Grund für ihr Erscheinen nannte, trat zunächst eine sekundenlange, nichts Gutes verheißende Stille ein. Es war, als ob die über die Jahre noch unscheinbarer Gewordene sich endgültig in ihre Bestandteile auflöste, sprich den letzten Rest von Standhaftigkeit verlor. Sie geriet tatsächlich ins Wanken, und hätte Holgerson nicht im letzten Moment die Geistesgegenwart besessen, einen an der Wand stehenden Stuhl unter die Hinsinkende zu schieben, sie hätte sich zwangsläufig auf dem mit rotem Teppich bedeckten Boden wiedergefunden. Und das hätte ins Auge gehen und gefährlich werden können, weil hier alles so eng und verstellt war.

Da saß sie nun gesenkten Kopfes und sah, ein Bild des Jammers, in ihrer Mickrigkeit so verloren aus, dass Ole Iwersen und sein Begleiter sich zunächst einmal jedes weitere Eindringen verkniffen. Allerdings stand schon jetzt für die beiden Ermittler fest, dass Fräulein Fredesen bis eben auf gar keinen Fall von dem doppelten Leichenfund gewusst hatte. Und auch dass ihre ehemalige Freundin Emilie Losau nicht mehr unter den Lebenden weilte, war noch nicht zu ihr durchgedrungen. Denn wer so vom Donner gerührt war, wie vor ein paar Sekunden diese Unscheinbare, der hatte von schlechterdings gar nichts eine Ahnung, weil er nämlich tagaus, tagein in einer anderen Welt lebte, und in der war für die morgendliche Zeitungslektüre absolut kein Platz. Vermutlich besaß die vom Leben schwer Gezeichnete nicht mal einen Fernseher, und im Radio hörte sie allenfalls den Kultursender NDR 3 oder den, der klassische Musik zu Gehör brachte. Nein, der weltfremde Bücherwurm würde ihnen keine Hilfe sein, so hilfsbedürftig wie er seinerseits war.

„Warum?“ Sie richtete ihre tränennassen, von Rändern umschatteten Augen erst auf den einen und dann auf den anderen der Männer von der Kripo.

„Das ist schwer zu sagen, Frau Fredesen. Ehrlich gesagt, tappen wir da noch völlig im Dunkeln. Deswegen haben wir uns ja mit Ihnen in Verbindung gesetzt, weil Sie immerhin die beiden Opfer vor langer Zeit persönlich gekannt haben.“

„Oder noch kennen?“ mischte sich Holgerson ein. „Was ich sagen will: Hatten Sie auch nach der Schulzeit noch Kontakt zu Emilie Losau? Trafen Sie sich?“

Die Aufgelöste schüttelte den Kopf, was wohl heißen sollte, dass die Freundschaft von ehedem schon längst der Vergangenheit angehörte. Also war auch unter diesem Gesichtspunkt nicht zu erwarten, dass sie hier und heute etwas Verwertbares über den aktuellen Lebenshintergrund der Ermordeten würden in Erfahrung bringen können. Es war wie verhext! Irgendwie schien es sich so zu verhalten, dass zumindest der weibliche Teil der ehemaligen Clique das Verschwinden des Eliteschülers niemals verwunden hatte. Beide hatten, wie es aussah, ein absolut zurückgezogenes und in diesem speziellen Fall hier vermutlich im wörtlichen Sinne unberührtes Leben geführt, seit der Neunmalkluge 1957 ins Jenseits befördert worden war. Die eine war die Freundin des fast zwei Jahrzehnte für verschollen Gehaltenen gewesen, und die andere wäre es nur zu gerne gewesen und hätte alles dafür gegeben. Daran hatte sich Iwersen gleich erinnert, als sie sich auf Adressensuche begeben hatten. Es war ein Jammer, wie zwei Lebensläufe, die irgendwann einmal einigermaßen erfolgversprechend und vermutlich voller Zukunftsträume angetreten worden waren, buchstäblich im Nichts versickerten. Alles war umsonst gewesen, und das Fazit war weniger als nichts.

Als er sich zu diesem Gedanken durchgeläutert hatte, traf ihn die Einsicht wie ein Schlag. Genau das, was der Toten und dieser hier, die vor ihnen wie ein Häuflein Elend kauerte, zugestoßen war, war im Begriff, sich auch bei ihm zu ereignen. Auch er drohte seit bereits acht Jahren, an seiner Trauer zu ersticken und sich in der Sehnsucht nach etwas zu verlieren, was unwiderruflich verloren war. Sein Leben würde über kurz oder lang genauso enden wie dieses hier, und das Fazit würde ein großes Umsonst sein. Und warum? Weil weder die beiden Frauen sich, wie es den Anschein hatte, jemals zu wehren begonnen hatten noch er dazu bereit und in der Lage gewesen war, einen Schlussstrich zu ziehen und sein Leben wieder in die eigenen Hände zu nehmen. Den Hauptkommissar traf die Erkenntnis mit voller Wucht: Es geht ums Ganze, denn mehr als ein Leben hat der Mensch nicht zu leben, und danach kommt gar nichts mehr. Und die, die da kauerte und nicht mehr weiter wusste, weil sie vermutlich allen Ernstes gehofft hatte, die Liebe ihres Lebens würde nicht nur wieder auftauchen, sondern sie aus diesem Elend erlösen und zusammen mit ihr das Glück finden, das allein zu suchen sie sich außerstande gesehen hatte, war bereits, im übertragenen Sinne, tot. Sie hatte sich in ihrer Bücherwelt vergraben, hatte den Schein für Realität genommen und war der Welt und sich selbst abhanden gekommen, genauso wie er, der sich in der Trauer um seine Martha verloren hatte.

Er musste hier schleunigst raus! Sollte Holgerson klären, was es noch zu klären gab. Viel würde es ohnehin nicht sein. Also machte er sich, ohne nach links oder rechts zu gucken, auf den Weg nach draußen. Er passierte gesenkten Kopfes die langgestreckten Verkaufsräume und strebte, so schnell es gehen wollte, durch den Andrang der Kaufwilligen dem Ausgang zu. Dann stand er verloren und einsam, den sich schiebenden Menschenmassen zum Trotz, auf dem Holm und starrte, ohne zu sehen, in die weihnachtliche Auslage der Buchhandlung. Sein Atem ging schwer, und Tränen liefen ihm über die Wangen.

Drinnen war sein unvorhergesehener Aufbruch nur von einem der beiden Anwesenden bemerkt worden, und der hatte seinen Partner mit der Frage konfrontiert, was das nun wieder zu bedeuten habe. Was war so plötzlich in seinen Chef gefahren? Hatte er einen Einfall gehabt, dem er schleunigst nachgehen musste? Oder war ihm sonst etwas beigekommen, von dem er, Berthold, nichts wusste? Der Gute war für den Augenblick hochgradig verunsichert, zumal die auf dem Stuhl auch durch geistige Abwesenheit glänzte. Was war zu tun? Weiter in die Geschlagene zu dringen schien absolut sinnlos zu sein. Sie hier einfach sitzen zu lassen kam auch nicht in Frage. Das Beste würde sein, einen der anderen Angestellten dieses Ladens darum zu bitten, sich zu kümmern, um sich dann auf die Suche nach seinem Vorgesetzten zu machen. Und im Zweifelsfall würde er sich schnurstracks ins quasi um die Ecke gelegene Präsidium begeben, um dort in Erfahrung zu bringen, auf welcher Mission sich der Hauptkommissar gerade befand. Obwohl er da so seine Zweifel hatte, ob man ihm in der Zentrale würde weiterhelfen können, denn irgendwie hatte das Ganze eben auf ihn wie eine Kurzschlussreaktion oder eine Panikattacke gewirkt, ganz so wie bei der Verlorenen vor ihm.

Also tat Berthold Holgerson, was zu tun war, setzte die erstbeste Buchhändlerin, die ihm auf seinem Weg durch die Verkaufsräume über den Weg lief, davon in Kenntnis, dass dort hinten in der Kammer eine Kollegin betreut werden müsse und dass es vielleicht angezeigt sei, einen Arzt zu informieren. Er könne das nicht einschätzen, weil er Frau Fredesen, lautete seine etwas bemüht und unglaubwürdig klingende

Erklärung, ja leider nicht kenne und deswegen ihr Verhalten und ihren wirklichen Gemütszustand nicht objektiv einschätzen könne. Er war ganz einfach überfordert, und so redete er auch.

Zu seiner großen Erleichterung entdeckte er seinen Chef bereits, bevor er den Laden verlassen hatte. Der stand vor der großen Fensterscheibe der Buchhandlung und schien gebannt und ganz und gar geistesabwesend auf etwas zu starren, was sich, von ihm aus gesehen, hinter dem Glas in der Auslage befand. Was konnte das sein? War ihm dort drinnen die Erleuchtung gekommen, die es jetzt noch zu verifizieren galt? Holgerson stellte sich neben Hauptkommissar Iwersen und sah sich ebenfalls die Auslage an. Aber er konnte nichts entdecken, was ihnen in ihrem Fall weiterhelfen konnte. Möglicherweise übersah er etwas, weil er abgelenkt war. Abgelenkt durch die Sorge um seinen Chef. Denn der wirkte auf ihn wie ein Schlafwandler, der nicht wusste, was mit ihm geschah. Und weil das so war, traute er sich auch nicht, ihn anzusprechen. Er hatte irgendwo mal aufgeschnappt, dass es überaus gefährlich sei, einen Somnambulen unvermittelt aus seinem Zustand herauszureißen, weil er dann nämlich, übertragen gesprochen, vom First des Daches in die Tiefe stürzte. Die sozusagen unwillkürliche Geistesgegenwart gehe darüber verloren, was, wenn man es recht durchdachte, überlegte sich Holgerson, nicht stimmen konnte. Denn eine unwillkürliche Geistesgegenwart klang wie ein Widerspruch in sich. Aber eventuell hatte er da etwas falsch verstanden, das konnte immerhin sein, und wo er es mit der Psychologie ohnehin nicht so hatte, schon gleich nicht seit damals, als die Mutter des einen Verdächtigen im Falle des Serienkillers ihnen mit ihrem geschraubten und hochnäsigen Gerede das Leben schwer gemacht hatte.

Was war das? Das war doch ... Ja, genau. Das war einer der Namen, nach denen sie das Flensburger Telefonbuch durchgeblättert hatten. Und diesen Namen hatten sie nicht entdecken können, was darauf hatte schließen lassen, dass Manfred Laritz nicht mehr in Flensburg lebte. So war das also. Der Knabe hatte sich offenbar einen Namen als Schriftsteller gemacht. Obwohl er nicht unbedingt wie ein solcher aussah, wie Holgerson fand. Denn das Gesicht, das ihn auf der Vorankündigung souverän anlächelte, wirkte eher wie das eines Spitzensportlers, der gerade eine olympische Medaille errungen hat. Ein Erfolgsmensch verstrahlte einen durch nichts und niemanden zu beirrenden Optimismus, und von Vergeistigung, die doch bei jemandem, der schrieb, und noch dazu Romane, unbedingt dazugehörte, jedenfalls war dies des Ermittlers bescheidene Meinung, stand dem kühn Lächelnden aber auch so überhaupt nichts ins Gesicht geschrieben. Wenn nicht als Sportler, dann hätte der da allenfalls noch als abgeklärter Unternehmensberater oder Politiker, der seine Lebensbeichte unbedingt und bevor es dafür zu spät ist unters Volk bringen möchte, durchgehen können.

Aber egal wie, und er, Holgerson, kannte sich in dem Metier ja auch nicht wirklich aus, Fakt war, dass genau vor seiner Nase und der seines Vorgesetzten nicht nur zu lesen stand, dass der gebürtige Flensburger Bestsellerautor Manfred Laritz am Sonntag, dem 12. Dezember 1975, abends um 20 Uhr bei Rüffer gegen ein geringes Entgelt aus seinem jüngst erschienenen Roman *Verwelkte Träume* vorlesen werde, sondern dass der weithin bekannte Literat in Hamburg zusammen mit seiner Frau und seinen zwei Kindern lebe. Wieso das allerdings dort extra vermerkt war, war ihm schleierhaft, es sei denn, dass diejenigen, die dieses Plakat entworfen hatten, den Erfolgs- um den Gefühlsfaktor hatten ergänzen wollen. Ein Autor, der beides in Personalunion bot: Größe und Sentiment ... Das saß und kam den Verkaufszahlen zugute.

Na bitte, so einfach ging das, wenn einem der Zufall zur Hilfe kam. Das letzte der männlichen drei Kleeblätter war ihnen unverhofft vor die Füße geplumpst. Das galt es jetzt noch seinem Chef begreiflich zu machen, der immer noch durch geistige Abwesenheit glänzte. Das Ganze wurde ihm langsam unheimlich. Es musste unbedingt etwas geschehen!

„Eh, Chef ...“, fiel er in sein altes, von ihm selbst verachtetes Anredeschema zurück, „ich habe da gerade eben etwas entdeckt, was uns einen Schritt weiterbringt.“

Iwersen schien nichts gehört zu haben. Denn er reagierte nicht.

„Hallooo, Herr Iwersen!“ erhob Holgerson jetzt seine Stimme, um vielleicht so zu dem anderen durchzudringen. Und tatsächlich, sein Vorgesetzter fing an sich zu regen, heißt, er bewegte seinen Kopf langsam in seine Richtung.

Er hatte geweint, das wurde Holgerson schlagartig klar, obwohl die Tränen mittlerweile versiegt waren. So gerötet wie das Weiß seiner Augen war. Und sein Gesicht war von einer aschfahlen Blässe überzogen. Ein Bild des Jammers, nicht viel anders als bei der Buchhändlerin dort drinnen.

„Mensch Chef. Was ist los mit Ihnen? Sie sehen ja gar nicht gut aus. Wie isses, sollen wir uns dort drüben bei Eduscho einen Kaffee gönnen? Das baut auf ..."

Er kam sich blöd vor. Aber was sollte er machen? So wie sein Vorgesetzter im Moment aussah, war mit ihm absolut nichts anzufangen. Also musste eine Auszeit her, und da bot sich eine Kaffeepause an und war nur logisch.

„Was haben Sie gesagt, Holgerson?"

„Ich meinte ... Also ich wollte sagen ... Ach Scheiße, Chef. Sie sehen genauso aus, tut mir leid, Ihnen das so deutlich sagen zu müssen. Und da habe ich angeregt, bei Eduscho einen Kaffee zu trinken, um wieder runterzukommen und zu sich selbst zu finden. Das kann man ja nicht mit ansehen, wie Sie leiden."

„Wissen Sie was, mein Bester? Sie haben vollkommen recht. Aber wir machen das anders. Wir gehen jetzt zu Café Maaß am Südermarkt. Das ist zwar ein bisschen teurer, aber dafür kann man im ersten Stock einigermaßen ungestört sitzen, hoffe ich, und die Seele baumeln lassen. Und noch eins. Sie sind selbstverständlich eingeladen. Los, kommen Sie, wat mutt, dat mutt!"

„Was Sie nicht sagen! Daher also kam mir der Name bekannt vor. Den muss ich die Tage im Vorbeigehen aufgeschnappt haben. Oder ich habe ihn im Tageblatt gelesen, denn die Heinis von der Presse werden doch vermutlich anlässlich dieses Ereignisses des heimgekehrten großen Sohnes der Stadt eine entsprechend großkotzige Vorankündigung unter Kulturelles eingestellt haben. Und wissen Sie was? Ich werde dem weltbekannten Schriftsteller am Sonntagabend meine Aufwartung machen und bei der Gelegenheit mal wieder was für meine Bildung tun."

Es hatte etwas Tröstliches gehabt, und es war ihm vor allem merkwürdigerweise überhaupt nicht schwergefallen, Holgerson von dem

Verlust seines Lebens zu erzählen und von der Trauer, die seitdem sein täglicher Begleiter und fast schon so etwas wie ein guter Freund war. Und dass es ihm bei der Stippvisite bei der tiefunglücklichen Fredesen schlagartig klargeworden sei, dass man vor lauter Wehmut und Sentimentalität ein Leben hinter sich habe, bevor es überhaupt gelebt worden sei. Und das sei doch zu schrecklich und nicht zum Aushalten. Kurz und gut, es führe kein Weg daran vorbei, diesen Murks schleunigst zu den Akten zu legen.

„Das kann doch nicht angehen. Oder wie sehen Sie das?“

Holgerson hatte bei den letzten Worten Oles still genickt und dabei geistesabwesend aus dem Fenster auf das bunte Treiben unter ihnen in der Angelburger Straße geschaut. Er hatte kaum hörbar durchgeatmet und sich dann wieder seinem Gesprächspartner zugewandt.

„Ja, das sehe ich ganz genauso. Und es tut mir übrigens leid, das mit Ihrer Frau. – Nur, was soll man denn machen, wenn man notorisch allein ist? In die Disko gehen wie die Jugendlichen und eine wildfremde Frau anquatschen? Oder dasselbe in einer Kneipe probieren? Nein, das funktioniert nicht, jedenfalls nicht bei meinen Voraussetzungen. Sehen Sie mich doch an. Ein Augenschmaus bin ich weiß Gott nicht. Und da ich in dem Sinne auch keine Frohnatur oder weltgewandt bin, tendieren die Chancen doch Richtung null. Da hilft kein Vertun.“

„Sie also auch? Das tut mir leid, entschuldigen Sie. Hätte ich das gewusst, hätte ich Sie nicht mit meinen Sorgen belästigt.“

Holgerson winkte ab. „Das geht schon in Ordnung. Und ich bin der Letzte, der das nicht versteht. Einsam ist mein zweiter Vorname. Ich habe mich irgendwie daran gewöhnt, mich ans Alleinsein zu gewöhnen. Seit meiner letzten Beziehung, die auch schon diverse Jährchen zurückliegt, war schlechterdings nichts mehr. Und eine Aussicht auf Besserung, nein, die existiert auch nicht.“

„Wir sind schon so zwei“, lächelte Ole ihn an.

„Ja, das sind wir. Da hilft alles nichts.“

Und dann waren sie, nach einer kurzen Pause, in der sie an ihren Tassen genippt hatten, auf Holgersons Entdeckung zu sprechen gekommen, und der Kommissar hatte ganz zum Schluss und bevor sie sich auf der Straße die Hände geschüttelt und sich ein schönes Wochenende gewünscht hatten noch einmal betont, dass er dem Bestsellerautor live und in Farbe am Sonntagabend einen Besuch abstatten wolle.

„Mal sehen, ob der so tough ist, wie Sie ihn mir nach dem ersten Eindruck von vorhin auf dem Plakat geschildert haben.“

In dem Augenblick schlugen die Glocken von Sankt Nikolai sechsmal an. Es war 18 Uhr, Zeit, sich auf den Heimweg in die Burgstraße zu machen. Denn Ole Iwersen hatte mit seiner Großen etwas zu besprechen, und das duldete keinen Aufschub.

14

„Ach Paps, ich freue mich doch, wenn du endlich einmal wieder einer Frau begegnest, die dich interessiert. Das wäre doch toll, wenn sie auch auf dich abführe! Meinen Segen hast du.“

Als er zu Hause angekommen war, stellte er erleichtert fest, dass Mathildes Freund Nicolai nicht zugegen war. Denn das, was er mit ihr zu bereden hatte, war nur für ihre Ohren bestimmt. Es war an der Zeit, ihr reinen Wein einzuschenken, obwohl es dafür eigentlich viel zu früh war. Denn wer sagte ihm, dass Maria Hellweg an ihm überhaupt interessiert war? Aber egal, das spielte keine Rolle. Viel wichtiger war, dass sein Kind wissen sollte, dass er das Alleinsein so satt hatte und dass es mit der Trauer um Martha so einfach nicht weitergehen konnte. Genau genommen wollte er von seiner Tochter die Genehmigung dafür einholen, sich in relativ späten Jahren auf ein neues Verhältnis einzulassen, weil er sich nämlich darüber im Klaren war, dass er ohne die Zustimmung seines Mädchens nicht aktiv werden konnte. Vor allem aber befürchtete er, dass seine Kleine etwas dagegen haben könnte, wenn ihr Paps sich überraschenderweise wieder verlieben sollte. Das musste umgehend geklärt werden, damit Worten oder Träumen dann Taten folgen konnten.

„Mathilde ... Ich muss mit dir reden.“

Die Hübsche, die in ihrem Zimmer auf dem Bett lag und in irgendeinem Buch schmökerte, hob ihren Kopf und lächelte ihn mit ihren blauen Augen an. Es war, als ob er seine Martha vor sich hatte, so dass er Gefahr lief, den Mut wieder sinken zu lassen.

„Ja?“

„Ach, nichts weiter. Ich wollte mich nur danach erkundigen, wie dein Tag gewesen ist. Und wie es Nicolai geht nach dem Malheur mit seiner Nase. – Was liest du denn da?“ versuchte er jetzt endgültig abzulenken. Aber das ließ sein Kind nicht zu.

„Komm schon, Paps. Rede mit mir. Ich sehe dir doch schon seit Tagen an, dass es dir schlecht geht. Und ich mache mir wirklich Sorgen. Spuck’s aus, was bedrückt dich?“

„Tatsächlich? Bin ich so leicht zu durchschauen?“

Ole war perplex. Das hatte er nicht gedacht, dass sein Ein und Alles womöglich schon längst im Bilde war.

„Ja, das bist du. Jedenfalls hin und wieder.“

Sie hatte sich inzwischen aufgerichtet, eine Zigarette angezündet und sah ihn, auf ihrem Bett mit übergeschlagenen Beinen sitzend, erwartungsvoll an. Also setzte er sich auf ihren Schreibtischstuhl und begann nach einer kurzen Pause, ihr von seinen Sorgen und Nöten zu erzählen. Für mindestens eine Viertelstunde war nur seine Stimme in dem kleinen Zimmer der Achtzehnjährigen zu hören, die während dieser Zeit noch einen Glimmstängel entzündete, an dem sie, ganz Konzentration, hin und wieder zog. Sie war dermaßen gefesselt von der Beichte ihres Vaters, dass sie zwei-, dreimal vergaß, die Asche im Aschenbecher abzustreifen, die dann auf ihrem Bett zerstäubte.

Nachdem ihr alter Herr mit seinem Erzählen ans Ende gekommen war, trat wieder eine Pause ein, die ihm langsam unangenehm wurde, weil sein Kind auch so gar nichts sagte.

„Mathilde, ich habe ganz einfach Angst davor, dass du böse auf mich sein könntest, wenn ich nach so langer Zeit wieder einen Anlauf unternehmen sollte.“

„Weiß sie ... Also weiß Maria Hellweg, was du für sie empfindest?“

Ole schüttelte den Kopf. „Nein, vermutlich nicht.“

„Mein Gott, Paps! Dann redest du ja die ganze Zeit über ungelegte Eier. Obwohl ich natürlich verstehe, dass es auf die Dauer unerträglich ist, in der Vergangenheit zu leben. Und wohin das führen kann, das hast du mir ja ziemlich drastisch anhand des Beispiels dieser todunglücklichen Buchhändlerin vor Augen geführt. Die Arme! Erst verschwindet der Mann ihres Herzens, der fatalerweise nie ihre Liebe erwidert hat, und dann erfährt sie achtzehn Jahre später, dass er bereits genauso lange tot ist. Das ist schrecklich!"

Er hätte seinem Kind das alles eigentlich gar nicht erzählen dürfen. Aber wie hätte er ihr anders begreiflich machen sollen, wie ihm vorhin ganz unverhofft und aus heiterem Himmel seine eigene grauenhafte Zukunft vor Augen gestanden hatte? Zumal sie ihn ja auch bald verlassen würde, und dann hätte er, genau genommen, nur noch das Grab Marthas gehabt, zu dem ihn etwas hingezogen hätte. Aber das hatte er ihr selbstverständlich nicht gesagt, da sonst, er kannte seine Tochter, die Gefahr bestanden hätte, dass sie ihre Lebensplanung an ihn und seine missliche Lage angepasst hätte und womöglich in Flensburg bleiben würde. Und das wollte er auf gar keinen Fall! Mathilde sollte ihr nach Möglichkeit erfülltes Leben leben und nicht aus falscher Rücksichtnahme auf ihren Alten als alte Jungfer hier oben an der dänischen Grenze versauern.

„Ja, das ist es. Und weil ich nicht genauso wie dieses Mauerblümchen, das nie geblüht hat, enden will, bin ich zu dem Entschluss gekommen, dass sich in meinem Leben etwas von Grund auf ändern muss. Aber dafür benötige ich, jedenfalls in Hinsicht auf die Liebe, deine Zustimmung. Kannst du das verstehen?"

„Nein, Paps. Ehrlich gesagt kann ich das nicht. – Oder doch. Denn es bestätigt mich in meiner Meinung, dass du mich immer noch für ein Kind hältst. Aber das bin ich schon seit einiger Zeit nicht mehr, und in gut einem halben Jahr werde ich nach dem Abitur voraussichtlich zusammen mit Nicolai Flensburg verlassen, um in Berlin Psychologie zu studieren. Dann bist du wirklich allein. Und das will ich nicht. Verstehst du das?"

Ole nickte nur. Sie hatte über genau dasselbe wie er nachgedacht. Und ganz nebenbei hatte er erfahren, was seine Mathilde nach dem Schulabschluss mit ihrem Leben anfangen wollte. Sie redeten einfach zu selten miteinander. Auch das musste sich schleunigst ändern, sofern sein Beruf ihm die Zeit dazu lassen würde.

Ach was! wischte er ärgerlich diese abwegige Einschränkung zur Seite. Beruf, Beruf. Es gibt wichtigere Dinge als den Beruf!

„Also hast du nichts dagegen, wenn ich versuche, Maria Hellwegs Herz zu erobern?“ drückte er sich etwas unbeholfen und altertümlich aus.

„Ach Paps, ich freue mich doch, wenn du endlich einmal wieder einer Frau begegnest, die dich interessiert. Das wäre doch toll, wenn sie auch auf dich abführe! Meinen Segen hast du.“

15

Im Porticus war die Hölle los. Es war Samstagabend, und bis Weihnachten waren es nur noch knapp zwei Wochen. Die Ferien waren in Sichtweite, und entsprechend ausgelassen ging es an den Tischen, am Tresen und in den Gängen zu, die zumeist von Jugendlichen in Parkas bevölkert wurden, die in der einen Hand ein Flens und in der anderen einen Glimmstängel hielten. Aber auch ein paar ältere Semester hatten sich eingefunden, um, die Köpfe nah beieinander, ihre Gedanken oder was auch immer auszutauschen. Denn es wurde auch geküsst, und dieses Privileg war natürlich nicht allein der Jugend vorbehalten.

Mathilde hatte sich mit ihrem Liebsten Nicolai für heute Abend verabredet, und auch Holgi hatte Interesse signalisiert, den beiden Gesellschaft zu leisten. Sie hatten unter dem sitztechnischen Gesichtspunkt Glück gehabt. Denn als sie gegen 20.30 Uhr den Schuppen betreten hatten, hatte gerade eine Gruppe Jugendlicher den Ecktisch links vom Eingang geräumt, auf den sich die zwei dann gestürzt hatten. Keine zehn Minuten später war der junge Feddersen dazugestoßen, und man hatte sich mit dem ortsüblichen „Moin, moin, alles klaaa?“ begrüßt.

„Bring mal drei Halbe, Bernie!“ hatte der Freund Nicolais dem Kellner, der gerade mit einem Tablett in seiner Rechten an ihrem Tisch vorbeigehastet war, zugerufen. „Und, ach ja, für mich kannst du auch gleich noch einen Korn dazustellen.“ Dann hatte er sich eine Drum gedreht und dabei Nicolai mit einem schelmischen Grinsen fixiert.

„Mensch Alter, was macht denn dein Riechkolben? Man sieht gar nichts, von wegen dem Pflaster und so. Tut’s noch weh? Dem Bluterguss nach zu urteilen is die Sache ja noch nicht wirklich ausgestanden. Stimmt's, oder hab ich recht?"

„Sehr witzig", näselte der Lädierte. „Das tat höllisch weh, kann ich dir sagen, als der Scheißbulle mich mit seinem Schlagstock im Gesicht erwischt hat. Ich hatte das Gefühl, als ob mein Schädel platzen würde."

„Ja, und dann das viele Blut", schaltete sich Mathilde in das Gespräch ein. „Es war schrecklich, und ich dachte wahrhaftig, dieses Schwein hätte dich ..."

Sie senkte betreten ihren Blick, und es hätte nicht viel gefehlt, und die Hübsche hätte zu weinen begonnen. Denn in diesem Moment musste sie an ihre Freundin Andrea denken, die vor gut zwei Monaten auf so brutale Weise getötet worden war. So richtig hatte sie das noch nicht verwunden, und mit ihrem Nervenkostüm war es nach wie vor nicht zum Besten bestellt. Sie nestelte in der Innentasche ihres Parkas herum, wo sie die Prince Denmarks verstaut hatte. Es war Holgi, der ihr gleich anschließend ein brennendes Streichholz unter die Nase hielt, denn Nicolai hatte während der letzten Tage davon Abstand genommen, seine Nasenschleimhäute durch inhaliertes Nikotin, Teer und andere Schadstoffe noch zusätzlich zu belasten, und deswegen hatte er kein Feuerzeug dabei. Also rauchte er nur passiv mit, was zwar nicht dasselbe war, aber was sollte man machen?

„Danke Bernie. Und wo du schon da bist, mach mir mal gleich noch eins, wo ja auch nicht sicher is, wann du hier mal wieder vorbeikommst!" rief Holgi der sich bereits wieder entfernenden Tresenkraft hinterher.

Es stimmte, der Laden war mittlerweile rammelvoll, so dass nicht davon auszugehen war, dass in der nächsten Zeit der Kellner ihren Tisch wieder passieren würde. Aus den Boxen wummerte der *Bullfrog Blues* Rory Gallaghers.

„Haut wech die Scheiße", prostete Holgi seinen beiden Freunden zu.

„Entschuldigen Sie, aber dürfte ich Sie um eine Zigarette bitten?"

Nicht nur Mathilde, an die diese Frage gerichtet worden war, fuhr mit dem Kopf herum, sondern auch Holgi und Nicolai richteten ihren Blick auf die Tischnachbarin.

„Ich kann sie Ihnen auch bezahlen. Sagen wir zwanzig Pfennig? Es ist nur so voll hier, und ich habe keine Lust, mich jetzt Richtung Toilette zu quälen, bei den Menschenmassen."

Die Frau mit den dunkelblonden, schulterlangen Haaren und den Wärme ausstrahlenden braunen Augen, die etwa Anfang bis Mitte dreißig sein mochte, lächelte Mathilde freundlich an. Irgendwoher kannte die Schülerin sie, und auch Nicolai geriet ins Grübeln. Er war ihr bereits einmal begegnet ... Vor kurzem erst ... Aber natürlich! In der Diako. Die Ärztin, schoss es beiden gleichzeitig durch den Kopf.

„Ach, lassen Sie Ihr Geld ruhig stecken. Ich schenke sie Ihnen, kein Problem." Sprach's und hielt ihr die Packung hin.

Das war also die Frau, in die ihr Paps sich verliebt hatte. Mathilde konnte ihn verstehen. Diese Frau hatte etwas extrem Anziehendes an sich. Aber es war ihr peinlich, sich zu erkennen zu geben, und da die Freundliche ohnehin nicht zu wissen schien, wen sie vor sich hatte, ließ sie es bleiben. Komisch war nur, dass ihr Freund auch auf der Leitung zu stehen schien, und das, obwohl die Frau ihn verarztet hatte. Oder verstellte auch er sich? Welchen Grund hätte er haben sollen? Eine merkwürdige Situation!

„Oder möchten Sie, dass ich Ihnen eine Drum drehe? Ich kann das wirklich sehr gut. Ist ein Hobby von mir", mischte sich Holgi in die Verhandlungen ein. Denn die Frau sprach ihn auf Anhieb an, auch wenn sie vielleicht ein wenig zu alt für ihn war.

„Nein danke, ich nehme lieber eine Prince. Auf Gedrehte stehe ich nicht so, der Krümel wegen. Und vielen Dank", wandte sie sich wieder der Schülerin zu, „das ist zu lieb von Ihnen."

„Nichts zu danken", lächelte Mathilde zurück.

Dabei machte sie Anstalten, sich wieder ihrem Freund und Holger zuzuwenden. Doch dieses Vorgehen entsprach nicht den Vorstellungen, die sich der eine der beiden von dem weiteren Verlauf des Abends machte. Es galt, am Ball zu bleiben, und entsprechend ging er zu Werke, indem er der Frau, ganz Mann von Welt, ein brennendes Streichholz hinhielt. Die ließ sich nicht lange bitten, sondern beugte sich vor, ergriff das Handgelenk des Höflichen, damit die Flamme nicht zu sehr verwackelte, und brachte anschließend nicht nur die Prince zum Glühen. Denn auch Holgi glühte, jedenfalls innerlich. Das machte sich in den folgenden Minuten dadurch bemerkbar, dass er ohne Punkt und Komma die Rehäugige mit der tollen Figur volltextete. Dabei störte ihn auch nicht, dass sie sich in Begleitung einer anderen Frau befand, die fürs Erste genau wie die Einnehmende dazu verurteilt war, dem sturzbachartigen Gerede des Gymnasiasten zuhören zu müssen oder auch nicht. Denn die Unscheinbare schien ihren Gedanken nachzuhängen, die, schaute man genauer hin, eher zu der deprimierenden Sorte gehörten. Sie wirkte irgendwie entmutigt und erschöpft, wie jemand, der zu viel arbeitet und sich für was auch immer aufreibt. Viel Freude jedenfalls hatte die in ihrem Leben wohl eher nicht. Aber das war Holgi so was von egal, so er es denn überhaupt zur Kenntnis nahm. Er plapperte und plapperte, und die, der sein Plappern galt, schien sich über diese penetrante Aufdringlichkeit eines Pennälers köstlich zu amüsieren. Denn Mathilde und Nicolai, die die sich bietende Gelegenheit nutzten, sich auf ihre Art miteinander zu beschäftigen, indem sie sich umarmten und sich hin und wieder einen Kuss gaben, hörten, wie die Frau am Nachbartisch ab und an „ach wirklich?“ oder „was Sie nicht sagen“ einfließen ließ. Das klang in hohem Maße ironisch, was den jungen Feddersen aber nicht zu stören schien, sofern er den belustigten Unterton in der Stimme dieser ihn ungemein antörnenden Frau überhaupt wahrnahm.

„Ich würde jetzt doch gerne gehen, Maria“, meldete sich die verwelkte Begleitung der Ansprechenden zu Wort.

„Ja, du hast recht. Es tut mir leid, junger Mann“, wandte sie sich wieder Holgi zu, „Ihren ausgesprochen spannenden Ausführungen nicht weiter lauschen zu können. Aber morgen ist ein harter Tag, und deswegen müssen wir uns jetzt auf den Heimweg machen, so schade es ist.“

„Aber warum denn, Maria?“ preschte der Enthusiastische vor. „Und wo doch morgen Sonntag ist. Was kann an einem Feiertag groß anstrengend sein? Bitte bleib doch noch ein wenig. Wo es mir so extrem viel Spaß macht, mich mit dir zu unterhalten.“

Donnerwetter, ging es Mathilde durch den Kopf. Der legt sich aber ins Zeug. Und jetzt duzt er die Frau auch noch, die vom Alter her vermutlich seine Mutter sein könnte. Mut hat er ja, der Gute. Dabei ist er sowas von chancenlos!

„Freut mich, dass Ihnen das Reden Freude bereitet“, zwinkerte sie ihm zu. „Aber nein, so gerne ich ansonsten auch junge Leute um mich habe, es hilft nichts, ich muss jetzt aufbrechen.“

Indem sie dies sagte, machte sie Anstalten, sich zu erheben und ihren Mantel anzuziehen. Und ihre Begleitung tat es ihr gleich. Aber noch hatte Holger sein Pulver nicht verschossen. Denn er war aufgesprungen und hatte ihr etwas unbeholfen beim Anziehen zu helfen versucht.

„Kann ich dich wiedersehen? Wo wohnst du? Oder kann ich dich telefonisch erreichen?“

„Hör mal. Es schmeichelt mir ja in gewisser Hinsicht, dass ein Grünschnabel auf mich abfährt. Aber glaub mir, du und ich, daraus kann nichts werden, weil es ...“

„Ja ...?“ Holgi schaute sie mit einem breiten Grinsen an.

„Weil es ... nicht funktionieren würde.“

„Das ist eine Behauptung und keine Begründung“, legte er nach.

„Nein, das ist ein Faktum“, konterte sie, „und weil es so ist, gehe ich jetzt.“

Nach ein paar Sekunden waren sie und die andere im Gewühl verschwunden, um am Tresen ihre Rechnung zu begleichen. Im Vorbeigehen hatte sie Mathilde noch einmal freundlich und wissend zugelächelt und sich für die Zigarette bedankt.

„Was für eine Frau!“ Holgis Stimme klang abwesend, so, als ob er sich ganz woanders befände. „Und wisst ihr was? Die steht auf mich, keine Frage. Es war ihr bloß peinlich, das zuzugeben vor all den Menschen. Unter anderen Umständen wäre was aus uns beiden geworden. Ich bin mir da zu hundert Pro sicher. Oder wie seht ihr das?“ Der Blondschopf sah seine beiden Freunde erwartungsvoll an.

„Klaaa, Holgi. So isses, und keinen Deut anders“, schmunzelte Nicolai ihn an.

„Siehst du, ich wusste, dass du mich verstehst. Vielleicht war es ein Fehler, ihr nicht zu folgen? Das könnte doch immerhin sein. Soll ich nicht ...? Ich meine, noch ist Zeit.“

„Nee, lass mal, Alter. In Liebesdingen sollte man nichts forcieren. Das macht keinen guten Eindruck und wirkt alles andere als souverän. Möglicherweise läuft sie dir ja mal wieder über den Weg. Man begegnet sich schließlich immer zweimal im Leben. Und so groß ist Flensburg ja auch nicht."

„Du hast recht. Immer locker bleiben, und der Rest findet sich. Aber sagt mal: Hatte die Olle nich Klasse?"

„Ja, mein Freund, das hatte sie."

„Ein unglaublich heißer Feger, Alter hin oder her."

„Das war übrigens, und wenn du es wissen willst, die Ärztin, die Nico unlängst zusammengeflickt hat."

„Was du nicht sagst!"

Der Schüler Feddersen wirkte perplex. Diese Neuigkeit aus dem Mund von Mathilde schien ihn irgendwie zu verunsichern.

„Ja, und sie hat unglaublich sanfte Hände", legte Nicolai nach. „Weich wie Samt."

Aus den Boxen ertönte gerade *Gypsy Queen* von Uriah Heep.

Sie hatten sich in der Kurzen Straße getrennt. Ihre Kollegin wohnte Am Dammhof, während sie sich die Jürgentreppe hochquälen musste, um ihre Wohnung in der Brixstraße zu erreichen. Es war bitterkalt. Eine steife Brise wehte über die Innenförde. Sie beschleunigte ihren Schritt.

Das Jüngelchen gerade eben im Porticus war irgendwie süß gewesen. Und bei aller jugendlichen Dreistigkeit so unbeholfen. Aber nein, für derartige Eskapaden war sie inzwischen zu alt. Und außerdem war da ja auch der andere, der ihr nicht aus dem Kopf ging. Apropos der andere: Das Mädel aus der Kneipe eben war, das hatte sie sofort erkannt, seine Tochter gewesen, die, als sie ihn vor ein paar Tagen in der Diako kennengelernt hatte, in seiner Begleitung gewesen war. Und der mit dem Pflaster auf der Nase war der Schüler gewesen, den sie verarztet hatte. Komisch, dass auch er sie offenbar nicht erkannt hatte. Aber wahrscheinlich war er zu sehr mit sich selbst und seinen Schmerzen beschäftigt und folglich abgelenkt gewesen. Das konnte immerhin sein. Aber seine Tochter hatte, wenn sie sich recht erinnerte, so vielsagend gelächelt, als sie ihr die Zigarettenpackung gereicht hatte. Die Situation war zu merkwürdig gewesen!

Ein dunkler Schatten huschte über die linkerhand gelegene Häuserwand. Was war das? Sie bekam einen unglaublichen Schreck, und für einen Augenblick setzte ihr Atem aus. Sie blieb auf der halben Höhe der Treppe stehen und sah sich ganz langsam um. Vielleicht war ihr das Plappermaul ja doch gefolgt? Zuzutrauen wäre es ihm schon gewesen, denn Angst, sich bis auf die Knochen zu blamieren, schien er keine zu haben. Ungefähr dreißig Meter entfernt kauerte eine dunkle Gestalt an der Häuserwand und rührte sich nicht. Eine Gänsehaut lief ihr über den Rücken und richtete die Härchen ihrer Unterarme auf. Langsam setzte sie sich wieder in Bewegung. Aus den Augenwinkeln erkannte sie, dass das Etwas dort unten es ihr gleichtat. Tap, tap, tap. Schritte hallten durch die Nacht.

Sie spurtete los, indem sie immer zwei Stufen gleichzeitig nahm. Der hinter ihr passte sich an. Schon vernahm sie seinen schweren Atem. Oder war sie es, die keuchte?

Sie hatte den linken oberen Treppenabsatz erreicht. Die Ulmenstraße lag verwaist vor ihr. Jetzt ging es leichter. Die Steigung war überwunden. Außerdem war es nicht mehr weit bis in ihre Wohnung. Noch links um die Ecke da vorne und dann noch ein paar Meter in Richtung Buchenstraße, und schon war sie da.

Aber würde sie genügend Zeit haben, die Haustür aufzuschließen, bevor ihr Verfolger sie erreicht hätte? Hektisch begann sie, während sie weiterhastete, in der Seitentasche ihres Mantels nach ihrem Schlüsselbund zu tasten. Sie spürte das kalte Metall an ihren Fingerspitzen und griff zu. Vielleicht noch zwanzig Meter. Sie war fast da. Als sie mit zittrigen Fingern den Schlüssel Richtung Schloss bewegte, öffnete sich plötzlich die Tür. Sie fuhr zurück und stieß einen leichten Schrei aus. Dann fiel die Angst, die sie eben noch durch die Nacht getrieben hatte, von ihr ab. Vor ihr stand ihre Nachbarin Frau Brasel und lächelte sie freundlich an.

„Guten Abend! Na, meine Liebe, so spät noch unterwegs? Ich wollte gerade den Müll entsorgen. – Fehlt Ihnen etwas?“ stutze sie.

„Wie bitte? Ach nein. Jetzt ist alles in Ordnung. Auch ich wünsche Ihnen einen wunderschönen Abend. Sie glauben gar nicht, wie sehr ich mich freue, Sie zu treffen.“

Bevor sie in den Hausflur trat, schaute sie noch einmal in Richtung Goetheschule. Die Brixstraße lag verwaist da. Weit und breit war keine Menschenseele zu sehen.

16

In der Buchhandlung Rüffer herrschte ein reges Treiben. Im vorderen Verkaufsraum waren die zwei Tische, die sonst die Neuerscheinungen und die auf Flensburg und sein Umland bezugnehmende Literatur feilboten, entfernt und in die hinteren Räumlichkeiten verfrachtet worden, um so Platz zu schaffen für mehrere Stuhlreihen, die sich vom Eingangsbereich bis weit ins Innere des Raums erstreckten. Etwas jenseits der linkerhand gelegenen Kasse und keine drei Meter von den in die Kinderbuch- und Fremdsprachenabteilung führenden Stufen hatte der für den Romancier reservierte Tisch Platz gefunden, auf dem sich, abgesehen von einer Flasche Selters und einem Glas, ein Stapel von ungefähr zwanzig Exemplaren desjenigen Buches befand, aus dem sein Autor heute Abend etwas zu Gehör bringen wollte.

Menschen beiderlei Geschlechts und zumeist schon ein wenig vorgerückten Alters besetzten bereits etwa zwei Drittel der Stühle, als Ole Iwersen den Laden betrat. Er entrichtete seinen Obulus, der sich im Übrigen auf fünf Mark belief, einem pickel- und bleichgesichtigen Praktikanten gleich am Eingang und trat dann endgültig ein. Er fühlte sich unsicher, weil der Genuss abendlicher Kulturveranstaltungen nicht wirklich ganz oben auf seiner Agenda stand. Der Hauptkommissar bevorzugte normalerweise die rustikalere Variante. Die bestand abends hauptsächlich darin, vor dem Fernseher vor sich hin zu dösen oder gleich ganz einzunicken oder sich am Tresen einer Kneipe die nötige Bettschwere anzutrinken. Mehr war, ehrlich gesagt, schon seit Jahren nicht drin. Und das lag nicht nur daran, dass sein Beruf etwas anderes, niveauvolleres nicht zuließ, sondern hatte vor allem, wie so vieles in seinem Leben, mit dem Ableben seiner Frau zu tun. Denn zusammen mit seiner Liebe war er durchaus hin und wieder im Deutschen Haus gewesen, um sich ein Konzert anzuhören. Oder sie hatten sich ins Stadttheater begeben, wo Stücke von Schiller, Shakespeare oder Goethe gegeben worden waren. Und es hatte ihm Spaß gebracht, an der Seite seiner Frau diese fremden Welten aus Ton oder Wort auf sich wirken zu lassen, um danach, beispielsweise im am Nordermarkt gelegenen Börsenkeller, noch einen kleinen, spätabendlichen Imbiss nebst einem Glas Rotwein zu sich zu nehmen und sich dabei von Martha, die sich in ihrer Freizeit viel mit diesen Dingen zu schaffen gemacht hatte, diesen und jenen klanglichen oder dramentechnischen Zusammenhang erklären zu lassen. Nach ihrem plötzlichen Tod war das alles nicht etwa peu à peu eingeschlafen, sondern hatte von heute auf morgen schlagartig aufgehört. Hauptkommissar Ole Iwersen war seit geschlagenen acht Jahren auf keiner kulturell angehauchten Abendveranstaltung mehr gewesen. Das sah man ihm an.

Er wirkte verloren und wie ein Fremdkörper, wie er da links neben dem Eingang an dem Regal herumstand, auf der verzweifelten Suche nach irgendeiner sinnvollen Tätigkeit. Und weil ihm nichts anderes einfiel, griff er wahllos ein Buch aus dem reichhaltigen Angebot heraus und sah abwesenden Blickes auf den Roman in seinen Händen. Wie es der Zufall wollte, war es ausgerechnet ein Exemplar der *Verwelkten Träume*, aus denen ihr Autor, Manfred Laritz, in ungefähr zehn Minuten etwas zu Gehör bringen würde.

Iwersen drehte das gebundene und in Plastik gehüllte Buch, auf dessen vorderem Schutzumschlag in einem zwischen einem hellen Blau und einem blassen Gelb changierenden Pastellton eine im Dunst verschwimmende Küstenlandschaft zu sehen war, um. Auf der Rückseite strahlte einen der Autor durchaus zuversichtlich an, wenngleich diesem Lächeln ein tragischer, um nicht zu sagen desillusionierter Unterton beigemischt worden war. Handelte es sich um eine Collage? Oder war es tatsächlich möglich, auf eine derart doppel- bis dreifachbödige Weise zu grinsen? Wer in sein Lächeln derart widersprüchliche Gemütsregungen zu packen vermochte, der verstand es womöglich auch, diese disparate Gemengelage in Worte zu fassen.

Des Ermittlers Neugier begann sich zu regen. An die Stelle der Verlegenheit und Unsicherheit war von einem Augenblick zum nächsten die Gedankenversunkenheit wirklichen Interesses getreten. Er begann den Klappentext zu lesen. Donnerwetter! Sollten diese Sätze aus der Feder des Autors stammen und sollten sie ihre Fortsetzung zwischen den Buchdeckeln gefunden haben, dann würde es vermutlich keine Zeitverschwendung sein, dieses mitteldicke Buch von vielleicht dreihundert Seiten durchzulesen. Zumal die Thematik Iwersen ganz persönlich anging. In dem Roman wurde nämlich die Geschichte eines Menschen erzählt, der an den Anforderungen des Lebens deswegen zu zerbrechen drohte, weil seine Liebe aufgrund eines unheilbaren Gehirntumors in absehbarer Zeit sterben würde. Geboten wurde der, wie es hieß, tiefempfundene Konflikt zwischen der Einsicht ins Unabwendbare und dem verzweifelten Aufbegehren dagegen. Es ging um Zuwendung, Kränkung und Verwahrlosung, um Auflehnung und Mutlosigkeit, um Selbstverachtung und -entfremdung. Das alles klang extrem vielversprechend, wenngleich Iwersen sich nicht verhehlen konnte, dass derartige Dinge, sollte sich an ihnen ein Unberufener zu schaffen gemacht haben, vermutlich zum verlogenen Kitsch tendieren würden. Und wer so souverän vielschichtig grinste wie der gute Laritz, hatte vermutlich nicht einen blassen Schimmer und keine Ahnung davon, wie wirklicher Schmerz aussah. Weil er ihn noch nie erlebt hatte. Vielleicht spielte der nur mit solchen x-mal durchgehechelten Versatzstücken, weil das Sensibelchen sich nämlich auf eine unverwechselbare Art interessant machen wollte. Ole Iwersen würde den Schmöker erstehen, um sich Gewissheit zu verschaffen. Sein Entschluss stand fest.

„Sie hier?“

Er war auf eine derart intensive Weise abwesend gewesen, dass er im ersten Moment nach der unverhofften Störung nicht zu sagen vermochte, wo er sich befand und wer ihn soeben angesprochen hatte. Selbst als er den Blick erschreckt und wie ertappt hob, erkannte er zunächst lediglich, dass vor ihm eine Frau stand und ihn anstrahlte. Er kannte sie. Aber woher? – Das war unmöglich! Wie konnte es angehen, dass er die, an die er während der letzten Tage immer wieder gedacht hatte, nicht sofort wiedererkannt hatte? Was war nur los mit ihm? Setzte ihm das alles doch mehr zu, als er wahrhaben wollte? War er überhaupt noch gesellschafts- oder beziehungsfähig? Oder lag es an diesem ganz speziellen Ort, wo es ihn schon vorgestern – war es tatsächlich am Freitag gewesen? – übermannt hatte?

„Herr Iwersen, fehlt Ihnen etwas? Sie sehen gar nicht gut aus.“ Frau Hellwegs Stimme klang besorgt, und so sah sie auch aus. „Kommen Sie, setzen wir uns. Da vorne sind noch zwei Plätze frei.“

Indem sie dies sprach, hakte sie sich bei ihm ein. Er folgte ihr wie in Trance und war auf eine undefinierbare Weise erleichtert und dankbar dafür, dass jemand für ihn Entscheidungen traf, die er in diesem Moment nicht hätte alleine treffen können. Sie wirkte so souverän wie jemand, für den das Außergewöhnliche wie selbstverständlich zum Leben dazugehört. Allerdings fragte er sich, was eigentlich so unerhört an einem zufälligen Zusammentreffen an öffentlichem Ort war? Zumal ja auch er, was das anging, über einschlägige Erfahrungen verfügte, und zwar mehr als die meisten Zeitgenossen. Das brachte sein Beruf nun einmal so mit sich.

„Geht es Ihnen ein wenig besser?"

Sie schaute ihn von der Seite an mit diesem analytischen Blick, der Ärzten spätestens nach einem Jahr Berufserfahrung zur zweiten Natur wird. Auffälliges Verhalten, mochte es nun somatische oder psychische Ursachen haben, setzte etwas bei Mitgliedern dieses Berufsstandes in Gang, worüber sie scheinbar keine Kontrolle mehr hatten. Genau genommen exakt das Verhalten, das auch einen Kriminalbeamten wie ihn sofort als einen solchen entlarvte.

Er nickte nur und lächelte verlegen. Um sie herum wurde sozusagen hinter vorgehaltener Hand vermutlich über Literatur getuschelt. Die Anwesenden steckten ihre Köpfe zusammen und konversierten angelegentlich. Die Aufregung war zu spüren, die offenbar selbst solche Menschen kannten, die vermutlich mindestens einmal pro Woche kulturelle Events mit ihrer Gegenwart beehrten. Mann und Frau wollten sich schließlich keine Blöße geben.

„Meine Damen und Herren! Ich freue mich, Sie heute Abend hier begrüßen zu können."

Kurze Pause.

Ole Iwersen richtete seinen Blick nach vorne, dorthin, von wo die ein wenig zerbrechlich klingende Stimme einer Frau an sein Ohr drang. Glücklicherweise redete jemand anders, so dass er nicht mit seiner Nachbarin reden musste. Er hätte nicht gewusst worüber.

Der Hauptkommissar horchte auf. Die Stimme kam ihm bekannt vor. Tatsächlich, es war, womit er denn doch nicht gerechnet hatte, das Mauerblümchen Ina Fredesen, die das Entrée zelebrierte. Dass sie sich das zutraute, kam für den Ermittler ein wenig überraschend. Aber vermutlich fühlte sie sich deswegen aufgerufen, einleitende Worte zu formulieren, weil es sich in diesem speziellen Fall um einen ehemaligen Mitschüler handelte. Und sie war, was schwerer wog, nicht wiederzuerkennen im Vergleich zu vorgestern, als sie nur noch ein Häuflein Elend gewesen war.

„Vor allem aber bin ich deswegen besonders aufgeregt, weil unser heutiger Gast ein ehemaliger Mitschüler von mir ist. Ich sage das in aller Bescheidenheit. Wir haben vor so vielen Jahren gemeinsam die Schulbank im ehrwürdigen Alten Gymnasium gedrückt. Doch was für ein Unterschied! Was für eine unglaubliche Höhendifferenz“, machte sie sich jetzt wieder auf eine etwas zu aufdringliche und deswegen kokett wirkende Art klein.

Die Unscheinbare hielt kurz inne, vermutlich, weil sie das rechte Wort noch nicht gefunden hatte. Denn die Gute las nicht ab, sondern redete frei, was Iwersen ihr auch nicht unbedingt zugetraut hatte. Manche Menschen wuchsen in bestimmten Situationen über sich hinaus. Es war immer wieder erstaunlich.

Aus dem Augenwinkel nahm er wahr, wie sein Nachbar bei den letzten Worten aufmunternd mit dem Kopf zu nicken begonnen hatte. Jetzt erkannte er ihn. Es war der Bewunderer geistiger Größe und Genialität, der Deutsch- und Geschichtslehrer Doktor Heinrichsen, der sich auch eingefunden hatte. Was nicht weiter verwunderlich war bei seinem Faible fürs Extraordinäre, und wo er doch auf seine Weise auch daran beteiligt gewesen war und seinen bescheidenen Beitrag geleistet hatte, dass aus dem Schüler Laritz nicht nur im landläufigen Sinne etwas geworden war, sondern er sich zu einem Vorzeigeschriftsteller der deutschen Sprache gemausert hatte, auf den nicht nur er, sondern auch dessen Heimatstadt stolz sein konnte. Deswegen auch waren er und der Schulleiter des Alten Gymnasiums, Doktor Münster, übereingekommen, den Erfolgreichen telefonisch darum zu bitten, ganz sine pecunia versteht sich, etwas aus seinem neuesten Werk kommenden Sonntagabend zum Besten zu geben. Und der Sprachgewaltige hatte sich nicht lange bitten lassen, sondern hatte eingewilligt, sich an besagtem Abend in der Aula der Eliteschule, in der auch er einst ein Eleve gewesen war, einzufinden.

„Ich, die bemühte und leidlich belesene kleine Buchhändlerin ...“

Einige der anwesenden Damen und Herren schmunzelten bei diesen Worten, die kurz im Raum hingen, und wiegten die Köpfe auf eine Weise, die wohlwollende Skepsis ausdrücken sollte angesichts dieser unangebrachten und vollkommen überzogenen Bescheidenheit. Man schien sich zu kennen und zu schätzen.

„... er, der weltläufige Autor mit dem unglaublichen sprachlichen Fingerspitzengefühl, mit dem er seelischen Notlagen so gut wie anderen Gemütsverfassungen ihr bedrängendes Geheimnis zu entlocken vermag!“

Donnerwetter! dachte Iwersen. Dieser Satz stand wie in Stein gemeißelt. Hatte sie ihn auswendig gelernt? Oder war er Zeuge, wie jemand, von dem man es sich nie und nimmer versehen hatte, von der Muse geküsst wurde?

„Sein Name hat nicht bloß in Deutschland, nein, er hat in aller Welt einen guten Klang. Denn Manfred Laritz' Oeuvre ist in mehrere Sprachen übersetzt worden. Es ist nicht nur so gesehen Weltliteratur, sondern Literatur der und für die Welt.“

Das wurde ja immer besser! Ina Fredesen verstand sich auf Effekte. Und das konnte bedeuten, schoss es Iwersen durch den Kopf, dass sie ihn und Holgerson vorgestern gehörig hinters Licht geführt und auf den Arm genommen hatte. Er würde das überprüfen müssen. Die Lütte schien es ja faustdick hinter den Ohren zu haben. Beachtlich!

„Meine Damen und Herren, begrüßen Sie zusammen mit mir den Schriftsteller Manfred Laritz!“

Das war ganz großes Kino, was sich hier und heute auf dem Holm in dieser mittelgroßen Buchhandlung abspielte. Damit hatte der Hauptkommissar nicht gerechnet. Tusch und stürmischer Applaus. Die Hände aller Anwesenden rührten sich, und einige ganz Verwegene riefen sogar „Bravo“, obwohl der Literat nicht nur noch nichts vorgelesen hatte, sondern im dem Sinne noch nicht einmal zugegen war. Denn erst in dem Augenblick, als die Buchhändlerin seinen Namen genannt hatte, kam er die geschwungene Treppe hinunter mit einem Buch in seiner Rechten. Nicht zu langsam und nicht zu schnell. Er hob seine Arme, als er an den Tisch herantrat, sich leicht verneigte und mit seinem vielbödigen Lächeln die Massen beglückte. Dann ergriff er, nachdem er den Schmöker auf den Tisch gelegt hatte, mit beiden Händen diejenigen seiner ehemaligen Mitschülerin, die sich ihm schüchtern genähert hatte, wobei er sich ein wenig bücken musste, des doppelten Höhenunterschieds wegen. Sie strahlte ihn an und schien sich von ihm gar nicht mehr lösen zu wollen. Dann gab sie ihn aber doch frei, wies mit ihrer linken Hand in die Richtung des Tisches, klatschte noch einmal neckisch wie ein Teenager und setzte sich dann in die vorderste Reihe auf einen extra für sie freigehaltenen Stuhl.

Manfred Laritz war unterdes in sich gegangen, saß gesenkten Hauptes und regte sich nicht. Dann erhob er sein Gesicht und schaute mit seinem mehrdeutigen Lächeln in die Runde. Er erkannte seinen ehemaligen Lehrer und schmunzelte noch eine Spur intensiver, wobei er dezent in die Richtung des Pädagogen nickte, der sein Nicken würdig-streng erwiderte. Dann schlug er langsam das mit Zetteln gespickte Exemplar seines vor ihm liegenden Romans auf, blätterte kurz, schaute noch einmal auf und begann mit einer kräftigen und dennoch sanft klingenden Stimme zu lesen.

Als er an den Tisch herangetreten war, hatte Iwersen ihn gleich wiedererkannt. Er hatte sich im Grunde überhaupt nicht verändert. An Körperumfang hatte er natürlich ein wenig zugelegt. Aber das war normal und ergab sich mit zunehmendem Alter wie von selbst, dagegen war kein Kraut gewachsen. Und die Geheimratsecken hatten sich selbstredend auch zu bilden begonnen, was sich aber eher vorteilhaft ausnahm, jedenfalls dann, wenn man der jugendlichen Dynamik noch mit der Gediegenheit des erfahrenen Alters auf die Sprünge helfen wollte. Aber von diesen Kleinigkeiten abgesehen war Manfred Laritz ganz der alte Erfolgsmensch, der er bereits zu Schulzeiten gewesen war und als den ihn der Kommissar in Erinnerung hatte.

Nach einer knappen Stunde hatte das Spektakel ein Ende, und es wurden, nach einem kurzen Abspann durch die Fredesen, anschließend die obligatorischen Fragen an den Autor gerichtet. Beispielsweise und vor allem, woher er seine Ideen nehme, wann, also zu welcher Tageszeit und wo er schreibe, ob, wie Thomas Mann, nur vormittags und in geschlossenen Räumen oder, wie Marcel Proust oder Heinrich Heine, in der Matratzengruft und was dergleichen mehr war. Das Übliche eben, das allerdings so an den Mann gebracht sein wollte, dass der Kenner und Hobbyautor unschwer auszumachen war. Und der Profi beantwortete all diese Standardfragen, die schon unzählige Male gestellt worden waren, abgeklärt, leutselig, einfühlsam und verständnisvoll, wie es sich für jemanden gehörte, der durch sein Schreiben Zugang zu den Untiefen der menschlichen Seele gefunden hatte. Darüber hinaus natürlich auch, und das war nicht außer Acht zu lassen, weil eine derart ausgewogene Form der Selbstdarstellung ihren Teil dazu beitrug, dass die Verkaufszahlen nach Möglichkeit nicht stagnierten oder, eine mittlere Katastrophe, womöglich rückläufig waren. Aber weder die eine noch die andere Gefahr bestand ernsthaft, was man auch an diesem Abend daran sehen konnte, dass die auf dem Tisch platzierten Exemplare in Nullkommanichts handsigniert und verkauft waren, so dass aus dem Lager für Nachschub gesorgt werden musste. In der Folgezeit sah man Fräulein Fredesen mehr als einmal mit einem Stapel Bücher auf den Armen und Schweißperlen auf der Stirn treppauf, treppab hasten, stets freundlich lächelnd und weltgewandt. Dieser Abend schien für sie so etwas wie die Erfüllung ihrer kühnsten Träume zu sein. Denn so sah Glück aus und keinen Deut anders, wie Iwersen fand.

Auch er und Maria hatten sich an dem Tisch des Ausnahmemenschen eingefunden und ihr signiertes Exemplar im Austausch gegen 29.90 DM erstanden. Bei der Gelegenheit hatte es sich der Kriminalbeamte, nachdem er sich ausgewiesen hatte, nicht nehmen lassen, den schwer beschäftigten Autor kurz zur Seite zu nehmen, um ihn mit zwei, drei Details vertraut zu machen, die, auf welche Art auch immer, mit seiner Vergangenheit zu tun hatten, und zu deren Klärung er eventuell einen Beitrag leisten könne. Nicht hier und heute Abend, Gott bewahre! Aber doch recht gerne morgen im Laufe des Vormittags im Polizeipräsidium in Norderhofenden 1, Zimmer 223, wo er, Herr Laritz, ihn, Polizeihauptkommissar Iwersen, „sagen wir zwischen zehn und elf Uhr“ antreffen könne, wo dieses informelle Gespräch seine Fortsetzung finden könne.

Der Erfolgreiche, der den, der ihn gerade angesprochen hatte, ganz offenbar nicht wiedererkannte, holte, nachdem ihm dieser Vorschlag unterbreitet worden war, aus der Innentasche seines anthrazitfarbenen Jacketts sein Notizbuch hervor, blätterte kurz und bedeutete dem Beamten dann mit seinem vielsagenden Lächeln, dass er morgen mit ihm rechnen könne und dass er sich darum bemühen werde, pünktlich zu sein, was einem Literaten, intensivierte sich das Schmunzeln um eine Nuance, nicht immer ganz leicht falle.

„Und nun entschuldigen Sie mich, mein Herr. Ich muss mich um die anderen Interessenten an guter Literatur kümmern. Bis morgen dann.“

Sprach's, schüttelte Iwersen kurz, aber kräftig die Hand und wandte sich seinem ehemaligen Lehrer zu, der als Nächstes an der Reihe war. Im Weggehen sah der Ermittler noch aus dem Augenwinkel, wie der Pädagoge ihm einen missbilligenden Blick zuwarf. Das freilich kam nicht wirklich überraschend, jedenfalls nicht halb so überraschend wie die Tatsache, dass der Poet im Grunde genommen überhaupt keine Reaktion gezeigt und die Nachricht scheinbar ungerührt weggesteckt hatte, dass sein ehemaliger Freund, beziehungsweise was von ihm übriggeblieben war, nach achtzehn Jahren von einem Hund ausgebuddelt und keine halbe Woche später seine ehemalige Mitschülerin Emilie Losau bei Schausende gemeuchelt worden war. Wusste er das alles bereits? Hatte er das Tageblatt gelesen? Oder hatte ihn die Fredesen davon in Kenntnis gesetzt? Er musste das morgen früh unbedingt ansprechen!

„Herr Iwersen“, hörte er die ihn so ungemein ansprechende Stimme Maria Hellwegs in seinem Rücken. Er drehte sich langsam um, weil er Zeit gewinnen wollte, um sich auf die neue Situation einzustellen. Dieses Mal durfte er sich nicht so tölpelhaft anstellen, wie vorhin kurz vor Beginn der Lesung. Etwas möglichst Schlagfertiges und Geistreiches musste her, und etwas, das ihn für sie womöglich interessant machte. Er könnte sie ja zu einem Glas Wein einladen.

„Herr Iwersen, entschuldigen Sie bitte meine Aufdringlichkeit, aber haben Sie vielleicht noch ein wenig Zeit? Ich möchte Ihnen von einem Erlebnis erzählen, das mir gestern Abend zugestoßen ist. Aber nach Möglichkeit nicht hier in diesem Getümmel, sondern an einem Ort, wo es nicht ganz so hektisch zugeht. – Darf ich Sie also“, fuhr sie nach einer kurzen Pause fort, „zu einem Glas Wein, sagen wir im Börsenkeller einladen? Da ist um diese Zeit sonntagabends normalerweise nicht mehr so viel los. Außerdem habe ich auch ein klein wenig Hunger, und die Küche ist dort ganz passabel.“

Schon wieder hatte die Reizende das Ganze in eine Richtung gelenkt, die exakt seinen Vorstellungen entsprach. Darüber hinaus war er neugierig zu erfahren, was am gestrigen Abend passiert war. Nachher hatte es noch mit den laufenden Ermittlungen zu tun. Ole Iwersen begann sich ernsthaft Sorgen zu machen.

Sie schlenderten über den Holm und hielten auf die Große Straße zu. Beim Verlassen Rüffers hatte Iwersen noch gesehen, dass der Schüler von einst und sein Lehrer sich immer noch miteinander unterhielten, und das, obwohl es noch reichlich Anwärter auf des Autors Unterschrift in dem frisch erstandenen Exemplar seiner *Verwelkten Träume* gab. Sie schienen etwas Wichtiges miteinander zu bereden zu haben.

Die vorweihnachtlichen Lichterketten waren bereits, wie jedes Jahr, Mitte November über die Straßen der Innenstadt gespannt worden und sorgten für jene eigentümliche, unverwechselbare Atmosphäre, die Ole selbst noch als Erwachsener empfand. Es lag etwas von Versprechen in der Luft, von Geheimnis und Vorfreude. Weihnachten war in Sicht, und dieser Glanz, den die leuchtenden Girlanden aussandten, passte zu dem Glänzen der Kinderaugen, die ihre Nasen an die Scheiben von Schaberg oder anderen Läden pressten, in denen Spielzeug feilgeboten wurde. An den Fassaden und hinter den Fenstern von Hertie aber auch der kleineren Läden war ebenfalls ausgiebig der Jahreszeit gemäß geschmückt und ausstaffiert worden.

Er musste, fiel ihm im Gehen ein, noch das Armband für Mathilde besorgen, das ihm irgendwann im November in der Schmuckabteilung von Hertie in die Augen gefallen war. Warum er damals nicht sofort zugegriffen hatte, war ihm gleich darauf schleierhaft gewesen. Wenn es ganz dumm laufen sollte, war es inzwischen längst verkauft worden.

„Ist es nicht schön? – Ich meine diese Lichterketten und das Leuchten überall. Ich weiß, es klingt kitschig, aber es ist nun einmal so, dass ich in diesen Wochen vor Weihnachten beim Schlendern durch das abendliche Flensburg immer so etwas wie Glück empfinde."

Ole Iwersen nickte bloß. Seine Befangenheit nahm zu. Vielleicht sollte er auf den Vorfall von gestern Abend zu sprechen kommen, worin immer der bestanden haben mochte. Auf jeden Fall schien es etwas zu sein, was mit seinem Beruf zu tun hatte. Und das hätte bedeutet, dass seine Kompetenz gefragt war.

„Wie fanden Sie die Lesung? Ich meine, hat Sie das, was dieser Laritz zu Gehör gebracht hat, überzeugt?"

Diese Frage war eigentlich leicht zu beantworten. Denn, ehrlich gesagt, war Ole das Ganze doch auf eine anstrengende Art gewollt vorgekommen, so dass er es in Wahrheit jetzt schon bereute, den Schmöker erstanden zu haben. Er war, wenn er es sich recht überlegte, nur mit dem Strom geschwommen, zumal sich so die Gelegenheit geboten hatte, mit dem Erfolgsautor in Kontakt zu treten. Aber nein, dieser Roman schien so verlogen zu sein wie das vielschichtige Lächeln dieses Umschwärmten, er konnte sich nach den ersten Eindrücken nicht helfen. Und das sagte er dann auch nach einer kurzen Pause. Irgendwie war er es leid, dass seine Befangenheit ihn wie einen Pennäler handeln ließ, der seinem ersten Date nicht gewachsen ist.

Es stellte sich gleich anschließend heraus, dass das die genau richtige Entscheidung gewesen war. Denn nachdem er auf den aufgeblasenen Schnösel und sein absichtsvolles Geschreibsel, das ganz offensichtlich auf Wirkung erpicht war, geschimpft hatte, fing seine Begleitung an zu lachen. Er sah sie irritiert an, wobei er stehen blieb.

„Es freut mich zu hören, dass Sie auf den heißen Dampf dieser Koryphäe nicht hereingefallen sind. Ich bin zwar weiß Gott alles andere als eine Vielleserin, aber dass es ihm bei seinem Schreiben vor allem um sich, also darum geht, ein Gesamtkunstwerk zu komponieren, das ist, finde ich, unverkennbar und sollte noch dem Blödesten beikommen. So gesehen waren die, die ihn nach der Lesung umschwärmt haben, blöder als blöd, wir nicht ausgenommen", lächelte sie.

Der Abend war gerettet und hatte in diesem Augenblick erst so richtig begonnen. Gleich darauf waren sie in den Börsenkeller eingetreten, hatten sich links vom Eingang an den Fensterplatz gesetzt und kurze Zeit später ihre Bestellung aufgegeben. Beim Essen und Trinken hatten sie sich ganz zwanglos über ihre jeweiligen Lebensumstände unterhalten, so dass Iwersen erfahren hatte, was er wissen wollte. Dass Frau Hellweg in der Brixstraße lebte, dass sie nicht verheiratet und kinderlos war, und dass sie, was ihn ganz besonders freute, im Augenblick solo sei. Ein wenig allerdings irritierte ihn, dass sie ihm das überhaupt anvertraute. Wollte sie ihm damit vielleicht etwas zu verstehen geben? Ganz auszuschließen war es ja nicht. Und weil sie aus der momentanen Vakanz keinen Hehl gemacht hatte, war auch er so ehrlich gewesen, sie davon in Kenntnis zu setzen, dass aufgrund der Trauer um seine vor acht Jahren verstorbene Frau das Alleinsein für ihn zur zweiten Natur geworden sei. Aber zum Glück gebe es seine Tochter Mathilde, die aber voraussichtlich, und daran mochte er gar nicht denken, im Herbst des nächsten Jahres Flensburg verlassen werde, um zu studieren. Auf jeden Fall aber sei es für ihn ein außerordentlicher Abend allein deswegen, weil er seit Ewigkeiten nicht mehr mit einer Frau aus gewesen sei, und er, Ole, merke jetzt erst, was ihm entgangen sei. So gesehen habe er sich all die Jahre um ein wirkliches Leben betrogen.

Ganz zum Schluss, und als sie schon die Rechnung beglichen hatten – er hatte darauf bestanden, auch ihr Getränk und den kleinen Imbiss zu bezahlen –, war sie auf die Verfolgung vom vorigen Abend zu sprechen gekommen.

„Ich bin mir durchaus nicht sicher, ob wirklich Gefahr bestanden hat. Eventuell habe ich mich auch getäuscht und mich aufgrund der Dunkelheit in etwas hineingesteigert. Zumal zu dem Zeitpunkt, als ich dann vor meiner Haustür stand, weit und breit niemand zu sehen war. Dennoch, es war unheimlich, und ich hatte rasende Angst, obwohl ich sonst nicht so schreckhaft bin. – Wozu raten Sie als Fachmann mir?“ fuhr sie nach einer kurzen Pause fort.

„Die Frage ist doch“, versuchte Ole ihr, nachdem er kurz nachgedacht hatte, die möglichen Varianten zu erläutern, „ob es sich um ein vorsätzliches Auflauern gehandelt hat, oder ob der Zufall Sie zum falschen Zeitpunkt am falschen Ort sein ließ. Anders gesagt: Hatte der potentielle Täter es auf Sie persönlich abgesehen, oder war ihm die Identität seines möglichen Opfers schnuppe? Haben Sie Feinde, Maria? Will Ihnen jemand Böses?“

Er schaute ihr tief in die Augen. So nah wie in diesem Moment hatte er sich ihr den ganzen Abend über nicht gefühlt.

Sie erwiderte seinen Blick. Furcht war nicht zu erkennen. Vielleicht ein wenig Nachdenklichkeit. Vor allem aber Zuneigung.

„Nein, nicht dass ich wüsste. Fehler, die ich in meinem Beruf gemacht habe, und das lässt sich beim besten Willen nicht vermeiden, endeten für niemanden in der Katastrophe. Und auch sonst kenne ich keinen Menschen, der sich an mir, für was auch immer, rächen wollte. Bleiben also nur die Zufallsvariante oder die Selbsttäuschung. Wozu also raten Sie mir?“

„Ich rate Ihnen, in Zukunft dunkle Ecken zu meiden und lieber einen Umweg in Kauf zu nehmen. Darüber hinaus“, er lächelte, „werde ich Sie heute Abend nach Hause begleiten, wenn Sie erlauben. Es ist schon spät. Und es ist Ihnen nicht zuzumuten, dass Sie den riesengroßen Umweg über die Bismarckstraße nehmen. Und für den Fall, dass ich gerade nicht zur Hand bin, um Ihnen die Halunken vom Hals zu schaffen, rate ich Ihnen, nachts mit Ihrem Auto Ihre Wohnung anzusteuern, so Sie denn eins besitzen.“

Sie nickte.

„Das hätte dann allerdings den Nachteil, dass Sie sich rein alkoholtechnisch zurückhalten müssten, was auch wieder schade ist. Wie man’s macht, ist es falsch.“

„Ja, aber heute machen wir es richtig“, zwinkerte sie ihm zu. „Denn ich bin glücklicherweise zu Fuß hier.“

Als Ole sich von Maria Hellweg zwanzig Minuten später vor ihrer Wohnungstür verabschiedete, hatte es kurz zuvor leicht zu schneien begonnen. Er hatte sich bereits abgewandt, um den Weg zurück zur Westlichen Höhe in die Burgstraße anzutreten. Sie hielt ihn an seiner rechten Hand zurück und zog ihn sanft zu sich heran. Dann küsste sie ihn flüchtig auf den Mund und flüsterte ihm zu: „Komm gut nach Hause und schlaf gut. – Und“, ergänzte sie nach einer kurzen Pause, „pass auf die bösen Buben auf. Ich möchte nicht, dass dir etwas zustößt.“

„Sehen wir uns wieder?“

„Da fragst du?“

Dann war sie im Hauseingang verschwunden. Ole Iwersen aber fühlte sich so glücklich und beschwingt wie seit Jahren nicht mehr.

17

Am Montagmorgen lag endlich das gerichtsmedizinische Gutachten vor. So sah also Holmmeiers Rache für den Anpfiff bei Schausende aus. Der Heini hatte sich ausnahmsweise mal etwas Zeit gelassen, was in diesem speziellen Fall aber ohnehin mehr oder weniger belanglos war. Denn das Wenige, was auf den zwei Seiten vermerkt war, wusste Iwersen sowieso bereits, wo es doch offensichtlich gewesen war, dass Emilie Losau erschlagen worden war. Der von oben nach unten geführte Schlag mit einem vermutlich metallenen, stumpfen Gegenstand hatte sie am Stirnbein erwischt und einen Gehirnschädelbruch zur Folge gehabt. Wieder einmal. Der Täter blieb, wie es schien, seinen Neigungen auch nach so vielen Jahren treu. Als den Todeszeitpunkt gab das Gutachten Mittwochabend an: „Um und bei 17 Uhr, plus/minus eine halbe Stunde“, stand dort geschrieben. Dem Ganzen war die Zeichnung eines menschlichen Schädelknochens beigefügt, auf dem der genaue Treffpunkt markiert war, inklusive der am Tatort gemachten Fotos.

Ole Iwersen schob die Akte über den Tisch Holgerson zu, nachdem er sie flüchtig durchgeblättert hatte.

„So also sieht Holmmeiers Rache aus. Er lässt uns warten auf etwas, was wir längst wissen. Sonderlich einfallsreich ist das nicht.“

Nach einem kurzen Blick auf die Seiten hatte sich auch der andere Ermittler auf den aktuellen Erkenntnisstand gebracht.

„Er hat es offenbar nötig. Jeder wie er kann, und der Leichenfledderer baut halt auf diese Weise Frust ab.“

Iwersen schaute versonnen aus dem Fenster in Richtung Jürgensby. Der schlanke, dunkelgraue Turm der Sankt-Jürgen-Kirche ragte in einen blassblauen Himmel. Er dachte an den gestrigen Abend, an die Lesung bei Rüffer und an das anschließende Beisammensein mit Maria im Börsenkeller. Vor allem aber dachte er an den flüchtigen Kuss, den sie ihm kurz vor dem Abschied gegeben hatte. Das war der reine Wahnsinn gewesen, nach so langer Zeit mal wieder die Lippen einer Frau zu spüren. Außerdem klang das „da fragst du?“ nach, als er seinen Wunsch nach einem Wiedersehen geäußert hatte. Vor allem aber, sie hatten sich ganz zum Schluss geduzt! Allein das war wie ein Versprechen gewesen.

„Ach ja, Berthold, ehe ich's vergesse. Irgendwann heute Vormittag wird der Schriftsteller Laritz hier aufkreuzen. Ich habe gestern Abend seiner Lesung bei Rüffer beigewohnt. Und wissen Sie was? Es kam mir so vor, als ob er sowohl um den doppelten Leichenfund bei Solitüde als auch um die aktuelle Tote gewusst hat. Er zeigte absolut keine Reaktion, weder Überraschung noch Trauer. Rein gar nichts. Woher, frage ich Sie, soll er das gewusst haben, wo er doch in Hamburg lebt?"

„Vielleicht weilt er ja schon länger hier oben und hat es im Tageblatt gelesen? Oder die, wie hieß sie noch mal ...?"

„Von wem sprechen Sie?"

„Na, diese am Boden zerstörte Buchhändlerin."

„Ach so, Sie meinen die Fredesen."

„Genau. Möglicherweise hat sie es ihm gesteckt vor der Lesung. Das kann doch sein. Wie war's übrigens?"

„Wie war was?"

„Na, die Lesung."

„Fragen Sie nicht." Iwersen winkte mit seiner Rechten ab, als ob er ein lästiges Insekt verscheuchen wollte. „Und mit der Fredesen ist auch nicht alles ganz koscher."

„Sie meinen?"

„Na ja, die Lütte war gestern Abend wie ausgewechselt. Von Verzweiflung keine Spur. War die Weltläufigkeit in Person. Der war absolut nichts mehr von ihrer extremen Betroffenheit anzumerken. Eventuell hat sie uns ja ins Bockshorn gejagt mit ihrem Anfall."

„Aber selbst wenn. Was für ein Motiv soll sie dafür haben? Trauen Sie der, entschuldigen Sie, Mangelerscheinung etwa einen Dreifachmord zu? Die ist doch rein körperlich gar nicht dazu in der Lage, einem Menschen den Schädel zu spalten."

„Da haben Sie natürlich recht. Dennoch, bestehen bleibt, dass sie für den Mord Anno 1957 ein Motiv hatte. Die Eifersucht eines Menschen, der aber auch so was von chancenlos ist, hat schon manch einen bis zum Äußersten getrieben. Und falls der Schüler Asmussen sich damals zu allem Überfluss auch noch über sie lustig gemacht haben sollte, als sie ihm ihr Herz zu Füßen gelegt hatte, da rutscht einem schon mal die Hand aus, und man verliert die Nerven."

„Na ja, ich weiß nicht."

„Ich glaube ja auch nicht, dass die Kleine tätig geworden ist, weder damals noch heute. Trotzdem, ihr Verhalten am gestrigen Abend war äußerst merkwürdig, ich kann mir nicht helfen."

„Vielleicht weiß sie ja etwas."

„Sie meinen?" Iwersen schaute sein Gegenüber ratlos an.

„Ich meine, dass möglicherweise Erpressung im Spiel ist. Denn eins ist doch klar wie Kloßbrühe: Die Tote von Schausende hat deswegen vor der Zeit ihr Leben ausgehaucht, weil sie etwas gewusst hat. Und wo es einen Mitwisser gibt ..."

„Da gibt es oft auch zwei", ergänzte Iwersen den angefangenen Satz.

„Sie haben recht. – Aber das könnte bedeuten, dass auch die Fredesen in Lebensgefahr schwebt."

Oder Maria, fuhr es Iwersen durch den Kopf. Aber das sagte er nicht.

„Sieht ganz danach aus."

Die beiden Ermittler sahen sich vielsagend an. Der Fall schien eine neue Wendung zu nehmen.

„Ach ja, noch eins", ergriff der Hauptkommissar wieder die Initiative. „Der Doktor Heinrichsen, der damals in der Klasse von dem Asmussen Deutsch und Geschichte unterrichtet hat, gab sich gestern Abend auch die Ehre. Und er schien mit Laritz was Wichtiges zu besprechen zu haben. Ich wüsste zu gerne, was das gewesen ist. Mir kommt es fast so vor, als ob alle etwas wüssten."

„Ein Mordkomplott? Wollen Sie darauf hinaus, dass damals gleich mehrere an dem Doppelmord beteiligt gewesen sind und dass die Losau nach knapp zwanzig Jahren die Nerven verloren hat und deswegen ins Gras beißen musste? Na ja ..."

„Wir müssen sämtliche Möglichkeiten durchspielen, mein Bester. Es hilft ja nichts."

Es klopfte an der Tür. Gleich darauf stand Manfred Laritz im Raum, schüttelte erst dem einen und dann dem anderen der beiden Beamten kurz und herzlich die Hand, wünschte einen guten Morgen und nahm dann, wie selbstverständlich und ohne dass er ihm angeboten worden wäre, auf dem noch freien Stuhl Platz. Er führte sich auf wie jemand, der seine Stelle in der Welt gefunden hat und in der Gewissheit lebt, dass sich daran auch nichts mehr ändern wird.

Der Literat war natürlich, wie vorhergesagt, reichlich eine halbe Stunde zu spät gekommen. Als er eintrat, war es kurz nach halb zwölf. Aber das war hier und heute zu verschmerzen gewesen, weil Iwersen und Holgerson so die Gelegenheit gehabt und genutzt hatten, ihre Gedanken abzugleichen und zu sortieren.

„Herr Kommissar, ich bin zur Stelle. Spät, aber hoffentlich nicht zu spät. Ich hatte Sie vorgewarnt. Ein Mann in meiner Position hat Verpflichtungen und kann nicht immer so, wie er möchte. Sie kennen das. Was soll man machen? Es ist nun einmal an dem. Zumal es gestern Nacht relativ spät geworden ist. Die Freunde der ernsten Literatur möchten die Gelegenheit nicht ungenutzt verstreichen lassen, wenn ein Autor und ein Kind dieser Stadt sich einfindet, um zu lesen und zu sprechen. Da ist kein Kraut gegen gewachsen. Leider. Oder glücklicherweise. Je nachdem und wie man's nimmt. – Aber, nun gut. Haben Sie meine *Verwelkten Träume* schon zur Hand genommen? Darin ein wenig zu nächtlicher Stunde bei einem guten Glas Rotwein geschmökert? Nicht. Nun ja, das schadet nichts, und das kommt noch früh genug. Ich kann Ihnen versprechen, Sie werden auf Ihre Kosten kommen. – Verfügen Sie über mich. Womit kann ich Ihnen helfen?"

Der Erfolgreiche strahlte, wie nur Erfolgreiche strahlen können. Und so hatte er auch gesprochen. Das konnte ja heiter werden. Nur wussten weder Iwersen noch Holgerson, ob sie auf diese Heiterkeit standen.

„Erlauben Sie, dass ich rauche? Ein Klischee, ich weiß und bestreite es nicht. Aber es verhält sich nun einmal so, dass ich ohne einen Glimmstängel in der Physiognomie nur ein halber Mensch bin. Wenn überhaupt, haha! Ich benötige das Nikotin wie der Fisch das Wasser zum Atmen. Sonst kann ich nicht denken und bin ganz dumm."

Iwersen holte aus der Schreibtischschublade einen Aschenbecher hervor und schob ihn dem Schriftsteller zu. Er musste das Heft des Handelns ganz schnell in die Hände bekommen, und sei es auch nur, um zu verhindern, dass der Quasselkopp ihnen ein Geschwür ans Ohr laberte.

Der Romancier hatte unterdes eine Packung Gauloises bleu ohne Filter aus seiner Manteltasche hervorgeholt und sich die erste Zigarette angezündet. Es sollte nicht die letzte bleiben, denn während der nächsten knappen Stunde verzehrte er sage und schreibe acht Stück davon. Ja, er verzehrte oder verschlang sie, so konnte man es nennen. Denn er lechzte danach wie jemand, der kurz vor dem Verhungern oder Verdursten ist. Man bekam allein vom Zusehen Atemnot, zumal durch das Zimmer innerhalb kürzester Zeit dichte Rauchschwaden waberten. So hatte es nicht ausbleiben können, dass Holgerson irgendwann entnervt das Fenster aufgerissen hatte, auch wenn er keinen Bock hatte, sich wegen dieses Heinis zu verkühlen. Aber ersticken, das wollte er auch nicht.

„Also noch einmal, Herr Kommissar. Wie und womit kann ich Ihnen zu Diensten sein? Sie sehen mich überrascht, dass Sie mich hierhergebeten haben."

„Ach ja? Das überrascht nun wieder mich."

„Sie meinen? Ich verstehe Sie nicht."

Das sah man dem Kettenraucher an.

„Ich meine, dass an Ihrem Verhalten gleich mehrerlei merkwürdig oder zumindest auffällig ist. Nein, nein, nun lassen Sie mich mal ausreden. – Was wollte ich? Ach ja. Gestern Abend zum Beispiel teilte ich Ihnen mit, dass nach fast zwanzig Jahren die Leiche Ihres ehemaligen Freundes Axel Asmussen aufgetaucht ist. Und was geschieht? Nichts! Keine Reaktion. Weder Überraschung noch Trauer oder Entsetzen. Oder die andere Neuigkeit, die normalerweise dem wie auch immer davon betroffenen Menschen unter die Haut geht. Emilie Losau, eine ehemalige Mitschülerin von Ihnen, wurde brutal erschlagen. Und was fällt Ihnen dazu ein? Rein gar nichts. Allenfalls ein vielsagendes Lächeln. Können Sie mir mal vertelln, wie ich das einordnen soll? Das ist irgendwie merkwürdig, das müssen Sie zugeben." Iwersen schaute sein Gegenüber herausfordernd an.

„Ach, Herr Kommissar, da ist überhaupt nichts Rätselhaftes dabei", schmunzelte der Schmunzler.

„Ach nein?" fiel Holgerson ihm ins Wort.

„Nein. Denn", Laritz legte eine Kunstpause ein, „ich wusste das alles bereits."

„Und woher, wenn ich fragen darf?"

Iwersen lehnte sich über den Tisch und versuchte im Nebel, aus der Mimik des Autors etwas Brauchbares herauszufiltern, und sei es auch bloß, ob der Redegewandte gleich lügen würde.

„Auch ich lese Zeitung. Zum Morgenkaffee. Darin unterscheide ich mich nicht von dem Normalbürger, der sich nach dem Aufstehen orientieren will, wie er mit sich und dem Rest der Welt dran ist."

„Sie wollen also allen Ernstes behaupten, dass im Hamburger Abendblatt über einen Mord und einen Leichenfund in Flensburg berichtet worden ist? Erwarten Sie, dass ich Ihnen das glaube? Und was heißt glauben? Ich kann das jederzeit überprüfen." Iwersen schob seinen Körper noch etwas weiter vor.

„Überprüfen Sie, mein Bester, überprüfen Sie. Oder lassen Sie's bleiben, ganz wie es Ihnen gefällt. Denn es ist an dem, dass ich bereits seit ein paar Tagen in meiner Heimatstadt weile, und da ergibt es sich, dass einem das Tageblatt in die Hände fällt, ob man nun will oder nicht. Und da habe ich also gelesen ..."

„Bei wem sind Sie untergekommen?" unterbrach Holgerson.

„Ob Sie es glauben oder nicht, ich wohne bei meiner reizenden Schulkameradin Ina Fredesen, die so liebenswürdig gewesen ist, mir ein Zimmer ihrer Wohnung in der Waitzstraße anzubieten. Fragen Sie sie ruhig danach. Die treue Seele wird es Ihnen bestätigen."

„Das werden wir tun. Darauf können Sie sich verlassen." Holgersons Stimme klang streng.

„Kann ich sonst noch etwas für Sie tun? Ich habe eine Menge Verpflichtungen, und ich bitte, darauf Rücksicht zu nehmen."

Auch die Stimme von Laritz klang jetzt ein ganz klein wenig gereizt.

„Berührt Sie denn der Tod Ihrer ehemaligen Schulfreunde überhaupt nicht? Ich meine, sie sind brutal erschlagen worden, das steckt man doch nicht so einfach weg ..."

Iwersen war tatsächlich ratlos, obwohl es ihm peinlich war, sich vor dem Schönling eine Blöße zu geben.

„Ach, Herr Kommissar. Was soll ich sagen? Das ist alles schon so lange her, dass es überhaupt nicht mehr wahr ist. Damals, ja damals, da habe ich gelitten wie ein Hund. Mein bester Freund. Verschwunden. Von heute auf morgen perdu. Aber die Zeit heilt, wie man so sagt, Wunden, nicht wahr? Außerdem und Hand aufs Herz: Im Grunde genommen und ganz tief in meinem Innern habe ich bereits damals zumindest geahnt, dass mein Freund Axel nicht mehr unter uns weilt. Und das hat sich ja jetzt endlich bestätigt."

Das „endlich" ließ Iwersen aufhorchen. Wie meinte er das?

„Und folglich", fuhr Laritz fort, „ist Ruhe eingekehrt, die Ruhe, die demjenigen gebührt, der vor der Zeit von uns gegangen ist. Friede seiner Asche. – Und die andere, die es auch getroffen hat, die war mir schon damals eher fremd, und auf gar keinen Fall ein Mensch, der mir wirklich etwas bedeutet hätte. Die Losau ... Ja, wie soll ich es ausdrücken ...? Sie war ein guter Mensch und sonst nichts."

„Sonst nichts?" Iwersen starrte ihn fassungslos an. „Das klingt ja fast so, als ob es um sie nicht schade wäre. Wollten Sie das mit Ihrem Geschnacke eben andeuten?" platzte es aus ihm heraus.

„Gemach, gemach, Herr Kommissar. Sie haben da etwas in den ganz falschen Hals bekommen. Kein Grund zur Aufregung. Ich wollte damit lediglich zu verstehen geben, dass ich mich mehr an diejenigen halte und mich zu denjenigen hingezogen fühle, deren Leben nicht so geradlinig verläuft wie das des Normalsterblichen. Wo nichts ist, gibt es nichts zu entdecken, nicht wahr? Und ich bin ein passionierter Entdecker! Mein ganzes Schreiben ist nichts anderes als eine einzige große Entdeckungsfahrt durch die Untiefen der menschlichen Seele. Das werden Sie merken, wenn Sie meinen neuesten Roman gelesen haben werden. Und Sie werden verstehen, das verspreche ich Ihnen."

Laritz strahlte wieder, wie es seine Art war: vielsagend und tief. Und rauchte seine achte Zigarette.

„Und nun, meine Herren, muss ich mich, so leid es mir tut, verabschieden. Die Pflichten eines bekannten Autors rufen. Sollten Sie noch Fragen haben, Sie wissen ja, wo Sie mich für den Rest der Woche wenn nicht finden, so doch prinzipiell erreichen können. Denn es verhält sich so, dass ich noch ein wenig in der Stadt meiner Väter und Vorväter verweile, weil mich nämlich der gute Doktor Heinrichsen, mein ehemaliger Deutsch- und Geschichtslehrer, darum gebeten hat, kommenden Sonntagabend in der Aula des Alten Gymnasiums zu lesen. Ganz sine pecunia versteht sich. Eventuell haben Sie beiden ja Lust und Zeit, sich dort oben in der Stätte des Wissens einzufinden, um etwas für Ihre Bildung zu tun. Das kann nie schaden, nicht wahr?"

„Noch eine Frage, Herr Laritz. Wo waren Sie am Mittwochabend der letzten Woche zwischen 16 und 18 Uhr?"

Holgerson hatte es sich, anders als sein Vorgesetzter, der gerade dabei war, die Habachtstellung ein wenig zu lockern, auf seinem Stuhl bequem gemacht, indem er seine Hände hinter seinem nahezu kahlen Schädel gefaltet hatte. Er schien die Ruhe in Person zu sein, jemand, den nichts mehr überraschen konnte.

„Letzten Mittwoch?"

„Ja. Zwischen 16 und 18 Uhr", fasste Iwersen nach.

„Lassen Sie mich überlegen. Hm. Da war ich ... da war ich ... Nein, beim besten Willen, das kann ich Ihnen nicht sagen. Ist das schlimm? Und wieso wollen Sie das überhaupt wissen? Verdächtigen Sie mich etwa? Weswegen? Was, konkret, werfen Sie mir vor?"

Da war sie wieder, die Gereiztheit von vorhin.

„Nun ja, vorwerfen ... Das ist ein starkes Wort, Herr Laritz. Nein, so weit würde ich noch nicht gehen. Das sind eben so Fragen, die wir stellen müssen, wenn wir Verdächtige befragen ..."

Holgerson hatte bei den letzten Worten den Stuhl, auf dem er saß, noch ein wenig nach hinten gekippt. So sah Zufrieden- und Gelassenheit aus. Der Breite war durch nichts aus der Fassung zu bringen.

„Verdächtig?" kam es scharf zurück.

„Ja, verdächtig. Einer unter vielen."

„Und verdächtig wessen?"

„Na, nun stellen Sie sich mal nicht dümmer als die Polizei erlaubt, mein Lieber", meldete sich Iwersen wieder zu Wort. Jetzt schmunzelte er. „Verdächtig, Fräulein Emilie Losau ermordet zu haben."

„Das ist jetzt nicht Ihr Ernst. Warum sollte ich die Gute getötet haben, Herr Kommissar? Welches Motiv sollte ich dafür haben?"

„Das weiß ich nicht. Das werde ich herausfinden. Aber egal wie, vielleicht verstehen Sie jetzt, dass Sie sich selbst helfen würden, wenn

Sie uns sagen könnten, wo Sie sich am letzten Mittwochabend aufgehalten haben."

Aber das hatte der unverhofft in Bedrängnis geratene Schriftsteller beim besten Willen nicht gekonnt. Er hatte lediglich gemutmaßt, dass er sich wahrscheinlich zusammen mit Fräulein Fredesen in deren Wohnung aufgehalten habe, da er doch tags zuvor in Flensburg eingetroffen sei. Obwohl, korrigierte er sich, das entspräche nicht ganz der Wahrheit, denn der Tag seiner Ankunft sei natürlich der Montag gewesen. Die Herren von der Kripo brächten ihn ganz durcheinander, und wo er noch ganz betäubt sei von dem ungeheuren Verdacht, der, fasste er sich mit großer Geste an den Kopf, zu Ende gedacht ja bedeuten würde, dass er auch seinen besten Freund damals ...

„Ja, genau das würde es bedeuten", stimmte Holgerson dem überraschenderweise Überraschendes zutage Fördernden bei.

18

„Eine schwere Geburt, oder was sagen Sie, Berthold? Und ich bin ehrlich gesagt heilfroh, dass wir den Schwätzer endlich vom Hals haben!"

„Geht mir genauso. Aber abgesehen davon, dass dieser notorische Erfolgsmensch eine unglaubliche Nervensäge ist, was wissen wir jetzt genau? Was hat dieses Gespräch gebracht?"

„Nun, wir wissen, dass er weiß, was wir wissen", schmunzelte Ole Iwersen seinen Mitarbeiter an.

„Sie meinen, er wusste bereits um die Leichenfunde. Und er hat kein Alibi. Jedenfalls kann er sich nicht daran erinnern, wo er zu dem fraglichen Zeitpunkt gewesen ist. Also hat er eventuell doch eins."

„Wir wissen aber noch mehr beziehungsweise müssen überprüfen, ob wir das nur wissen sollen."

„Sie meinen, dass er seit Montag bei der Buchhändlerin untergekommen ist. Ich kläre das. Nach dem Mittagessen werde ich der Lütten mal einen Besuch abstatten und mich nach dem Wahrheitsgehalt dieser Behauptung erkundigen."

„Und wir wissen, dass er die Trauerarbeit schon längst hinter sich gebracht hat.“

„Wobei er das Hinscheiden der Krankenschwester als nicht sonderlich beklagenswert hingestellt hat, weil sie nicht über seinen seelischen Tiefgang verfügte. Der Mann hat Nerven, das muss der Neid ihm lassen.“

„Ach wissen Sie, mein lieber Holgerson, auf diese Nerven kann ich gut und gerne verzichten.“

Die Buchhändlerin hatte den beiden Beamten, Iwersen hatte Holgerson nach dem Essen dann doch begleitet, wo sie ohnehin vorhatten, dem um die Ecke in der Rathausstraße arbeitenden Bankkaufmann Günter Reusen einen Besuch abzustatten, bestätigt, dass Herr Laritz seit Montag bei ihr wohne. Darüber hinaus, und das war dann doch etwas sonderbar, hatte sie behauptet, und zwar ohne zuvor danach gefragt worden zu sein, dass ihr guter Schulfreund zusammen mit ihr den fraglichen Mittwochabend in ihrer Wohnung verbracht habe. Auf die Frage, wieso sie ihnen das erzähle, gab sie kund, dass ihr kurzfristiger Mitbewohner sich vorhin bei ihr eingefunden habe, um sich in heller Aufregung bei ihr danach zu erkundigen, ob sie ihm vielleicht sagen könne, wo er sich am letzten Mittwochabend aufgehalten habe. Denn er könne sich beim besten Willen nicht mehr daran erinnern. Die Polizei habe nämlich, wie er ihr atemlos zu verstehen gegeben hatte, ausgerechnet ihn, was sie nun überhaupt nicht verstehen könne, nach seinem Alibi gefragt. Nein, sie sei sich absolut sicher, mit dem „Verdächtigen, haha“, den besagten Spätnachmittag und Abend zusammen gewesen zu sein.

Es stellte sich allerdings bei Licht besehen die Frage, ob sie ihm oder nicht vielmehr sich selbst ein Alibi gegeben hatte, indem sie ihm eines gab? Oder hatten sich auf diese elegante Art beide eines gegeben, weil sie es nämlich bitter nötig hatten? Das waren die Fragen gewesen, die den beiden Ermittlern durch den Kopf gegangen waren, als sie sich verabschiedet und den Weg in die Rathausstraße in die Bankfiliale, die malerisch am Fuße des Museumsbergs neben dem vor kurzem eingeweihten Brunnen gelegen war, angetreten hatten.

Iwersen hatte den übergewichtigen Brillenträger sofort wiedererkannt, als sie an dessen Tisch herangetreten waren. Alles war akkurat geordnet, die Stifte lagen wie mit einem Lineal abgemessen in exaktem Abstand nebeneinander, und auch die sich stapelnden Akten waren derart genau aufeinandergelegt worden, dass es von der Senkrechten an keiner Stelle auch nur die leiseste Abweichung gab. Günter Reusen, der Fan der Logik und Denkschärfe, als den ihn der Kommissar in Erinnerung hatte, schien sich über die Jahre treu geblieben zu sein. Ordnung war mehr als nur das halbe Leben, und Unordnung entsprechend ein unentschuldbarer Lapsus, dem sich der extrem Kurzsichtige mit aller Macht entgegenstemmte.

Er hatte die beiden Ermittler, nachdem sie sich ausgewiesen hatten, gebeten, sich doch bitte zu setzen. Er müsse, bevor er sich ganz ihnen und ihrem Anliegen widmen könne, noch kurz eine Gewinn-Verlust-Rechnung durchkalkulieren, was aber allenfalls noch zehn Minuten in Anspruch nehmen werde. Ob die Herren von der Kriminalpolizei sich bis dahin vielleicht mit der Lektüre des gerade erschienenen und sehr zu empfehlenden Investment-Ratgebers die Zeit vertreiben wollten, weil der ihnen gegebenenfalls dabei behilflich sein könne, ihr vermutlich nicht eben üppig bemessenes Salär ein wenig nach oben zu korrigieren? Denn schwarze Zahlen zu schreiben, darauf komme es schließlich nicht allein im Bankgewerbe, sondern in jeder Lebenslage an, nicht wahr?

Da sich die Begeisterung der beiden Polizisten aber in erkennbaren Grenzen hielt, indem sie ein wenig übereifrig abwinkten, bestanden die nächsten Minuten für die Besucher darin, sich erkennbar zu langweilen, während der Finanzfachmann Zahlen notierte und dabei hin und wieder einen unlängst in Mode gekommenen Taschenrechner konsultierte. Iwersen und sein Begleiter schauten hier- und dorthin, fanden jedoch in dem lichtdurchfluteten Großraumbüro beim besten Willen nichts, was der Aufmerksamkeit wert gewesen wäre und ihnen entsprechend das Warten verkürzt hätte. Also sahen sie nach ein paar Minuten lediglich noch dem begeistert wirkenden Treiben des Zahlenjongleurs zu und wurden darüber etwas schläfrig.

„Meine Herren, womit kann ich Ihnen helfen? Was führt Sie zu mir? Obwohl ich mir schon denken ... Aber, na ja, ich will Ihnen nicht vorgreifen. Sie haben das Wort."

Iwersen und Holgerson fuhren aus ihrem Halbschlaf hoch und erröteten. Sie fühlten sich ertappt und mussten sich, was schwerer wog, zunächst einmal orientieren. Holgerson hatte sich als Erster gefasst und teilte dem sie interessiert durch seine Brille Fixierenden die nötigen Details mit. Danach trat wieder eine Pause ein, in der sich ihr Gegenüber zu besinnen schien. Er fixierte Iwersen auf eine derart intensive Art, dass der nervös auf seinem Stuhl hin und her zu rutschen begann.

„Herr Iwersen, nicht wahr", wandte sich der Bankkaufmann jetzt direkt an ihn. „Ich erinnere mich an Sie. Sie waren doch einer der beiden Jungpolizisten, die damals im Fall des Verschwindens meines Mitschülers ermittelt haben. Ich entsinne mich genau. Das Gespräch im Lehrerzimmer. Und Axels Leichnam ist nach so langer Zeit wieder aufgetaucht? Der Doppelfund gibt natürlich zu denken. Zu allem Überfluss jedoch hat es auch noch Emilie erwischt. Besteht ein Zusammenhang zwischen den Taten? Welchen Stellenwert hat meine Wenigkeit in diesem Szenario? Das sind Fragen, die Sie, ich sehe es Ihnen an, beschäftigen. Machen wir uns also an des Rätsels Lösung."

Der Übergewichtige schaute sie, die Souveränität in Person, herausfordernd an und zwar auf eine Weise, die den Verdacht nahelegte, dass gerade ein Rollentausch vorgenommen worden war. Wer war hier der Ermittler? Ein Außenstehender hätte sich vermutlich schwer geirrt, wenn er diese Frage spontan beantwortet hätte. Vor allem aber fiel auf, dass der Bankangestellte das Ganze für ein Rechenexempel zu halten schien, dem nur mit strenger Logik beizukommen war. Betroffenheit jedenfalls sah anders aus, und insofern wich seine Reaktion, wenngleich vielleicht anders motiviert, auch nicht groß von derjenigen des Literaten ab. Das Ableben zweier ehemaliger Freunde schien ihn, unter dem Gefühlsaspekt betrachtet, vollkommen kalt zu lassen. Hatte das etwas zu bedeuten? Oder hielt ein Logiker, dessen Domäne das folgerichtige Denken war, Gefühlsduselei für einen insgesamt eher schädlichen Überfluss, dem der Mensch sich nicht ohne Not ausliefern sollte?

„Woher wissen Sie eigentlich so genau, dass die eine der beiden Leichen Axel Asmussen ist? Ist denn das nach so langer Zeit noch zu eruieren?“

Holgerson klärte ihn über das angeknackste Steißbein auf und vergaß auch nicht zu erwähnen, dass es einen solchen Zufall ja wohl eher selten gebe, dass keine halbe Woche nach einem Leichenfund eine frühere Bekannte des Verblichenen ins Jenseits befördert werde.

„Ja, der Zufall, Herr Kommissar. Das ist so eine Sache. Denn, überlegen Sie, was ist der Zufall genau genommen und eigentlich?“

Der Blick des Bankangestellten hatte jetzt etwas Starres und Lauerndes. Der ganze Mann wirkte wie jemand, der auch nicht den kleinsten Fehler in der abzuliefernden Schlusskette zu dulden bereit ist. Jetzt hatten sie den Salat.

„Sie schweigen? Sind ratlos? Nun, dann lauschen Sie! Ich werde Ihre intellektuelle Vakanz ausfüllen, so gut ich es vermag ...“

„Herr Reusen“, schnellte Iwersen vor, „das mit dem Zufall muss fürs Erste auf sich beruhen bleiben. Glauben Sie uns, es ist mit hoher Wahrscheinlichkeit davon auszugehen, dass die Leichenfunde miteinander zu tun haben, zumal Emilie Losau damals Axel Asmussens Freundin gewesen ist. Was wir aber von Ihnen ...“

Weiter kam er nicht.

„Herr Iwersen, so war doch Ihr werter Name, nicht wahr? Sie und Ihr Kollege sind zu mir gekommen, weil Sie meine Hilfe benötigen. Und zwar weswegen? Nun, weil ich mindestens zwei der drei Toten gekannt habe, gesetzt den Fall, dass es sich um meinen ehemaligen Schulkameraden handelt. Ich kann Ihnen aber nur dann bei Ihrer Recherche behilflich sein, wenn Sie mich meines Amtes walten lassen, sprich, mir die Möglichkeit geben, mir auf meine Weise einen Vers auf die Vorkommnisse von vor achtzehn Jahren und von vor ein paar Tagen zu machen. Bitte bedenken Sie dies.“

„Nein, mein Herr, so geht das nicht!“

Es war wieder an Holgerson, den Redefluss des Logikers abzuwürgen. So viel Zeit hatten sie ganz einfach nicht, sich jetzt einen Schnellkurs in Wahrscheinlichkeitsrechnung anhören zu dürfen. Und er, Berthold, hatte auch, der Wahrheit die Ehre, überhaupt keine Lust dazu. Denn diese spezielle Art der Halb- oder Pseudo-Mathematik hatte er bereits auf dem Gymnasium nicht in seinen Kopf gekriegt. Und er hatte auch keinen Nachholbedarf.

„Zwar ist es natürlich erfreulich, wenn Sie sich so ins Zeug legen. Aber doch bitte so, dass wir hier die Fragen stellen und Sie sich, wenn es Ihnen möglich ist, darauf beschränken, kurze und klare Antworten zu geben. Können wir es so halten? Das wäre zu nett von Ihnen!"

Der eine Beleibte lächelte den anderen aufmunternd an. Der mit der Brille besann sich kurz, nickte verbindlich und zeigte sich in der Folge vergleichsweise kooperativ.

So erfuhren sie zum einen, dass er natürlich längst in der Zeitung davon erfahren habe, dass in Solitüde zwei Skelette entdeckt worden waren. Und er habe auch gelesen, dass Emilie Losau gewaltsam zu Tode gekommen sei. Deswegen habe es ihn auch nicht überrascht, dass ihn die Kriminalpolizei heute aufgesucht habe, um ihn zu befragen. Er habe, ehrlich gesagt, auf ihren Besuch gewartet und sich bereits gewundert, dass sich das so in die Länge gezogen habe. Wo man doch nur eins und eins beziehungsweise zwei und eins zusammenzählen müsse, um zu realisieren, dass er als ehemaliger Schulfreund der Ermordeten eventuell etwas zur Klärung dieses Falls beitragen könne.

„Ja, und? Können Sie?"

Der Typ war erneut ins Quasseln gekommen, so dass es höchste Zeit gewesen war, dem Gelaber wieder Halt und Ziel zu geben.

„Immer die Ruhe, Herr Iwersen. In der Ruhe liegt die Kraft. Was ich Sie fragen wollte: Haben Sie eigentlich schon die anderen damaligen Freunde Axels interviewt? Oder bin ich der Erste?"

Was sollte das nun wieder? Was lag daran? Iwersen war nicht bereit, sich auf dieses Gedöns einzulassen, das vermutlich nirgendwo hinführen würde.

„Das tut jetzt nichts zur Sache. Und Sie können mir glauben, wir verstehen unser Handwerk. Keine Sorge. Ich frage Sie jetzt dreierlei und möchte, dass Sie möglichst präzise antworten, Herr Reusen. Glauben Sie, Sie schaffen das?"

Der Blick des Kurzsichtigen hatte jetzt etwas Lauerndes. „Fragen Sie!" stieß er hervor.

„Also gut. Erste Frage: Hatten Sie noch Kontakt zu Emilie Losau?"

„Nein."

„Zweite Frage: Wo waren Sie am Mittwochabend, dem 8. Dezember dieses Jahres, zwischen 16 und 18 Uhr?“

„Bei mir zu Hause Am Ochsenmarkt“, war die prompte Antwort. „Mein freier Nachmittag, Sie verstehen?“

Wer es mit seiner Arbeit so genau nahm, hielt wahrscheinlich auch in seiner Freizeit Ordnung. Komisch war freilich, dass der Befragte sich gar nicht darüber zu wundern oder aufzuregen schien, dass man ihn nach seinem Alibi befragte. Hatte er auch damit gerechnet? Und warum? Hatte er sich etwa präpariert? Zumal er ja vorhin extra hervorgehoben hatte, dass er ihren Besuch längst erwartet hatte.

„Kann das jemand bestätigen?“ meldete sich Holgerson zu Wort, weil sein Chef in Gedanken verloren zu sein schien.

„Nein, ich lebe allein.“

Das überraschte nun wieder eher nicht.

„Können Sie sich ein Motiv vorstellen für den Mord an Ihren beiden Mitschülern?“ Iwersen zeigte wieder Präsenz.

„Das war jetzt aber die vierte Frage, Herr Kommissar.“

„Bitte?“

„Sie wollten mir drei Fragen stellen, Sie erinnern sich?“

„Das lassen Sie mal meine Sorge sein, Herr ...“

„Reusen.“

Die Selbstsicherheit von vorhin war wieder da. Man hatte den Schmollwinkel verlassen. Es war zum Aus-der-Haut-fahren! Der Mensch schaffte ihn, und er musste dringend raus hier.

„Also noch einmal: Warum könnte jemand diese beiden zeitlich so weit auseinander liegenden Verbrechen begangen haben? Fällt Ihnen dazu etwas Sachdienliches ein?“

„Ja.“

„Ja, und?“

„Na, das ist doch sowas von klar, Herr Kommissar. Da sollte doch ganz offenbar eine Mitwisserin beseitigt werden.“

„Und haben Sie eine Ahnung, was Emilie Losau gewusst haben könnte? Oder anders gefragt: Warum musste damals lediglich Axel Asmussen ins Gras beißen und nicht zum selben Zeitpunkt seine Ex? Oder kurz: Wie kann es sein, dass ein Mitwisser oder was auch immer erst nach achtzehn Jahren ins Jenseits befördert wird? Nun, wie ist es, haben Sie dazu eine Meinung?“

Donnerwetter, ging es Iwersen durch den Kopf. Das sind genau die Fragen, die wir beantworten müssen. Der Berthold überraschte ihn doch immer wieder.

Das sah auch der Befragte so. „Herr ... Holgerson, vielen Dank. Genau diese Fragen müssen Sie beantworten. Dann werden Sie vermutlich wissen, wer warum in welcher Reihenfolge mit diesem großen zeitlichen Abstand getötet hat.“

„Vielen Dank für Ihr Kompliment.“ Holgersons Stimme klang sarkastisch.

„Nichts zu danken. Ehre, wem Ehre gebührt. Allerdings ...“ Der Voluminöse hielt kurz inne. „Haben Sie sich eigentlich schon den Kopf darüber zerbrochen, was es mit dem zweiten Skelett auf sich hat? Wie passt das ins Bild? Noch ein Mitwisser, der wegen seiner Mitwisserschaft schon damals zur Rechenschaft gezogen worden ist? Merkwürdig ist das schon. Oder vielleicht war es ja auch ein Zeuge.“

Jetzt war der Fragenkatalog komplett. Und weil er dies war, und weil der auf der anderen Seite des Tisches einen nicht unerheblichen Anteil daran hatte, dass diese Fragen fein säuberlich und klar gegliedert im Raum standen, stellte sich eigentlich nur noch eine Frage: Verschwieg er ihnen etwas? Wusste der Bankkaufmann mehr, als er mitzuteilen bereit war? Iwersen fixierte ihn und versuchte verzweifelt, die Schwachstelle dieses Neunmalklugen, so es sie denn gab, durch die entscheidende Frage freizulegen.

„Haben Sie Axel Asmussen eigentlich gemocht?“ Iwersen schaute seinen Begleiter an. War das der richtige Weg? Man würde sehen.

„Gemocht?“

„Ja, gemocht.“

„Was bedeutet es, jemanden zu mögen? Landläufigerweise verbindet man damit die Vorstellung, dass man für einen Menschen da ist. Bedenken Sie aber, dass sich das als äußerst kontraproduktiv herausstellen könnte, wenn man nämlich zugrunde legt, dass man einem Freund nicht schaden möchte. Denn zeigt man immer Präsenz, besteht die Gefahr, ihn zu entmündigen ...“

Ole Iwersen hatte längst damit begonnen, sich aus dieser wort- und gestenreichen Ableitung gedanklich zu verabschieden. Zumal sie ihm bekannt vorkam. Wer hatte diese gedanklichen Qualspiralen noch einmal zum Besten gegeben? Aber natürlich! Das war vor langer, langer Zeit der Schüler Felbi oben im Alten Gym gewesen, der ihn und Dirk mit seinem Gelaber endgültig in die Flucht getrieben hatte. Merkwürdig war nur, dass diese Addition von Ausweglosigkeiten überhaupt nicht zu dem Freund klarer Ableitungen passen wollte. Hieß das, dass er und der Felbi sich noch trafen und sich anlässlich der aktuellen Ereignisse kurzgeschlossen hatten? Oder waren sie womöglich gemeinsam aktiv geworden? Aber warum? Vielleicht hatten sie dem Ausnahmemenschen seinen flächendeckenden Erfolg missgönnt? Weil sie nämlich der Meinung waren, der stünde vielmehr ihnen zu. Oder hatten sie das perfekte Verbrechen begehen wollen? Einem Logiker und einem Ästheten, der der Kulturfritze vom Tageblatt vermutlich sein würde, war alles zuzutrauen! Aber wie hätte nach so langer Zeit die Losau auf ihr dunkles Geheimnis gekommen sein können? Die Fragen wurden eher mehr als weniger.

„Sagen Sie, Herr Reusen, haben Sie eigentlich noch Kontakt zu Herbert Felbi?" unterbrach er den Redefluss des Dicken.

„Der arbeitet, soweit ich weiß, als Kulturredakteur beim Tageblatt."

War diese Feststellung eine Ausflucht? Wollte Reusen lediglich Zeit schinden, um sich seine Antwort zurechtzulegen und nichts Falsches zu sagen?

„Das beantwortet aber nicht meine Frage. Treffen Sie sich noch? Haben Sie noch Kontakt?"

„Nein."

„Wir werden das überprüfen."

„Tun Sie das, meine Herren. War's das jetzt? Kann ich mich wieder meiner Arbeit zuwenden?"

„Ob Sie es können, weiß ich nicht", schmunzelte Holgerson.

Der Brillenträger schien verwirrt.

„Und halten Sie sich bitte zu unserer Verfügung. Ich denke, da kommt noch was nach."

19

„Fassen wir doch mal zusammen, was wir wissen.“

Iwersen und sein Kollege hatten nach der Befragung des Bankkaufmanns beschlossen, sich bei einem Flens über den Fall zu unterhalten. Es war bereits dunkel gewesen, als sie die Bank verlassen hatten. Noch eine knappe Viertelstunde bis Dienstschluss, und da lohnte es sich ganz einfach nicht, sich ins Präsidium zu begeben. Also hatten sie sich darauf verständigt, im Börsenkeller ein kleines oder größeres Abendbrot zu sich zu nehmen und waren dabei ins Klönen gekommen.

Ole Iwersen hatte bei der Gelegenheit erfahren, dass die geschiedene Frau seines Kollegen in Berlin lebte. Auf die Frage, ob er Kinder habe, hatte Holgerson den Kopf geschüttelt und versonnen in den Raum geschaut. Nein, dazu sei es leider nicht mehr gekommen, obwohl er sich immer ein Kind gewünscht habe. Da er schon seit geraumer Zeit Single sei, spreche auch nichts dafür, dass sich daran in absehbarer Zeit etwas ändern würde.

„Aber Sie sind doch noch relativ jung“, hatte Iwersen ihm Mut zuzusprechen versucht. „Keine vierzig, wenn ich richtig informiert bin. Da bleibt doch noch Zeit.“

Ja, Zeit vielleicht. Aber man müsse ihn doch nur flüchtig anschauen um festzustellen, dass der Zug für ihn sowas von abgefahren sei. Frauen würden ihn doch längst nicht mehr wahrnehmen, jedenfalls nicht in dem Sinne.

Dazu war Iwersen nichts mehr eingefallen, und da er nicht heucheln oder leere und in der Regel bloß kränkende Trostformeln ableiern wollte, hatte er geschwiegen und darauf gewartet, dass der Einsame das ins Stocken geratene Gespräch fortsetzte. Und das hatte dieser dann auch gleich darauf getan, indem ausgerechnet er sich für sein devotes Verhalten zu Beginn seiner Arbeit hier oben meinte entschuldigen zu müssen.

„Das ist jetzt nicht Ihr Ernst, Berthold, dass **Sie** sich bei **mir** entschuldigen. Es ist an mir, Abbitte zu leisten, und das möchte ich bei dieser Gelegenheit denn auch endlich einmal tun. Es hat schon viel zu lange gedauert, und eigentlich ist es unentschuldbar. Und weil wir gerade dabei sind; ich heiße Ole, wie du weißt, und wie heißt du?

„Aber das … wissen Sie doch“, war die stockende Antwort gewesen.

„Freilich weiß ich das. Aber ich möchte es aus deinem Mund hören. Komm, Berthold, ich biete dir das Du an. Schlag ein.“

Er hatte seine Hand ausgestreckt, die Holgerson nach einem kurzen, irritierten Zögern ergriffen hatte. Dann hatten sich die beiden Beamten, die auf dem besten Weg waren, Freunde zu werden, zugeprostet.

Holgerson hatte ihm dann noch davon erzählt, dass er die robuste Art seines Vorgesetzten sogar gemocht habe, weil ihm nämlich Schleimer und Heuchler, die sich immer bloß verstellen, unerträglich seien. Und jetzt, da er wisse, wieso Iwersen hin und wieder zur Übellaunigkeit neige, habe das alles endgültig an Bedeutung verloren. Zumal er es, bei ähnlichen Voraussetzungen, sogar nachvollziehen könne, dass die Einsamkeit einen Menschen zu zerbrechen in der Lage sei.

Dann hatten sie wieder geschwiegen, bis Iwersen die auf den laufenden Fall bezügliche Frage gestellt hatte.

„Das ist alles andere als leicht zu beantworten. Wer kommt denn überhaupt als Täter in Frage? Da ist zunächst und vor allem der Literat. Und dann sind da die beiden anderen Ex-Schüler, der Bankkaufmann von eben und der Zeitungsfritze ...“

„... dem wir morgen mal auf den Zahn fühlen werden“, ergänzte Iwersen den angefangenen Satz.

„Genau. Darüber hinaus fallen mir noch die verwelkte Buchhändlerin und dieser Doktor vom Alten Gym ein, der die Klasse des Schülers Asmussen damals unterrichtete.“

„Sie ... Entschuldige. Ich meine, du sprichst von dem Doktor Heinrichsen, dem bekennenden Sozialdarwinisten?“

Holgerson nickte. „Habe ich jemanden vergessen?“

„Möglicherweise die Mutter des Schülers.“

„Du sprichst von der ollen Asmussen? Welches Motiv sollte sie haben, ihr eigenes Blut unter die Erde zu bringen? Und was ist mit der anderen Leiche?“

„Gemach, eins nach dem anderen. Wenn das die ernst zu nehmenden Verdächtigen sind, dann stellt sich jetzt die Frage nach dem Motiv.

Welches Motiv kann also die Mutter gehabt haben, ihren Liebling um die Ecke zu bringen?“

„Keine Ahnung. Es sei denn, sie hat ihn aus Liebe umgebracht. So was kommt vor. Ist allerdings in der Regel eher die Domäne verlassener Ehefrauen oder liebeskranker Freundinnen. Und die vergiften den Mann ihres Herzens und schlagen ihn nicht zu Brei.“

„Wie ist es, wenn die Gute genau das befürchtet hat: ihren Schatz an die Losau zu verlieren?“

„Aber dann hätte sie sich doch viel eher an die Freundin halten müssen. Nee, das ergibt, finde ich, keinen Sinn.“

„Gut, belassen wir's fürs Erste dabei. Weiter. Der Doc Heinrichsen. Was ist mit ihm? Hat der ein Motiv?“

„Das müsstest du mir beantworten. Den kenne ich zu wenig, als dass ich mir ein Urteil erlauben könnte. – Prost übrigens, das Bier wird sonst warm.“

Sie prosteten einander zu und bestellten, weil die Kellnerin gerade an ihrem Tisch vorbeikam, gleich noch zwei Halbe.

„Also, der gute Doktor mit seinem Hang zur vergeistigten Gewalttat und zur bedingungslosen Konkurrenz ... Eventuell ist er ein Opfer seiner gehobenen Ansprüche geworden.“

„Du meinst?“ Holgerson schaute ihn ratlos an.

„Ich meine, dass er es nicht ausgehalten hat, im Vergleich zu dem Jahrhundertgenie allenfalls ein unbedeutender Popel zu sein. Das männliche Schneewittchen, sozusagen.“

„Du spielst auf die männliche Königin und böse Stiefmama mit dem Spiegel an?“

„Genau auf die!“

Iwersen musste lachen. „Mein Gott, was sind das für hirnrissige Motive! Aber was sollen wir machen? Wenn der potentielle Täter so drauf ist, dann ist das Motiv danach. Und alle, die für die Morde in Frage kommen, sind so oder so ähnlich unterwegs. Oder wie siehst du das?“

„Du hast recht. Also weiter! Bankkaufmann Reusen. Was treibt den um?“

„Die Logik und das schlüssige Denken. Hast du übrigens bemerkt ... Quatsch, das konntest du ja nicht. Du bist ja nicht dabei gewesen, als ich ihn 1957 das erste Mal vernommen habe. Also Folgendes: Der hat ganz zum Schluss so zu quatschen angefangen wie der andere, den wir morgen konsultieren werden. Das war damals nämlich so einer, der sich nur im Konjunktiv aufhielt. Jedes Ja wurde um mindestens zwei Neins komplettiert, die selbstredend ohne drei Jas, die eher Vielleichts waren, nicht auskamen. Ein wandelndes Jein. Also kurz: Das war so ein ganz Skrupulöser, und ich weiß nicht, ob dir das auch aufgefallen ist, aber der Reusen hat kurz vor dem Ende der Befragung aus heiterem Himmel auch so ein bemühtes Gewürge von sich gegeben, das viel eher zu dem anderen passt, sofern er sich treu geblieben ist. Und das hat mir den Gedanken eingegeben, dass die beiden eventuell unter einer Decke stecken. Nachher haben sie gemeinsam getötet."

„Aber warum? Welches Motiv sollten ein Fan von Schlussketten und ein Denker haben?"

„Was weiß ich? Eventuell ein ähnliches wie der Doktor. Gekränkte Eitelkeit gepaart mit der fixen Idee, das perfekte Verbrechen zu begehen. Und bislang wäre ihnen das ja auch gelungen."

„Vernünftig klingt das alles nicht." Holgerson kratzte seinen kahlen Schädel.

„Nein, das tut es nicht. Aber seit wann handeln Mörder vernünftig?"

„Also gut. Bleibt noch der Jahrhundertautor Manfred Laritz. Was hätte ihn zum Totschläger werden lassen können? – Warte mal ..."

Holgerson stutzte, so dass Iwersen ihn neugierig ansah.

„Mir ist gerade etwas beigekommen. Es ist doch auffällig, dass die möglichen Motive einen gemeinsamen Nenner haben. Es geht immer um ..."

„Na klar, es geht um Konkurrenz!" Iwersen schlug sich gegen die Stirn.

„Genau! Die Mutter konkurriert mit der Freundin. Der Doktor mit der Genialität des Schülers. Und die anderen: dito. Denn der Laritz, der hat doch, so wie der gestrickt ist, nicht verwinden können, dass einer ihm über ist. Das schreit nach Nivellierung", schmunzelte er. „Die bereits damals vom Leben geschlagene Ina Fredesen schließlich hat es nicht verknusen können, dass die Losau sie damals bei ihrem Angebeteten, der sie womöglich zu allem Überfluss auch noch verhöhnt hat, als sie ihm ihr Herz zu Füßen gelegt hat, ausgestochen hat. So etwas wurmt und kann einen rotsehen lassen. Auch wenn einem die körperlichen Voraussetzungen eigentlich abgehen."

Die beiden Freunde saßen da, schauten sich an, nickten und schwiegen fürs Erste.

„So weit, so gut", ergriff der Hauptkommissar wieder die Initiative. „Lassen wir das jetzt mal so stehen. Aber was ist mit dem anderen Skelett? Wie passt das hierher? Ein Mitwisser? Ein Zeuge? Es ist schon ärgerlich, dass das alles so lange her ist. Denn ich befürchte, wir werden nie erfahren, um wen es sich bei der zweiten Solitüder Leiche gehandelt hat."

„Es sei denn, wir schnappen den Täter, und der erzählt uns dann, wen er warum außerdem gekillt hat."

„Halt, Berthold! Eins sollte uns zu denken geben."

Der Breite schaute seinen neuen Freund gespannt an.

„Die Leichen wurden nebeneinander verscharrt. Das deutet doch darauf hin, dass sie auch am selben Ort getötet worden sind. Denn wer tötet an unterschiedlichen Orten und folglich zu unterschiedlichen Zeiten zwei Menschen und verbuddelt sie dann in einem Loch? Das macht doch nicht einmal ein Serientäter oder ein gedungener Killer. Das ist doch viel zu gefährlich, einerseits des Transports wegen und andererseits, weil die Verbindung, die dann zwischen den Leichen auch im übertragenen Sinne besteht, eventuell in die Richtung des Täters weist."

„Vorausgesetzt natürlich, dass die beiden Tötungsdelikte ursächlich zusammenhängen. Und genau das bezweifle ich. Ich bin nach wie vor der Überzeugung, dass der Tod des Unbekannten nicht geplant war. Er war zur falschen Zeit am falschen Platz. Deswegen musste er sterben und kam neben dem Asmussen zu liegen."

„Das hieße aber, dass der Doppelmord damals in Solitüde verübt worden ist", führte Iwersen den Gedanken zu Ende.

„Genau das heißt es."

Wieder trat Stille ein. Beide Männer leerten ihr Glas.

„Und wie passt die tote Krankenschwester Emilie Losau in diesen Fall?"

„Tja, Berthold, das ist die Frage. Ich glaube ja nach wie vor, dass sie etwas herausgefunden hat, und dass das wiederum dem Mörder zu Ohren gekommen ist. Wie auch immer."

„Du meinst, sie hat ihn erpresst?"

„Nee, eher nicht. Nach dem, was mir die Ärztin, also Maria Hellweg", präzisierte Iwersen, wobei er kaum merklich errötete, „mitgeteilt hat, war Emilie Losau eine ganz zurückgezogen lebende junge Frau, die nie die Trennung von ihrem Axel verwunden hat."

„Obwohl sie es doch war, die sich getrennt hat."

„Exactement, Berthold, das hat sie. – Ich denke vielmehr, dass sie vor kurzem etwas entdeckt hat, das ihr ein Licht aufgesetzt hat, wer damals ihren Liebsten ..."

„Entschuldige, dass ich dich unterbreche. Aber warum ist sie damit nicht zu uns gekommen, sondern hat sich ausgerechnet an den Mörder gewandt? Sie hätte doch wissen müssen, dass der sie eventuell auf seine Abschussliste setzen würde."

„Das stimmt schon. Es sei denn, sie hat zu dem Zeitpunkt noch gar nicht gewusst, dass Axel Asmussen wieder aufgetaucht ist. Oder dass die Leiche von Solitüde ihre Jugendliebe gewesen ist."

„Das klingt überzeugend. – Nur, was mag die Gute entdeckt haben, was sie dann ihr Leben gekostet hat?"

„Hat eigentlich die Spurensicherung irgendetwas Verwertbares in ihrer Wohnung gefunden?"

Holgerson sah seinen Kollegen ungläubig an.

„Mensch, das haben wir ja ganz vergessen, uns danach zu erkundigen. Eine verdammte Schlamperei! Das müssen wir morgen früh gleich nachholen. Da liegt doch bestimmt längst was Schriftliches vor."

„Und die Alibis?"

„Du meinst für den Mord an der Krankenschwester?"

„Genau. Wie steht es damit?"

„Also, der Reusen war zur Tatzeit allein bei sich zu Hause. Der Laritz und die Fredesen geben sich wechselseitig ein Alibi, was auch nicht gerade überzeugend klingt, so wie die ihn verehrt. Die würde doch lügen, dass sich die Balken biegen. Hauptsache, ihr Held wird nicht von seinem Sockel gestoßen."

„Wo war eigentlich der Heinrichsen an dem Mittwochnachmittag, Berthold? Haben wir ihn danach gefragt? Ich kann mich beim besten Willen nicht mehr erinnern."

„Nein, Ole, soweit ich mich entsinne, haben wir das nicht. Auch da müssen wir noch mal nachhaken. Außerdem werden wir morgen den Kulturfritzen nach seinem Alibi fragen. Dann haben wir alles zusammen."

„So muck wi dat, Berthold. Aber nun lass uns mal bezahlen. Es ist spät geworden. Ach übrigens, du bist selbstredend mein Gast. Eine späte Entschädigung für mein schäbiges Verhalten im Spätherbst."

20

Am Dienstagmorgen war der Hauptkommissar gerade dabei, die Unterlagen zu sichten, als seine Sekretärin Helma Petersen ihm einen Anruf durchstellte. Es handle sich um die Ärztin von der Diako, die ihm etwas Wichtiges mitzuteilen habe.

Sofort bemächtigte sich seiner eine innere Unruhe. Was mochte die Frau, die es ihm so angetan hatte, von ihm wollen? Möglicherweise war wieder etwas Lebensbedrohliches vorgefallen. Oder wollte sie ihn etwa wiedersehen? Eigentlich wäre es ja an ihm gewesen, sich zu kümmern, schon gleich vor dem Hintergrund, dass sie vermutlich am Samstagabend kurz vor Erreichen ihrer Wohnung von einem Unbekannten verfolgt worden war. Nein, er hätte sie gestern Abend noch anrufen müssen, um sich zu vergewissern und um ihr zu zeigen, dass er sich Sorgen machte. Aber er hatte das, er wusste selbst nicht zu sagen warum, vergessen. Vermutlich hatte es daran gelegen, dass es relativ spät geworden war. Und außerdem hatten ihn die Überlegungen, die er zusammen mit Holgerson angestellt hatte, noch bis tief in die Nacht verfolgt und selbst im Schlaf nicht losgelassen.

Er hatte, wie er sich gleich nach dem Aufstehen erinnert hatte, geträumt, dass Günter Reusen – oder war es der Laritz gewesen? – sich zusammen mit dem Mauerblümchen Ina Fredesen auf dem Friedenshügel mit Spaten und Schaufeln an dem Grab seiner Martha zu schaffen gemacht hatte. Sie hatten wahrhaftig versucht, den Sarg freizulegen, und während sie ihr unseliges Werk verrichtet hatten, hatten sie sich wie die Kesselflicker gezankt. Ole, der dem Treiben hinter einem Busch seltsam passiv zugesehen hatte, hatte lediglich Wortfetzen aufgeschnappt. „Du hast sie nie geliebt", hatte die Fredesen gekeift, und der männliche Part hatte sich solcherart vernehmen lassen, dass er zunächst laut gelacht und der Zwergin dann auf den Kopf zugesagt hatte, dass sie ein Nichts sei, ein lächerlicher Bücherwurm, dem in seinem erbärmlichen Leben es noch nie jemand so richtig besorgt habe. Daraufhin hatte die Beleidigte zu flennen begonnen und mit ihrer Schaufel nach dem Literaten geworfen, der aber geistesgegenwärtig zur Seite gesprungen war. Das Lachen hatte einfach nicht aufhören wollen, und als Ole sich dann doch aus seinem Versteck begeben hatte, um die Grabschänder mit gezogener Pistole zu stellen, war er schweißnass aufgewacht. Das penetrante Lachen war in Wirklichkeit aus dem Radiowecker an sein Ohr gedrungen. Ein gutgelaunter Radiofritze hatte gerade verkündet, dass es zehn Tage vor Weihnachten langsam an der Zeit sei, sich um Geschenke für seine Lieben zu kümmern. Denn sonst würden aus Lieben ganz schnell Böse, „hahaha!"

„Hallo? Hier ist Maria."

Ihre Stimme klang ein wenig unsicher, vermutlich weil sie nicht wusste, ob man sie schon durchgestellt hatte.

„Ja, hallo. Hier ist Ole", meldete er sich ein wenig unbeholfen zu Wort. Denn wer wenn nicht er sollte an diesem Ende der Leitung sein.

„Guten Morgen! Wie geht es dir?"

„Das wollte ich gerade dich fragen. Ist womöglich wieder etwas Bedrohliches passiert?"

„Nein, nein. Keine Sorge. Darum geht es heute nicht."

„Sondern?"

Die alte Befangenheit war wieder da. Er kannte sie ja kaum. Ole fühlte sich überfordert. Entsprechend einsilbig fielen seine Wortbeiträge aus.

„Ich bin auf etwas gestoßen, was wichtig sein könnte."

„Ja?"

„Weißt du, darüber möchte ich nicht am Telefon reden. Hast du vielleicht heute Nachmittag Zeit, dich mit mir zu treffen? Zu einem

Spaziergang? Da könnte ich dir dann von meiner Entdeckung erzählen."

Ole ging bei sich kurz den voraussichtlichen Tagesablauf durch. Vormittags wollten Holgerson und er dem Zeitungsfritzen einen Besuch abstatten. Zuvor allerdings musste er herausfinden, ob die Spurensicherung in der Luisenstraße 13 etwas Verwertbares gefunden hatte. Mit etwas Glück war sowohl das eine wie das andere vor dem Mittagessen zu erledigen, so dass eigentlich nichts dagegen sprach, sich danach mit ihr zu treffen.

„Hallo? Bist du noch da?"

„Ja. Ich habe nur gerade überlegt, was ich heute noch alles zu erledigen habe. – Ist es dir recht, wenn ich dich um drei Uhr vor der Diako abhole? Wir könnten dann ja zum Ostsee-Bad fahren."

„Ich warte auf dich. Und Ole ..."

„Ja?"

„Du fehlst mir."

„Du mir auch."

Keine fünf Minuten nach dem Telefonat war Holgerson eingetroffen, und sie hatten sich zusammen daran gemacht, sich auf die Suche nach dem Bericht der Spurensicherung zu begeben. Ohne jeden Erfolg.

„Das kann doch unmöglich sein, dass da noch nichts vorliegt. Das ist eine verdammte Schlamperei!"

„Vielleicht weiß Helma ja, wo der Bericht hingekommen ist."

Holgerson öffnete die Verbindungstür und verschwand in dem Zimmer der Sekretärin. Eine Minute später stand er bereits wieder vor Iwersen, grinste ihn an und fächelte sich mit einem schmalen Ordner Luft zu. „Lag die ganze Zeit nebenan. Die Petersen hat's verschlampt. Komisch. Ist doch sonst nicht ihre Art."

Sie setzten sich nebeneinander an die Stirnseite des Tisches und überflogen die zwei Seiten, auf denen die von den Kollegen für auffällig befundenen Besonderheiten der Wohnung vermerkt waren. Einleitend stand zu lesen, dass die im zweiten Stock gelegene Zweizimmerwohnung in der Luisenstraße 13 picobello in Schuss gewesen sei. Ordnung pur und kein Staubkorn weit und breit. Es sei folglich problematisch gewesen, irgendetwas von Belang zu entdecken, denn wer so akkurat wohne, verstecke normalerweise nichts. Kein Geheimnis weit und breit. Und so habe man dann mehr oder weniger wahllos Dinge aufgelistet, die vielleicht ein wenig aus dem Rahmen fielen. Unter anderem, wie der zweiten Seite zu entnehmen war, ein paar handbeschriebene Seiten, die im Nachtschrank gelegen hatten, und die, soweit sie daraus klug geworden seien, wohl im weitesten Sinne Literatur beinhalteten. Aufmerksam seien sie unter anderem deswegen geworden, weil der Titel so sonderbar klinge: *Vor dem Winter*. Vor allem aber, weil darunter der Name Axel Asmussen stehe. Also hätten sie dieses Fragment eingesackt und ihrem Kurzbericht inklusive der obligatorischen Fotos der Räumlichkeiten beigelegt.

„Komm, Berthold, das sollten wir uns mal etwas genauer ansehen. Ein Toter meldet sich zu Wort. Das ist es doch, was uns gefehlt hat: eine Stimme aus der Vergangenheit. Womöglich sagt uns dieser Text etwas über das Mordmotiv."

Sie hatten wieder ihre Köpfe zusammengesteckt und zu lesen begonnen. Das war nicht ganz einfach gewesen, weil es sich um handschriftliche Zeilen handelte. Folglich hatte es etwas länger gedauert, bis sie sich durch die Seiten gearbeitet hatten. Danach hatten sie sich ratlos angeschaut und geschwiegen.

„Donnerwetter", hatte Holgerson die Initiative ergriffen, „nicht schlecht, alles was recht ist. Ich verstehe ja nichts von Literatur, aber schreiben, ja, das konnte der Asmussen. Alle Achtung! Und das in dem noch relativ jugendlichen Alter."

„Stimmt. Wobei wir natürlich nicht wissen, wann genau der Schlaumeier das zu Papier gebracht hat."

„Na ja, ich denke mal, dass man aus der Tatsache, dass diese Seiten sich im Besitz der Losau befunden haben, schließen kann, dass sie relativ zeitnah zu der Beziehung zwischen den beiden entstanden sein müssen."

„Sie ... Ich meine du hast recht."

Iwersen musste schmunzeln. Es war wie eigentlich immer nicht ganz leicht, sich vom Sie auf das Du umzustellen.

„Nur ... Hilft uns das jetzt weiter? Ich meine, dieser Ausschnitt bestätigt doch nur noch einmal das, was wir ohnehin bereits wussten: Axel Asmussen war ein ganz schlaues Kerlchen."

„Ich weiß ja auch nicht ... Trotzdem. Der Losau waren diese Seiten so wichtig, dass sie sie in ihrem Nachtschrank aufbewahrt hat. Und das könnte schon ein Hinweis sein, worauf auch immer.“

Die Tür öffnete sich. Helma Petersen stand im Rahmen und teilte den beiden Ermittlern mit, dass der Leiter der Bezirkskriminalinspektion Doktor Kallweit sie zu sprechen wünsche. Der Alte wolle sich auf den neuesten Stand in dieser leidigen Sache bringen lassen. Und zwar gestern.

„Bitte?“ entfuhr es den beiden Beamten gleichzeitig.

„Ich vermute mal, dass er damit zu verstehen geben will, dass die Informationsveranstaltung schon längst hätte über die Bühne gegangen sein müssen. Der Gute scheint sich ausgeschlossen zu fühlen.“

„Na gut, Berthold, dann lass uns das mal schleunigst hinter uns bringen. Obwohl es mir heute überhaupt nicht in den Kram passt, und wo wir doch noch dem Felbi einen Besuch abstatten wollen.“

Iwersen sah auf seine Armbanduhr. Es ging bereits auf halb zwölf zu. Erfahrungsgemäß dauerten die Sitzungen bei dem Alten immer etwas länger, so dass keine Aussicht bestand, vor dem Mittagessen damit zu Potte gekommen zu sein. Also mussten sie ihr Stelldichein beim Tageblatt auf den frühen Nachmittag verschieben. Und das konnte bedeuten, dass er nicht rechtzeitig oben an der Diako würde sein können. Ausgerechnet heute war ihrem Chef danach, sich zu informieren. Das Timing des alten Knaben war mal wieder voll daneben.

Sie hatten ihrem Chef von den Ergebnissen ihres gestrigen abendlichen Gesprächs erzählt. Der hatte dagesessen wie Buddha, regungslos, in sich gekehrt und hin und wieder bedeutungsvoll nickend. Um das Ganze abzukürzen, hatten sie dann bald eine kleine Notlüge eingebaut. Genauer gesagt, Iwersen hatte mal eben so behauptet, dass sie mit dem Kulturfritzen vom Tageblatt verabredet seien und dass der vermutlich langsam ungeduldig werde.

„Wer ist denn dieser ... Ich meine, was hat Herbert Felbi, danke, mit unserem Fall zu tun?“

Der Schuss war nach hinten losgegangen. Wie Lügen oder Halbwahrheiten über kurz oder lang eigentlich immer die Neigung verraten, ungeahnten Schaden anzurichten. In diesem speziellen Fall war es sogar kürzer als nur kurz gewesen. Also hatten sie dem Neugierigen auch hierauf Rede und Antwort stehen müssen, und folglich hatte es nicht ausbleiben können, dass sie eine geschlagene Stunde bei ihrem Vorgesetzten ihre Zeit verplempert hatten.

„Und nun, meine Herren, ans Werk. Werden Sie tätig, und schaffen Sie mir den Unhold herbei. Vor Weihnachten will ich den Fall in Sack und Tüten und vom Tisch haben. Ich zähle auf Sie", hatte er seine beiden Mitarbeiter angelächelt und sie dann hinauskomplimentiert. Er habe schließlich auch noch etwas anderes zu tun, als sich über die Sorgen und Nöte seiner Untergebenen den Kopf zu zerbrechen.

„Herr Iwersen, nicht wahr?"

Der Kulturredakteur des Tageblatts war sich über die Jahre treu geblieben. Jedenfalls in körperlicher Hinsicht. Ein drahtiger und durchtrainierter Mittdreißiger trat auf den Hauptkommissar zu und strahlte wie ein kleiner Junge, der zum ersten Mal in seinem Leben alleine auf der Toilette gewesen ist. Konnte das sein, dass er sich das Gesicht des Jungpolizisten gemerkt hatte? Und hatte Iwersen sich auch so gut wie gar nicht verändert seit damals? Oder hatte der von der Bank ihn angerufen und darüber in Kenntnis gesetzt, dass die Kriminalpolizei sich mit ihm in Verbindung setzen würde? Oder der Laritz? Funktionierte das schulische Netzwerk also noch? Waren die Buschtrommeln geschlagen worden?

„So ist es. Und das hier ist mein Mitarbeiter Inspektor Holgerson."

„Bitte setzen Sie sich. Was kann ich für Sie tun?"

Es war nicht leicht gewesen, die Sekretärin von Herbert Felbi von der Notwendigkeit zu überzeugen, ihren Chef hier und jetzt unbedingt sprechen zu müssen. Sie hatte, das Übliche, von einem Termin gesprochen, den Herr Felbi gerade wahrnehmen müsse, war aber bei ihrer Märchenstunde auf frischer Tat ertappt worden, denn just in diesem Moment hatte sich hinter ihr die Tür geöffnet und der eigentlich Unabkömmliche hatte im Rahmen gestanden und einigermaßen irritiert in die Runde geschaut. Auch ihm schien das Erscheinen der „Herren von der Kriminalpolizei", wie die Untergebene sich förmlich-steif ausdrückte, nicht in den Kram zu passen. Aber wo sie nun schon einmal da seien, hatte er sie hereingebeten und von einem Moment zum nächsten zu strahlen begonnen. Souveränes Auftreten gehörte zum Handwerkszeug, selbst oder gerade dann, wenn man sich verstellen musste.

„Sagen Sie", ergriff Holgerson die Initiative, „treffen Sie sich eigentlich noch mit Ihren alten Schulkameraden? Also mit Ina Fredesen, Manfred Laritz oder Günter Reusen?"

„Oder hatten Sie vor ihrem gewaltsamen Ableben Kontakt zu Emilie Losau?" ergänzte Iwersen die Namensliste.

Der beim Tageblatt für die Kultur Zuständige schwieg einen Moment, ließ die Fragen sacken und sah sie nacheinander bedeutungsvoll an. „Meine Herren. Der Wahrheit die Ehre. Herr Günter Reusen, der, wie Sie wissen, als Bankkaufmann tätig ist, hat mich auf Ihr Erscheinen vorbereitet. Heißt, er hat mich gestern angerufen und mir gesagt, dass Sie bei ihm auf der Arbeit gewesen sind. Dies vorneweg. – Nun zu Ihren Fragen. Nein, ich habe zu keinem meiner Mitschüler aus alten Zeiten noch Kontakt. Weder zu den Lebenden noch zu der Toten", schmunzelte er vielsagend. „Denn die Tatsache, dass mich gestern der grundgute Günter kontaktiert hat, kam überraschend, und wo ich doch seit wer weiß wie lange nichts mehr von ihm gehört habe. – Das ist der Wahrheit erster Teil."

„Und wie lautet der zweite?" nutzte Iwersen die kurze Pause.

„Der zweite Teil besteht darin, dass ich eben nicht ganz der Wahrheit gemäß geredet habe."

„Bitte?"

Holgerson schien perplex, und auch Iwersen schwante Böses. War der Schönling sich auch im Geiste treu geblieben, obwohl zunächst nichts darauf hingedeutet hatte?

„Lassen Sie es mich so ausdrücken: Mit einem der Namensträger habe ich wohl noch Kontakt. Obwohl, so ganz stimmt auch das nicht."

„Wie denn nun? Haben Sie Kontakt, oder haben Sie keinen? Und von wem sprechen Sie eigentlich, können Sie das meinem Kollegen und mir mal sagen?"

Iwersen war kurz davor, aus der Haut zu fahren. Und so hörte sich seine Stimme auch an.

„Nur die Ruhe, Herr Iwersen. Nur die Ruhe. Und wer wird denn gleich in die Luft gehen? Greife lieber zur HB. Apropos, gestatten Sie, dass ich rauche? Möchten Sie auch? Nein? Oder vielleicht doch? Ich bin so frei, wenn Sie erlauben."

Die beiden Ermittler winkten müde ab und warteten, bis die Nervensäge den Glimmstängel umständlich angezündet hatte.

„Was wollte ich ...? Ach ja. Ich rede natürlich von dem mittlerweile hochberühmten Autor Manfred Laritz. Von wem denn sonst? Das hätten Sie sich auch denken können, meine Herren, da Sie vor dem Kulturredakteur des Flensburger Tageblatts sitzen. Freilich, Kontakt in dem Sinne besteht recht eigentlich nicht. Wir telefonieren allenfalls hin und wieder miteinander. Aber getroffen habe ich das Ausnahmetalent vor ..., warten Sie, lassen Sie mich überlegen. Nein, ich kann es Ihnen beim besten Willen nicht sagen. Obwohl ich, hätte ich Zeit gehabt, mich letzten Sonntagabend bei Rüffer eingefunden hätte, wo er aus seinem neuen Roman *Verwelkte Träume* vorgelesen hat. Aber die Termine, immer diese Termine. Sie kennen das", lächelte er sie an.

„Ich fasse zusammen: Sie haben keinen unmittelbaren Kontakt zu Ihren ehemaligen Mitschülern und hatten auch keinen zu der ermordeten Emilie Losau. Ist das richtig?" Iwersen fixierte den Zeitungsmann.

„So ist es. Obwohl es natürlich außer dem persönlichen Kontakt den geistigen Austausch gibt, und den pflege ich angelegentlich."

„Was heißt das?" fuhr Holgerson ihm ins Wort.

„Das heißt und bedeutet, dass ich mich mit den schriftlichen Produkten der geistigen Arbeit meines ehemaligen Freundes Manfred Laritz intensivst auseinandersetze. Verstehen Sie das jetzt bitte nicht falsch. Ich analysiere nicht, seziere nicht mit scharfem Messer. Nein, so denn doch nicht. Auf diese grobschlächtige Weise darf man nicht an das geschriebene Wort eines Poeten herantreten. Es würde Schaden nehmen und unter dem Andrang des kalten Verstandes zerstäuben. Hier ist Fingerspitzengefühl gefragt, kongeniale Sensitivität, kurz: anteilnehmende Nähe. Obwohl auch hier äußerste Vorsicht geboten ist. Denn die Sache ist heikel, wie eigentlich alles in der Kunst. Ich rede von Kunst im allerweitesten Sinne. Denn ist die Anteilnahme zu groß, dann hapert es an der Distanz, die natürlich unverzichtbar ist, will man ein fundiertes Urteil ..."

„Warten Sie mal! Wo Sie gerade von fundierten Urteilen reden", unterbrach der Hauptkommissar den Redefluss und das Dozieren des ewig Abwägenden. „Ich möchte jetzt Folgendes von Ihnen wissen, und, bitte, halten Sie sich kurz. Haben Sie eine Vorstellung davon, warum Ihr ehemaliger Freund Axel Asmussen umgebracht worden ist?“

„Nein, das habe ich nicht“, lautete nach kurzem Bedenken die überraschenderweise tatsächlich extrem kurze Antwort. „Es sei denn, Sie halten es für ein Motiv, dass der gute Axel die Neigung hatte ... Wie soll ich sagen? Anderen die Luft zum Atmen zu nehmen. Ja, das trifft es ungefähr. Aber was heißt das schon? Genies dulden eben neben sich niemanden sonst, vor allem kein zweites Genie. Nehmen Sie beispielsweise Brahms und Bruckner oder Wagner und Nietzsche, oder ...“

„Zweite Frage.“ Holgerson war an der Reihe. „Wo waren Sie am letzten Mittwoch zwischen 16 und 18 Uhr?“

„Also, das ist jetzt schwierig ... Warten Sie, ich überlege.“

Iwersen und sein Begleiter schauten sich an und schüttelten langsam die Köpfe. Sie waren kurz davor, sich an dieselben zu greifen.

„Ich hab's“, meldete sich der Kulturkritiker wieder zu Wort.

„Da war ich, selbstredend, zu Hause bei meiner Familie, also bei meiner lieben Frau und meinen zwei Kindern. Am Mittwochabend haben wir doch immer Spieleabend. Dass ich das vergessen konnte. Eigentlich unentschuldbar. Haben Sie Kinder?“ strahlte er die beiden an.

„Das tut jetzt nichts zur Sache. Wir werden das im Übrigen überprüfen.“

„Tun Sie das, meine Herren. Denn jetzt mal im Ernst gefragt: Sie glauben doch nicht, dass ausgerechnet ich der gesuchte Mehrfachmörder bin? Welches Motiv sollte ich haben, etwas derart Schreckliches zu tun?“

„Nun, vielleicht sind ja auch Sie so ein Genie, dem die Luft dünn wird, wenn ein anderes aufkreuzt.“

„Sie meinen?“

„Ach nichts. Geschenkt.“

Iwersen winkte müde ab. Das Gewürge hier musste ein Ende haben, zumal ihm ein Blick auf die zwischen den mit Büchern vollgestopften Regalen hängende Wanduhr verriet, dass er bis zu seinem Date kaum noch eine halbe Stunde Zeit hatte.

Apropos Maria! Er hatte einen Einfall, und dem musste er nachgehen, auch auf die Gefahr hin, sich ein wenig zu verspäten.

„Sagen Sie, Herr Felbi, Sie wohnen doch in der Jürgensgaader Straße. Die Brixstraße ist doch gleich um die Ecke, nicht wahr?"

Der Angesprochene nickte bedächtig.

„Welchen Weg nehmen Sie eigentlich, wenn Sie sich auf den Heimweg machen?"

„Das kommt darauf an, wo ich mich davor aufgehalten habe, Herr Kommissar. Also nehmen wir mal an ..."

„Ich frage präziser: Gesetzt den Fall, Sie kommen direkt von der Arbeit, also aus der Nicolaistraße. Beschreiben Sie mir doch mal den Weg, den Sie dann nehmen."

Iwersens Stimme hatte etwas Lauerndes. Holgerson sah ihn irritiert von der Seite an. Was führte er im Schilde? Worauf wollte er hinaus?

„Wenn ich mit dem Auto unterwegs bin, dann ..."

„Nein, ich präzisiere: Sie sind zu Fuß. Also bitte!"

„Lassen Sie mich überlegen ..." Die Stirn des Sportlichen legte sich in Falten.

„Das kann doch nicht so schwer sein. Sie müssen den Weg doch bereits hunderte Male, ach, was rede ich, tausende und abertausende Male zurückgelegt haben." Iwersens Stimme bebte.

„Also gut. Ich weiß zwar nicht, wozu das gut sein soll, aber bitte: Ich überquere Süderhofenden, gehe durchs Mauseloch, wie der Volksmund sagt, und passiere anschließend die Augustastraße. Dann biege ich links in die Johannisstraße ein und folge ihr bis zur ... Wie heißt die noch mal?"

„Jürgentreppe."

„Richtig, so heißt die. Vielen Dank für die Hilfestellung, Herr Kommissar. Dann geht's bergauf und an ..."

„Vielen Dank, das reicht. Mehr wollte ich nicht wissen."

„Und wieso? Ich meine, warum haben Sie mich danach gefragt? Wofür ist das relevant?"

Herbert Felbi schien ratlos zu sein. Verstellte er sich?

„Sagen Sie, eine letzte Frage", ignorierte Iwersen die Frage seines Gegenübers. „Wo waren Sie am letzten Samstag, dem 11. Dezember, gegen 21.30 Uhr?“ Er durchbohrte den Kulturredakteur mit seinen Blicken.

„Samstagabend? Sie stellen Fragen. Da war ich ... Nein, das weiß ich beim besten Willen nicht mehr ... Obwohl. Ja, natürlich! Da war ich in einem Konzert im Deutschen Haus. Sie gaben Bruckner und Brahms. Symphonie Nr. 1 in C-moll. Opus 68. Klare Linienführung. Ein Werk der Spätklassik, wenn Sie mich fragen. Obwohl, wenn man es sich genau überlegt, auch frühromantische ...“

„Waren Sie alleine dort? Oder hat Ihre Frau Sie begleitet? Oder jemand anders?“

„Nein, ich musste mir den Ohrenschmaus allein anhören. Aber was heißt müssen?“

„Also allein. Gibt es dafür Zeugen? Sind Sie gesehen worden?“ Iwersen ließ nicht locker.

„Aber Herr Kommissar, woher soll ich das, bitte schön, wissen? Sie verlangen ein wenig viel, finden Sie nicht? Es waren Hunderte von Menschen da, nur leider, wie gesagt, meine liebe Frau nicht, da wir keinen Babysitter für den Abend auftreiben konnten. Obwohl das Wort Babysitter einen falschen Gedanken provozieren könnte, da meine beiden Kinder ja immerhin bereits ...“

„Haben Sie noch die Eintrittskarte?“ fasste Holgerson nach. Er hatte zwar keinen blassen Schimmer, worauf Iwersen hinauswollte. Dennoch, diese Frage musste gestellt werden. Sie gehörte zum Standardrepertoire einer sachgerecht durchgeführten, kompetenten Befragung.

„Nein, die habe ich bereits entsorgt. Tut mir leid.“

So sah er zwar nicht aus, aber das war jetzt egal. Denn Iwersen wusste nunmehr immerhin, dass der da vor ihm durchaus derjenige gewesen sein konnte, der Maria auf der Jürgentreppe verfolgt hatte. Und das teilte er Holgerson auch gleich mit, nachdem sie das Zeitungsgebäude verlassen hatten. Denn sein Begleiter hatte ihn verwundert gefragt, warum er den Sabbelkopp nach seinem Nachhauseweg befragt hatte. Und weswegen er hatte wissen wollen, wo er am Samstagabend gewesen sei.

Die Abschiedszeremonie davor hatte sich deswegen noch etwas in die Länge gezogen, weil der Kritiker es sich nicht hatte nehmen lassen, den beiden Ermittlern noch zwei seiner Rezensionen von Romanen des

Autors Laritz in die Hände zu drücken, die er aus einer Schreibtischschublade hervorgekramt hatte.

„Lesen Sie dies, meine Herren, dann werden Sie verstehen, warum ich glaube, dass mein Schulfreund ein wirklich großer Autor ist. Obwohl sein größtes Werk, meiner bescheidenen Meinung nach, immer noch sein Romanerstling *Späte Ernte* ist. Danach ist er etwas abgefallen. Es fehlt an Intensität. Und manches wirkt aufgesetzt und ein bisschen zu gewollt. Es gilt natürlich abzuwägen ...“

Irgendwann hatten die beiden Beamten auf den Hacken kehrtgemacht, ein kurzes „tschüss denn auch“ gemurmelt und sich sang- und klanglos verkrümelt. Und Iwersen hatte sich von Holgerson, nachdem er ihn über den Hintergrund seiner letzten Fragen aufgeklärt hatte, verabschiedet, indem er irgendwas von Geschenken gemurmelt hatte, die er heute Nachmittag noch einkaufen müsse. Sein neuer Freund musste ja nicht alles wissen.

21

Sie gingen nebeneinander her und hielten Händchen. Als sie zu ihm, er war dann doch noch fast pünktlich gewesen, in den Dienstwagen gestiegen war, hatte sie ihn flüchtig auf die Wange geküsst, wobei sie ihn kurz umarmt hatte. Dann hatte er Gas geben müssen, weil hinter ihm ein Busfahrer ungeduldig geworden war und zu hupen begonnen hatte. Sie hatte auf der der Diako gegenüberliegenden Straßenseite bei der Einbuchtung der Bushaltestelle Knuthstraße auf ihn gewartet.

Zwanzig Minuten später schlenderten sie bereits am Wasser entlang. Sie hatten den Weg vom Ostsee-Bad Richtung Wassersleben eingeschlagen. Nachdem sie etwa fünfzig Meter gegangen waren, war Maria stehen geblieben, hatte seine Hand genommen, ihn dabei angeschaut, genickt und sich dann wieder in Bewegung gesetzt.

„Ist das nicht ein toller Tag? Und diese Aussicht! Es ist nicht zu fassen, wie schön es hier unten ist. Findest du nicht auch?“

Er hatte genickt und seinen Blick auf die vor ihnen liegende Innenförde gerichtet, deren dunkles Wasser in einem breiten Streifen rotgelb schimmerte. Die Sonne stand tief über dem hügeligen Waldstück, das sich von Wassersleben bis Kollund erstreckt. Ein paar dunkle Wolken kamen von Norden her gezogen, wo man ganz hinten am Horizont, und wenn man sich hier auskannte, die Steilküste von Holnis erahnen konnte.

„Du wolltest mir doch etwas erzählen“, durchbrach er das Schweigen.

Sie schaute ihn von der Seite an. „Also gut. Mir ist zwar im Augenblick überhaupt nicht danach, über diese Dinge zu reden. Aber es hilft ja nichts, und dann haben wir es hinter uns. Und möglicherweise hilft es dir ja sogar bei deinen Ermittlungen. Es handelt sich um Folgendes ...“

Und dann erzählte sie ihm, dass sie am gestrigen Abend ein wenig in den *Verwelkten Träumen* geschmökert habe. Von Anfang an sei ihr an dem Buch etwas merkwürdig vorgekommen.

„Merkwürdig?“ hatte Iwersen sie unterbrochen.

„Ja, merkwürdig. Der Stil, den der Laritz in seinem neuen Roman benutzt, kommt mir so fremd vor.“

„Fremd?“ Er war ratlos und sah auch so aus.

„Du schaust so drein, wie ich rede, Ole. Vollkommen desorientiert.“ Sie blieb stehen und lachte ihn an. „Ich muss ein wenig ausholen, um dir begreiflich zu machen, was ich meine. Als ich vor ein paar Jahren den Erstling von Laritz gelesen habe, konnte ich gar nicht mehr aufhören damit. Das ist ein richtiger page turner, sage ich dir. Es war wie ein Sog. Ich hatte den Roman in einem Schwung innerhalb von drei bis vier Stunden durchgelesen. Nein, *Späte Ernte* ist ein ganz und gar unglaubliches Buch. Du musst es unbedingt lesen, und wenn du willst, leihe ich es dir aus. Sein neuer Roman allerdings, also die *Verwelkten Träume*, ist im Vergleich zu dem anderen eine Katastrophe. Ja, das ist das richtige Wort. Auch wenn es hart klingt. Fade Dialoge, kein bisschen psychologischer Tiefgang, aufgesetzt und affektiert, bemüht und gewollt. Das ist mein Eindruck. Es ist gerade so, als ob der Laritz sich mit diesem Geschreibsel in Szene setzen und interessant machen wollte. Worte, nichts als Worte. Erbärmlich!“

Bei dem letzten angewidert ausgespuckten Wort war sie wieder stehen geblieben und schaute ihn fassungslos an.

„Ist das nicht komisch, dass ein Autor so ... nachlassen kann, dass man ihn nicht wiedererkennt?“

„Vielleicht hatte er eine Schreibhemmung und hat nur deswegen etwas zu Papier gebracht, weil ihm der Verlag im Nacken saß“, sinnierte Iwersen.

„Das kann ich mir nicht vorstellen. Ein Autor mit einem derartigen Sprachgefühl würde sich nie eine solche Blöße geben. Sowas bleibt doch hängen. Nein, ich weiß nicht.“

„Interessant ist das schon, was du mir erzählst. Denn heute Nachmittag, kurz bevor wir uns getroffen haben, hatten mein Kollege und ich ein Gespräch mit dem Kulturredakteur vom Tageblatt, und der hat im Grunde genommen dasselbe wie du eben über den neuesten Roman seines ehemaligen Freundes gesagt. Vielleicht hat er sich nicht ganz so krass wie du ausgedrückt. Aber auch er war sichtlich irritiert, weil er die *Verwelkten Träume* vergleichsweise schwach fand.“

„Siehst du, ich stehe nicht allein da mit meiner Meinung. Trotzdem bleibt die Frage zu beantworten: Wie kann so etwas sein?“

„Vielleicht war sein erster Roman mit ... wie sagt man? Ja genau, mit Herzblut geschrieben. Etwas Persönliches, was ihm sehr nahegegangen ist, während dieser hier ihm eben nicht so zugesetzt hat. – Wie sind denn seine anderen Romane? Denn soweit ich weiß, hat er doch mehr als bloß die zwei publiziert.“

„Keine Ahnung. Ich kenne nur die *Späte Ernte* und die ersten paar Seiten der Neuerscheinung.“

„Möglicherweise entwickelt sich das Ganze ja noch und nimmt Fahrt auf. Du solltest erst einmal weiterlesen. Bücher sind doch am Anfang oft eher ein wenig fad. Jedenfalls ist das meine Erfahrung.“

Das war ein wenig hochgestapelt, denn Iwersen hätte in diesem Moment nicht zu sagen gewusst, wann er sein letztes Buch gelesen hatte. Vermutlich damals, als Martha noch gelebt hatte.

„Aber genau das trifft auf die *Späte Ernte* nicht zu. Du bist von der ersten Zeile an gefangen. Und wenn du die letzte Zeile in atemloser Spannung gelesen hast, lässt dich dieser Roman noch lange nicht los. – Möchtest du ihn nicht einmal lesen? Ich kann ihn dir ausleihen. Gleich nachher, wenn du mich nach Hause gebracht hast.“ Sie war wieder stehen geblieben und lächelte ihn schelmisch an. „Gesetzt den Fall natürlich, dass du das vorgehabt haben solltest. Oder hast du noch einen Termin?“

Nein, das hatte er nicht. Und er freute sich über dieses eindeutig zweideutige Angebot.

„Nein, keinen. Außerdem liegt mir sehr viel daran, dass dir nichts geschieht. Deswegen hätte ich dich ohnehin in die Brixstraße gefahren."

Zwei Menschen standen auf dem am Wasser entlang führenden geteerten Fußgänger- und Fahrradweg und umarmten und küssten sich. Es hatte zu dämmern begonnen. Der Abend war unmerklich zur Nacht geworden, als Ole Iwersen neben Maria Hellweg endlich eingeschlafen war. Der 1963 erschienene brillante Romanerstling von Manfred Laritz lag aufgeschlagen auf dem Wohnzimmertisch. Daneben standen zwei halbvolle Gläser Rotwein. Sie hatten sich, nachdem sie in der Brixstraße angekommen waren, weder auf das eine noch das andere konzentrieren können. Weil ihnen nämlich der Sinn nach etwas anderem gestanden hatte.

22

„Wir müssen uns noch einmal mit dem Laritz unterhalten." Holgerson schaute seinen Vorgesetzten verwundert an. Der hatte ihn, er hatte das Büro noch gar nicht richtig betreten, mit diesem Satz in Empfang genommen. Kein „moin, moin", kein „gut geschlafen", sondern gleich diese Neuigkeit, die ohne jede Begründung daherkam. Wusste der, der sich da sichtlich vergnügt mit übergeschlagenen Beinen an seinem Schreibtisch lümmelte, etwas, was er nicht wusste?

„Und warum müssen wir das?"

„Weil ich seit gestern Abend um einen Sachverhalt weiß, der zu denken gibt. Es besteht Klärungsbedarf, mein Guter, und deswegen kannst du deinen Mantel auch gleich anbehalten. Geit gliex los, dann machen wir uns auf den Weg in die Waitzstraße zu der Fredesen. Der Künstler im Manne wird ja wohl noch im Bett liegen zu dieser frühen Stunde."

Auf dem Weg zu der Wohnung der Buchhändlerin erzählte der Hauptkommissar seinem Mitarbeiter von dem auffälligen Qualitätsunterschied zwischen dem Romandebüt und den *Verwelkten Träumen*, auf den Maria Hellweg ihn aufmerksam gemacht hatte.

„Du hast dich gestern also noch mit der Hellweg getroffen. Darf man erfahren wieso?“

„Na ja ... Die Ärztin hatte mich angerufen, weil sie mir etwas Wichtiges mitzuteilen hatte.“

„Und warum sollte ich nicht dabei sein?“

Holgerson ließ nicht locker. Das war sein gutes Recht, denn Alleingänge waren in der Dienstordnung normalerweise nicht vorgesehen. Allerdings war sein Verhältnis zu der Ärztin seit spätestens gestern Nacht alles andere als normal, und das wollte er nicht an die große Glocke hängen. Zumal es sich ja auch nicht um eine Verdächtige handelte.

„Sollte, sollte ... Sie hatte ausdrücklich nach mir verlangt. Was sollte ich machen?“ stellte Iwersen sich dumm.

„Na gut. Lassen wir das mal so stehen. Ich verstehe nur nicht, inwiefern uns das weiterhelfen soll, dass der Laritz sich in seinen Romanen nicht an das von ihm selbst vorgegebene Niveau hält. Das ist schließlich kein Verbrechen.“

„Nein, das ist es nicht. Trotzdem, Maria ... Ich meine Frau Hellweg hat mich auf den Gedanken gebracht, dass in diesem Schreiberling eventuell ... wie soll ich sagen? Ja also, dass zwei Seelen in seiner Brust wohnen, und dass es da also noch etwas auszuloten oder zu entdecken gibt, von dem wir bislang noch nichts wissen. Weil der Knabe sich bisher immer so jovial gegeben hat. – Was ich sagen will: Wir müssen das Bürschchen aus der Reserve locken.“

„Na gut, probieren wir unser Glück.“

Holgerson schien nicht wirklich überzeugt zu sein. Vor allem in dem Moment, als er sich verplappert hatte, hatte sein Begleiter ihn aufmerksam angesehen mit diesem typischen Bullenblick. Er würde in Zukunft ein wenig vorsichtiger sein müssen.

Iwersen hatte recht gehabt. Der Literat hatte, so wie er aussah, soeben erst die Bettstatt verlassen und war, als sie an der Haustür unter Fredesen geklingelt hatten, gerade dabei gewesen, sich einen Kaffee aufzusetzen. Nach der etwas bemüht und steif ausgefallenen Begrüßung, die alles andere als weltmännisch gewesen war, woraus man entnehmen konnte, dass der Laritz ein Morgenmuffel war, hatte er die Herren gebeten, ihm in die Küche zu folgen, wo er mit dem obligatorischen morgendlichen Koffeingetränk versuche, die Geister der Nacht zu vertreiben. Er kam langsam wieder in Fahrt und war dabei, sein normales Niveau zu erreichen.

„Möchten Sie auch eine Tasse, meine Herren? Nicht? Nun gut. Was verschafft mir die Ehre Ihres einigermaßen frühen Besuchs? Man hilft, wo man kann."

„Sagen Sie, Herr Laritz ..."

Iwersen kramte umständlich die *Späte Ernte* aus seiner Manteltasche und legte das Buch auf den Küchentisch, an dem sie Platz genommen hatten.

„Donnerwetter, Herr Kommissar. Sie überraschen mich immer wieder. Haben Sie die *Verwelkten Träume* bereits durchgelesen? Und sind jetzt dabei, mein Romandebüt zu erkunden? Alle Achtung."

„Nein, nein und nicht so schnell mit den jungen Pferden. Das denn doch nicht. Bei aller Liebe zur Literatur. Und wo mich meine Arbeit doch ziemlich absorbiert, das können Sie mir glauben. Es geht vielmehr um Folgendes ..."

Und dann hatte er dem Autor, der sich inzwischen seine Morgenzigarette angezündet hatte, davon in Kenntnis gesetzt, dass ein Bekannter von ihm, der beide Bücher gelesen habe, seiner Verwunderung darüber Ausdruck verliehen habe, dass ein und derselbe Autor derart unterschiedliche Bücher zu schreiben in der Lage sei. Der Erstling extrem initiiert und die Neuerscheinung ausgesprochen schwach.

„Ja, schwach, das waren seine Worte, entschuldigen Sie. Ich kann mir da selbstverständlich kein Urteil erlauben und will Ihnen auf keinen Fall zu nahe treten, Gott bewahre. Nein, nichts liegt mir ferner als das. Dennoch und gerade deswegen: Es wäre nett von Ihnen, wenn Sie mir und meinem Kollegen erklären könnten, wie es zu diesem Höhenunterschied gekommen ist."

Die drei Männer sahen einander an. Zwei den Literaten, der Literat abwechselnd den einen und den anderen. Alle waren ernst. Verschlossene Gesichter. Keiner wollte sich verraten oder eine Blöße geben. Das Schweigen hielt an.

„Herr Kommissar, Sie sind ja ein ganz ein Schlauer", hellten sich Laritz' Gesichtszüge auf.

Da Iwersen eine abwehrende Handbewegung machte, die wohl ausdrücken sollte, dass er ganz und gar unbeteiligt und nur so etwas wie ein Sprachrohr sei, legte der, wie es zunächst den Anschein gehabt hatte, in die Enge Getriebene nach.

„Nein, nein! Ehre wem Ehre gebührt. Einen besseren Kritiker als Ihren ‚Freund'", machte er Anführungszeichen in die Luft, „kann ich mir ja gar nicht wünschen. Chapeau! Denn wissen Sie was? Das ist der Nervus rerum, wie der Japaner sagt, haha!"

Iwersen und Holgerson schauten sich an. Sie verstanden nur noch Bahnhof. Und so sahen sie auch aus.

„Aber begreifen Sie denn nicht? Genau darum ist es mir in meinen *Verwelkten Träumen* gegangen. Ein Stilexperiment. Und wie Experimente es so an sich haben, geraten sie möglicherweise etwas frostig und unauthentisch. Aber genau diese Stimmung wollte ich ja erzielen. Und Sie haben mir, bevor sich noch ein professioneller Kritiker oder Rezensent zu Wort gemeldet hat, recht gegeben und mich darin bestätigt, dass mir genau das gelungen ist, was ich mir in diesem Roman vorgenommen hatte. Sie sehen mich begeistert!"

Donnerwetter! Das hatte Klasse, was der Laritz ihnen da eben en passant serviert hatte. Iwersen konnte sich nicht helfen. Er spürte so etwas wie Respekt vor diesem Menschen. Aber entsprach es auch der Wahrheit? – Er steckte fest. Denn was sollte man darauf erwidern?

„Herr Laritz. Darf ich Ihnen noch eine andere Frage stellen?" Holgerson mischte sich ein.

„Bitte Herr ... Herr Holgerson, danke, fragen Sie."

„Der Leichenfund in Solitüde gibt uns nach wie vor Rätsel auf. Können Sie uns vielleicht sagen, was Ihren Freund damals in diese gottverlassene Gegend getrieben hat?"

Worauf wollte Holgerson hinaus? Iwersen schaute möglichst unauffällig in die Richtung seines Mitarbeiters. Was führte er im Schilde?

„Wissen Sie, was die Wortbedeutung von Solitüde ist? Nicht? Nun, dann will ich es Ihnen sagen. Solitüde leitet sich aus dem Lateinischen ab. Solitudo, solitudinis. Einsamkeit, Zurückgezogenheit, Einöde."

Die gute Laune des Schlaumeiers war in stetem Zunehmen begriffen. Das sah man. Hier fühlte sich einer wohl.

„Ja, und? Ich verstehe nicht ..."

„Weil Sie Axel nicht gekannt haben. Wahre Größe ist per se einsam. Und was sagt uns das? Na? Kommen Sie drauf?"

„Dass er sich deswegen an einen Ort begeben haben könnte, der nicht nur einsam ist, sondern auch noch so heißt?"

„Bingo! Er hat es. Begreifen Sie denn nicht? Das Schicksal hat zugeschlagen. Egal, ob die beiden Männer nun dort hinten erschlagen worden sind oder nicht. Egal auch, ob sie dort bloß verbuddelt worden sind. Entscheidend ist das Vielsagende dieses Ortes."

„Sagen Sie, Herr Laritz ..." Holgersons Stimme hatte plötzlich einen bedrohlichen Unterton.

Iwersen spürte, wie angespannt sein neuer Freund plötzlich war. Hatte er etwas begriffen? Und was konnte das sein? Was war ihm entgangen? Aber natürlich! Fast hätte er sich an den Kopf gegriffen.

„Woher wissen Sie eigentlich, dass **zwei** Leichen in dem Solitüder Wäldchen gefunden worden sind? Von mir und meinem Kollegen ganz sicher nicht. Denn in unserem vorherigen Gespräch war davon nicht die Rede. Also, woher wissen Sie das?"

Die beiden Ermittler fixierten ihr Gegenüber. War's das jetzt? War es Holgerson aus heiterem Himmel gelungen, den Dreifachmord aufzuklären?

Der, der sich vielleicht unwillkürlich verraten hatte, saß wie versteinert da und schwieg. Jetzt war er der Ratlose, und das war doch immerhin schon mal ein schöner Teilerfolg, wie Iwersen fand. Doch dann hellten sich Laritz' Gesichtszüge merklich auf, und er begann förmlich zu strahlen.

„Sie sind mir aber einer, Herr Holgerson! Ein ganz ein Schlauer sind Sie mir! Richtig hintertrieben! Wie meine Frau. Die hat auch so eine Neigung. Wollen einem unbescholtenen Bürger eine Falle stellen und ihm zwei Leichen ans Bein binden. Ich muss schon sagen. Beinahe wäre es Ihnen gelungen, mich ins Bockshorn zu jagen. Für einen Augenblick war ich fast selbst davon überzeugt, dass nur ich als Täter in Frage komme."

„Ja, und?“ fasste Iwersen nach, um ihm nicht die Gelegenheit zu geben, sich während seines hohlen Geschnackes eine Ausrede auszudenken. „Würden Sie bitte die Frage meines Kollegen beantworten!“

„Aber das ist doch ganz einfach, Herr Hauptkommissar.“

„Ja?“

„Ich lese selbstredend auch Zeitung. Zum Morgenkaffee. Wie die meisten Menschen hierzulande.“

Und wie um den Beweis für diese Banalität anzutreten langte er hinter sich auf die Anrichte und beförderte mit leichtem Schwung das Flensburger Tageblatt auf den Küchentisch.

„Voilà tout. So einfach ist das.“

23

Sie hatten gleich darauf das Feld geräumt. Dem Mann war nicht beizukommen. Wie man es auch drehte und wendete, auf alles hatte er eine passende Antwort. Dagegen war kein Kraut gewachsen. Iwersen und Holgerson traten frustriert den Weg zurück ins Präsidium an. Dabei hatte sich alles so gut angelassen. Erst die Sache mit dem Höhenunterschied und dann Holgersons genialer Einfall mit den zwei Leichen. Es hatte alles nichts gebracht. Und das fanden die beiden Ermittler schade. Denn sie mochten den Laritz nicht. Aber eventuell war genau das ihr Fehler. Dass sie sich auf den Autor eingeschossen hatten. Alles andere, was darüber hinaus wichtig sein konnte, geriet dadurch allzu leicht in Vergessenheit. Dem mussten sie schleunigst einen Riegel vorschieben, worauf sie sich, wieder in ihrem Büro angekommen, dann auch verständigten. Sie durften die anderen Verdächtigen nicht aus den Augen verlieren, bloß weil ihnen die Nase von dem selbstgefälligen Egomanen und Schwätzer nicht gefiel.

„Trotzdem, Ole“, ließ sich Holgerson vernehmen.

Sie hatten sich schweigend gegenübergesessen und sich jeder für sich seine Gedanken gemacht.

„Eins sollten wir doch noch klären.“

„Ja?“

„Ob es stimmt, dass der Laritz, wie er behauptet hat, erst seit Montag voriger Woche in Flensburg ist.“

„Und was soll uns das bringen? Vor allem aber, wie willst du das rauskriegen?“

„Es geht mir um seine Glaubwürdigkeit. Einerseits. Andererseits müssen wir doch nur seine Frau anrufen. Er ist doch verheiratet, oder täusche ich mich? Mir ist so, als ob er vorhin etwas in diese Richtung hat verlauten lassen. Wenn sie uns seine Angaben bestätigt, dann hat die liebe Seele Ruh. Und wenn nicht, ist zwar auch nicht wirklich etwas gewonnen, aber immerhin können wir dann davon ausgehen, dass der saubere Herr Autor es mit der Wahrheit nicht so genau nimmt.“

„Na ja, ich weiß nicht. Außerdem, wer sagt dir denn, dass seine Alte uns die Wahrheit sagt? Kann doch immerhin sein, dass er sie mittlerweile instruiert hat, uns, für den Fall der Fälle, auch einen Bären aufzubinden. – Aber egal wie, versuch dein Glück und ruf die Gattin dieses Erfolgsmenschen an. Schaden kann es schließlich auch nicht.“

Holgerson langte zum Telefonhörer und rief die Auskunft an. Mit der entsprechenden Information in der Tasche stellte er den Kontakt zu der Hamburger Wohnung der Familie Laritz her.

„Hallo?“

„Ja. Hallo! Wer ist denn da?“

Keine Antwort.

„Hören Sie, hier spricht Inspektor Holgerson von der Flensburger Kriminalpolizei. Spreche ich mit Frau Laritz?“

Keine Antwort.

„Hallooo, sind Sie noch da?“

Holgerson blickte irritiert in die Richtung seines Vorgesetzten. Der zuckte mit den Schultern.

„Papi ist nicht zu Hause.“

Eine Kinderstimme! Na klar. Dass er das nicht gleich erkannt hatte.

„Hör mal, mein Kleiner ...“

„Ich bin kein Kleiner“, protestierte jemand am anderen Ende der Leitung.

„Nicht? Na dann mein Großer ...“

„Ich bin auch nicht groß.“

Berthold war ratlos. Wie sollte er weiter vorgehen? Vielleicht so. „Was bist du denn dann?“

„Ich bin ein Mädchen.“

„Ach so. Natürlich. Tut mir leid.“

„Ja, und ich heiße Anna. Ich bin sieben Jahre alt. Und mein Bruder, der heißt Thomas. Und der ist vier ... nein fünf.“

„Toll!“ wobei der Ermittler offen ließ, was er daran toll fand. „Sag mal, Anna, ist denn deine Mama zu Hause?“

„Ja.“

„Kann ich sie mal sprechen?“

„Weiß nich.“

„Dann frag sie doch mal.“

Schweigen.

„Hallooo Anna, bist du noch da?“

„Ja.“

„Ruf doch bitte deine Mutter ans Telefon, Kleine.“

„Ich bin nicht klein. Tommi ist klein, ich nicht“, protestierte das Mädchen.

Das lief hier alles nicht so, wie Holgerson sich das vorgestellt hatte. Die Lütte machte ihn noch wahnsinnig. Ein weiblicher Laritz in Taschenbuchformat. Unwillkürlich musste er schmunzeln.

„Ich schenk dir auch was, wenn du ...“

„Annalein, wer ist denn dran?“ vernahm er jetzt im Hintergrund die Stimme einer Erwachsenen. „Ich habe dir schon hundertmal gesagt, dass du nicht mit Fremden reden sollst. Auch nicht am Telefon.“

Das fand Berthold nun doch ein wenig übertrieben. Aber egal wie, die Rettung nahte in Gestalt der Mutter des Nachwuchses. Mehr hatte er schließlich nicht gewollt.

„Tschüüüss!“ hörte er sie noch in den Hörer rufen.

„Tschüss An...“

„Wer ist denn da?“

Eine strenge Frau saß da am anderen Ende der Leitung. Ganz unverkennbar.

„Frau Laritz? Spreche ich mit Frau Laritz?“

„Und wer sind Sie?“

„Mein Name ist Berthold Holgerson von der Flensburger Kriminalpolizei.“

„Von was? Die Verbindung ist so schlecht. Können Sie ein wenig deutlicher sprechen?“ rief die Gattin des Erfolgsautors ins Telefon.

„Mein Name ist Berthold Holgerson von der Flensburger Kripo!“

„Die Kriminalpolizei? Ist etwas geschehen? Ist meinem Mann etwas zugestoßen?“

Die Stimmung der Strengen war umgekippt. Sie klang verängstigt.

„Nein, nein, beruhigen Sie sich. Ihrem Mann geht es gut. Ich bräuchte lediglich eine unbedeutende Information von Ihnen, nichts weiter“, wiegelte der Inspektor ab.

„Worum geht es denn?“ Sie hatte ihre alte Souveränität wiedergefunden.

„Können Sie mir sagen, seit wann Ihr Mann in Flensburg ist?“

„Warum wollen Sie das wissen, wenn ich fragen darf?“

Das klang schnippisch. Eine gute Ausrede musste her und zwar schleunigst.

„Es ist nur, weil ...“

„Ja?“

„Weil wir etwas abgleichen müssen.“

Ein ganz schwacher Text. So würde das nichts werden.

„Warum sagen Sie das nicht gleich?“

Das kam jetzt doch überraschend. Die Gute schien mit wenig zufrieden zu sein.

„Also, lassen Sie mich überlegen. Mein Mann ist zu seinen zwei Lesungen am ... ja, am Donnerstag, dem 2. Dezember, aufgebrochen.“

„Sind Sie sich ganz sicher?“

„Sicher bin ich mir sicher! Wieso fragen Sie?“

„Ach, nur so. – Noch eine Frage. Können Sie mir sagen, wo Ihr Mann in Flensburg untergekommen ist?“

„In irgendeinem Hotel. Warum fragen Sie ihn nicht selbst? Er liest am Sonntagabend, 20 Uhr, in der Aula des Alten Gymnasiums aus seinem neuen Roman vor. Da treffen Sie ihn ganz bestimmt an. – War’s das jetzt?“

Die Stimme der Autorengattin klang gereizt und herausfordernd. Wie zu Beginn des Gesprächs.

„Ja danke, das war's. Sie haben mir sehr geholfen, Frau Laritz. Schönen Tag noch und grüßen Sie Ihre herzige Tochter von mir."

Dann hatte er aufgelegt, und die beiden Beamten hatten sich vielsagend angesehen.

24

Kurz vor Ladenschluss hatte er das auf dem Holm gelegene Kaufhaus Hertie betreten. Und er hatte Glück gehabt. Das Armband, das er seiner Mathilde schenken wollte, lag noch in der Glasvitrine. Er überlegte nicht lange, und weil er schon mal da war, begab er sich in das Kellergeschoß, um in der Lebensmittelabteilung für seinen neuen Freund eine Flasche Osborne Veterano zu erstehen. Denn er hatte sich vorgenommen, ihn zu Weihnachten zu sich nach Hause einzuladen. Was das Geschenk für Maria betraf, so wollte er sich damit noch ein wenig Zeit lassen. Es sollte schließlich was hermachen und nicht wie ein Zufallstreffer aussehen. Parfum kam folglich nicht in Frage.

Nachdem er seine Einkäufe erledigt hatte, machte er sich auf den Heimweg. Er wollte sich heute Abend noch mal die beiden Romane von Laritz etwas genauer ansehen. Das Telefonat von vorhin war immerhin vielsagend gewesen, und da konnte es nicht schaden, sich selbst ein Bild zu machen.

Was war das? Konnte das sein? Oder spielte ihm sein Gedächtnis einen Streich? Iwersen fing noch einmal von vorne an, ganz langsam, Satz für Satz. Erinnerungsfetzen stiegen in ihm hoch, ungewöhnliche Wortfolgen fesselten seinen Blick. Aber das würde ja bedeuten ...

Das Telefon läutete. Nicht jetzt! Er durfte sich nicht ablenken lassen! Viermal, fünfmal. Es schien wichtig zu sein. Also hob er den Hörer ab. „Iwersen."

„Hallo. Du fehlst mir."

„Wer ...?"

Er biss sich auf die Lippe. Das war jetzt nicht so gut gewesen. Aber was sollte er machen? Die Entdeckung von eben hatte ihn alles um sich herum vergessen lassen, so dass er sich in der Realität nicht gleich zurechtgefunden hatte.

„Ich bin's, Maria. Du erinnerst dich?"

Sie schien belustigt zu sein und ihm seine Geistesabwesenheit nicht zu verübeln.

„Entschuldige bitte. Und ja, du fehlst mir auch."

„Das ist schön. – Was tust du gerade? Ich meine ... Hast du etwas dagegen, wenn ich zu dir komme? Meine Schicht ist gerade zu Ende, und wo du doch gleich um die Ecke wohnst. Da dachte ich, wir könnten dort weitermachen, wo wir gestern Nacht aufgehört haben."

Er hörte sie kichern.

„Maria, ich täte wirklich nichts lieber als das ..."

„Aber?"

„Aber ich habe gerade eben etwas herausgefunden ... Oder nein, das ist nicht richtig. Ich glaube, etwas entdeckt zu haben, dem ich nachgehen muss. Und zwar noch heute Abend. Mein Kopf ist einfach nicht frei für ..."

„Dein Fall?"

„Ja, mein Fall. Die Sache könnte eine unvorhergesehene Wendung nehmen. Und so viel kann ich dir verraten: Es hat etwas mit deinem Hinweis zu tun. Ich muss schleunigst ins Präsidium, um mir Gewissheit zu verschaffen. Und ich kann beim besten Willen nicht sagen, wie lange das dauern wird. Tut mir leid. Wirklich."

„Schon gut. Daran werde ich mich wohl gewöhnen müssen. Mit einem Bullen befreundet zu sein ist eben etwas schwieriger. Und die Flexibilität der Ärzte ist ja auch sprichwörtlich. Ich befürchte, eine Situation wie diese wird in Zukunft eher die Regel als die Ausnahme sein."

„Maria?"

„Ja?"

„Haben wir denn eine Zukunft?" Seine Stimme klang unsicher, fast flehentlich.

„Aber ja doch, du Dummerchen."

Im Präsidium war lediglich noch der wachhabende Beamte, der ihn verwundert angeschaut hatte, als er ihn mit einem flüchtig hingeworfenen „moin, moin" begrüßte, zugegen und natürlich die Jungs von der Bereitschaft. Er war ganz zappelig, als er das Fragment des Textes von dem jungen Asmussen vor sich auf dem Tisch ausbreitete. Dann zog er die *Späte Ernte* hervor, schlug die fünfte Seite auf und begann mit dem Vergleich.

Tatsächlich, seine Erinnerung hatte ihn nicht getrogen. Es handelte sich um identische Texte. Satz für Satz auch nicht die leiseste Abweichung. Vier Buchseiten lang inklusive der Interpunktion absolute Identität. Es war nicht zu fassen!

Was bedeutete das? Wer hatte hier von wem abgekupfert? Sie waren unwillkürlich und wie selbstverständlich davon ausgegangen, dass es sich bei den handschriftlichen Seiten um den Ausschnitt aus einer Arbeit Axel Asmussens handeln musste, weil sie in der Schublade des Nachttisches der toten Emilie Losau gefunden worden waren. Und weil sein Name auf der Titelseite vermerkt war. Aber war das zwingend? Und handelte es sich überhaupt um die Handschrift des Toten? Aber selbst wenn. Eventuell hatte der auch bloß eine Kopie von dem Original angefertigt, das irgendwo unentdeckt seit fast zwei Jahrzehnten oder länger vor sich hin gammelte, obwohl es ja veröffentlicht war. Aber nein. Wer schreibt seinen Namen unter den Titel einer Arbeit? Das macht doch nur jemand, der auch der Autor ist. Viel wichtiger aber, und darauf kam der Hauptkommissar erst in diesem Augenblick, war die Tatsache, dass die Texte, also der veröffentlichte Roman und das Fragment nicht denselben Titel hatten. Das konnte eigentlich nur heißen, dass hier jemand etwas zu verbergen hatte und vertuschen wollte. – Wann war das Buch noch einmal erschienen? Iwersen konsultierte die Titelei. 1963. Was hieß das? Das hieß, dass einer absichtlich so lange gewartet hatte, bevor er sich getraut hatte, diesen Roman zu veröffentlichen. Die Frage allerdings war, was Emilie Losaus Tod mit diesem Plagiat zu tun hatte. Warum war sie knapp zwanzig Jahre nach dem Tod ihres Ex erschlagen worden? Hatte sie erst vor kurzem den Betrug entdeckt? Und wie hatte der Pseudoautor davon Wind bekommen? Hatten sie sich getroffen? Lag möglicherweise doch eine Erpressung vor?

In Iwersens Kopf schwirrte es. Fragen über Fragen. Er musste unbedingt morgen früh mit Holgerson die Sache durchsprechen.

Ach was, morgen früh! Ich ruf ihn jetzt sofort an. Ich will es jetzt wissen. Und an Schlaf ist ohnehin nicht zu denken. Er schaute auf seine Armbanduhr. Es ging auf 0.00 Uhr zu. Keine Minute später hatte er seinen Kollegen an der Strippe, dessen Stimme reichlich verschlafen klang. Nachdem Iwersen ihm allerdings atemlos von seiner Entdeckung berichtet hatte, war er sofort hellwach. Und was die Fragen betraf, die sich vor Iwersen aufgetürmt hatten, so stellte der andere Ermittler einige von ihnen von sich aus. Auch ihm kam dies und das spanisch vor.

„Hör mal, Ole. Mir ist gerade was beigekommen. Wir müssen morgen unbedingt klären, ob es sich bei der Handschrift des Fragments um die von Axel Asmussen handelt. Dann können wir mit fast hundertprozentiger Sicherheit davon ausgehen, dass er der Autor dieser Zeilen und damit auch des Buches *Späte Ernte*, beziehungsweise von ... Wie lautete der Titel der Seiten noch mal? Ach, *Vor dem Winter*. Also, ob er der eigentliche Autor dieses Romans ist. – Und dann haben wir ihn."

„Und wie sollen wir das anstellen? Womit sollen wir die Handschrift denn vergleichen?"

„Überleg doch mal. Die olle Asmussen wird doch vermutlich die Schulhefte ihres verlorengegangenen Sohnes aufbewahrt haben. So wie die drauf ist. Nein, ich bin mir sicher, dass wir bei der fündig werden. Und sollte sich herausstellen, dass wir mit unseren Mutmaßungen richtig liegen, dann statten wir dem Möchtegern einen ganz offiziellen Besuch ab. Der wird sich dann nicht mehr rausquatschen, keine Chance."

Iwersen sah das ganz genauso. Dann hatte er noch einen Einfall. „Weißt du was?"

„Nun?"

„Selbst wenn die Asmussen alle Schulhefte ihres Sohnemanns entsorgt haben sollte, das würde auch nichts ändern."

„Du meinst?"

„Ich meine, dass die Losau doch vermutlich diese Seiten deswegen so lange aufbewahrt hat, weil sie von ihrem Liebsten sind. Der hat sie ihr doch wahrscheinlich damals geschenkt."

„Stimmt. Daran habe ich noch gar nicht gedacht. – Trotzdem. Doppelt genäht hält besser. Wir statten morgen früh der Hysterikerin einen Besuch ab. Wat mutt, dat mutt. Schlaf gut, Ole."

„Du auch. Und entschuldige bitte, dass ich dich aus dem Schlaf gerissen habe. Das Ganze ließ mir einfach keine Ruhe."

„Lass stecken. Ich an deiner Stelle hätte dasselbe getan."

Er verstaute den Schmöker und die Seiten in einer mitgebrachten Plastiktüte und machte sich auf den Heimweg. In der Nacht fand er nur wenig Schlaf. Das lag nicht allein daran, dass sie der Lösung des Falls, wie es schien, ganz nah waren. Sondern auch und vor allem daran, dass Maria ihnen eine Chance zu geben schien. Wie hatten ihre Worte noch gelautet? „Aber ja doch, du Dummerchen."

Das klang gut.

25

Die vom Leben schwer gezeichnete Hysterikerin kam zurück in die Wohnstube. Sie hatte einen Leitz-Ordner in der Hand, den sie vor den beiden Beamten, die sie bei deren Eintreffen vor einer Viertelstunde gebeten hatte sich zu setzen, nachdem sie sie an der Haustür aufgefordert hatte, sich ihrer Schuhe zu entledigen, auf den Tisch stellte.

„Das ist alles, was mir von meinem lieben Sohn geblieben ist. Ein ganzes Leben zwischen zwei Aktendeckeln. Es ist zu schrecklich!"

Sie versank in trübes Schweigen. Irgendwie hatte diese frühzeitig vergreiste, ungefähr sechzigjährige Frau ja recht. Viel ist es nicht, was Verstorbene zurücklassen, und das Wenige verblasst derart schnell, dass es nach unglaublich kurzer Zeit so ist, als ob sie nie existiert hätten. Iwersen befiel so etwas wie Trauer, als ihm dieser Gedanke einer allgemeinen, mehr oder weniger flächendeckenden Hinfälligkeit beikam. Vermutlich war dies der Grund dafür, dass so viele Menschen sich in ihren Tagebüchern oder, so es sich um in der Öffentlichkeit stehende Exemplare dieser Gattung handelte, in Biographien verewigen wollten.

„Sagen Sie, Frau Asmussen, würden Sie uns gestatten, diese übriggebliebenen Seiten Ihres Sohnes Axel mitzunehmen?"

Holgerson hatte das Schweigen durchbrochen.

„Sind Sie noch gescheit?“ brach es aus ihr hervor. „Glauben Sie allen Ernstes, ich überlasse wildfremden Menschen das Wenige, was mir von meinem Schatz geblieben ist?“

„Es ist doch nur für ein paar Tage. Und ich verspreche Ihnen, Sie bekommen alles unbeschadet wieder zurück.“

Frau Asmussen schien nicht wirklich überzeugt zu sein. Sie musterte den einen der beiden Beamten auf eine Weise, die nur noch Skepsis und fast schon so etwas wie Verachtung ausdrückte. Deswegen mischte sich jetzt wieder der andere der beiden in das Gespräch ein.

„Sie sind doch auch ... Nein, ich korrigiere mich: Vor allem Sie müssen doch ein Interesse daran haben, dass wir den Mörder Ihres Sohnes zur Strecke bringen, nicht wahr? Und mit Hilfe der Schulhefte Ihres verstorbenen Sohnes bestehen gute Aussichten, dass uns das in kürzester Zeit gelingen könnte. Es ist folglich ganz in Ihrem Sinne, wenn Sie uns den Ordner für ein paar Tage überlassen. Wir werden pfleglich damit umgehen, das verspreche ich Ihnen.“

„Ich weiß nicht ...“

„Frau Asmussen. Verstehen Sie, was mein Kollege eben gesagt hat? Wir sind kurz davor, den Fall abzuschließen. Es fehlt nur noch ein klitzekleines Teilchen, um das Puzzle zu vollenden. Und ohne die Hefte Ihres Sohnes kommen wir beim besten Willen nicht ans Ziel. Begreifen Sie das?“

„Wenn das so ist ... Nun denn, und wenn es der Wahrheitsfindung dient. Aber ich bestehe darauf, dass Sie mir den Erhalt dieses Ordners schriftlich bestätigen. Lediglich dann und auch dann nur unter größten Vorbehalten bin ich dazu bereit, Ihnen für ein paar Tage die Asmussiana zu überlassen.“

Iwersen und Holgerson schauten sich an. Was sollte das? Immer diese Schikane. Und jetzt behandelte sie die Schulhefte des Schülers Asmussen so, als ob es sich um den wieder aufgefundenen Nachlass Goethes oder Einsteins handelte. Bislang unentdeckte Jugendentwürfe eines exorbitanten Geistes.

Größenwahnsinn, so ging es namentlich Iwersen in diesem Augenblick durch den Kopf, hat fast zwangsläufig immer etwas Lächerliches an sich.

Aber es half nichts, ohne die Unterschrift der beiden Kriminalbeamten hätte die Asmussen den Ordner nicht herausgerückt. Also unterschrieben sie den Wisch, nachdem er umständlich und entsprechend zeitaufwendig aufgesetzt worden war, wobei sie noch von Glück sagen konnten, dass die Alte nicht jedes Heft einzeln aufgelistet hatte, und machten sich dann schnellstmöglich aus dem Staub. Es hätte nur noch gefehlt, dass sie darauf bestanden hätte, dass sie mit ihrem Blut unterschreiben sollten. Ähnlich gesehen hätte es ihr.

Kaum dass sie wieder im Präsidium angekommen waren, machten sich die beiden Ermittler höchstpersönlich an den Abgleich. Ihrer unmaßgeblichen Meinung nach waren die Handschriften identisch, jedenfalls wenn man die Hefte aus dem Abiturjahrgang dem Vergleich zugrunde legte. Die der früheren Jahrgänge wichen selbstredend ab, und zwar desto mehr, je weiter zurück in die Kindheit des Schülers sie reichten. Aber die Handschrift des jungen Asmussen aus der 13b glich derjenigen von dem Fragment wie ein Ei dem anderen.

Aber es führte kein Weg darum herum: Um die Sache wasserdicht zu machen, mussten sie einen Graphologen einschalten, der sich auf professioneller Basis ein Urteil bilden konnte. Alles andere hätte vor Gericht nicht standgehalten. Also beauftragten sie Helma Petersen, die Papiere an den hauseigenen Graphologen weiterzureichen und ihn darum zu bitten, so zügig wie irgend möglich ans Werk zu gehen. Sein Gutachten müsse unbedingt noch in dieser Woche vorliegen, und das hier habe absolute Priorität.

Nachdem die Sekretärin mit dem Ordner und dem Fragment unter dem Arm den Raum verlassen hatte, machten sich die beiden Kriminalbeamten erneut daran, ihre Gedanken zu ordnen und sich einen Schlachtplan zurechtzulegen. Über allen Zweifel erhaben schien zu sein, dass der Schüler Asmussen der wahre Autor der *Späten Ernte* gewesen war und dass Laritz den Roman unter diesem neuen Titel deswegen publiziert hatte, um so der aus seiner Sicht offensichtlichsten Gefahr zu begegnen. Es hätte ja immerhin sein können, dass Axel Asmussen irgendwem von seinem Text erzählt hatte, und dass bei dieser Gelegenheit auch der Titel des Werkes erwähnt worden war. Darüber hinaus stand fest, dass der Möchtegernliterat mit voller Absicht ein paar Jahre gewartet hatte, bis er sich auf Verlagssuche begeben hatte.

Denn der zeitliche Abstand machte es unwahrscheinlich, dass irgendeiner der alten Bekannten misstrauisch hätte werden können, dass ausgerechnet der doch vielleicht eher mittelprächtige Schüler Laritz zum Erfolgsautor avancierte.

„Eins verstehe ich aber immer noch nicht."

„Ich weiß, die Losau. Wie passt die ins Bild?" Iwersen schaute seinen Freund fragend an.

„Eventuell doch eine Erpressung?"

„Aber wieso wartet sie so lange damit? Kann es sein, dass sie erst nach annähernd zwanzig Jahren auf den Betrug aufmerksam geworden ist?"

„Scheint so, denn alles andere ergibt hinten und vorne keinen Sinn."

„Weißt du was, Berthold? Wir warten jetzt in aller Ruhe das Ergebnis des Graphologen ab. Und bis dahin kochen wir den Etikettenschwindler und Mehrfachmörder ein wenig weich."

„Was schlägst du vor?"

„Wir konfrontieren ihn damit, dass seine Frau uns davon in Kenntnis gesetzt hat, dass er bereits am 2. Dezember in Flensburg eingetroffen ist und in einem Hotel eingecheckt hat. Er soll merken, dass wir nicht locker lassen. Das macht für gewöhnlich den Verbrecher im Menschen nervös, und er begeht dann möglicherweise folgenschwere Fehler, die uns in die Karten spielen. Und weißt du was? Wir machen das ganz beiläufig, indem wir ihn anrufen."

„Etwas anderes bleibt trotzdem merkwürdig." Holgerson war bei den letzten Worten Iwersens wieder ins Grübeln verfallen.

„Ja?"

„Wie passt das zweite Skelett von Solitüde ins Bild? War das jemand, der dem Laritz bereits damals auf die Schliche gekommen ist? Das würde bedeuten, dass die sich zu dritt dorthin begeben hätten. Und dass er, womöglich nach einem Streit, beide um die Ecke gebracht hat."

„Das halte ich für ausgeschlossen. Denn wie soll das gehen, dass einer unmittelbar nacheinander zwei ausschaltet? Ohne Pistole? Das mag ab und an funktionieren. Die Regel wird aber sein, dass bei diesem ungleichen Kräftemessen der zahlenmäßig Unterlegene auf der

Strecke bleibt. Also wäre es logisch gewesen, dass der Labrador den Laritz beziehungsweise seine sterblichen Überreste ausgebuddelt hätte."

„Weißt du was, Ole? Ich habe den schweren Verdacht, dass wir nie erfahren werden, wer die zweite Solitüder Leiche zu Lebzeiten gewesen ist. Weil nämlich Laritz den Mann selbst nicht gekannt hat. Der hat ihn bei seinem blutigen Treiben beobachtet. Darum musste auch er dran glauben. Und weil ihn damals keiner vermisst hat, wird sich heute erst recht niemand mehr an ihn erinnern."

„Du hast recht. – Und ich habe noch einen Verdacht oder vielmehr eine Befürchtung. Das Ganze läuft auf einen Indizienprozess hinaus, jedenfalls dann, wenn es uns nicht gelingt, Laritz derart unter Druck zu setzen, dass er zusammenbricht und zähneklappernd gesteht."

Beide nickten.

„Pass auf, ich ruf den mutmaßlichen Dreifachmörder jetzt mal an und konfrontiere ihn damit, dass er uns zweimal angelogen hat. Und dann sehen wir weiter."

„Sollten wir ihn nicht lieber doch aufsuchen? Der quasselt sich doch wieder raus, und dann sind wir so schlau wie davor."

„Ich halte das nicht für schlau, Berthold. Weil dann nämlich der Eindruck entsteht, wir seien mit unserem Latein mehr oder weniger am Ende. Soll er sich doch in Sicherheit wiegen, und soll er uns doch mit einer fadenscheinigen Ausrede kommen. Zwischen Hoffen und Bangen, das wäre der ideale Gemütszustand für den Totschläger, und den stellen wir noch am ehesten dadurch her, dass wir ihn beiläufig unter Druck setzen."

„Na gut. Rufst du ihn an, oder soll ich das tun?"

Aber diese Frage hatte sich bereits dadurch beantwortet, dass Iwersen zum Hörer gegriffen und die Nummer der Fredesen gewählt hatte. Danach, und bevor auf der anderen Seite der Leitung abgenommen wurde, hatte sich Holgerson seinen Hörer gegriffen. Er wollte diesem Gespräch live beiwohnen.

„Hallo?"

„Herr Laritz?"

„Hallo? Wer ist denn da?"

„Hier ist Hauptkommissar Iwersen von der Kripo. Sie erinnern sich?“

„Ach so. Sie schon wieder. Sie lassen wohl nie locker.“

„Nein, Herr Laritz, das bringt mein Beruf so mit sich.“

„Was kann ich diesmal für Sie tun, Herr Kommissar? Was gibt’s?“

„Herr Laritz. Wir haben uns mit Ihrer Frau in Verbindung gesetzt.“

Schweigen.

„Sind Sie noch da?“

Da geriet offenbar jemand schwer ins Grübeln, bloß weil seine bessere Hälfte unverhofft auf der Bildfläche erschienen war.

„Ja. Natürlich. Und warum haben Sie, wenn ich fragen darf, meine Frau kontaktiert?“

„Das dürfen Sie.“

„Ja?“

„Weil es etwas abzugleichen gab.“

„Inwiefern? Was kann Ihnen meine Frau sagen, was nicht auch ich ...?“

„Nichts. Oder nicht viel.“

„Bitte?“

„Wir, also mein Kollege und ich, wollten uns von Ihrer werten Gemahlin nur noch einmal bestätigen lassen, dass Sie am Montag, dem 6. Dezember dieses Jahres, nach Flensburg aufgebrochen sind, um Ihren Verpflichtungen als Autor nachzukommen.“

„Ja, und was hat sie Ihnen erzählt?“

Der auf der anderen Seite der Leitung bestand nur noch aus Nervosität und ... Angst. Ja, das war das richtige Wort. Da geriet jemand heftig ins Schwitzen. Iwersen hatte bereits jetzt sein Ziel erreicht. Und er legte nach.

„Das ist es eben, Herr Laritz ...“

„Ja? Was ist was?“

Schweigen.

„Hallo, sind Sie noch da?“

Die Ermittler schmunzelten sich an.

„Dass es da so etwas wie ... wie eine Dissonanz gibt.“

„Wie meinen Sie das?“

„Na ja ... Sagen wir mal so. Ihre Gattin behauptet, Sie hätten sich bereits am Donnerstag, dem 2. Dezember, in den hohen Norden begeben. Das korrespondiert, entschuldigen Sie, nicht ganz mit den Terminangaben, die Sie uns gegenüber zu Protokoll gegeben haben. Können Sie mir das bitte erklären?“

Schweigen.

„Ach ja und noch eins“, fasste Iwersen nach. „Sie hatten behauptet, von Anfang an, also seit Montag, bei Ihrer Freundin Ina Fredesen unterge...“

„Ina ist nicht meine Freundin. Was unterstellen Sie mir da?“

Aus der schweißtreibenden Fassungslosigkeit von eben noch war Wut geworden. Dieser abrupte Stimmungswechsel gab Anlass zu den schönsten Hoffnungen.

„Selbstverständlich nicht und nur die Ruhe. Ich wollte lediglich andeuten, dass es sich um eine gute alte Bekannte von Ihnen handelt. Wesentlicher aber ist, dass Sie uns zweimal die Unwahrheit aufgetischt haben, das werden Sie nicht bestreiten. Warum?“

Dieses kleine Fragewort stand wie für die Ewigkeit gesprochen im Raum beziehungsweise war in Sekundenschnelle durch den Äther geweht.

Schweigen.

„Nun, Herr Laritz, ich höre.“

„Das ist alles ein einziges großes Missverständnis, Herr Hauptkommissar.“

„Inwiefern? Sie haben sowohl in Hinsicht auf den Zeitpunkt Ihres Eintreffens gelogen als auch was Ihre Unterkunft betrifft. Warum?“

„Nun, nun, eine Lüge ... Das ist ein starkes Wort.“

„Was für ein Wort haben Sie denn für die Unwahrheit? Und überhaupt, ich möchte Sie bitten, nicht vom Wesentlichen abzulenken, haben wir uns verstanden?“

Die Stimme des Hauptkommissars hatte jetzt einen drohenden Unterton. Dazu wollte allerdings nicht sein breites Grinsen passen. Aber das konnte der in der Waitzstraße ja nicht sehen. Holgerson musste an sich halten, um nicht loszuprusten. Das Gespräch nahm den gewünschten Verlauf, und so gesehen war es auch egal, was für ein Lügenmärchen der Überforderte ihnen gleich auftischen würde.

„Mein Gott, Sie nehmen das aber auch ganz genau."

„Das haben wir von der Kripo so an uns. Zwei mal zwei ist nicht nur in unserem Hause und frei nach Adam Riese immer noch vier und nicht viereinhalb."

Holgerson schlug sich auf sein rechtes Bein, legte den Hörer auf den Tisch, erhob sich dann und machte sich auf leisen Sohlen auf den Weg Richtung Ausgang. Er konnte einfach nicht mehr an sich halten. Das Ganze war brüllkomisch. Jedenfalls für die beiden Ermittler.

Es war, wie sich jetzt herausstellte, richtig gewesen, den mutmaßlichen Mehrfachmörder telefonisch zu kontaktieren. Denn vor Ort wäre das erstens nicht solch eine Gaudi gewesen, und zweitens hätte derjenige, der ganz entschieden nicht mehr weiterwusste, ihnen ganz gewiss denselben Müll erzählt, den er ihnen gleich über die Entfernung hinweg auftischen würde. Und drittens hatten sie so auch noch Benzin und Zeit gespart. Was wollte man mehr?

„Also, unter Zugrundelegung des kleinen Einmaleins frage ich Sie ein letztes Mal: Warum haben Sie uns angelogen? Haben Sie etwas zu verbergen, Herr Laritz?"

„Was wollen Sie damit andeuten?"

„Das dürften selbst Sie mit Ihrem reduzierten Wahrheitsverständnis begreifen."

„Also, ich muss doch sehr bitten ..."

„Nein! Ich muss bitten. Sie haben gelogen. Warum?"

Schweigen.

„Mein Gott. Dann habe ich mich eben getäuscht. Das kann doch mal passieren. Und wo ich extrem viel um die Ohren habe. Sie kennen das doch, Herr Hauptkommissar. Die Arbeit lässt einen alles um einen herum vergessen, und irgendwann weiß man nicht mehr, ob heute Montag oder Donnerstag ist. So einfach ist das."

„Sie nennen das also Arbeit, was sie da tagaus, tagein an Ihrem Schreibtisch verzapfen?"

„Bitte?"

„Ach nichts. Und wieso haben Sie behauptet, gleich zu Beginn Ihres Flensburger Aufenthalts bei Frau Fredesen untergekommen zu sein?"

Schweigen.

„Weil ich es für absolut unerheblich gehalten habe, wo ich nächtige. Und außerdem geht das niemanden etwas an."

„Herr Laritz, ich bedanke mich für dieses sehr informative und ausgesprochen aufschlussreiche Gespräch. Und für Ihre Offenheit."

Sprach's und legte auf. Danach wollte das Lachen in diesem Zimmer des Polizeipräsidiums lange nicht verstummen.

26

„Meine Herren. Kommen Sie voran?"

Doktor Kallweit hatte sie nach dem Mittagessen wieder zum Rapport gebeten. Der Alte wurde langsam lästig und hielt sie von ihrer Arbeit ab. Aber was sollten sie machen? Er war nun einmal ihr Vorgesetzter, also mussten sie ihm zu Willen sein. Aber wo stand es geschrieben, dass sie ihm alles sagen mussten? Folglich blieben sie allgemein, redeten einigermaßen wolkig von unverkennbaren Fortschritten und davon, dass sich am Horizont so etwas wie ein möglicher Verdächtiger abzeichne, den sie eventuell und wenn alles sich so entwickeln sollte, wie sie hofften, dass es das täte, schon bald und vielleicht sogar vor Weihnachten zu überführen gedächten.

Es war ein unglaubliches Gedöns und ein Aggewars gewesen, was sie dem Alten aufgetischt hatten. Der aber hatte ihnen unentwegt freundlich und aufmunternd zugenickt, hin und wieder „ach was?" und „wirklich?" eingeworfen und sie dann bald auch wieder entlassen. Irgendwie wirkte ihr Chef abgespannt und befand sich, warum auch immer, nicht auf der Höhe seines intellektuellen Leistungsvermögens. Aber das war den beiden Ermittlern auch ganz recht gewesen.

Gleich danach hatte Iwersen von seinem Büro aus, und weil Holgerson sich gerade auf die Toilette begeben hatte, in der Diako angerufen und sich mit Frau Doktor Maria Hellweg verbinden lassen. Sie hatte seine ausgelassene Stimmung gleich bemerkt und versucht ihn auszufragen. Iwersen hatte sich aber auf das Dienstgeheimnis hinausgeredet und war dann auf die Weise in die Offensive gegangen, dass er die Frau seines Herzens gefragt hatte, ob sie nicht heute Abend nach der Arbeit bei ihm vorbeischauen wolle. Seine Tochter sei bei ihrem Freund, und so hätten sie eine sturmfreie Bude.

„Oh ja, Ole! Dann machen wir so richtig Fete. Die Alten sind aus dem Haus, und die Jugend haut auf den Putz. Ich freue mich auf dich."

Gleich nach dem Telefonat, das gerade noch rechtzeitig beendet worden war, bevor Holgerson das Büro wieder betreten hatte, hatte Iwersen die Idee, was er seiner Neuen zu Weihnachten schenken konnte. Und da ihnen ohnehin die Hände gebunden waren bis das Gutachten des Graphologen auf dem Tisch lag, beschloss er, den angebrochenen Nachmittag für einen Einkaufsbummel zu nutzen. So konnte er dann auch gleich einen Krimi für Nicolai bei Rüffer erstehen, denn er hatte soeben einen Entschluss gefasst. Er würde dieses Jahr zu Weihnachten alle möglichen Leute zu sich nach Hause in die Burgstraße einladen. Und weil die Gelegenheit günstig war, fing er an Ort und Stelle damit an, indem er seinen neuen Freund danach fragte, ob er am kommenden Freitagabend schon etwas vorhabe.

„Du meinst morgen?"

„Nein, du Döösbaddel. Den Freitag darauf."

„Was ist denn da?"

„Na, überleg mal."

Sein Gegenüber geriet ins Grübeln. Dann schaute er auf den an der Wand hängenden Kalender und hatte verstanden. „Ach so, es geht um Weihnachten."

„Genau! Der Kandidat hat hundert Punkte. Und, hast du Termine? Bist du schon ausgebucht?"

Holgersons Stimmung schien zu kippen. Er sah irgendwie, von einer Sekunde zur nächsten, traurig und abgespannt aus. Dann schüttelte er missmutig den Kopf.

„Na komm, du Trauerkloß. Kopf hoch. Du bist eingeladen. Und zwar bei mir. 18 Uhr. Und bitte bring eine Flasche Rotwein mit. Zwei sind auch nicht zu verachten."

Sein Freund strahlte ihn an. „Ist das dein Ernst? Du lädst mich ein?"

„Ja, stell dir vor. Und noch eins. Ich muss dann mal. Man sieht sich morgen. Gleiche Stelle, gleiche Welle."

Sprach's, zog sich seinen Mantel an und hatte gleich darauf das Zimmer verlassen. Der flaschengrüne Seidenschal, den er ganz genau vor seinem geistigen Auge sah, konnte nicht länger warten. Wo er ihn finden würde, war ihm schnuppe. Hauptsache, er fand ihn.

27

Am Freitagabend lag das Gutachten des Graphologen vor. Helma Petersen hatte es den beiden Ermittlern auf den Tisch gelegt, weil die ihr nämlich gleich am Morgen erneut mitgeteilt hatten, dass dieses Gutachten extrem wichtig sei und dass sie es sofort und ohne Verzögerung in die Hände bekommen müssten, wenn es eintreffen sollte. An diese Direktive hatte sich die Sekretärin gehalten und die eine Seite den beiden Ermittlern unverzüglich reingereicht, als sie bei ihr eingetroffen war.

Der Hauptkommissar und der Inspektor hatten an ihrem Tisch gesessen, sich angeschwiegen und, wie man so sagt, Däumchen gedreht. Die Zeit wurde ihnen langsam lang, zumal das Wochenende kurz bevorstand. Wenn sich nicht bald etwas tat, konnten sie ihren Zeitplan vergessen, der vorsah, die Bombe Sonntagabend auf der Lesung in der Aula des Alten Gymnasiums coram publico platzen zu lassen. Der Rahmen musste stimmen. Nur in der Öffentlichkeit, so waren sie übereingekommen, konnte es womöglich gelingen, den mutmaßlichen Mehrfachmörder erstens effektiv bloßzustellen und als Schwindler und Hochstapler zu entlarven, um ihn dann endgültig zu Fall zu bringen. Weil er die Blamage als Ehemaliger dieses Elitegymnasiums nicht verkraften würde. Ein Betrüger und Mörder. Diese öffentlich gemachte Kombination sollte ihn zum Einknicken bringen.

Sie beugten sich beide über die Klarsichtfolie und fraßen die Zeilen förmlich in sich hinein. Dann erstrahlten ihre Gesichter. Da stand, schwarz auf weiß, geschrieben, dass sich eine siebenundneunzigprozentige Übereinstimmung zwischen den eingereichten Handschriften habe feststellen lassen. Das reichte allemal. Auch für die Gerichtsverhandlung. Sie würden am Sonntagabend in der Aula des Alten Gymnasiums anlässlich der Lesung eines Ehemaligen aus seinem neuen Roman *Verwelkte Träume* – der Titel passte zu dem Anlass – die Bombe platzen lassen. Alles war angerichtet. Der Showdown konnte beginnen.

28

Der Eintritt war dieses Mal, anders als vor einer Woche bei Rüffer, frei. Den aktuellen Schülern des Gymnasiums sollte dieser kulturelle Hochgenuss nicht noch extra Kosten verursachen. Zumal dann die Gefahr bestanden hätte, dass der altehrwürdige Saal allenfalls halbvoll gewesen wäre. Nicht auszudenken! Das hatte verhindert werden müssen, und da war der grauhaarige Direktor des Höheren Bildungsinstituts davorgewesen. Denn hauptsächlich und speziell die aufstrebende Jugend sollte sich angesprochen und angespornt fühlen von einem, der vor zwanzig-Jahren das Glück gehabt hatte, hier die Schulbank drücken zu dürfen.

„Ein Vorbild für uns alle und für die Jugend zumal. Vor allem in der heutigen schnelllebigen und von politischen Ideologien und Radikalismen vergifteten Zeit, in der es reziprok immer mehr an Werten und Orientierung gebenden Wegemarken mangelt, ist es erfreulich zu sehen, dass einer von uns, ein Ehemaliger, sich aus dem Gröbsten rausgehauen und den gradum ad Parnassum vollzogen hat. Ja, meine lieben Anwesenden, ein wahrhaft großer Schriftsteller hat sich heute, wie weiland Thomas Mann in Lübeck, in unsere Mitte begeben, um uns einiges aus seinem Oeuvre zu offerieren, auf dass wir uns an seiner Größe aufrichten und sie uns vorausleuchte und ansporne zu noch größren Taten. Auf denn und seid nicht verzagt! Wir sind zur Stelle! Das Momentum ist hie! Und also erteile ich Herrn Manfred Laritz das Wort."

Das hatte Klasse, und folglich füllte anhaltender, minutenlanger Beifall den Saal. Es war Direktor Doktor Wilfried Münster wahrhaftig gelungen, den zahlreich erschienenen Nachwuchs und diesen und jenen Erziehungsberechtigten zu begeistern und mitzureißen, obwohl in dem Sinne noch gar nichts passiert war. Derjenige, dem diese Eloge gegolten hatte, hatte sich kurz von seinem Sitz an prononcierter Stelle – sein Tisch stand in der Mitte des Podiums und war von einem matten

Lichtschein erleuchtet – erhoben, hatte dem Redner wohlwollend zugelächelt und sich anschließend wieder gesetzt. Vor ihm auf dem Tisch hatten die obligatorische Flasche Selters, ein Glas und das Buch Platz gefunden, aus dem er gleich vorlesen würde. Jetzt saß er da, sah gleichmütig in die Runde, wobei er hin und wieder, wenn er jemanden im Auditorium erkannte, kurz und verbindlich in die Richtung des Bekannten nickte. Die beiden Kriminalbeamten allerdings ignorierte er geflissentlich.

Iwersen und Holgerson, die sich eine halbe Stunde vor Beginn der Veranstaltung in der ersten Reihe niedergelassen hatten, weil sie für das, was gleich geschehen sollte, unbedingt dem Autor so nah es eben ging sein mussten, hatten in ihrer unmittelbaren Nachbarschaft einige bekannte Gesichter entdeckt. Zunächst, und das verstand sich ja von selbst, war der damalige Deutsch- und Geschichtslehrer der Leuchte zugegen. Doktor Heinrichsen saß neben einer weiblichen, extrem aufgebrezelten Person und verstrahlte edle Souveränität. Das Anhängsel war vermutlich seine Gemahlin. Dann war da das Mauerblümchen Ina Fredesen, die sich auch nicht hatte lumpen lassen in dem Bemühen, aus ihren etwas mickrigen Voraussetzungen das Beste zu machen. Außerdem hatte sich der Kulturkritiker des Tageblatts, Herbert Felbi, für heute Abend frei genommen. Er schien wichtig zu sein. Jedenfalls wirkte er so. Es fehlten eigentlich nur noch der Bankkaufmann und Freund logischer Deduktionen Günter Reusen und die leidgeplagte Mutter des verkannten Genies Axel Asmussen, der vor seiner Zeit und bevor er seine beträchtlichen Fähigkeiten so richtig hatte entfalten können das Zeitliche gesegnet hatte. Dafür war Maria anwesend. Die Neugier hatte sie den Weg in die Aula dieser Eliteschule finden lassen, weil nämlich der, in den sie sich Hals über Kopf verliebt hatte, ihr gegenüber auf dem samstäglichen Nachmittagsspaziergang angedeutet hatte, dass am morgigen Sonntagabend die Zeichen auf Sturm stünden. Da er sie auf die Frage, was er damit meine, nur bedeutungsvoll angelächelt hatte, hatte sie eins und eins zusammengezählt und sich um kurz nach 19 Uhr auf den Weg gemacht. Am Eingang der Aula waren sie sich begegnet, hatten sich kurz umarmt und einen leidenschaftlichen Kuss gegeben, bevor sich ihre Wege wieder getrennt hatten.

Selbstredend hatten die beiden Ermittler bereits am Nachmittag in einer extra anberaumten außerordentlichen Sitzung ihre Kollegen über alles Wesentliche informiert und ganz zum Schluss veranlasst, dass sowohl am Ausgang der Aula als auch an den übrigen Ausgängen des roten Backsteingebäudes Wachen postiert wurden. Für den Fall der Fälle, man wusste ja nie. Und auch sie hatten sich jeweils das Schulterhalfter mit der Dienstwaffe umgeschnallt.

Ruhe kehrte in dem Augenblick ein, als die Saalbeleuchtung von unsichtbarer Hand ausgeschaltet wurde, so dass lediglich noch die Koryphäe auf dem Podium im matten Rampenlicht im eigentlichen Sinne präsent war. Sie schaute noch einmal mit einem verloren wirkenden Blick in das Nichts vor ihr und begann.

Auffällig war, dass genau dieselben Seiten zu Gehör gebracht wurden wie vor einer Woche unten bei Rüffer. Das deutete auf Einfallslosigkeit und eine gewisse Routine hin. Da allerdings nicht davon auszugehen war, dass allzu viele von denen, die damals Präsenz gezeigt hatten, wieder zugegen sein würden und da außerdem innerhalb von sieben Tagen so manches in Vergessenheit gerät, war die Gefahr relativ gering, dass ein Teil der Zuhörerschaft der Wiederkehr des Gleichen auf die Weise Tribut zollte, dass er einschlief.

Die knappe Stunde des Lesens verging ohne besondere Vorkommnisse. Ab und an, wenn im Auditorium eine Sequenz als belustigend empfunden wurde, wurde hinter vorgehaltener Hand gelacht. Der Autor schaute dann auf, lächelte auch seinerseits, nahm einen Schluck des Erfrischungsgetränks zu sich und fuhr fort.

Als er, für jeden dadurch erkennbar, dass er sich in seinem Stuhl zurücklehnte, nachdem er die *Verwelkten Träume* zugeklappt hatte, ans Ende seiner Lesereise gekommen war, brandete Beifall auf, der nach etwa einer halben Minute in stehende Ovationen überging. Jedenfalls der erwachsene Teil der Zuhörerschaft erhob sich von seinen Sitzen, und einige ganz Verwegene ließen sich sogar dazu hinreißen, eine Zugabe zu fordern. Dem konnte oder wollte der Literat aber nicht nachkommen, denn er machte keine Anstalten, mit dem Lesen fortzufahren. Er stand nur neben dem Tisch, verbeugte sich ein paarmal artig und setzte sich schließlich wieder hinter denselben.

Unterdes war die Saalbeleuchtung wieder aktiviert worden, so dass die Anwesenden im ersten Augenblick mit den Händen unwillkürlich ihre plierenden Augen bedeckt hatten. Dann hatte der Direktor des Etablissements die Bühne erklommen, hatte dem Stolz seiner Institution, der sich wieder erhoben hatte, mit einem strahlenden Lächeln kräftig die Hände geschüttelt und sich dann an die Zuhörerschaft gewandt und darum gebeten, Mann, Frau oder Kind mögen doch jetzt die Gelegenheit nutzen und an einen großen Autor diejenigen Fragen richten, die ihnen seit langem schon unter den Nägeln brennen.

„Kommen Sie, verehrte Anwesende und ihr, meine lernwillige Jugend: Fragt und habt keine Scheu. Denn wahre Größe ist nicht geizig, sondern lässt andere willig erstrahlen in dem Licht, das von ihr ausstrahlt. Der Fokus fokussiert, das ist seine Ehre und seine schöne Pflicht. Zeigen wir uns ihm würdig."

Es war offensichtlich. Der Direx wollte die Gelegenheit beim Schopfe packen und demonstrieren, dass auch er der deutschen Sprache mehr als bloß mächtig war. Der Poet, der in ihm schlummerte, verlangte, gehört zu werden, und das wäre zweifelsohne so weitergegangen, wenn sich nicht doch eine schüchterne Hand in der zweiten Reihe erhoben hätte, um anzuzeigen, dass eine Frage zu beantworten war.

„Herr Laritz", vernahm man eine spröde Mädchenstimme, „woher nehmen Sie all Ihre Ideen?"

„LAUTER!" ertönte es aus den hinteren Reihen. „WIR VERSTEEE-HEN NICHTS!"

„Und steh doch bitte auf, wenn du sprichst", sekundierte der Rektor, der mittlerweile neben dem Romancier Platz genommen hatte. Ein Stuhl war von einem dienstbaren Geist in Windeseile herbeigeschafft worden.

Das Mädchen kam dieser Bitte unverkennbar widerwillig nach. Als sie ihre Frage wiederholte, war ihr Stimmchen kurz davor zu brechen.

Der Angesprochene hatte die Jugendliche unterdes wohlwollend in Augenschein genommen, sich auf seinem Stuhl zurückgelehnt und differenziert zu schmunzeln begonnen.

„Meine besten Ideen kommen mir auf ausgedehnten Wanderungen. Ich habe dann immer einen Notizblock dabei, auf dem ich das, was mir zufliegt, notiere, um der spontanen Eingebung dann zu Hause endgültige Gestalt zu geben. Denn was das angeht, halte ich es wie Thomas Mann. Wenn ich endgültig zur Feder greife, muss ich ein Dach über dem Kopf haben. Im Sommer am Strand tut es zur Not auch ein Zelt."

„Der oder die nächste bitte", hörte man die Stimme des Beisitzers.

„Herr Laritz, sagen Sie, wie kommt es, dass Ihr Romanerstling *Späte Ernte* von ganz anderer Qualität ist als die *Verwelkten Träume*?"

Der Befragte richtete sich unmerklich in seinem Stuhl auf und fixierte den drahtigen der beiden Kriminalbeamten, der diese Frage an ihn gerichtet hatte. „Wie meinen Sie das?"

„Nun. Sagen wir mal so. Ihr Romandebüt ist nicht allein sprachlich von einer unglaublichen Prägnanz und Präsenz, sondern auch inhaltlich, also was den Handlungsablauf betrifft, wird man von der ersten Zeile an mitgerissen. Das Ganze ist wie ein Sog, der einen zu verschlingen droht. Intensität pur, wenn Sie verstehen, was ich meine."

„Freut mich zu hören, dass Ihnen mein Erstling gefallen hat. Obwohl ich bezweifeln möchte, dass Sie ihn gelesen haben."

Ein Raunen ging durch den Saal. Einige Besucher schauten sich ratlos an und schüttelten ihre Köpfe. Warum reagierte der Vorzeigeschüler so gereizt auf diese harmlose Frage und auf die anschließende Erläuterung, die noch nicht einmal komplett war?

„Die *Verwelkten Träume* allerdings", ignorierte der in der ersten Reihe die Verbalattacke, indem er betont gelassen fortfuhr, „sind, verzeihen Sie, dass ich so deutlich werde, geradezu schwach."

Erneut wurde geraunt. Die Spannung im Auditorium war unverkennbar im Zunehmen begriffen. Was spielte sich da vorne ab? Ein Sängerkrieg? War der, der da so provokativ zu Werke ging, selbst Dichter? Hatten die beiden einen Strauß auszufechten? Man spitzte die Ohren und war gespannt, wie es weitergehen würde. Das Ganze schien ja doch noch ein wirklich unterhaltender Abend zu werden und nicht so dröge zu verlaufen, wie diese Lesungen normalerweise verliefen. Denn, der Wahrheit die Ehre, die meisten sahen das ganz genauso wie der Mutige da vorne. Sie hatten sich während der Lesung ganz entsetzlich gelangweilt und nur zum Schein und weil es sich so gehörte ab und an so getan, als ob sie was auch immer lustig fanden. Das hatte alles so hölzern, trocken und gewollt geklungen und war auf alle Fälle nichts gewesen, was man sich freiwillig zumuten würde. Ja genau, eine Zumutung war es gewesen!

„Ach ja? Sehen Sie das so?“

Der Autor war bei den letzten Worten seines Gegenübers noch näher an den Tisch herangerückt, nachdem er zuvor für ein paar sich dehnende Sekunden mit verkniffenen Lippen geschwiegen hatte. Darüber hinaus fiel auf, dass sich sein Kopf gerötet hatte, was natürlich auch daran liegen konnte, dass es im Saal relativ warm geworden war.

„Ja. Auf mich wirkte das, was Sie die Liebenswürdigkeit hatten, uns eben zu Gehör zu bringen, geradezu gekünstelt. Und was die Handlung betrifft: gähnende Langeweile, ich kann mir nicht helfen.“

„Also hören Sie mal!“ vernahm man das Krächzen einer Frauenstimme. „Das ist un-er-hört, was Sie sich hier herausnehmen, Herr Kommissar. Unser lieber Herr Laritz opfert seine kostbare Zeit, um unsereins, der relativ wenig oder wie Sie gar nichts von Literatur versteht, umsonst an den Höhenflügen seiner Phantasie und seines Geistes teilnehmen zu lassen, und Sie, was tun Sie? Sie profilieren sich hier als Querulant und Provokateur mit Ihren absolut unqualifizierten Zwischenbemerkungen. Das gehört sich einfach nicht. Schämen Sie sich!“

Die Fredesen legte sich schwer ins Zeug, was für den Rest der Anwesenden immerhin unter anderem auch den Vorteil hatte, dass Mann, Frau und Jugendliche nun jedenfalls wussten, dass der Querschläger kein Autor, sondern ausgerechnet ein Polizist war. Interessant, dass die Polizei über Mitarbeiter verfügte, die literarisches Gespür hatten. Das Murmeln ging weiter und nahm an Intensität sogar noch zu.

„Bitte regen Sie sich nicht unnötig auf, meine Liebe“, war es jetzt wieder an dem Literaten, die Initiative zu ergreifen, „und lassen Sie mich ein Wort zu der Kritik des Kommissars sagen, die in dem Sinne nicht nur keine ist, sondern mich sogar ehrt. Ja, ehrt.“

Indem er dies mit einem breiten Lächeln von sich gab, hatte er seine Hand auf den Unterarm seines Tischnachbarn gelegt, um auch den zu beruhigen und zurückzuhalten. Auch der nämlich schien Redebedarf zu haben. Denn während der letzten Worte des Kommissars hatten sich unwillkürlich seine Augenbrauen zu heben und sein Kopf missmutig zu schütteln begonnen. Der Direx bebte.

„Der Kommissar hat recht.“

Der, der es sich wieder in seinem Stuhl bequem gemacht hatte, legte eine auf Wirkung bedachte Kunstpause ein. Und die Anwesenden taten ihm den Gefallen. Die Aufmerksamkeit dort unten in der Weite des Raumes war mit Händen zu greifen. Spannung pur. Man bekam heute Abend wider Erwarten doch noch etwas für sein nicht ausgegebenes Geld geboten.

„Und zwar deswegen, weil er, ob er das nun weiß oder will, meine Intention durchschaut hat. Inwiefern, werden Sie sich fragen. Nun, ganz einfach. Ich **wollte** in meinen *Verwelkten Träumen* eine überaus kunstvoll konstruierte Scheinwelt kreieren. Weil dies meine Intention war, musste ich mich einer Sprache bedienen, die exakt zu diesem Projekt passte und ihm auf den Leib geschneidert war. Die *Verwelkten Träume* sind ein großangelegtes Sprach- und Gedankenexperiment in der Nachfolge der Dadaisten und der Konstruktivisten, wenn Sie verstehen, was ich meine."

Die meisten nickten und machten den Eindruck, verstanden zu haben. Nur der Kommissar schien mit dieser Antwort nicht zufrieden zu sein, denn er legte nach.

„Können Sie uns dann bitte auch noch erklären, wieso Sie den ursprünglichen Titel Ihres Erstlings modifiziert haben?"

Der Kulturkritiker vom Tageblatt sah Iwersen von der Seite an. Wie einer, dem etwas schwant. Die anderen waren ratlos und verhielten sich so. Sie murmelten. Auf des Angesprochenen Stirn hatten sich in Sekundenschnelle unzählige Schweißperlen zu bilden begonnen.

„Bitte?"

„Sie haben", meldete sich jetzt der voluminöse Nachbar des Kommissars zu Wort, „den Originaltitel *Vor dem Winter* durch *Späte Ernte* ersetzt. Warum?"

„Das geht Sie einen feuchten ..."

Sie hatten ihn. Und der da auf dem Podium, der nach Atem rang, nachdem er seinen Ausbruch noch gerade eben so abzuwürgen verstanden hatte, wusste, dass sie ihn hatten. Aber noch wollte sich der Pseudoschriftsteller nicht geschlagen geben.

Im Saal herrschte helle Aufregung. Worauf sollte das hier hinaus? War Unerhörtes im Begriff sich zu ereignen? Wohnten sie etwa der Aufklärung eines Verbrechens bei? Und wer war der Verbrecher?

„Woher wissen Sie das? Ich meine, wie kommen Sie darauf?"

Seine Stimme klang erbärmlich. Und genauso sah er aus. Der Romancier taumelte am Abgrund.

„Meine Herren", war plötzlich die gestrenge Stimme Doktor Münsters zu vernehmen. „Was soll das? Was nehmen Sie sich heraus? Ich missbillige Ihr Verhalten auf das Entschiedenste und werde mich mit Ihrem Vorgesetzten in Verbindung setzten. So etwas gehört sich nicht! Sie können doch nicht einfach ... Ein Skandal ist das! Dieser Eklat wird für Sie Folgen ..."

„Das glaube ich nicht."

„Bitte?"

Der Leiter des Gymnasiums war jetzt genauso perplex wie der Rest der Anwesenden. Lediglich der Tageblattmitarbeiter schien sich gut zu unterhalten, denn er hatte während der letzten Minuten einen Block gezückt und zu schreiben begonnen. Was, das konnte jeder, der es sah, sich an fünf Fingern abzählen, gesetzt den Fall er wusste, dass es sich um einen Mann der Vierten Gewalt handelte. Und nachzulesen würde das, was augenblicklich festgehalten wurde, spätestens übermorgen im Lokalteil des Käseblatts sein.

Das Fragewort des Direx stand immer noch unbeantwortet im Raum. Aber Iwersen hatte weder Lust noch Zeit, dem Desorientierten auf die Sprünge zu helfen. Er musste das Eisen schmieden, solange es heiß war. Dann würde selbst der Rektor verstehen.

„Ich habe das Fragment eines Romans bei mir, der vor langer, langer Zeit zu Papier gebracht worden ist."

Langsam zog er die in Klarsichtfolie eingehüllten Seiten aus der Tasche seines Wintermantels, den er zu Beginn der Veranstaltung über seine Knie gelegt hatte.

„Und jetzt raten Sie einmal, wer der Autor dieses Romans gewesen ist. Nun, kommen Sie drauf?"

Laritz starrte fassungslos auf die Schutzhülle. Die Augäpfel schienen aus ihren Höhlen zu treten. Würde er hoch pokern und es darauf ankommen lassen, in der Hoffnung, dass diese Seiten in Wahrheit leer waren? Oder würde er einknicken und, bestenfalls, flüchten?

Es geschah weder das eine noch das andere.

„Woher soll ich das wissen?"

Im Saal herrschte angespannte Stille. Man hätte die sprichwörtliche Stecknadel fallen hören können.

„Nun, ich glaube, Sie wissen ganz genau, wer der wahre Autor von *Vor dem Winter* ist.“

„Dieser Roman ist meines Wissens nie erschienen.“

Ganz schön clever. Ein letzter Versuch, abzulenken.

„Da haben Sie natürlich recht. Denn aus *Vor dem Winter* ist unter Ihrer Hand *Späte Ernte* geworden.“

„Und selbst wenn? Was bedeutet das schon? Jeder Autor wählt für sein im Entstehen begriffenes Werk einen vorläufigen Arbeitstitel, den er nach getaner Arbeit eventuell modifiziert. Vielleicht habe ich das in diesem speziellen Fall auch so gehandhabt. Das kann sein. Und wo es ja auch schon ein bisschen her ist.“

Laritz gab sich nicht geschlagen. Er kämpfte verbissen ums Überleben. Iwersen konnte nicht umhin, so etwas wie Bewunderung für den in die Enge Getriebenen zu empfinden. – Doch jetzt würde er sein Ass aus dem Ärmel ziehen. Gleich würde sich alles entscheiden.

„Ich sage Ihnen, warum Sie den Titel verändert haben. Sie wollten verhindern, dass herauskommt, dass dieser Roman gar nicht von Ihnen ist.“

Wer an diesem Abend in der Aula des Alten Gymnasiums zugegen war, konnte in diesem Augenblick das merkwürdige Phänomen beobachten, dass absolute Ruhe steigerungsfähig ist, auch wenn das rechte Wort dafür noch nicht gefunden wurde. Es war, um es einmal so zu sagen, mucksmäuschenstill.

„Schwachsinn!“

Laritz öffnete mit fahrigen Händen die Krawatte und trank anschließend in gieriger Hast das Glas leer.

„Und wissen Sie was?“ Des Kommissars Stimme blieb ganz ruhig, bedrohlich ruhig. „Ich kann das beweisen.“

„Dass ich nicht lache!“

„Ihnen wird das Lachen gleich vergehen, mein Lieber. – Denn aus diesen handschriftlichen Seiten“ – er zeigte sie mit erhobenem Arm in die Runde – „geht zweierlei unzweideutig hervor: Dass es sich erstens um einen Text von Axel Asmussen handelt, der zweitens mit den ersten Seiten der *Späten Ernte* Wort für Wort, Komma für Komma übereinstimmt. Und daraus folgt, dass Sie anno 1957 Ihren ehemaligen Mitschüler Axel Asmussen erschlagen haben, um in den Besitz seines Romans zu kommen, den sie dann, mit einigem zeitlichen Abstand, 1963 unter einem anderen Titel publiziert haben. Ihre Träume sind verwelkt, Herr Laritz. Stimmt's oder hab ..."

„DU WIDERLICHES SCHWEIN!"

Eine kreischende, wild fuchtelnde Frau hatte sich bei den letzten Worten des Hauptkommissars ihren Weg durch die Reihen gebahnt und war jetzt kurz davor, sich auf Laritz zu stürzen. Nur der Geistesgegenwart Holgersons war es zu verdanken, dass das Schlimmste verhindert werden konnte. Er packte die Rasende in dem Moment, als sie an ihm vorbeistürmte. Der aber, dem ihr Gekeife galt, war aufgesprungen und machte seinerseits Anstalten, seine Beine in Bewegung zu setzen. Dabei schaute er mit irrem Blick nach links und rechts, vermutlich, weil er über seinen Fluchtweg nachdachte. Doch dann gab er auf, das sah man. Denn er war auf die Polizisten aufmerksam geworden, die sich in den letzten Sekunden zu beiden Seiten des Podiums eingefunden hatten. Also ließ er sich wieder, die personifizierte Apathie, auf seinen Stuhl sinken.

Im Saal dagegen war die Hölle los. Stühle kippten, alles redete wild durcheinander und versuchte, einen Platz in der ersten Reihe zu ergattern. Die Einzige, die schwieg, war die unscheinbare Buchhändlerin, die blass dasaß und die Welt nicht mehr verstand. Ihr Idol, für das sie aus Verehrung gelogen hatte, war ein Mörder. Sie konnte es nicht fassen. Und auch bei dem Direktor war die Welt dabei, in Scherben zu zerfallen. Er stand ein wenig abseits auf dem Podium und mochte seinen Augen nicht trauen. Einzuschreiten, dessen sah er sich außerstande. Also verhielt er sich in der Folge rezeptiv. Nur der Zeitungsfritze hielt Ordnung und schrieb fleißig auf, was sich am 19. Dezember 1975 in der Aula des Alten Gymnasiums um kurz vor 22 Uhr ereignete. Hin und wieder konnte man ihn versonnen schmunzeln sehen.

„Du hast meinen Axel auf dem Gewissen", jammerte Agathe Asmussen, die sich inzwischen an der Schulter des Breiten ausweinte. „Hast ihn erschlagen, wie Kain seinen Bruder Abel, weil du nicht an ihn herangereicht hast. Oh mein Gott, ich werde des Lebens nicht mehr froh!"

Der Rest hatte sich hinter verschlossenen Türen abgespielt. Die angerückten Polizisten hatten den des Mordes Überführten unverzüglich ins Präsidium geschafft, wo die noch fehlenden Details zur Sprache gekommen waren. Ein Rechtsanwalt war nicht zugegen gewesen, weil sich der Delinquent restlos aufgegeben hatte und folglich des vom Gesetzgeber vorgesehenen Beistands an diesem Abend nicht mehr bedurfte.

Die Details seines Geständnisses tippte Helma Petersen in die Maschine. Der Dreifachmörder setzte seine Unterschrift unter das Dokument, ohne es noch einmal gelesen zu haben. Anschließend wurde er in die Untersuchungshaft in die am Südergraben gelegene Justizvollzugsanstalt überführt.

29

Hauptkommissar Iwersen saß am Montagmorgen in seinem Büro und las sich noch einmal das Geständnis des Romanciers durch. Danach schob er die Seiten Holgerson zu, der sich seinerseits an die Lektüre machte, wobei er hin und wieder mit dem Kopf schüttelte oder sich mit „der hat Nerven“ vernehmen ließ. Den Seiten war Folgendes zu entnehmen:

Manfred Laritz war bereits am Donnerstag, dem 2. Dezember 1975, in Flensburg eingetroffen. Er war zunächst im verplüschten Europa Hotel Ecke Süderhofenden, Rathausstraße untergekommen. Am Sonntag, dem 5. Dezember, hatte ihm die in der Waitzstraße 7 wohnende Buchhändlerin Ina Fredesen angeboten, bei ihr Quartier zu nehmen. Sie habe das wohl aus Verehrung für ihren alten Schulfreund getan und habe bei späterer Gelegenheit dann auch für ihn gelogen, als sie behauptet hatte, er sei an dem Spätnachmittag, als Emilie Losau erschlagen worden war, mit ihr zusammen in ihrer Wohnung gewesen. Darum habe er sie allerdings bitten müssen. In ihrer Arglosigkeit habe sie ihm diesen Gefallen ohne zu zögern getan. Sie habe nicht einmal wissen wollen, wofür das gut sein solle.

Am Freitagabend, dem 3. Dezember, habe er ganz zufällig Emilie Losau getroffen, die bei Hertie fast in ihn hineingelaufen sei. Sie sei in Eile gewesen, aber man habe die Adressen ausgetauscht – er habe ihr im Übrigen das Hotel genannt, in dem er untergekommen war – und sei dann wieder seiner Wege gegangen. Doch dann habe sie sich am Sonntag mit ihm, als er noch im Hotel gewohnt habe, in Verbindung gesetzt, weil sie ihn unbedingt sprechen müsse. Er habe ihr vorgeschlagen, dass sie ihn Montagabend bei Ina Fredesen in der Waitzstraße 7 besuchen solle, weil er zu diesem Zeitpunkt gerade dabei gewesen sei auszuchecken. Als ihm dann am Montagabend aufgrund ihrer aufgeregt vorgebrachten Andeutungen geschwant habe, dass Emilie hinter sein Geheimnis gekommen sei, habe er angeregt, das Löwenbräu aufzusuchen, um zu verhindern, dass die vermutlich bald von der Arbeit heimkehrende Buchhändlerin etwas mitbekäme.

An diesem Abend sei ihm klargeworden, dass er fälschlicherweise geglaubt hatte, im Besitz eines Unikats des Originalromans gewesen zu sein. Denn Axel Asmussen habe offensichtlich seiner früheren Freundin eine Abschrift der ersten Seiten seines Romans geschenkt. Sie habe ihn zur Rede gestellt, wie er dazu komme, diesen Text unter seinem Namen zu publizieren. Nicht mehr. Und da sei ihm schlagartig ein Licht aufgegangen: Dass die Losau die Tragweite ihrer Entdeckung noch gar nicht begriffen hatte. In diesem Augenblick habe er den Entschluss gefasst, sie zu töten.

Er sei ihr am Mittwochnachmittag, dem 8. Dezember, im Wagen von der Diako aus nach Schausende gefolgt und habe ihr dann aufgelauert und sie mit einer Eisenstange, die er anschließend sofort ins Wasser geschmissen habe, erschlagen. Warum er danach nicht auf das Naheliegendste gekommen war, in ihrer Wohnung nach dem Romanfragment zu suchen, diese Frage könne er nicht beantworten. Es sei sein einziger Fehler gewesen.

Auf die Frage, wieso Emilie Losau ihm erst nach so langer Zeit auf die Schliche gekommen sei, habe er geantwortet, dass sie anlässlich der bevorstehenden Lesung am Alten Gymnasium dummerweise ausgerechnet seinen Erstling zu lesen angefangen habe. Und da sei ihr zu ihrem großen Erstaunen und Schrecken, wie sie sich ihm gegenüber ausgedrückt hatte, das Unfassbare aufgefallen. Erpressen habe sie ihn nicht wollen. Nur auf einer Erklärung habe sie bestanden. Da habe er ihr, der Wahrheit gemäß, gesagt, dass dieser Roman zwar von ihrem ehemaligen Freund geschrieben worden sei. Dass der Einfall dazu aber von niemandem sonst als ihm stamme. So gesehen habe Axel ihn bestohlen, und er habe sich nur zurückgeholt, was ihm ohnehin gehörte. Als Axel, habe er ihr weiszumachen versucht, von einem Tag zum anderen verschwunden sei, habe er die unverhoffte Gelegenheit beim Schopfe gepackt und den noch bei ihm befindlichen Roman bei sich zu Hause versteckt, um ihn dann, sechs Jahre später, unter seinem Namen und mit einem anderen Titel zu publizieren. Der andere Titel erkläre sich ganz einfach dadurch, dass er der Gefahr habe vorbeugen müssen, dass jemand, dem Axel von seinem Roman erzählt hatte, sich an *Vor dem Winter* hätte erinnern können.

Auf die nächste Frage, wie er in den Besitz des Originals gekommen sei, hatte er zu Protokoll gegeben, dass sein Freund ihm den Roman zur Lektüre überlassen habe, weil er seine Meinung habe hören wollen. Das sei sein Todesurteil gewesen. Denn nach der Sitzung in der elterlichen Wohnung der Schülerin Losau in der Marienstraße habe er ihn zur Rede stellen wollen. Sie seien in seinem Wagen nach Solitüde gefahren. Und da sei es dann geschehen. Denn Axel habe sich über ihn lustig gemacht und ihn verhöhnt. Da sei es über ihn gekommen, und er habe ihm mit dem auf dem Rücksitz liegenden Wagenheber einen Schlag versetzt. Und er sage es noch einmal: Gewissensbisse habe er keine, weil bei Licht besehen der Angeber Asmussen es gewesen sei, der ihn bestohlen habe. Dafür habe der Hochstapler büßen müssen.

Auf die Frage, wer die andere Leiche sei, hatte der Dreifachmörder keine Antwort zu geben gewusst. Er habe jemanden Wildfremden erschlagen müssen, weil der ihn nämlich beobachtet habe. Ein leider nicht zu vermeidender Kollateralschaden sei es gewesen, nichts weiter. Ein Schlag, von oben geführt, weil der Depp sich nämlich hinter der Aufschüttung am Straßenrand verkrochen habe, habe genügt, um sich des lästigen Zeugen zu entledigen. Axel allerdings habe er anschließend noch einen Schlag verpassen müssen, weil der nämlich, während er sich um den anderen habe kümmern müssen, wieder zu sich gekommen sei. Anschließend habe er sie an Ort und Stelle verscharrt.

Aufgefallen sei ihm bei der Gelegenheit noch, dass dem Unbekannten eine Hand gefehlt habe. Vermutlich, so habe er gedacht, habe er die im Krieg verloren.

30

Doktor Kallweit strahlte. Nicht allein, dass dieser hochkomplizierte Fall derart zügig und vor allem vor den Festtagen gelöst worden war, stimmte den Leiter der Bezirkskriminalinspektion euphorisch, sondern darüber hinaus auch die Tatsache, dass ausgerechnet die beiden Versager von damals, die Streifenpolizisten Jan Peters und Paul Hergerth, die ohne jede Not einen vollkommen Unschuldigen am Deutschen Haus krankenhausreif geschlagen hatten, einen fünfunddreißigjährigen Mann auf frischer Tat ertappt hatten, als der abends in Jürgensby eine junge Frau verfolgt hatte. Und zwar ohne jedes Blutvergießen, sondern nach allen Regeln der kriminalistischen Kunst. Das lasse ihn Hoffnung schöpfen und zuversichtlich in die Zukunft schauen, dass in der Flensburger Polizei noch ungeahnte Potentiale darauf warteten, von ihm entdeckt und aktiviert zu werden.

„Also noch einmal: Glückwunsch meine Herren. Es ist Ihnen, wie ich, der Wahrheit die Ehre, nicht anders erwartet habe, gelungen, vor dem Fest der Liebe diese heikle Sache in trockene Tücher zu bringen. Die Kuh ist vom Eis, weil unser Dreamteam den bösen Buben eben nicht bloß intellektuell immer eine Nasenlänge voraus ist. Nein, auch auf Ihren Instinkt und Ihr Sentiment kann ich mich, wenn es hart auf hart kommt, einwandfrei verlassen. Das muss selbst die hyperkritische Presse einräumen, so schwer es so manchen von den Damen und Herren ankommen mag. – Apropos Presse: Sie sehen mich in Eile. Die Pressekonferenz ist für halb elf anberaumt. In fünf Minuten ist es so weit. Mein Gott, wie die Zeit vergeht! Im Übrigen: Das krieg ich dieses Mal alleine hin, mein Wertester. Trinken Sie in Ruhe Ihren Kaffee aus, und erholen Sie sich. Sie haben es sich redlich verdient. Möglicherweise ist zu Weihnachten sogar noch eine Gratifikation drin. Ich werde mich für Sie beide höheren Orts einsetzen. Aber jetzt muss ich wirklich. Tschüss alle miteinander.“

Sprach's und rauschte aus dem Büro der beiden Ermittler, in das er vor knapp einer halben Stunde mit einem strahlenden Lächeln eingetreten war.

Am Nachmittag desselben Tages, es war der Montag vor Weihnachten, fand eine zum Teil von der Polizei veranlasste und von der Stadt finanziell getragene Dreifachbeerdigung auf dem Friedenshügel statt. Axel Asmussen wurde sozusagen ein weiteres Mal, jetzt jedoch auf geweihtem Boden, zu Grabe getragen. Aber auch Emilie Losau fand ihre letzte Ruhe unweit des Grabes ihres Schulfreundes. Der dritte im Bunde, dessen Identität nicht eruiert werden konnte und ein für alle Mal im Dunkeln bleiben sollte, wurde gleichfalls begraben. Ein unförmiger, mittelgroßer Findling aus Sandstein mit der Aufschrift „Unbekannt" wurde am Kopf seines Grabes aufgestellt.

Iwersen und Holgerson waren zugegen, als Emilie Losaus sterbliche Überreste in die dunkle, feuchte Erde hinabgelassen wurden. Gestern Abend hatte Tauwetter eingesetzt, und es nieselte aus tiefhängenden Wolken. Man hatte sich mit Regenschirmen bewaffnet und stand gesenkten Hauptes vor der Grube. Außer Maria, die sich bei ihrem Neuen eingehakt hatte, waren noch der Direktor des Alten Gymnasiums Doktor Münster, der Iwersen im Übrigen keines Blickes würdigte, Doktor Heinrichsen, die heute noch mickriger wirkende Buchhändlerin und der Kulturredakteur Herbert Felbi zugegen. Der Bankkaufmann Günter Reusen glänzte durch Abwesenheit, vermutlich, weil ihn niemand davon in Kenntnis gesetzt hatte, dass man sich heute von der Freundin aus alten Zeiten verabschieden wollte. Komplettiert wurde die mehr oder weniger trauernde Gemeinde durch einige Iwersen vollkommen unbekannte Gesichter und natürlich durch den Pfarrer, der den üblichen Sermon zum Besten gab. Dass ein junger Mensch viel zu früh und vor seiner Zeit aus dem so hoffnungsfroh angetretenen Leben gerissen worden sei. Dass man sich dem aber zu fügen habe, da der göttliche Ratschluss unergründlich sei.

Nachdem der Sarg dann versenkt worden und die übliche Schaufel Sand reihum hineingeworfen worden war, machten sich die meisten schleunigst aus dem Staub, weil die kühle Feuchtigkeit während der letzten halben Stunde an ihnen hochgekrochen war. Iwersen, seine weibliche Begleitung und Holgerson strebten gleichfalls dem Ausgang zu.

Der anderen Beerdigung, die eine knappe Stunde davor stattgefunden hatte, hatten die drei deswegen nicht beigewohnt, weil die Ermittler nicht besonders scharf auf ein Wiedersehen mit der Asmussen gewesen waren. Es war alles schon schlimm genug, und da musste man sich nicht auch noch die Hysterikerin antun. Jedenfalls sahen das Ole und sein neuer Freund so.

1975 gab es wieder keine weiße Weihnacht. Denn das Tauwetter, das an dem extrem dramatischen Sonntagabend eingesetzt hatte, hielt auch über die Feiertage an. Es regnete zwar am 24. nicht, aber es schien auch keine Sonne. Von Südwesten her zogen regenträchtige Wolken übers Land.

Ole Iwersen hatte sich in den frühen Nachmittagsstunden zusammen mit Mathilde auf den Friedenshügel an das Grab Marthas begeben, um dort Blumen zu platzieren. Er tat das jedes Jahr an diesem besonderen Tag. Aber heute war das erste Mal überhaupt seine Tochter dabeigewesen. Ansonsten nämlich hatte bislang die stillschweigende Übereinkunft zwischen ihnen bestanden, dass jeder für sich und allein den immer noch schweren Gang dorthin antrat. In ihrer beider Leben, und speziell in dem des Vaters, hatte sich etwas Grundlegendes verändert, und dem trugen sie dadurch Rechnung, dass sie sich gemeinsam, Hand in Hand, vor das Grab stellten und mit gesenkten Häuptern der geliebten Toten gedachten. Sie hätte, hatte Mathilde ihm auf dem Weg hierher gesagt, seinen Entschluss, sich erneut zu binden, nicht nur akzeptiert, sondern gutgeheißen. Denn acht lange Jahre der Trauer seien mehr als genug und gingen über Menschenkraft.

Ole Iwersen hatte bei diesen Worten Tränen in den Augen gehabt, und seine Einzige gleich anschließend in die Arme genommen und ganz fest an sich gedrückt.

„Heute ist es an mir, Ihnen eine Zigarette anzubieten."

Maria hielt Mathilde eine Packung Prince Denmarks hin, aus der die Tochter des Hauses sich eine Zigarette herausfischte.

Nach dem von Ole eigenhändig zubereiteten Festtagsmahl, wobei ihm seine Tochter ein wenig zur Hand gegangen war, hatte man es sich in der Stube der Wohnung des Kommissars gemütlich gemacht. Die Kerzen am Weihnachtsbaum brannten, die Geschenke waren bereits ausgepackt, und man war sich immer wieder vor Freude um den Hals gefallen. Jedenfalls hatten Mathilde und Maria das so gehalten, nachdem sie die Geschenke von ihrem Vater beziehungsweise Liebhaber ausgewickelt hatten. Der seidene Schal ließ seine neue Liebe noch strahlender erscheinen, als sie es in seinen Augen ohnehin war. Der Dank Bertholds, der drei Flaschen Rotwein im Gepäck gehabt hatte, fiel selbstredend etwas gedämpfter aus. Und auch Nicolai, der über den Krimi schmunzeln musste, was alles Mögliche heißen konnte, bedankte sich mit den Worten, dass er so etwas schon immer einmal habe lesen wollen. Das ließ sich so oder so interpretieren.

Gleich bei der Ankunft seiner Neuen hatte Mathilde sie angelächelt und mit den Worten begrüßt: „Wir kennen uns ja bereits. Damals, im Porticus."

„Ja, wir kennen uns", hatte Maria geantwortet.

Vor ein paar Tagen, bei ihrem ersten abendlichen Stelldichein in der Wohnung des Kriminalisten, hatte sie das Bild der Tochter ihres Liebsten auf der Kommode im Wohnzimmer stehen gesehen und war sich spätestens da sicher gewesen, dass die extrem hübsche junge Frau im Porticus niemand anders als Mathilde gewesen war.

„Sie können mich im Übrigen ruhig duzen. Wo Sie doch jetzt irgendwie auch zur Familie gehören. Ich bin Mathilde."

„Und ich bin Maria."

Die ältere der beiden hatte der Tochter des Hauses Feuer gegeben, hatte auch sich eine Zigarette angesteckt und sich an Ole gekuschelt. Sein Geschenk, das sie, wie er fand, so ungemein attraktiv machte, war immer noch um ihren Hals geschlungen. Erst sehr viel später sollte sie sich des Schals dann doch entledigen.

Um 22 Uhr verabschiedeten sich Mathilde und ihr Lover. Sie hatten sich mit Holgi im Speicher, der Disco in der Nikolaistraße, verabredet. Berthold nutzte die allgemeine Aufbruchsstimmung, sich auf den Heimweg zu machen. Er wollte das junge Glück nicht stören.

ENDE

Danksagung

Es ist von Anbeginn eine Freude gewesen, mit der Lektorin des Schardt Verlags, Frau Christina Rose, zusammenzuarbeiten. Meine Schwester Gabriele Hansen hat medizintechnische Details kritisch in Augenschein genommen und, wo nötig, korrigiert. Mit meiner geliebten Tochter Leonie Anna Beer nicht allein über Fragen des literarischen Stils zu sprechen ist für mich seit geraumer Zeit schon von größerer Bedeutung, als sie es wahrhaben wird. Mein für die Covergestaltung zuständiger Freund jo will namentlich nicht genannt werden. Also sage ich dem Pseudonymus: Danke! Deine Entwürfe sehen toll aus!